O QUE
O DIA
DEVE
À
NOITE

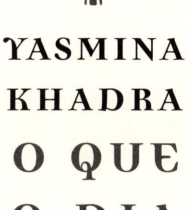

YASMINA KHADRA
O QUE O DIA DEVE À NOITE

Tradução Sandra M. Stroparo

ARGUMENTO

© Éditions Juliard, Paris, 2008

Título original: *Ce que le jour doit à nuit*

Direitos de edição da obra em língua portuguesa no Brasil adquiridos pela EDITORA PAZ E TERRA LTDA. Todos os direitos reservados. Nenhuma parte desta obra pode ser apropriada e estocada em sistema de banco de dados ou processo similar, em qualquer forma ou meio, seja eletrônico, de fotocópia, gravação etc., sem a permissão do detentor do copirraite.

EDITORA ARGUMENTO, uma empresa do Grupo Editorial Paz e Terra.
Rua do Triunfo, 177 — Santa Ifigênia — São Paulo
Tel: (011) 3337-8399 — Fax: (011) 3223-6290
http://www.pazeterra.com.br

Texto revisto pelo novo Acordo Ortográfico da Língua Portuguesa.

CIP-BRASIL. CATALOGAÇÃO NA FONTE
SINDICATO NACIONAL DOS EDITORES DE LIVROS, RJ.

Khadra, Yasmina
   O que o dia deve à noite / Yasmina Khadra ; tradução Sandra M. Stroparo. -- São Paulo : Editora Argumento, 2011.

   Título original: Ce que le jour doit à la nuit.

   ISBN 978-85-88763-18-0

   1. Ficção francesa - Autores argelinos
   I. Título.

11-04293   CDD-843

"EM ORÃ, COMO EM OUTROS LUGARES, POR FALTA DE TEMPO E DE REFLEXÃO, ACABAMOS OBRIGADOS A NOS AMAR SEM SABER."
ALBERT CAMUS, *A PESTE*.

"AMO A ARGÉLIA, PORQUE A EXPERIMENTEI PROFUNDAMENTE."
GABRIEL GARCÍA MÁRQUEZ

Sumário

Jenane Jato   9

Río Salado   119

Émilie   191

Aix-en-Provence, hoje   351

JENANE JATO

1

MEU PAI ESTAVA FELIZ.

Eu não achava que ele fosse capaz disso.

Em alguns momentos, sua aparência livre de angústias me perturbava.

Acocorado, em cima de um monte de cascalhos, os braços em volta dos joelhos, ele olhava a brisa envolver os caules esguios, deitar-se sobre eles e, lá, agitar-se febril. Os campos de trigo balançavam como a crina de milhares de cavalos galopando através da planície. Era uma visão idêntica à que o mar oferece quando uma onda cresce. E meu pai sorria. Eu não me lembro de tê-lo visto sorrir antes. Não fazia parte de seus hábitos deixar transparecer satisfação — ele tivera alguma de verdade?... Forjado pelas provações, o olhar de presa emboscada, sua vida era só uma série interminável de infortúnios. Ele desconfiava como que da teia das reviravoltas de um amanhã desleal e intangível.

Não sabia que ele tivesse amigos.

Vivíamos reclusos no nosso pedaço de terra, como espectros deixados à própria sorte, no silêncio sideral daqueles que não têm grande coisa a dizer: minha mãe à sombra de seu casebre, curvada sobre o caldeirão, mexendo mecanicamente um caldo à base de tubérculos de sabores discutíveis; Zahra, minha irmã caçula de três anos, esquecida num canto, tão discreta que quase nunca percebíamos sua presença; e eu, menino frágil e solitário, mal desabrochado e já murcho, carregando meus dez anos como um fardo.

Não era uma vida. Existíamos, apenas.

O fato de acordar de manhã parecia um milagre, e à noite, quando nos preparávamos para dormir, nos perguntávamos se não seria melhor fechar os olhos para sempre, convencidos de ter revisto todas as coisas e de que não valia o sofrimento de insistir nelas. Os dias eram desesperadamente parecidos; nunca traziam nada e, terminando, só faziam nos privar de raras ilusões que balançavam na ponta de nosso nariz como as cenouras que fazem as bestas andar.

Naqueles anos de 1930, a miséria e as epidemias dizimavam as famílias e os rebanhos com uma perversidade inacreditável, obrigando os sobreviventes ao êxodo, senão à mendicância. Nossos raros parentes não davam mais sinal de vida. Quanto aos trapos cujas silhuetas apareciam ao longe, tínhamos certeza de que só passavam como um vento, pois a trilha que conduzia seus rastros até nossa cabana estava a ponto de se apagar.

Meu pai não se preocupava com isso.

Ele gostava de estar só, apoiando-se em seu arado, com os lábios brancos de espuma. Às vezes, eu o confundia com alguma divindade reinventando seu mundo e ficava horas inteiras observando, fascinado por sua resistência e obstinação.

Quando minha mãe me encarregava de lhe levar a comida, ele mal reparava em mim. Meu pai comia sempre na mesma hora, frugalmente, apressado para voltar ao trabalho. Eu teria gostado que ele me dissesse uma palavra afetuosa ou que olhasse para mim um minuto. Mas meu pai só tinha olhos para suas terras. Era só nesse lugar, no meio de seu universo dourado, que ele se sentia em casa. Nada nem ninguém, nem mesmo seus entes mais queridos, estavam à altura de distraí-lo.

À noite, voltando para nosso casebre, o brilho de seus olhos se atenuava com o cair do sol. Ele era alguém diferente, um ser qualquer, sem atrativo e sem interesse. Quase me decepcionava.

Mas já há algumas semanas, ele estava nas nuvens. A safra se anunciava excelente, ultrapassava suas previsões... Cheio de dívidas, ele tinha hipotecado a terra de seus antepassados e sabia que travava seu último combate, que jogava sua última cartada. Ele se desdobrava em dez, sem parar, tomado de raiva. O céu imaculado o alarmava, a menor nuvenzinha o eletrizava. Jamais o vi rezar e empenhar-se com tal afinco. E quando o verão chegou e o trigo recobriu a planície, meu pai se instalou no monte de cascalho e não saiu mais de lá. Encolhido sob seu chapéu de palha, ele passava os dias a contemplar a plantação que, depois de tantos anos de ingratidão e vacas magras, prometia, enfim, um sinal de luz.

A colheita era para logo. Quanto mais se aproximava, menos meu pai mantinha a calma. Ele já se via ceifando as espigas, enfeixando seus projetos às centenas e enceleirando suas esperanças a ponto de não saber o que fazer com elas.

Uma semana antes, ele me colocara a seu lado na carroça e tínhamos ido até a vila, logo atrás da colina. Normalmente, ele não me levava a lugar nenhum. Talvez tivesse pensado que as coisas estavam melhorando e que era preciso harmonizar nossa convivência e descobrir uma nova forma de se relacionar comigo. Durante o caminho, ele se pôs a cantarolar uma ária beduína. Era a primeira vez na minha vida que eu o ouvia cantar. Sua voz ia em todas as direções, desafinada a ponto de fazer fugir um pangaré. Mas, para mim, era uma festa — um barítono não chegaria a seus pés. De repente ele se endireitou, surpreso por ter se deixado levar, quem sabe com vergonha por ter se oferecido em espetáculo diante de sua cria.

A vila não tinha nada que valesse a pena. Era um buraco perdido, triste de chorar, com bibocas de taipa rachada sob o peso das misérias e ruelas desamparadas que não sabiam onde esconder sua feiura. Algumas árvores esqueléticas, de pé em seu martírio como se fossem forcas, se deixavam comer pelas cabras. Agachados a seus pés, os desocupados não estavam melhor. Poderiam ser comparados a espantalhos dispensados, abandonados até que os tornados os dispersassem na natureza.

Meu pai tinha parado a carroça na frente de uma barraca horrorosa em torno da qual se entediavam alguns meninos. Vestiam, no lugar das *gandouras*, as túnicas árabes sem mangas, sacos de juta grosseiramente ajeitados e estavam descalços. Suas cabeças raspadas, salpicadas de feridas supuradas, davam-lhes a aparência de algo irreversível, como a marca de uma danação. Eles tinham nos cercado com a curiosidade de um clã de raposas que vê seu território profanado. Meu pai os havia afastado com um gesto antes de me empurrar para o armazém onde um homem cochilava em meio a prateleiras vazias. E nem se deu o trabalho de se levantar para nos receber.

— Vou precisar de homens e de material para a colheita — disse meu pai.

— Só isso?! — disse o vendedor com preguiça. — Eu também vendo açúcar, sal, azeite e sêmola.

— Isso é para mais tarde. Posso contar com você?

— Para quando você quer os homens e as coisas?

— Sexta-feira que vem?...

— Você é o chefe. Você manda, a gente obedece.

— Então, para sexta-feira da próxima semana.

— Negócio fechado — resmungou o vendedor enquanto arrumava seu turbante. — Fico contente de saber que você salvou a safra.

— Salvei em primeiro lugar minha alma — retrucou meu pai já se afastando.

— Para isso, era preciso antes ter uma, meu velho.

Meu pai estremecera. Parecia ter percebido uma insinuação venenosa na fala do vendedor. Depois de coçar a parte de trás da cabeça, tinha subido na carroça e se posto a caminho de casa. Sua suscetibilidade tinha tomado um belo golpe. Seu olhar, de manhã brilhante, tinha escurecido. Ele deve ter lido na fala do negociante um mau presságio. Com ele, era assim. Bastava que o contrariassem para que ele se preparasse para o pior. Bastava louvar seu ardor para expô-lo ao mau-olhado. Eu estava certo de que, em seu foro íntimo, ele lamentava por ter se permitido cantar vitória quando nada ainda tinha sido ganho.

Durante o caminho de volta, se fechara em si mesmo, como uma serpente à espreita, e não parara de açoitar o lombo da mula com o chicote. Seus gestos estavam carregados de uma cólera obscura.

Esperando a sexta-feira, tinha desenterrado antigas foices e foicinhos bambos e outros utensílios para repará-los. Com meu cachorro, eu o seguia a distância, à espera de uma ordem que me fizesse útil em qualquer coisa. Meu pai não precisava de ninguém. Ele sabia exatamente o que tinha para fazer e onde encontrar o que precisava.

Mas, uma noite, sem aviso, a infelicidade se abateu sobre nós. Nosso cachorro uivava, uivava... Pensei que o sol tinha se soltado e caído sobre nossas terras. Deviam ser três horas da manhã, e nossa cabana estava iluminada como em pleno dia. Minha mãe segurava a cabeça com as duas mãos, desconcertada à soleira da porta. As reverberações do lado de fora faziam sua sombra múltipla correr sobre as paredes à minha volta. Minha irmã se escondia no canto, sentada em sua esteira como um faquir, com os dedos na boca e os olhos inexpressivos.

Saí correndo para o pátio e vi uma onda de chamas incontroláveis devastando nossos campos. As luzes subiam até o firmamento onde nenhuma estrela velava os grãos.

Com o torso nu crivado de manchas enegrecidas, suando profusamente, meu pai estava transtornado. Mergulhava um balde miserável no bebedouro, embrenhava-se no incêndio, desaparecendo no meio das chamas, voltava a buscar água e retornava ao inferno. Ele não se dava conta do ridículo que coroava sua recusa em admitir que não podia fazer nada, que nenhuma oração, nenhum milagre impediria que seus sonhos virassem fumaça. Minha mãe via bem que tudo estava perdido. Olhava o marido lutar como um condenado e temia não vê-lo mais sair das chamas. Meu pai era capaz de abarcar feixes com o corpo todo e se deixar queimar com eles. Afinal, não estava em seu elemento apenas quando no meio de seus campos?

Ao nascer do dia, meu pai continuou a aspergir a fumaça que os tufos calcinados exalavam. Não restava mais nada da plantação e, no entanto, ele teimava em não reconhecer o fato. Por desgosto.

Não era justo.

A três dias do começo da colheita.

A dois dedos da salvação.

A um sopro da redenção.

Mais tarde, naquela manhã, meu pai acabou por se render às evidências. Com o balde na mão, ousou enfim levantar os olhos para a extensão do desastre. Por muito tempo, cambaleou de pernas moles, os olhos vermelhos, a figura descomposta. Em seguida, caiu de joelhos, deitou de bruços e se entregou, sob nossos olhos incrédulos, ao que jamais é permitido a um *homem* em público. Ele chorou... todas as lágrimas de seu corpo.

Compreendi então que os santos protetores acabavam de nos renegar até o Juízo Final e que, a partir daquele momento, a infelicidade havia se tornado nosso destino.

O tempo tinha parado para nós. Claro que o dia continuava a fugir perante a noite, a noite a substituir-se por auroras, as aves de rapina a girar no céu, mas, no que nos dizia respeito, era como se as coisas tivessem chegado ao seu próprio fim. Uma nova página se abria, e nós não figurávamos nela. Meu pai não parava de medir com passos os campos destruídos. Do nascer ao pôr do sol, ele errava entre as sombras e os escombros. Um fantasma preso em suas ruínas, diriam. Minha mãe o observava pelo buraco na parede que nos servia de janela. Cada vez que ele se batia nas coxas e no rosto com as mãos, ela se benzia, evocando, um a um, o nome dos marabutos da região. Ela estava convencida de que seu marido tinha perdido o juízo.

Uma semana mais tarde, um homem veio nos ver. Tinha o ar de um sultão com roupa solene, a barba cortada com cuidado e o peito encouraçado de medalhas. Era o alcaide, escoltado por sua guarda. Sem descer da carruagem, convocou meu pai a colocar suas digitais nos documentos que um francês emaciado e lívido, vestido de preto da cabeça aos pés, se apressava em sacar da pasta. Meu pai não esperou que pedissem duas vezes. Passou os dedos numa esponja empapada de tinta e os calcou nas folhas. O alcaide foi embora assim que os documentos foram assinados. Meu pai ficou plantado no pátio, fixando ora as mãos sujas de tinta, ora a carruagem que reencontrava as alturas da colina. Nem minha mãe nem eu tivemos coragem de nos aproximar.

No dia seguinte, minha mãe juntou os restos de nossa miséria e os amontoou na carroça...

Tinha acabado.

Eu me lembrarei por toda vida desse dia em que vi meu pai passar para o outro lado do espelho. Era um dia sem contornos, com o sol pairando acima da montanha e os horizontes fugidios. Era por volta do meio-dia. Eu tinha, no entanto, a sensação de me dissolver num jogo de luz e sombra, onde tudo estava paralisado, onde os barulhos se tinham retraído, onde o universo batia em retirada para melhor nos isolar em nossa desgraça.

Meu pai segurava as rédeas, com a cabeça baixa, os olhos grudados no chão, deixando a mula nos levar eu não sabia para onde. Minha mãe se encolhia num canto das grades da carroça, sumida em seu véu, mal reconhecível no meio de suas trouxas. Quanto a minha irmãzinha, ela guardava os dedos na boca, o olhar ausente. Meus pais não se davam conta de que a filha não se alimentava mais, que qualquer coisa se tinha rompido em seu espírito desde aquela noite em que o inferno tinha escolhido nossos campos.

Nosso cachorro nos seguia de longe, a cabeça baixa também. Parava de tempos em tempos no alto de um monte, se apoiava nas patas traseiras para ver se seria capaz de aguentar até que tivéssemos desaparecido, depois se lançava sobre o caminho e se apressava para nos alcançar, com o focinho roçando o chão. Sua velocidade diminuía à medida que ganhava terreno, então, de novo, ele saía do caminho e parava, infeliz e desamparado. Adivinhava que, para onde íamos, não haveria lugar para ele. Na saída do pátio, meu pai já tinha lhe avisado isso jogando-lhe pedras.

Eu amava muito meu cachorro. Era meu único amigo, meu único confidente. E me perguntava o que seria de nós dois agora que nossos caminhos se separavam.

Tínhamos percorrido léguas intermináveis sem encontrar vivalma. Poderíamos dizer que o destino despovoava a região a fim de nos ter somente para ele... O caminho se desfiava a nossa frente, descarnado, lúgubre. Parecia-se com a nossa deriva.

No fim da tarde, abatidos pelo sol, distinguimos enfim um ponto negro ao longe. Meu pai conduziu a mula até lá. Era a tenda de um vendedor de legumes, uma quase barraca de estacas e telas de juta montada no meio do nada, como se surgida de uma alucinação. Meu pai disse para minha mãe esperá-lo perto de um rochedo. Entre nós, as mulheres devem se manter afastadas quando os homens se encontram. Não há sacrilégio pior que ver sua esposa ser observada por alguém.

Minha mãe saiu, com Zahra nos braços, e foi se agachar no lugar indicado.

O vendedor era um homenzinho ressequido, com dois olhos de doninha pregados no fundo de um rosto crivado de pústulas escuras. Vestia calças árabes rasgadas e calçava sapatos embolorados, de onde escapavam artelhos disformes. Seu colete gasto até a trama camuflava mal a extrema magreza de seu peito. Ele nos espiava, à sombra de sua tenda improvisada, a mão segurando um porrete. Quando ele percebeu que não éramos ladrões, largou o bastão e avançou um passo sob a luz.

— As pessoas são vis, Issa — gritou ele de pronto na direção de meu pai. — Está na sua natureza. Não adianta nada odiá-las.

Meu pai parou a carroça perto do homem e acionou a manivela dos freios. Compreendeu de que o mercador falava, mas não respondeu.

O mercador bateu as mãos com um ar escandalizado.

— Quando vi o fogo ao longe, naquela noite, achei que um pobre-diabo voltava para o inferno, mas não podia imaginar que era você.

— É a vontade do Senhor — disse meu pai.

— É mentira, e você sabe disso. Quando os homens fazem maldades o Senhor está ausente. Não é justo sobrecarregá-Lo pelos malfeitos que somos os únicos a tornar possíveis. Quem poderia odiar você a ponto de queimar sua plantação, Issa, meu bravo?

— Deus decide o que nos abate — disse meu pai.

O mercador levantou os ombros:

— Os homens só inventaram Deus para distrair seus demônios.

No momento em que meu pai punha o pé na terra, um pano de sua *gandoura* ficou enroscado no banco. Ele deduziu que era mais um sinal de mau augúrio. Seu rosto se congestionou em cólera.

— Você vai para Orã? — perguntou o vendedor.

— Quem disse isso?

— Vamos sempre para a cidade quando perdemos tudo... Pense bem, Issa, não é lugar para nós. Orã fervilha de escroques sem fé nem lei, mais perigosos que as najas, mais pérfidos que o maligno.

— Por que você está me dizendo essas tolices? — perguntou meu pai, abatido.

— Porque você não sabe onde está se metendo. As cidades são malditas. Naquele lugar, a *baraca*, a proteção dos ancestrais, não vigora. Os que tentaram a sorte por lá jamais voltaram.

Meu pai levantou a mão para pedir que guardasse suas elucubrações para si.

— Ofereço minha carroça. As rodas e o assoalho são sólidos e a mula não tem quatro anos. Seu preço será o meu.

O vendedor lançou um olhar furtivo sobre os arreios.

— Receio não ter muito a oferecer, Issa. Mas não pense que estou me aproveitando da situação. Poucos viajantes passam por aqui, e frequentemente os melões apodrecem na minha mão.

— Vou me contentar com o que me você der.

— Na verdade, não preciso de carroça, nem de mula... Tenho alguns trocados em minha caixa. Dividiria com você de boa vontade. Você muitas vezes me ajudou, em outros tempos. Quanto a seus arreios, pode deixar comigo. Certamente acabarei achando dono para eles. Volte para pegar seu dinheiro quando quiser. Não mexerei nele.

Meu pai nem mesmo pensou na sugestão do mercador. Ele não tinha escolha. Estendeu a mão concordando.

— Você é bom, Miloud. Sei que você não trapaceia.

— Só se trapaceia em detrimento de si mesmo, Issa.

Meu pai me passou duas trouxas, pegou o resto e, embolsando algumas moedas que o vendedor lhe deu, apressou-se para encontrar minha mãe sem olhar para o que deixava para trás.

Andamos até não sentir mais nossas pernas. O sol nos esmagava. Seus reflexos, que atingiam nossos rostos vindos da terra árida e tragicamente deserta, machucavam nossos olhos. Como um cadáver enrolado em seu sudário, minha mãe oscilava atrás de nós, só parando para mudar minha irmãzinha de ombro. Meu pai a ignorava. Ele andava reto, o passo inflexível, obrigando-nos a nos apressar. Estava fora de questão, para minha mãe e para mim, pedir a ele que esperasse um pouco. Eu estava com os calcanhares esfolados pelas sandálias, a garganta em fogo, mas aguentava. Para enganar o cansaço e a fome, me concentrava nas costas de meu pai, no jeito que ele carregava as trouxas e na passada regular e bruta que parecia dar chutes nos maus espíritos. Nem uma vez se virou para ver se estávamos ainda atrás dele.

O sol começava a declinar quando atingimos a "estrada dos *roumis*, dos turcos", ou seja, a estrada asfaltada. Meu pai escolheu uma oliveira solitária atrás de um monte, ao abrigo de indiscrições, e começou a arrancar o mato em volta para que pudéssemos nos instalar. Verificou em seguida se de algum ângulo podiam nos avistar da estrada e depois, satisfeito, mandou que baixássemos os fardos. Minha mãe colocou Zahra adormecida ao pé da árvore, cobriu-a com um pano e tirou de um cesto uma panela e uma espátula de madeira.

— Sem fogo — disse meu pai. — Hoje vamos comer carne-seca.

— Não temos. Só me restam alguns ovos frescos.

— Sem fogo, estou dizendo. Não quero que saibam que estamos aqui... Vamos nos contentar com tomates e cebolas.

A fornalha do dia perdeu fôlego, e uma brisa se pôs a mexer as folhas dos galhos da oliveira. Ouvíamos os lagartos correrem nos capins secos. O sol se espalhava no horizonte como um ovo quebrado.

Meu pai se esticou debaixo de uma rocha, com uma perna dobrada, o turbante sobre o rosto. Não tinha comido nada. Poderíamos dizer que ele nos desdenhava.

Logo antes do cair da noite, um homem se dirigiu ao topo de um monte e nos fez gestos largos. Ele não podia se aproximar por causa da presença de minha mãe. Por pudor. Meu pai me mandou perguntar o que ele queria de nós. Era um pastor maltrapilho, com rosto flácido e mãos enrugadas. Ele nos oferecia abrigo e teto. Meu pai declinou da hospitalidade. O pastor insistiu — seus vizinhos não lhe perdoariam por deixar uma família dormir ao relento, próximo à sua cabana. Meu pai recusou categoricamente. "Não quero dever nada a ninguém", tinha murmurado. O pastor se sentiu ultrajado. Voltou para seu magro rebanho de cabras resmungando e pisando furiosamente o chão.

Passamos a noite a céu aberto. Minha mãe e Zahra ao pé da oliveira. Eu, embaixo de minha *gandoura*. Meu pai, de sentinela num rochedo, com um sabre entre as coxas.

Pela manhã, quando acordei, meu pai era outro. Tinha se barbeado, lavado o rosto numa fonte e usava roupas limpas: um colete sobre uma camisa desbotada, uma saruel turca com um fundo plissado que eu nunca tinha visto antes e sapatos de couro, frouxos mas recém-lustrados.

O ônibus chegou no momento em que o sol se levantava. Meu pai empilhou nossas coisas sobre o teto do veículo antes de nos instalar num banco, ao fundo. Era a primeira vez na vida que eu via um ônibus. Quando ele se pôs na estrada me agarrei a meu assento, paralisado e inquieto ao mesmo tempo. Alguns viajantes dormiam aqui e lá, na maioria *roumis* desengonçados com roupas deploráveis. Eu não me cansava de contemplar a paisagem que passava de um lado e outro dos vidros. O condutor, à frente, me impressionava. Só via suas costas, largas como uma muralha, e seus braços vigorosos que giravam o volante com muita autoridade. À minha direita, um velhote desdentado balançava conforme as curvas, com um cesto muito usado a seus pés. A cada solavanco, ele afundava a mão na palha e verificava se tudo estava em ordem.

O cheiro insuportável do combustível e as curvas fechadas acabaram comigo. Cochilei, com o estômago virado e a cabeça pesada como uma bigorna.

O ônibus parou numa área cercada por árvores, em frente a uma grande construção de tijolos vermelhos. Os viajantes correram para pegar suas bagagens. Na precipitação, alguns pisaram nos meus pés. Nem me dei conta. Estava tão espantado com o que via que esqueci de ajudar meu pai a recuperar nossas coisas.
A cidade!...
Eu não suspeitava que aglomerações assim pudessem existir. Era um delírio. Por um instante me perguntei se o mal-estar experimentado no ônibus não me fazia ver coisas. Atrás da praça se alinhavam casas a perder de vista, encaixadas graciosamente umas nas outras, com sacadas floridas e janelas altas. As ruas eram asfaltadas, ladeadas por calçadas. Eu não voltava a mim, não sabia nem mesmo pôr um nome nas coisas que me saltavam aos olhos como flashes. Belíssimas moradias se erguiam por todos os lados, recuadas atrás de grades pintadas de preto, imponentes e refinadas. Famílias se espreguiçavam nas varandas, em torno de mesas brancas guarnecidas de garrafas e copos altos de laranjada, enquanto meninos de tez rosada, com ouro nos cabelos, saltitavam nos jardins. Seus risos cristalinos surgiam no meio das folhagens como jatos de água. Emanavam, desses lugares privilegiados, uma quietude e um bem-estar que eu não acreditava possíveis — diametralmente opostos ao mau cheiro que corrompia as nossas terras, onde as hortas entregam a alma sob a poeira, onde os cercados dos animais eram menos aflitivos que nossos casebres.
Estava em outro planeta.
Eu cambaleava atrás de meu pai, estarrecido pelos espaços verdes delimitados por pequenas muretas de pedra talhada ou cercados de ferro forjado, as avenidas largas e ensolaradas e os

lampadários retos em sua majestade, parecidos com sentinelas iluminadas. E os carros!... Tinha contado uma boa dezena. Eles surgiam de qualquer lugar, barulhentos, tão vivos como estrelas cadentes, e desaparecendo nas esquinas antes que fizéssemos um pedido.

— Que lugar é este? — perguntei a meu pai.

— Cale-se e ande — retorquiu ele. — E olhe para a frente se não quiser cair num buraco.

Era Orã.

Meu pai andava reto em frente, certo de seu caminho, nada intimidado pelas ruas retilíneas, com edifícios vertiginosos que se ramificavam sem parar diante de nós, tão idênticos que tínhamos a impressão de não sair do lugar. Uma coisa estranha: as mulheres não usavam véu. Passeavam com o rosto descoberto. As velhas, com penteados bizarros e as jovens, meio desnudadas, a cabeleira ao vento, nada incomodadas pela proximidade dos homens.

Mais adiante, a agitação se acalmou. Nós nos enfiamos em cantos sombreados e tranquilos, afundados num silêncio só arranhado pela passagem de uma carruagem ou o estrépito de uma porta de ferro. Alguns velhos europeus se espreguiçavam em frente a suas portas. Vestiam bermudas largas, camisas abertas até a barriga e grandes chapéus na cabeça. Esmagados pelo calor, tagarelavam em volta de um copo de licor de anis, pousado no chão mesmo, agitando leques para se refrescar com um gesto mecânico. Meu pai passava na frente deles sem saudá-los nem olhá-los. Tentava fazer de conta que não estavam lá, mas seu passo, de repente, perdeu um pouco de sua firmeza.

Desembocamos numa avenida onde as passantes olhavam as vitrines das lojas. Meu pai esperou que o bonde passasse para atravessar a rua. Indicou a minha mãe o lugar em que ela deveria esperá-lo, confiou-lhe o conjunto de nossas trouxas e me mandou segui-lo até uma farmácia, no fim da alameda. Primeiro deu uma olhada através do vidro da fachada para se assegurar de que não se enganara de endereço, depois ajeitou o turbante, alisou o colete e entrou. Um homem alto e frágil rabiscava sobre um registro atrás do balcão, apertado num terno, um fez vermelho sobre a cabeça loura. Tinha olhos azuis, um rosto estreito, com um bigode fino por cima dos lábios. Quando viu meu pai entrar, franziu as sobrancelhas, em seguida levantou a tampa do balcão, que contornou para nos acolher.

Os dois homens se abraçaram.

O abraço foi breve, mas apertado.

— É meu sobrinho? — perguntou o desconhecido aproximando-se de mim.

— É — disse meu pai.

— Meu Deus! Como ele é bonito.

Era meu tio. Eu nem sabia de sua existência. Meu pai nunca nos falava de sua família. Nem de ninguém. Mal nos dirigia a palavra.

Meu tio se abaixou para me abraçar.

— Você tem um jovenzinho e tanto, Issa.

Meu pai preferiu não dizer nada. Por seus lábios em movimento, compreendi que ele estava recitando versículos do Corão para evitar o mau-olhado.

O homem se levantou e pôs-se na frente de meu pai. Depois de um silêncio, voltou para trás do balcão e continuou a encará-lo.

— Não é fácil arrancá-lo do campo, Issa. Suponho que tenha acontecido alguma coisa grave. Faz anos que você não faz uma visita a seu irmão mais velho.

Meu pai foi direto ao ponto. Contou de uma vez só o que nos acontecera na província, nossas colheitas desfeitas em fumaça, a passagem do alcaide... Meu tio o escutou com atenção, sem interrompê-lo. Eu via suas mãos ora se agarrarem ao balcão, ora se fecharem. No fim da história, endireitou o fez no alto da cabeça e secou a testa com um lenço. Estava abatido, mas aguentava o golpe o melhor que podia.

— Você poderia ter me pedido para lhe adiantar o dinheiro em vez de hipotecar nossas terras, Issa. Você sabe muito bem como funciona esse tipo de negócio. Muitos dos nossos já tinham mordido essa isca e você viu como eles terminaram. Como você pôde se deixar enrolar?

Não havia reprovação nas palavras de meu tio, apenas uma imensa decepção.

— O que está feito está feito — disse meu pai argumentando. — Deus decidiu assim.

— Não foi Ele quem ordenou a devastação dos seus campos... Deus não tem nada a ver com a maldade dos homens. E o diabo tampouco.

Meu pai levantou a mão para pôr fim ao debate.

— Vim para me instalar na cidade — disse ele. — Minha mulher e minha filha estão me esperando na esquina.

— Vamos primeiro para minha casa. Descansem alguns dias, o tempo de ver o que posso fazer...

— Não — cortou meu pai. — Quem quer se reerguer deve recomeçar imediatamente. Preciso de um teto, e hoje.

Meu tio não insistiu. Ele conhecia demais a teimosia do irmão caçula para esperar convencê-lo. Levou-nos para o outro lado da cidade... Não há nada mais terrível do que o outro lado de uma cidade. Basta contornar um conjunto de casas para passar do dia à noite, da vida à morte. Hoje ainda, não posso me impedir de sentir um estremecimento cada vez que me lembro dessa experiência.

O "bairro" onde aterrissamos desfez de um só golpe o charme que me encantou algumas horas mais cedo. Ainda estávamos em Orã, mas no avesso do cenário. As belas moradias e as avenidas floridas cederam espaço a um caos infinito eriçado de bibocas sórdidas, jogatinas nauseabundas, *kheïmas* de nômades, tendas típicas abertas aos quatro ventos e cercados para animais.

— Aqui é Jenane Jato — disse meu tio. — Estamos em dia de bazar. Normalmente, é mais calmo — acrescentou para nos tranquilizar.

Jenane Jato: uma bagunça de mato e casebres fervilhando de carroças, mendigos, pregoeiros, homens transportando carga em cima de animais, carregadores de água, charlatões, crianças em trapos. Uma selva ocre e tórrida, saturada de poeira e fedor, enxertada nas muralhas da cidade como um tumor maligno. A penúria, nesses lugares indefiníveis, passava dos limites. Quanto aos homens — tragédias ambulantes —, diluíam-se completamente em suas sombras. Poderíamos dizer que eram condenados expulsos do inferno, sem julgamento e sem aviso prévio, largados irrefletidamente nessa galera. Encarnavam, sozinhos, as penas perdidas da terra inteira.

Meu tio nos apresentou um homenzinho mirrado, de olhar instável e nuca raspada. Era um atravessador apelidado de Bliss, uma espécie de carniceiro à espreita de uma desgraça para se aproveitar. Na época, havia predadores desse tipo aos montes. O êxodo que submergia as cidades os transformava em algo tão inelutável quanto um sortilégio. E esse não fugia à regra. Estava consciente de nosso naufrágio e de que nos tinha a sua mercê. Lembro que ele usava uma barbicha de diabrete que parecia alongar desmesuradamente seu queixo e uma *chechia*, um fez arredondado, podre sobre uma grande cabeça calva e calombenta. Ele me desagradou de primeira, por causa do sorriso de cobra e da maneira de esfregar as mãos como se se preparasse para nos devorar crus.

Saudou meu pai com um aceno de cabeça enquanto escutava meu tio explicar nossa situação.

— Acredito que tenho alguma coisa para seu irmão, doutor — disse o atravessador que parecia conhecer bem meu tio. — Se é a título provisório, o senhor não encontrará nada melhor. Não é um palácio, mas o lugar é sossegado e os vizinhos são honestos.

Conduziu-nos até um cortiço com ares de estrebaria, escondido no fundo de um buraco pestilento. O atravessador nos pediu para esperá-lo na rua, limpou com força a garganta na entrada para obrigar as mulheres a se esconderem — como era de uso quando um homem entrava em algum lugar. Uma vez que o caminho estava livre, nos fez sinal para segui-lo.

O cortiço se constituía de um espaço interno com, de um lado e outro, quartos separados onde se empilhavam famílias desorientadas fugindo da fome e do tifo, que assolavam o campo.

— É aqui — disse o atravessador afastando um reposteiro que dava para uma sala vazia.

Nu e sem janelas, o cômodo não era mais largo que uma cova e igualmente frustrante. Cheirava a xixi de gato, aves mortas e vômito. As paredes se mantinham de pé por milagre, enegrecidas e cheias de umidade. Camadas espessas de cocô de aves e de ratos atapetavam o chão.

— O senhor não encontrará aluguel mais modesto por aqui — certificou-nos o atravessador.

Meu pai se demorou sobre um ninho de baratas que tinha tomado posse de um ralo que vertia esgoto, levantou a cabeça para as teias de aranha enfeitadas de moscas mortas. O atravessador o vigiava com o canto do olho, como um réptil observando sua presa.

— Eu fico com ele — disse meu pai para grande alívio do homem.

Pôs-se em seguida a empilhar nossas coisas num canto do cômodo.

— As latrinas coletivas ficam no fundo do cortiço — entusiasmou-se o atravessador. — Há um poço também, mas está seco. É preciso cuidar para que as crianças não se aproximem muito da mureta. Lamentamos a perda de uma menina, ano passado, porque um idiota tinha deixado de colocar a tampa sobre a abertura. Fora isso, nada a declarar. Meus locatários são pessoas corretas, sem histórias. Todos vêm do interior para penar e jamais se queixam. Se o senhor precisar de qualquer coisa, dirija-se a mim, e só a mim — insistiu com algum cuidado. — Conheço todo mundo e sou capaz de desencavar qualquer coisa, de dia ou de noite, se houver como pagar. Se o senhor não sabe, alugo esteiras, cobertas, candeeiros e fogareiros a óleo. É só pedir. Trago água na mão se o senhor pagar por isso.

Meu pai não o escutava e já o detestava. Enquanto ele punha ordem em nossa casa nova, vi meu tio afastar o atravessador e escorregar discretamente alguma coisa em sua mão.

— Isso é para deixá-los em paz por um bom tempo.

O atravessador expôs a cédula ao sol e a olhou com um júbilo maléfico. Levou-a em seguida à sua testa depois à boca e guinchou:

— O dinheiro não tem cheiro de nada, mas, meu Deus!, como cheira bem.

2

MEU PAI NÃO tinha tempo a perder. Ele queria se reerguer sem demora. Na manhã seguinte, ao nascer do sol, ele me levou para procurar um trabalho capaz de lhe trazer dois ou três tostões. Só que não conhecia grande coisa da cidade e não sabia por onde começar. Voltamos no cair da noite, esgotados e de mãos vazias. Nesse tempo, minha mãe tinha limpado nosso antro e posto um pouco de ordem nas coisas. Jantamos como broncos e adormecemos pouco tempo depois.

No dia seguinte, voltamos, meu pai e eu, à procura de trabalho. No fim de uma longa caminhada, uma confusão chamou nossa atenção.

— O que é isso? — perguntou meu pai a um mendigo embrulhado em seus panos.

— Procuram burros de carga para descarregar um carregamento no porto.

Meu pai acreditou que tinha achado a chance de sua vida. Ordenou que eu o esperasse na frente de uma venda e investiu contra a multidão. Eu o vi dar cotoveladas à direita e à esquerda antes de desaparecer. Quando o caminhão carregado partiu, meu pai não voltou a aparecer: tinha conseguido embarcar.

Esperei por ele horas inteiras, sob um sol escaldante. À minha volta, pessoas esfarrapadas se aglomeravam nas barracas, agachados, inacreditavelmente imóveis à sombra do abrigo improvisado. Todos tinham o olhar inexpressivo e um pedaço da noite no rosto. Pareciam esperar, com uma paciência obscura, qualquer coisa que não se manifestaria em lugar nenhum. À noite, cansados de esperar pelo que não vinha, a maior parte deles se dispersou em silêncio. Só sobraram por ali os vagabundos, alguns loucos aos berros e uns indivíduos vesgos com pupilas de répteis. De repente, alguém gritou "ladrão" e foi como se abrissem a caixa de Pandora: as cabeças se ergueram e os corpos se descomprimiram como uma mola, e eu vi, com meus próprios olhos, um bando de animais agarrar um garoto maltrapilho que tentava fugir. Era o ladrão. Foi linchado num instante, com gritos que assombraram meu sono por semanas. Executada a punição, sobrou no meio da poeira apenas o corpo desmantelado do adolescente banhado em sangue. Eu estava chocado e dei um pulo quando um homem chegou perto de mim.

— Não queria assustar você, menino — disse o homem levantando as mãos para me tranquilizar. — Você está aí desde de manhã. Agora, é hora de voltar para casa. Aqui não é lugar pra você.

— Estou esperando meu pai — respondi. — Ele partiu com o caminhão.

— E onde está o imbecil do seu pai? Não se larga uma criança num lugar desses... Você mora longe?

— Não sei...

O homem pareceu desconcertado. Era enorme, de braços peludos, com um rosto queimado pelo sol e um olhar acabado. Olhou em volta, com as mãos nos quadris; depois, a contragosto, empurrou um banco na minha direção e me convidou a sentar à mesa escura de sujeira.

— A noite vai chegar logo, vou precisar fechar. Não dá mais para ficar aqui, entendeu? Não é bom. Só tem maluco... Você comeu alguma coisa?

Fiz que não com a cabeça.

— Eu imaginava.

Ele entrou na venda e me trouxe um prato de latão com uma sopa grossa.

— Não tenho mais pão...

Tomou lugar a meu lado e me olhou, tristemente, lamber o prato.

— Seu pai é um estúpido mesmo! — disse ele, suspirando.

Caiu a noite. O homem da venda fechou a casa, mas não foi embora. Prendeu uma lanterna numa viga e me fez companhia, contrariado. Naquele lugar mergulhado na escuridão, as sombras se agitavam aqui e ali. Um contingente de sem-teto tomava posse dos lugares, alguns em torno de um fogo de lenha, outros se esticando no chão mesmo para dormir. As horas passaram, os barulhos diminuíram; meu pai ainda não tinha voltado. A cólera do homem aumentava à medida que o tempo passava. Atrasava sua volta para casa, pois tinha certeza de que, se me deixasse sozinho um só minuto, eu estaria perdido. Quando meu pai finalmente apareceu, pálido de preocupação, o homem lhe deu uma bronca:

— Onde você pensa que está, seu estúpido? Em Meca? O que deu em você para esquecer o menino num lugar como esse aqui? Aqui, mesmo os de casca grossa não estão livres de um golpe traiçoeiro.

Meu pai estava tão aliviado por me encontrar que bebeu as reprimendas do homem como um elixir bendito. Ele tinha entendido que fizera muito mal e que se o homem tivesse me abandonado à própria sorte, jamais teria me reencontrado.

— Parti com o caminhão — balbuciou ele, perdido. — Achei que depois iriam nos trazer de volta para cá. Me enganei. Não sou da cidade, e o porto é longe daqui. Me perdi. Não sabia onde estava e como voltar. Faz horas que ando em círculos.

— É a sua cabeça que anda em círculos, meu chapa — gritou o homem enquanto soltava a lanterna. — Quando se procura trabalho, deixam-se as crianças em casa... Agora, vocês dois me sigam e prestem atenção onde metem os pés. Vamos atravessar o pior buraco de serpentes que o senhor Deus jamais cavou na terra.

— Muito obrigado, meu irmão — disse-lhe meu pai.

— Não fiz nada de mais. Não gosto que mexam com as crianças, só isso. Eu teria ficado ao lado dele até de manhã. Ele não sobreviveria sozinho nesse antro, e eu não teria ficado com a consciência tranquila.

Ele nos ajudou a sair do beco sem problemas, explicou como contornar os quarteirões mal frequentados para voltarmos inteiros para casa e desapareceu nas trevas.

Meu pai seguiu à risca as recomendações do homem da venda. Passou a me deixar em casa, com minha mãe. De manhã, quando acordava, ele já tinha partido. À noite, quando voltava, eu já estava dormindo.

Eu não o via mais.

Sentia falta dele.

Não havia nada para mim naquele cortiço. Eu não tinha nada para fazer. Criado sozinho, com um cachorro velho como único companheiro, não sabia como me juntar aos meninos que brigavam sem parar. Pareciam em transe. Eram mais novos que eu, alguns não passavam de três palmos, mas faziam uma gritaria dos infernos. Sentado no vão de nossa porta, eu me contentava em observá-los, ameaçado por seus jogos ensurdecedores, que terminavam invariavelmente com um dente quebrado ou um joelho esfolado.

Nosso cortiço era dividido por cinco famílias, todas vindas do interior: camponeses arruinados ou *khammès* em quebra de contrato. Na ausência dos homens, que tinham partido ao nascer do dia para se matar na labuta, as mulheres se reuniam em volta da mureta do poço e tentavam dar uma alma à nossa toca de ratos, e nem ligavam para as brigas a que suas crias se entregavam. Para elas, as crianças estavam se iniciando nas rudezas da vida. E quanto mais cedo melhor. Ficavam quase contentes por vê-los se baterem e então, depois de uma boa sessão de lágrimas, se reconciliarem, antes de retomar as hostilidades com uma espantosa tenacidade... As mulheres se entendiam bem entre elas, se uniam. Quando uma delas caía doente, as outras se viravam para colocar alguma coisa em sua mesa, e se revezavam em sua cabeceira. Chegavam a partilhar um restinho de doce e pareciam se resignar com suas pequenas infelicidades com uma sobriedade tocante. Eu as achava admiráveis. Havia Badra, uma mulher aguerrida e imensa de gorda, que adorava falar baixarias. Era nosso oxigênio. A crueza de suas histórias deixava minha mãe pouco à vontade, mas as outras adoravam. Badra era mãe de cinco crianças e dois adolescentes difíceis. Tinha sido casada com um pastor de ovelhas, burro como uma porta, quase autista, que ela dizia ser bem-dotado como um cavalo, mas que não sabia nada da coisa... Havia Batoul, magra e morena como um cravo-da-índia, grisalha aos quarenta anos, o rosto coberto de tatuagens, que se contorcia de rir mesmo antes de Badra abrir a boca. Casada à força com um velho da idade de seu avô, dizia ter o dom da clarividência — ela lia mãos e interpretava sonhos. Mulheres da vizinhança e de outros lugares vinham regularmente consultá-la. Ela previa o futuro em troca de algumas batatas, umas moedas ou um pedaço de sabão. Para as inquilinas do cortiço, era de graça... Havia Yezza, uma ruiva roliça de peitos fartos, que o marido, bêbado, espancava noite sim, noite não. Tinha a cara torta pelas sucessivas surras que recebia e quase não tinha mais dentes. Seu erro era não poder ter filhos, o que deixava o marido particularmente irritado. Havia Mama, com sua penca de diabinhos pendurada em seu pescoço, trabalhadeira que valia por dez, pronta a fazer qualquer concessão para evitar que o teto caísse sobre sua cabeça... E ainda havia Hadda, bela como uma huri, mal chegada à adolescência e já com dois meninos pendurados em sua saia. O marido tinha saído uma manhã para procurar trabalho e não mais voltara. Abandonada, sem recursos nem referências, devia sua sobrevivência exclusivamente à solidariedade das companheiras do cortiço.

Todos os dias, essas mulheres se encontravam em volta do poço e passavam a maior parte do tempo a revirar o passado como se mexessem numa ferida. Falavam de suas terras confiscadas, de suas doces colinas perdidas para sempre, dos conhecidos deixados para trás, daquela região de todos os infortúnios que elas provavelmente jamais veriam de novo. Seus rostos então se alteravam pela dor e suas vozes falhavam. Quando o sofrimento ameaçava dominá-las, Badra mudava de assunto e voltava para as delirantes estripulias sexuais de seu primeiro marido e, como se estivessem sob o efeito de uma fórmula mágica, as tristes lembranças afrouxavam a mordida e as mulheres rolavam pelo chão de tanto rir. O bom humor tomava o lugar das evocações assassinas e o cortiço dissimulava uma ponta de sua alma.

As brincadeiras se seguiam até o cair da noite. Às vezes, encorajado pela ausência dos homens, o atravessador Bliss vinha ao cortiço se impor. Assim que ouviam o pigarro no corredor, as mulheres desapareciam. O atravessador entrava no pátio deserto, destratava os meninos de que não gostava muito, importunava-os por mesquinharias e se punha a nos chamar de caipiras ingratos e de vermes parasitas por causa do menor descascado revelado na parede. Dirigia-se ostensivamente para a casa da bela Hadda e, tão traiçoeiro quanto um piolho vesgo, ameaçava nos pôr a todos na rua. Quando ia embora, as mulheres saíam de seus esconderijos, aos gritinhos, mais divertidas do que intimidadas pelas fanfarronadas do atravessador. Bliss aprontava muitas, mas não ousava ir além. Ele jamais teria coragem de mostrar sua cara de rato se houvesse um homem no pátio, ainda que muito velho e doente. Badra estava convencida de que Bliss andava atrás de Hadda. A jovem era uma presa fácil, necessitada e vulnerável, fragilizada pelos atrasos do aluguel. E o atravessador a cercava.

Para me poupar das grosserias de Badra, minha mãe me autorizava a ir para a rua — se é que podíamos chamar aquilo de rua. Era um caminho estreito, margeado de um lado e outro por bibocas de zinco e barracas podres. Havia apenas duas casas de tijolo: nosso cortiço e um tipo de estábulo em que se empilhavam muitas famílias. Na esquina ficava o barbeiro, um homem sem idade precisa, pouco mais alto que eu naquela época, tão fracote que os valentões se recusavam a lhe pagar. Sua sala a céu aberto se constituía de um caixote de munição de guerra, resgatado de um fuzilamento militar, um pedaço de espelho recuperado de um armário de vidro e uma tábua bamba que exaltava uma panela, um pincel desfiado, um par de tesouras tortas e um sortimento de lâminas inutilizáveis. Quando ele não estava barbeando os velhotes sentados no chão mesmo, se sentava em seu caixote e cantava. Sua voz era rouca, as palavras nem sempre exatas, mas havia alguma coisa que acertava em cheio na sua maneira de espantar os males. Eu não me cansava de ouvi-lo.

Ao lado do barbeiro, se erguia um amontoado de esquisitices que se faziam passar por mercearia. O vendedor se chamava Perna-de-pau, um velho *goumier*, um soldado recrutado pelos franceses, reformado, que tinha deixado uma parte de seu corpo sobre um campo minado. Era a primeira vez que eu via uma perna de pau. Tinha ficado bastante impressionado. O vendedor parecia orgulhoso dela; adorava brandi-la no nariz dos moleques que fuçavam em volta dos potes de conserva.

Perna-de-pau não estava satisfeito com o comércio. Sentia falta do cheiro das batalhas e do ambiente das casernas. Sonhava reintegrar as fileiras e engalfinhar-se com o inimigo. Esperando que a perna mutilada crescesse de novo, vendia conservas do mercado negro, pães doces e azeite batizado. Nas horas de folga, exercia a função de tira-dentes — eu o vi muitas vezes extrair os tocos podres dos meninos com uma pinça enferrujada. Era como se lhes arrancasse o coração.

Depois havia o terreno baldio que dava para um matagal. Uma manhã, aventurei-me por lá, distraído pela luta armada a que se entregavam dois bandos de meninos, um dirigido por Daho, um selvagem de cabeça raspada apenas com um tufo de cabelos crespos sobre a testa, e outro por um jovem quase adulto, provavelmente retardado, que se tomava por um conquistador. Foi como se a terra tivesse desaparecido sob meus pés. Numa fração de segundo, fui arrebatado por um tornado de braços, despojado de meus sapatos, de minha *gandoura* e de minha *chechia* antes de ter tempo de entender o que me acontecia. Tentaram até mesmo me conduzir para trás dos arbustos para me violentar. Ignoro como consegui escapar da matilha. Profundamente traumatizado, não pus mais os pés nesses territórios malditos.

Meu pai remava como um escravo de galé, mas não ia muito longe. Os esforçados eram legião, e os trabalhos regulares, uma provisão raríssima. Muitos miseráveis morriam de fome nos asilos, o umbigo grudado nas vértebras, e os sobreviventes não hesitavam em se matar por um pouco de farinha rançosa. Os tempos eram difíceis, e a cidade, que de longe prometia tantas esperanças, se revelava como uma armadilha aterradora. Um em cada dez dos trabalhos por empreitada que meu pai desencavava não dava nem mesmo para comprar um sabão de barbear. Algumas noites, ele voltava cambaleante, o rosto desfeito e as costas lanhadas pelos inúmeros fardos que carregara ou descarregara durante o dia, tão machucado que dormia de bruços, o que não era recomendado em nossa tradição. Estava esgotado, sobretudo desesperado. Sua teimosia rachava sob o peso da dúvida.

Passaram-se semanas. Meu pai emagrecia a olhos vistos. Tornava-se mais e mais irascível e achava sempre um pretexto para descarregar sua raiva em minha mãe. Ele não batia nela; contentava-se em gritar, e minha mãe, resignada, baixava a cabeça culpada e não dizia nada. As coisas nos escapavam e as noites amargavam. Meu pai não dormia mais. Não parava de resmungar e se bater. Eu o ouvia andar pelo cômodo, perdido no escuro; às vezes, saía para o pátio e se sentava no chão, o queixo entre os joelhos e os braços em volta das pernas até o nascer do dia.

Uma manhã, me mandou colocar a *gandoura* menos gasta e me levou à casa de seu irmão. Meu tio estava na farmácia, arrumando caixas e frascos sobre as prateleiras.

Meu pai tinha hesitado antes de entrar. Orgulhoso e constrangido, ficou um tempo fazendo rodeios antes de tocar na razão de sua visita: ele precisava de dinheiro... Meu tio levou imediatamente a mão à gaveta do caixa, como se já esperasse por isso, e tirou de lá uma nota. Meu pai fixou o pedaço de papel com um ar atormentado. Meu tio entendeu que o irmão não estenderia a mão. Contornou o balcão e pôs o dinheiro em seu bolso. Meu pai estava petrificado, a cabeça baixa. Com a garganta apertada, disse "obrigado" com voz rouca, a muito custo perceptível.

Meu tio voltou para trás do balcão. Via-se bem que ele tinha alguma coisa em mente, mas não ousava mexer na ferida. Seu olhar não parava de seguir o de meu pai e seus dedos brancos e limpos tamborilavam nervosamente. Depois de ter pesado cuidadosamente os prós e contras, tomou coragem e disse:

— Eu sei que é duro, Issa. Mas você vai sair dessa... se me deixar ajudar um pouco.

— Vou lhe devolver até o último tostão — prometeu meu pai.

— Não se trata disso, Issa. Pague quando puder. Por mim, você nem precisaria fazer isso. Estou pronto para oferecer mais. Não me causa nenhum problema. Sou seu irmão, estou disponível a qualquer momento e para qualquer coisa... Não sei como dizer — acrescentou limpando a garganta... — Sempre tive muita dificuldade de conversar com você. Tenho medo de ofender quando estou só tentando ser seu irmão. Mas está na hora de aprender a ouvir, Issa. Não há mal em ouvir. A vida é um aprendizado permanente. Quanto mais pensamos saber, menos sabemos, as coisas mudam muito e as mentalidades também.

— Vou me esforçar...

— Não duvido disso, Issa. Nem por um segundo. Mas a boa vontade exige meios para sua determinação. Acreditar com afinco não é suficiente.

— O que você está tentando insinuar, Mahi?

Meu tio parou de tamborilar com os dedos sobre o balcão. Procurava, virava e revirava as palavras em seu espírito e então, depois de inspirar com força, disse:

— Você tem mulher e dois filhos. É demais para um homem sem recursos. Isso amarra as mãos, rói as asas.

— É *minha* família.

— Eu também sou sua família.

— Não é a mesma coisa.

— É a mesma coisa, Issa. Seu filho é meu sobrinho. É meu sangue. Deixe-o comigo. Você sabe muito bem que ele não irá longe na sua trilha. O que você pensa em fazer dele? Um estivador, um engraxate, um domador de mulas? É preciso encarar a realidade. Com você, ele não irá longe. Esse menino precisa ir à escola, aprender a ler e a escrever, a crescer direito. Eu sei, os pequenos árabes não são feitos para o estudo. Estão destinados ao campo e aos rebanhos. Mas eu posso mandá-lo à escola e fazer dele um homem instruído... Eu lhe peço, não me leve a mal. Reflita por um minuto. Esse menino não tem nenhum futuro com você.

Meu pai meditou longamente sobre a proposta do irmão, com os olhos baixos e os maxilares apertados. Quando levantou a cabeça, não tinha mais feições. Uma máscara lívida tinha substituído seus traços.

Ele disse, com a morte na alma:

— Decididamente, você não entende nada, meu irmão.

— Você está errado reagindo dessa forma, Issa.

— Cale-se... Por favor, não diga mais nada... Não tenho a sua sabedoria, e lamento por isso. Mas se o saber serve para rebaixar os outros até o chão, eu não o quero.

Meu tio ainda tentou dizer alguma coisa. Meu pai o deteve com a mão firme. Tirou a nota do bolso e a colocou no balcão.

— Também não quero mais o seu dinheiro.

Com isso, me pegou pelo braço com tal fúria que quase me deslocou o ombro e me empurrou para a rua. Meu tio tentou nos impedir, mas não ousou nos alcançar e ficou plantado na frente da loja, certo de que o erro que havia cometido não seria jamais, jamais perdoado.

Meu pai não andava, despencava como uma rocha pela encosta de uma colina. Nunca tinha visto um ataque de fúria como aquele. Estava a dois dedos de explodir. O rosto pulsava em espasmos; os olhos procuravam fazer o mundo desaparecer sob a terra. Não dizia nada, e seu silêncio em ebulição acrescentava à sua aparência uma tensão que me fazia temer pelo pior.

Quando já estávamos longe, ele me segurou contra um muro e mergulhou o olhar demente em meus olhos amedrontados. Uma descarga de chumbo não teria me sacudido da cabeça aos pés com tal brutalidade.

— Você acha que sou um zero à esquerda? — perguntou, a voz distorcida. — Você acha que pus um menino no mundo para arruinar sua vida?... Pois bem, você se engana. E o hipócrita do seu tio se engana também. E o destino, que pensa que me corrompe, que enfie o dedo no olho até o cotovelo... Sabe por quê?... Porque posso ter perdido o jogo, mas não a alma. Ainda estou vivo, e cuspo fogo. Tenho uma saúde de ferro, braços para erguer montanhas e um orgulho que resiste a tudo.

Seus dedos perfuravam meus ombros, me machucavam. Ele não se dava conta. Seus olhos vermelhos faiscavam de raiva.

— É verdade, não fui capaz de salvar nossas terras, mas, lembre-se, fiz crescer o trigo lá!... O que aconteceu depois não é minha culpa. As orações e os esforços de nada servem diante da cobiça dos homens. Fui ingênuo. Agora, não sou mais. Ninguém mais me apunhalará pelas costas... Recomeço do zero. Mas recomeço sabendo. Vou trabalhar como nenhum escravo jamais trabalhou, resistir aos sortilégios, e você verá, com seus próprios olhos, como seu pai é digno. Vou tirar nossa família do buraco que nos engoliu, vou fazê-lo cuspir os nossos pedaços, eu prometo. Você acredita em mim? Você, pelo menos?

— Acredito, papai.

— Olhe bem nos meus olhos e diga que acredita em mim.

Ele não tinha mais olhos, mas duas bolsas de lágrimas e sangue que ameaçavam engolir a nós dois.

— Olhe para mim!

Sua mão agarrou violentamente meu queixo e me obrigou a levantar a cabeça.

— Você não acredita em mim, é isso?

Eu tinha um nó na garganta. Não podia nem falar nem sustentar o seu olhar. Era sua mão que me mantinha em pé.

De repente, sua mão desceu com força em meu rosto.

— Você não diz nada porque acha que estou delirando. Sua praga pestilenta! Você não tem o direito de duvidar de mim, ouviu? Ninguém tem direito de duvidar de mim. Se o miserável do seu tio não me dá valor, é porque ele não vale mais que eu.

Era a primeira vez que ele levantava a mão para mim. Eu não entendia mais nada, não sabia onde tinha errado, por que ele estava furioso comigo. Tinha vergonha de irritá-lo assim, e medo de que ele me renegasse, ele, que, a meus olhos, contava mais que qualquer coisa do mundo.

Meu pai levantou a mão mais uma vez. Deixou-a suspensa no ar. Seus dedos vibravam. Suas pálpebras inchadas desfiguravam seu rosto. Soltou um berro de animal ferido, me puxou sobre seu peito, soluçando, me apertou contra ele, tão forte e por tanto tempo que me senti morrendo.

3

As mulheres estavam instaladas num canto do pátio, em volta de uma mesa baixa. Bebiam chá dourando-se ao sol. Minha mãe estava entre elas, reservada, com Zahra nos braços. Acabou por se juntar ao grupo, sem, no entanto, tomar parte das discussões. Era tímida e, frequentemente, quando Badra se lançava em suas histórias sujas, minha mãe corava, constrangida. Nessa tarde, conversavam mudando de um assunto a outro, apenas para lutar contra o calor que esterilizava o cortiço. A ruiva Yezza exibia um olho roxo. Na véspera, o marido voltara para casa bêbado de novo. As outras faziam de conta que não viam nada. Por decência. Yezza era orgulhosa: suportava as fraquezas do marido com dignidade.

— Há algumas noites venho tendo um sonho estranho — disse minha mãe à vidente Batoul. — O mesmo sonho: estou no escuro, estendida de bruços, e alguém enfia uma faca nas minhas costas.

As mulheres se voltaram para Batoul, esperando pela interpretação. A vidente fez uma careta, coçou a cabeça; ela não via nada.

— É o mesmo sonho?

— Exatamente o mesmo.

— Você está estendida de bruços, no escuro, e alguém apunhala você pelas costas? — perguntou Badra.

— Isso mesmo — confirmou minha mãe.

— Você tem certeza de que se trata de uma faca? — continuou Badra com olhos divertidos.

As mulheres demoraram alguns segundos para decifrar as insinuações de Badra antes de cair na gargalhada. Como minha mãe não entendesse o que as fazia rir, Badra ajudou um pouco:

— Você deveria dizer para o seu marido ir mais devagar!

— Como você é descarada! — enervou-se minha mãe. — Sou uma mulher séria.

— E eu também, imagine.

As mulheres recomeçaram a rir mais forte, a boca bem aberta em gargalhadas estridentes. Minha mãe ficou chateada um instante, enojada pela falta de comedimento delas, mas, vendo-as sacudirem-se, pôs-se a sorrir também, e depois a rir em pequenos soluços.

Só Hadda não ria. Estava agachada, encolhida, bela de morrer, com seus grandes olhos de sereia e suas belas covinhas nas bochechas. Parecia triste e não tinha dito nada desde que se juntara às outras. De repente, estendeu o braço por cima da mesa baixa e mostrou a palma da mão a Batoul.

— O que você está vendo?

Havia um grande sofrimento em sua voz.

Batoul hesitou. Diante do olhar desesperado da moça, ela tomou sua mãozinha pela ponta dos dedos e seguiu com as unhas as linhas que marcavam a palma translúcida.

— Você tem uma mão de fada, Hadda.

— Diga lá o que vê, minha boa vizinha. Preciso saber. Não aguento mais.

Batoul investigou minuciosamente a mão por bastante tempo. Em silêncio.

— Você vê meu marido? — Hadda acabou por apressá-la. — Onde ele está? O que está fazendo? Tem outra mulher ou está morto? Eu suplico, me diga o que você vê. Estou pronta para enfrentar a verdade, seja ela qual for.

Batoul suspirou e soltou os ombros.

— Não vejo seu marido nessa mão, minha pobre querida. Em nenhum lugar. Não sinto nem sua presença nem o menor traço seu. Ou ele foi para muito longe, tão longe que a esqueceu, ou bem não está mais neste mundo. Uma coisa é certa, ele não vai voltar.

Hadda engoliu em seco, mas aguentou bem. Seus olhos se fixaram nos da vidente.

— O que o futuro me reserva, minha boa vizinha? O que vai ser de mim, sozinha com dois meninos pequenos, sem família, sem ninguém?

— Nós cuidaremos de você — prometeu Badra.

— Se meu marido me deixou, ombro nenhum vai me carregar — disse Hadda. — Diga-me, Batoul, o que será de mim? Eu preciso saber. Quando estamos preparadas para o pior, os golpes não são tão duros.

Batoul se curvou sobre a mão da vizinha, passou e repassou a unha sobre as linhas que se cruzavam.

— Vejo muitos homens em volta de você, Hadda. Mas muito pouca alegria. A felicidade não é para você. Vejo pequenos alívios, logo engolidos com o passar dos anos, zonas de sombra e de sofrimento, mas você não cede.

— Muitos homens? Serei muitas vezes viúva ou muitas vezes repudiada?

— Não está claro. Tem muita gente em volta de você, e muito barulho. Parece um sonho, mas não é um sonho. É..., é muito curioso. Talvez eu esteja caducando... Hoje, estou um pouco cansada. Me perdoe...

Batoul se levantou e voltou para casa arrastando os pés.

Minha mãe aproveitou a partida da vidente para se retirar também.

— Você não tem vergonha de ficar com as mulheres? — me interpelou com a voz baixa atrás do reposteiro de nosso recanto. — Quantas vezes é preciso lembrar que um menino não deve escutar o que as mulheres conversam?... Vá para a rua, mas trate de não ir muito longe.

— Não há nada na rua para mim.

— Perto das mulheres, muito menos.

— Vão me bater de novo.

— Você só tem que se defender. Você não é uma menina. Cedo ou tarde, vai ter que se virar sozinho, e não é ouvindo comadrices que você vai chegar lá.

Eu não gostava de sair. Minha desventura no terreno baldio tinha me marcado com ferro em brasa. Só me arriscava lá fora depois de ter passado um pente fino nas redondezas, um olho na frente e um na nuca, pronto para debandar ao menor movimento suspeito. Eu ficava branco de medo dos moleques, em particular de Daho, aquele malandro atarracado, feio e mau como um *djinn*, o gênio que rege destinos. Ele me apavorava. Assim que punha a ponta do nariz na esquina, eu me sentia quebrar em mil pedaços; atravessaria muros para fugir dele. Era um menino tenebroso, tão imprevisível quanto um raio. Atormentava a área como o cabeça de um bando de jovens hienas, tão pérfidos e cruéis quanto ele. Ninguém sabia de onde vinha nem quem eram seus pais, mas todo mundo concordava que ele acabaria balançando numa corda ou com a cabeça numa estaca.

E havia também El Moro, um antigo detento que sobreviveu a dezessete anos de cadeia. Era grande, quase um gigante, com uma testa maciça e braços hercúleos. Tinha tatuagens pelo corpo todo e uma venda de couro sobre o olho vazado. Um talho lhe cortava o rosto da sobrancelha direita até o queixo, rachando sua boca em lábio leporino. El Moro era o terror encarnado. Quando ele aparecia em qualquer lugar, os barulhos eram imediatamente suspensos e as pessoas fugiam beirando os muros. Uma manhã, eu o vi bem de perto. Éramos um grupo de crianças reunidas em torno de Perna-de-pau, nosso merceeiro. O velho *goumier* nos contava histórias de batalhas no Rif marroquino — ele tinha guerreado contra o rebelde berbere Abd el-Krim. Nós nos saciávamos na fonte de seus lábios quando, de repente, nosso herói ficou pálido. Parecia que estava tendo um ataque cardíaco. Mas não: El Moro estava em pé atrás de nós, as pernas afastadas, as mãos nos quadris. Mirava o merceeiro rindo cinicamente.

— Você quer mandar esses meninos para a guerra, cabeça de pau? É para isso que você enche a cabeça deles com suas lorotas? Por que você não conta para eles como, depois de anos de leais serviços, seus oficiais jogaram vocês para os cachorros, e com uma pata a menos?

Perna-de-pau subitamente não conseguia mais falar, a boca aberta no vazio como se fosse um peixe fora d'água.

El Moro continuava, cada vez com mais raiva:

— Você faz os acampamentos das tribos virarem fumaça, massacra o gado, oprime pobres-diabos com golpes de mosquetão, depois vem exibir seus troféus de canalha em praça pública. E é isso que você chama de guerra?... Está vendo o que digo? Você é só um covarde, e me dá nojo. Me dá vontade de enfiar esse bastão que lhe serve de perna até que seus olhos saiam pelas orelhas... Heróis de seu tipo não vão ter monumento, nem mesmo um epitáfio na vala comum que vão receber como túmulo. Você não é mais que um merda de um vendido que pensa que esconde o rosto se limpando com a bandeira de seus mestres.

O pobre *goumier* ficou verde e tremia. O pomo de adão subia e descia loucamente em sua garganta. De repente, começou a cheirar mal: tinha se borrado todo.

No entanto, não havia apenas moleques e valentões em Jenane Jato. As pessoas, em sua maioria, não eram más. A miséria não tinha conseguido lhes viciar a alma, nem os sofrimentos lhes tinham erradicado a bondade. Sabiam-se desvalidos, mas não tinham renunciado ao maná celeste, persuadidos de que um dia ou outro a desgraça que os perseguia ia acabar por perder o fôlego, e a esperança, por renascer das cinzas. Eram pessoas de bem, aqui e ali cativantes e engraçadas. Mantinham a fé, e isso lhes insuflava uma paciência pouco vista. O dia de bazar, em Jenane Jato, era um tipo de festa, e cada um trazia algo seu para manter a ilusão. Os vendedores de sopa, por exemplo, batalhavam firme para dispersar os mendigos, e aí as conchas valiam tanto quanto um bastão. Por meio tostão, tínhamos direito a um caldo feito com algumas ervilhas, água fervida e cominho. Havia também vendas obscuras em torno das quais sonhava uma turba faminta, que aspirava o cheiro da comida. Os trapaceiros também, claro, não podiam faltar. Vinham dos quatro cantos da cidade, procurando lucrar com um mal-entendido ou uma imprudência. As pessoas de Jenane Jato não cediam às provocações. Entendiam que não se conserta um mau-caráter e preferiam os saltimbancos a eles. Todo mundo, grandes e pequenos, os adorava. Entre as atrações da "feira" figuravam os *gouals*, os contadores de história. A multidão em tumulto se aglomerava em torno da tribuna. Não assimilávamos tudo que eles contavam — as histórias eram tão mal costuradas quanto suas vestes —, mas tinham o dom de impressionar a audiência e de mantê-la com a respiração suspensa do começo ao fim de suas elucubrações. Eram a nossa ópera de pobres, nosso teatro a céu aberto. Com eles aprendi, por exemplo, que a água do mar tinha sido doce antes que as viúvas dos marinheiros ali vertessem suas lágrimas... Depois dos *gouals*, vinham os encantadores de serpentes. Eles nos assustavam, balançando cobras em ganchos. Alguns engoliam a metade delas antes de fazê-las desaparecer rapidamente sob as mangas das *gandouras* — um espetáculo repugnante e hipnótico ao mesmo tempo. À noite, eu tinha pesadelos... Os mais pérfidos eram os charlatães, de toda espécie, gesticulando atrás de suas bancas cheias de frascos com beberagens misteriosas, amuletos, escapulários, talismãs e cadáveres de bichinhos ressecados, célebres por suas virtudes afrodisíacas. Ofereciam remédios para todo tipo de doenças: surdez, cárie dentária, gota, paralisia, angústias, esterilidade, piolho, insônia, olho-gordo, urucubaca, frigidez, e as pessoas mordiam a isca com uma credulidade desconcertante. Havia mesmo os que, três segundos depois de ter tomado uma poção, se punham a gritar milagre rolando na poeira do chão. Era espantoso! Visionários vinham, às vezes, conclamar a multidão, o gesto grave e a voz sepulcral. Eles se dirigiam ao pedestal improvisado e se deixavam ir em voos líricos, denunciando a depravação dos espíritos e a aproximação inexorável do Juízo Final. Falavam do Apocalipse, da cólera dos homens, da fatalidade e das mulheres impuras. Apontavam o dedo para os passantes e os açoitavam à queima-roupa ou se lançavam em teorias esotéricas que não tinham mais fim...

— Quantos escravos se levantaram contra impérios antes de terminar na cruz? — vociferava um deles, agitando a barba embaraçada. — Quantos reis acreditaram mudar o rumo da história antes de apodrecer no fundo das masmorras? Quantos profetas tentaram nos guiar antes de nos deixar mais loucos que antes?

— Quantas vezes preciso repetir que você dá nos nervos como a morte? — retorquia alguém na multidão.

— Enfie o capuz nessa garganta de coruja e mostre como você sabe fazer a dança do ventre, em vez de nos encher o saco com essas besteiras de imbecil...

Entre as atrações, havia Slimane com seu realejo pendurado e seu macaquinho sobre o ombro. Ele andava pelo bazar, girando a manivela da caixa de música enquanto o macaquinho estendia o chapeuzinho de lacaio aos curiosos. Quando lhe jogavam moedas, ele agradecia com caretas hilariantes... Um pouco de lado, perto do cercado para animais, trabalhavam os vendedores de mulas, hábeis propagandistas e pouco confiáveis, com uma conversa tão convincente que eram capazes de fazer uma mula passar por um puro-sangue. Eu adorava ouvi-los gabar seus animais. Era quase um prazer se deixar enrolar por eles tal era a impressão de ser tratado com uma diligência que acreditávamos reservada só aos *bachaghas*, aos homens do governo... Às vezes, bem no meio do tumulto todo, desembarcavam os *karkabo*, negros cobertos de amuletos, que dançavam como os deuses, arregalando os olhos leitosos. O bater de suas castanholas metálicas e o ressoar dos tambores eram ouvidos ao longe, em sua algazarra endiabrada. Os *karkabo* só apareciam nas festas religiosas de Sidi Blal, seu santo padroeiro. Conduziam um touro virgem expiatório embandeirado com as cores da confraria e batiam de porta em porta para coletar os fundos necessários para a realização do sacrifício. Sua passagem em Jenane Jato sistematicamente punha os lares de pernas para o ar. As mulheres corriam para as portas, a despeito das interdições, e as crianças fugiam como ratos de suas casas para se juntar a eles. A balbúrdia ia ficando ainda mais vertiginosa.

De todos esses personagens fabulosos, Slimane era o maior. Sua música era bela e doce como o barulho de uma fonte, e seu macaquinho, adoravelmente engraçado. Contava-se que Slimane tinha nascido cristão, numa família francesa próspera e culta, e que ele tinha se apaixonado por uma beduína de Tadmaït antes de se converter ao Islã. Dizia-se também que poderia ter levado uma vida boa, porque sua família não o renegara, mas ele tinha escolhido viver perto de seu povo de adoção e partilhar suas dores e alegrias. Isso era muito tocante. Nenhum árabe, nenhum berbere, mesmo entre os menos recomendáveis, faltava-lhe ao respeito ou apontava o dedo maledicente para ele. Eu gostava muito desse homem. Até onde me lembro, nas convicções mais profundas do velho que me tornei, nenhum ser me deu, com tanta clareza, o que acredito ser o mais importante dos aprendizados: o discernimento, esse valor, tão órfão em nossos dias, que engrandecia meu povo no tempo em que se pensava que ele ia desaparecer.

Nessa época, conheci um menino alguns anos mais velho que eu. Chamava-se Ouari. Era muito magro, desnutrido a bem dizer, louro, quase ruivo, sobrancelhas grossas e nariz adunco tão curvo quanto uma foice. Não era exatamente um amigo. Minha presença não parecia incomodá-lo, e como eu precisava da sua, esforçava-me para merecê-la. Ouari era provavelmente órfão — ou talvez fugitivo, porque não o vi nem uma vez entrar ou sair de casa alguma. Vegetava atrás de uma montanha de ferro-velho, num tipo de gaiola coberta de excrementos. Passava o tempo a caçar pintassilgos para vender.

Ouari nunca falava nada. Eu podia falar por horas, ele não prestava a menor atenção. Era um menino misterioso e solitário, o único no bairro a usar calças de cidade e uma boina, enquanto nós estávamos embrulhados em *gandouras* e com *chechias* na cabeça. À noite, construía suas armadilhas de gravetos de oliveira banhados em cola. Pela manhã, eu ia com ele para a mata e o ajudava a esconder as arapucas nos arbustos. Cada vez que um pássaro pousava nelas e batia as asas apavorado, nós nos jogávamos sobre ele e o colocávamos numa gaiola, esperando pelos outros. Depois, íamos pelas ruas oferecer nossos troféus de caça aos aprendizes de passarinheiros.

Foi com Ouari que ganhei meus primeiros trocados. Ouari não trapaceava. No fim desse nosso processo, que se estendia por vários dias, ele me convidava a segui-lo a um canto tranquilo e virava por terra o conteúdo da algibeira que lhe servia de bolsa. Pegava um tostão para ele, empurrava outro para mim, e assim por diante até que não houvesse mais nada a dividir. Depois, me acompanhava até o cortiço e desaparecia. No dia seguinte, era eu quem ia procurá-lo. Acho que ele não teria jamais vindo me procurar de tanto que parecia passar bem sem minha ajuda ou a de quem quer que fosse.

Eu ficava bem com Ouari. Confiante e sereno. Mesmo aquele diabo do Daho nos deixava em paz. Ouari tinha um olhar sombrio, metálico, impenetrável que fazia recuar os valentões. É verdade que não falava muito, mas quando franzia as sobrancelhas os moleques recuavam tão rápido que suas sombras demoravam para alcançá-los. Acho que eu era feliz com Ouari. Tinha tomado gosto pela caça de pintassilgos e aprendido muitas coisas sobre armadilhas e a arte da camuflagem.

Então, uma noite, quando achava que ia deixar meu pai orgulhoso de mim, tudo desmoronou. Esperei o fim do jantar para tirar minha bolsa de seu esconderijo. Com a mão tremendo de emoção, lhe estendi o fruto de meu trabalho.

— O que é isso? — perguntou, desconfiado.

— Eu não sei contar... É o dinheiro que ganhei vendendo passarinhos.

— Que passarinhos?

— Pintassilgos... que eu pego com gravetos cheios de cola...

Meu pai agarrou minha mão com ódio, me interrompendo. De novo, seus olhos faiscavam de raiva. Sua voz tremia quando falou:

— Abra bem os ouvidos, meu filho. Não preciso do seu dinheiro nem de um imame em minha cabeceira.

Quanto mais meu rosto se contorcia de dor, mais ele me apertava.

— Estou machucando você? Isso dói em mim no fundo de meu ser. Só estou tentando fazer entrar nessa cabecinha que não sou um fantasma, que sou de carne e osso, que estou vivo de verdade.

Eu sentia a mão dele esmagando meus dedos. As lágrimas embaçavam minha visão. Sufocava de dor, mas gemer ou chorar não era uma opção. Entre mim e meu pai, tudo era uma questão de honra. E a honra só se mede pela nossa capacidade de superar as provações.

— O que você vê, aí, embaixo do nariz? — me perguntou, mostrando a mesa baixa com restos de comida.

— Nossa janta, papai.

— Não é um banquete, mas você comeu quanto quis, não é?

— Sim, papai.

— Desde que chegamos a esse cortiço, você alguma vez foi dormir de barriga vazia?

— Não, papai.

— Esta mesa, onde você come, nós já a tínhamos quando chegamos?

— Não, papai.

— E o fogareiro a óleo, lá no canto, alguém nos deu? Nós o encontramos na rua?

— Você comprou, papai.

— Quando chegamos, usávamos uma lamparina, não é? Aquele pavio nojento boiando num tacho de óleo, lembra?... E o que estamos usando esta noite?

— Um lampião.

— E as esteiras, as cobertas, os travesseiros, o balde, a vassoura?

— Você comprou tudo, papai.

— Então, por que você não tenta entender, meu filho? Eu lhe disse outro dia: perdi o jogo, mas não a alma. Não fui capaz de deixar a terra de nossos antepassados para você e sinto por isso. Você não pode imaginar o quanto. Não passa um instante sem que me repreenda. Mas não desisto. Eu me mato de trabalhar para me reerguer. Porque sou eu, *somente eu*, que devo me reerguer. Está entendendo, meu filho? Não quero que se sinta culpado pelo que nos aconteceu. Você não é culpado de nada. Você não me deve nada. Não vou mandar você trabalhar para pagar minhas contas. Não como desse pão. Caio e me levanto, é o preço a pagar, e não cobro isso de ninguém. Porque vou chegar lá, prometo. Tenho braços para me reerguer. Então, em nome de nossos mortos e vivos, se você quer aliviar minha consciência, nunca mais faça isso, saiba que cada tostão que você trouxer para esta casa abrirá ainda mais a ferida da minha vergonha.

Ele me soltou. Eu era incapaz de mexer os dedos. Minha mão inchara e a dor se estendia até meu cotovelo.

No dia seguinte, levei o dinheiro para Ouari.

Ele franziu de leve as sobrancelhas ao me ver despejar minha bolsa na sua algibeira. Seu estupor desbotou pouco depois. Ele voltou a se ocupar das armadilhas, como se meu gesto não tivesse ocorrido.

A reação de meu pai me atormentava. Como ele podia ter levado a mal minha modesta contribuição? Eu não era carne de sua carne? Por que caminhos enviesados uma boa intenção se transforma em ofensa? Eu teria ficado tão orgulhoso se ele tivesse aceitado meu dinheiro. Em vez disso, eu o tinha ofendido.

Foi depois dessa noite, eu acho, que comecei a desconfiar da justeza das boas intenções. A dúvida se apossou de meu ser, dominava-o por inteiro.

Eu não entendia nada.

Não tinha mais certeza de nada.

Meu pai recobrou o ânimo. Queria me provar que meu tio estava redondamente enganado. Trabalhava sem parar, e ostentava isso. Ele que, normalmente, calava seus projetos para preservá-los do mau-olhado, agora contava para minha mãe, em detalhes, as coisas que fazia para criar novas oportunidades e ganhar uns tostões — erguia a voz de propósito para que eu o ouvisse. Prometia mil maravilhas, fazia tilintar as moedas quando entrava, os olhos brilhando, falava de nossa futura casa, uma casa de verdade, com venezianas nas janelas, uma porta de madeira na entrada e, quem sabe?, uma pequena horta onde ele plantaria coentro, hortelã, tomate e alguns tubérculos suculentos que derreteriam na língua mais rápido que um doce. Minha mãe o ouvia. Estava feliz por ver o marido erguer castelos no ar até não poder mais e, mesmo não levando muita fé no que ele contava, fingia acreditar e se desmanchava de prazer quando ele pegava sua mão — coisa que eu nunca tinha visto ele fazer antes.

Meu pai se esforçava obstinadamente. Queria consertar aquela situação, sair dela sem perder tempo. Pela manhã, ele era assistente de um herborista. À tarde, se revezava com um mercador ambulante de legumes. À noite, era massagista num *hammam*, uma casa de banhos. Queria mesmo era montar seu próprio negócio.

Quanto a mim, matava tempo nas ruas, só e desamparado.

Uma manhã, o traiçoeiro Daho me surpreendeu perambulando longe de casa. Tinha uma serpente em torno do braço, esverdeada e horrível. Ele me encurralou num canto e se pôs a agitar a cara da serpente no meu nariz revirando olhos vorazes. Eu não suportava olhar para serpentes. Tinha um medo terrível. Daho se divertia, me chamava de maria-mole, de menininha... Eu estava prestes a sair correndo quando Ouari caiu do céu. Daho parou imediatamente aquela pequena tortura, pronto para dar no pé se meu amigo viesse em meu socorro. Mas Ouari não fez nada. Olhou-nos fixamente por um instante e continuou seu caminho, como se nada tivesse acontecido. Fiquei desnorteado. Daho voltou a me aterrorizar com a serpente, gargalhando sem parar. Podia rir até morrer, já não me importava mais. Minha dor suplantava o medo: eu não tinha mais nenhum amigo.

4

PERNA-DE-PAU COCHILAVA ATRÁS do balcão, com o turbante sobre o rosto, a prótese rudimentar ao alcance da mão, pronto para colocá-la caso um gatuno resolvesse gravitar em volta dos doces. A humilhação que El Moro lhe infligira era só uma vaga lembrança agora. A longa carreira de *goumier* tinha lhe ensinado muitas coisas. Passara a vida inteira suportando as humilhações que lhe infligiam os oficiais, a quem obedecia cegamente, e considerava os excessos dos valentões de Jenane Jato como abuso de autoridade. Para ele, a vida era feita de altos e baixos, de momentos de bravura e de momentos de concessão. O que importava era levantar depois das quedas e endireitar-se quando recebesse uns golpes... Se não riam dele, depois de sua "derrota" frente a El Moro, essa era a prova de que ninguém teria se metido em tal confronto sem perder um pedaço da alma. El Moro não era um adversário qualquer. El Moro era a morte a caminho, o pelotão de execução. Meter-se com ele e escapar com algumas plumas a menos era uma proeza. Quanto a escapar ileso, apenas com os fundos das calças sujos, era um milagre.

O barbeiro acabava de raspar a cabeça de um velhote que estava sentado como um faquir, as mãos sobre os joelhos, a boca aberta com um caco de dente carcomido. A navalha passando rente pela cabeça dava-lhe imenso prazer. O barbeiro contava suas desilusões. O velhote não o ouvia; mantinha os olhos fechados e deleitava-se cada vez que a lâmina voltava a deslizar sobre sua cabeça polida como um seixo.

— Pronto — bradou o barbeiro no fim da história. — Sua cabeça está tão limpa que dá para ler seus pensamentos.

— Tem certeza de que não esqueceu nada? — disse o velhote.

— Ainda percebo algumas sombras em minhas ideias.

— Que ideias, velho tonto? Você quer que eu acredite que ainda tem ideias?

— Posso ser velho, mas ainda não estou gagá, vou logo avisando. Olhe bem, há com certeza um pelo ou dois que escaparam e isso me incomoda.

— Não tem nada, garanto. Está lisa como um ovo.

— Por favor — insistiu o velhote —, olhe bem.

O barbeiro não era bobo. Sabia que o velhote ia insistir. Observou o trabalho, verificou minuciosamente se não tinha esquecido nenhum cabelo na cabeça enrugada do velhote antes de largar a navalha, demonstrando ao cliente que a sessão de relaxamento tinha terminado.

— Vamos, chispa, some, meu tio. Volte para suas cabras agora.

— Por favor...

— Chega de dengo, já disse. Tenho mais o que fazer.

O velhote se levantou a contragosto, olhou-se na ponta do espelho, em seguida mexeu laboriosamente nos bolsos.

— Acho que esqueci meus tostões em casa — fingindo estar zangado consigo mesmo.

O barbeiro sorriu. Já esperava por isso.

— Claro, meu tio.

— Tinha certeza de que os tinha colocado nos bolsos, essa manhã, eu juro. Talvez os tenha perdido no caminho.

— Não faz mal — disse o barbeiro resignado. — Deus me pagará.

— De jeito nenhum — protestou o velhote com hipocrisia. — Vou buscá-los agora.

— Nossa, que tocante. E trate de não se perder, a você mesmo, no caminho.

O velhote enrolou o turbante em torno da cabeça e se apressou em sair dali.

O barbeiro o olhava indo embora, indiferente, depois se agachou na frente do caixote de munição.

— Sempre a mesma história. Eles acham que eu trabalho por prazer ou o quê? — resmungou. — É meu ganha-pão, safado! Como vou comer essa noite?

Dizia isso na esperança de que Perna-de-pau reagisse.

Perna-de-pau o ignorava.

O barbeiro esperou longos minutos. Como o *goumier* não esboçasse nenhuma reação, ele inspirou profundamente, olhando uma nuvem no céu, e se pôs a cantar:

Sinto falta de teus olhos
E fico cego
Quando não me vês
Morro todos os dias
Quando entre os vivos
Não te vejo em lugar algum
O que é viver, meu amor
Quando todas as coisas do mundo
Me contam da tua ausência
Para que serviriam minhas mãos
Se não fosse teu corpo
Dádiva do Senhor...

— Ora, vê se não enche! — lançou Perna-de-pau.

Era como se tivessem jogado um balde de água gelada no barbeiro. O rompante do mercador interrompeu tanto a magia do instante quanto a beleza da canção. Eu estava triste, como se tivesse acordado de um sonho.

O barbeiro procurou não fazer caso do mercador. Depois de ter balançado a cabeça, limpou de novo a garganta para retomar o canto, mas as cordas vocais se recusaram a lhe obedecer. Não havia mais coração para elas.

— Você é insuportável!

— E você fere os meus ouvidos com essas músicas ridículas — resmungou Perna-de-pau remexendo-se preguiçosamente.

— Olhe em volta — protestou o barbeiro. — Não há nada aqui. A gente morre de tédio, brigamos uns com os outros, nos matamos. Os casebres nos consomem, os fedores nos sufocam, e ninguém se dá ao trabalho de esboçar um sorriso. Se, além de tudo isso, não se pode mais cantar, o que sobra, criatura?

Perna-de-pau mostrou com o polegar o rolo de corda de sisal suspenso num gancho acima de sua cabeça.

— Sobra isso. Pegue, prenda a corda num galho de uma árvore bem alta, suba nesse galho, enrole a outra pronta em volta do pescoço e depois pule lá de cima. Vai ficar sossegado por toda a eternidade e porcaria nenhuma vai perturbar seu sono.

— Por que você não faz isso primeiro, ora, já que é o mais desgostoso dentre nós?

— Não posso. Com essa perna, não consigo subir em árvores.

O barbeiro jogou a toalha. Encolheu-se no seu caixote e pôs a cabeça entre as mãos, provavelmente para continuar a cantarolar... Ele sabia que não tinha motivos para cantar. Não tinha uma musa inspiradora. Inventava ao sabor dos suspiros, perfeitamente consciente da inaptidão para um dia merecê-la. O pedaço de espelho estava lá para lembrá-lo do absurdo da sua aparência, indissociável da incongruência de suas esperanças. Era pequeno, quase corcunda, magrelo, feio e tão pobre quanto Jó. Não tinha teto, nem família e nenhuma chance de melhorar um detalhe sequer de sua existência atroz. E se contentava em encarnar seu próprio sonho, só para se segurar em algum lugar enquanto o resto do mundo lhe escapava — um sonho reprimido, impossível, difícil de reivindicar sem se cobrir de ridículo, e que ele roía, no canto, como um osso saboroso e desesperadamente nu.

Ele me partia o coração.

— Venha cá, pequeno — me chamou Perna-de-pau, abrindo a tampa de um pote de balas.

Ele me deu um doce, me convidou a sentar a seu lado e me encarou longamente.

— Deixe ver um pouco a cara que você tem, filho — disse, me erguendo o queixo com a ponta do dedo. — Hum! Parece que o bom Deus estava particularmente inspirado quando esculpiu você, meu menino. De verdade. Que dom!... Como é que você pode ter olhos azuis? Sua mãe é francesa?

— Não.

— Sua vó, então?

— Não.

Sua mão encarquilhada remexeu meus cabelos antes de deslizar lentamente para minha bochecha.

— Você tem um rosto de anjo mesmo.

— Deixa o menino em paz — ameaçou o atravessador Bliss, aparecendo na esquina.

O velho *goumier* retirou rapidamente a mão do meu rosto.

— Não estou fazendo nada de mais — reclamou.

— Você sabe muito bem do que estou falando — disse Bliss. — Estou lhe avisando, o pai dele não é fácil. Ele arranca sua outra perna sem que você perceba, e eu não gostaria de ter um aleijado na minha rua. Parece que isso traz má sorte.

— Do que você está falando, meu bom Bliss?

— Escolha outro, seu degenerado. Por que não vai para a Espanha, você que gosta tanto de lutar, em vez de ficar aí mofando nesse buraco, salivando pelos meninos? Aquilo lá está sempre pegando fogo, e eles precisam de buchas de canhão.

— Ele não pode ir — disse o barbeiro. — Não consegue, por causa da perna de pau.

— Some daqui, seu rato — fez Perna-de-pau com raiva. — Se não, eu vou fazer você engolir uma a uma todas essas lâminas infectadas repugnantes.

— Ia ter que me pegar primeiro. E, antes que me esqueça, rato é você, que vive se arrastando pelo chão.

O atravessador Bliss me fez sinal para sair dali.

No momento em que me levantava, meu pai surgiu de um beco. Corri a seu encontro. Ele voltava mais cedo que de hábito. Por seu rosto radiante e pelo pacote que apertava embaixo do braço, adivinhei que estava contente. Perguntou onde eu tinha arranjado a bala e voltou em seguida para pagar o homem da venda. Perna-de-pau tentou recusar o dinheiro, sob o pretexto de que era só uma bala e que era de coração. Meu pai se fez de surdo e insistiu para que ele pegasse o que lhe era devido.

Em seguida, voltamos para casa.

Meu pai abriu, sob nossos olhos, o pacote embrulhado em papel marrom e nos deu, a cada um, um presente: um lenço para minha mãe, um vestido para minha irmãzinha e um par de botas de borracha brilhando de novas para mim.

— Isso é loucura — disse minha mãe.

— Por quê?

— É muito dinheiro. Vai nos fazer falta.

— Isso é só o começo — se entusiasmou meu pai. — Eu prometo que logo vamos nos mudar daqui. Trabalho duro e vou chegar lá. As coisas estão indo bem, então por que não aproveitar? Quinta-feira tenho um encontro com um comerciante que tem uma loja de rua. É um rapaz sério, conhece os negócios. Vai me tomar como sócio.

— Eu imploro, Issa. Não fale de seus projetos se você quer realizá-los. Você nunca teve sorte.

— E digo mais... É uma surpresa. Meu futuro sócio exigiu uma soma precisa para me aceitar, e eu *já tenho esse dinheiro!*...

— Eu lhe suplico, não diga mais nada — minha mãe estava preocupada e cuspiu para afastar as influências malignas. — Deixe as coisas acontecerem. O olho grande não perdoa os tagarelas.

Meu pai se calou, o que não impedia seus olhos de brilhar com uma alegria que eu nunca tinha visto. Naquela noite, se ocupou em fazer as pazes com a sorte. Foi até a venda, mandou que matassem e limpassem um frango, e o trouxe para casa no fundo de um cesto. Jantamos tarde da noite, discretamente, por respeito às pessoas do cortiço, que muitas vezes não tinham nada para comer.

Meu pai estava radiante. Um bando de meninos soltos bem no meio de uma praça não estaria mais alegre que ele. Contava os dias nos dedos. Faltam cinco, faltam quatro, faltam três...

Continuava a ir para o trabalho, mas voltava mais cedo. Para me ver correr a seu encontro... Encontrar-me dormindo teria estragado seu prazer. Preferia que eu estivesse acordado quando ele voltava. Assim se assegurava de que eu estava bem e consciente de que o vento mudava, de que nosso céu se limpava, de que meu pai era tão sólido quanto um carvalho, capaz de erguer montanhas apenas com a força dos braços...

E chegou a quinta-feira tão esperada.

Há dias que os anos renegam. A fatalidade se protege deles, os demônios também. Os santos padroeiros se registram entre os ausentes, e os homens deixados à própria sorte se perdem neles para sempre. Essa quinta-feira foi um desses dias. Meu pai o reconheceu de pronto. Desde a aurora, o dia trazia a marca estampada no rosto. Eu me lembrarei disso pelo resto da vida. Era um dia feio, miserável, revolto, que não parava de se lamentar com tempestades e trovões com ares de maldição. O céu, deprimido, não sabia como escapar das nuvens carregadas de uma fúria massacrante.

— Você não vai sair com um tempo desses — disse minha mãe.

Meu pai estava na soleira de nossa porta, os olhos fixos sobre aquelas manchas escuras que pavimentavam o céu como um mau presságio. Perguntava-se se não devia adiar o encontro. Mas a sorte não sorri para os indecisos. Ele sabia disso, e supunha que o pressentimento que o atormentava era apenas o maligno que procurava desviá-lo. De repente, voltou-se para mim e me ordenou que o acompanhasse. Talvez ele tenha pensado que, me levando junto, amansaria o destino, atenuando seus golpes baixos.

Enfiei minha *gandoura* de capuz, minhas botas de borracha e me apressei para alcançá-lo.

Chegamos ao lugar do encontro molhados até os ossos. Meus pés chapinhavam em minhas botas cheias de água e meu capuz pesava sobre meus ombros. A rua estava deserta. Salvo por uma carroça virada na calçada, não havia nada ali... ou quase. El Moro estava lá. Parecia uma ave de rapina empoleirada sobre o ombro de um homem. Assim que nos viu chegar, saiu do esconderijo. Seus olhos lembravam o cano de um fuzil de caça, tramavam a morte no fundo de suas órbitas. Meu pai não esperava encontrá-lo. El Moro não usava meias palavras. Começou com uma cabeçada, depois um pontapé e, por fim, um soco. Surpreso, meu pai levou um certo tempo para se refazer. Defendeu-se bravamente, devolvendo golpe a golpe, decidido a vender caro sua pele. Mas El Moro era hábil: suas fintas e esquivas de malandro experimentado deram conta da coragem de meu pai, pouco habituado a ir às vias de fato, ele, o camponês apagado e taciturno. Caiu, derrubado por uma rasteira. El Moro jogou-se sobre ele não lhe dando nenhuma chance de se levantar. Continuou a enchê-lo de pancada com a intenção evidente de acabar com ele. Eu estava paralisado. Como num pesadelo. Queria gritar, ajudar meu pai, mas nenhuma veia, nenhum músculo respondia ao meu chamado. O sangue de meu pai se misturava à água da chuva, corria pela sarjeta. El Moro não estava preocupado. Sabia exatamente o que queria. Quando meu pai parou de se debater, o predador se agachou frente a sua presa, ergueu sua *gandoura*. Seu rosto se iluminou como a noite com o relâmpago quando descobriu a bolsa cheia de dinheiro escondida. Com um golpe de faca, cortou as faixas que a prendiam ao ombro de meu pai, e a arrancou com satisfação antes de se distanciar sem olhar para mim.

Meu pai ficou muito tempo estendido no chão, o rosto desfeito, a *gandoura* levantada sobre o ventre nu. Eu não podia fazer nada por ele. Estava atordoado. Não me lembro como voltamos para casa.
— Fui traído — rosnava meu pai. — Esse cachorro estava me esperando. Ele estava me esperando. Sabia que eu tinha dinheiro comigo. Ele sabia, ele sabia... Não foi um acaso, não. Esse monte de esterco estava me esperando.
Depois se calou.
Durante dias e dias não disse uma única palavra.
As velas derretem com a intensidade do calor, a terra, com a força das águas. Acontecia algo parecido com meu pai. Ele se desmanchava fibra a fibra, inexoravelmente, sentado num canto, sem comer nem beber. O rosto contra os joelhos e as mãos com os dedos entrelaçados sobre a nuca, ruminando em silêncio o fel e o ressentimento. Ele se dava conta de que, o que quer que fizesse, o que quer que dissesse, a má sorte teria sempre a última palavra, e nem os sermões da montanha nem os votos mais pios eram capazes de mudar o curso do destino.
Uma noite, um bêbado passou gritando na rua. Suas injúrias obscenas percorreram furiosamente o cortiço, como um vento maléfico. Era uma voz feroz, feita de raiva e desprezo, que chamava os homens de cachorros e as mulheres de porcas e que prometia dias sombrios para os miseráveis e os covardes. Uma voz soberana, tirânica, perfeitamente consciente de sua

impunidade, o que a tornava ainda mais vil; uma voz que as crianças tinham aprendido a identificar entre mil ruídos apocalípticos: a voz de El Moro!... Reconhecendo-a, meu pai endireitou o pescoço tão rápido que bateu com força a cabeça na parede. Durante alguns segundos, ficou petrificado; em seguida, como um fantasma emergindo da penumbra, levantou-se, acendeu o lampião, remexeu na pilha de roupas que ficava num canto, puxou uma velha sacola de couro, abriu-a. Seus olhos arderam com os reflexos da chama. Reteve a respiração, meditou, depois, com um gesto firme, mergulhou a mão na sacola. A lâmina de uma faca de açougueiro brilhou em sua mão. Levantou-se, vestiu a *gandoura* e escondeu a faca no capuz. Vi minha mãe se mexer. Compreendeu que o marido tinha ficado louco, mas não ousou chamá-lo à razão. Esse tipo de história não dizia respeito às mulheres.

Meu pai saiu no meio da noite. Ouvi seu passo se perder no pátio, como uma oração no vento. A porta do cortiço rangeu antes de ser fechada. Em seguida, o silêncio... um silêncio abissal que me deixou em alerta até de manhã.

Meu pai voltou ao nascer do dia. Furtivamente. Desfez-se de sua *gandoura*, jogou-a longe, recolocou a faca na sacola e voltou para o canto do nosso cômodo que ele ocupava desde aquela maldita quinta-feira. Encolheu-se e não se mexeu mais.

A notícia se espalhou em Jenane Jato como fogo na palha. O atravessador Bliss rejubilava. Ia de porta em porta gritando: "El Moro está morto, que alívio, meu povo. El Moro não vai mais torturar ninguém. Alguém o trucidou atravessando-lhe o coração com um punhal."

Dois dias mais tarde, meu pai me levou à farmácia de meu tio. Tremia como se tivesse febre, com seus olhos vermelhos e sua barba desgrenhada.

Meu tio não deu a volta no balcão para se aproximar. Nossa intrusão matinal, na hora em que os lojistas estavam começando a levantar as portas de ferro, não dizia nada de bom. Pensava que meu pai tinha voltado para tirar satisfação da ofensa do outro dia, e seu alívio foi grande quando o ouviu dizer, com uma voz tênue.

— Você tinha razão, Mahi. Meu filho não tem nenhum futuro comigo.

Meu tio ficou boquiaberto.

Meu pai abaixou-se na minha frente. Seus dedos me machucaram quando me pegou pelos ombros. Olhou direto em meus olhos e disse:

— É para o seu bem, meu filho. Não estou abandonando nem renegando você. Só estou tentando lhe dar uma chance.

Beijou-me na cabeça — costume reservado aos deões reverenciados —, tentou sorrir, não conseguiu, levantou-se e deixou bruscamente a loja quase correndo, sem dúvida alguma para esconder as lágrimas.

5

Meu tio morava na cidade europeia, no fim de uma rua asfaltada, ladeada de casas de tijolos, bonitas e agradáveis, com grades de ferro fundido e venezianas nas janelas. Era uma bela rua com calçadas limpas decoradas com fícus podados com esmero. Havia bancos espaçados onde os velhos se sentavam para ver o tempo passar. Crianças corriam nas praças. Elas não vestiam os trapos dos meninos de Jenane Jato, nem traziam as marcas do destino em seus rostinhos; pareciam sorver a vida a plenos pulmões com franco deleite. Reinava, no bairro, uma quietude inimaginável; só se ouvia os gritinhos das crianças e o canto dos pássaros.

A casa de meu tio era um sobrado com um jardinzinho na entrada e uma pequena aleia ao lado. A buganvília transbordava sobre o parapeito da cerca e se deixava cair no vazio, salpicada de flores violetas. Sob a varanda, uma parreira não parava de se enrolar.

— No verão, os cachos de uva pendem por todos os lados — disse meu tio empurrando o portão. — Você só terá que ficar na ponta do pé para pegá-los.

Seus olhos reluziam. Estava nas alturas.

— Você vai gostar daqui, meu menino.

Uma mulher ruiva, com uns quarenta anos, abriu a porta. Era bonita, o rosto redondo com dois olhos grandes verde-água. Quando me viu, de pé sobre a escadinha, levou as mãos juntas ao coração e ficou alguns instantes sem voz, encantada. Depois seu olhar correu a interrogar o de meu tio, e seu alívio foi grande quando ele assentiu.

— Meu Deus! Como ele é bonito! — falou, enquanto se abaixava à minha frente para me olhar mais de perto.

Seus braços me agarraram tão rápido que quase caí para trás. Era uma mulher robusta com gestos às vezes bruscos, quase viris. Apertou-me bem forte contra o peito. Sentia até os batimentos de seu coração. Cheirava bem como um campo de lavanda, e as lágrimas que hesitavam em escorrer de suas pálpebras acentuavam o verde de seus olhos.

— Querida Germaine — disse meu tio com uma voz trêmula —, eu lhe apresento Younes, ontem meu sobrinho, hoje nosso filho.

Senti um tremor atravessar o corpo da mulher. A lágrima que segurava a emoção na ponta de seus cílios rolou de pronto sobre seu rosto.

— Jonas — disse, tentando controlar o choro —, Jonas, se você soubesse como estou feliz!

— Fale com ele em árabe. Ele não foi à escola.

— Não faz mal. Vamos arrumar isso.

Ela se levantou, trêmula, me pegou pela mão e me fez entrar numa sala que me pareceu maior que um estábulo, decorada com móveis imponentes. A luz do dia penetrava por uma imensa porta com cortinas dando para uma varanda onde estavam duas cadeiras de balanço em volta de uma mesinha.

— É sua nova casa, Jonas — disse-me Germaine.

Meu tio nos acompanhava, com o sorriso de um lado a outro, e com um pacote embaixo do braço.

— Comprei algumas roupas para ele. Você comprará mais amanhã.

— Muito bem, vou fazer isso. Vá, seus fregueses devem estar impacientes.

— Ora, ora, você o quer só para você?

Germaine se abaixou de novo para me admirar.

— Acho que vamos nos entender, não é, Jonas? — me disse em árabe.

Meu tio colocou o pacote de roupas sobre uma cômoda e se instalou confortavelmente num divã, com as mãos sobre os joelhos, o fez puxado para trás.

— Você pretende ficar aí nos espionando? — perguntou Germaine. — Volte para o trabalho.

— De jeito nenhum, minha cara. Hoje é feriado para mim. Tenho uma criança em casa.

— Está falando sério?

— Nunca falei tão sério em minha vida.

— Bom — concedeu Germaine —, Jonas e eu vamos tomar um bom banho.

— Eu me chamo Younes — lembrei-lhe.

Ela me olhou com um sorriso enternecido, acariciou meu rosto e cochichou em meu ouvido:

— Não mais, meu querido...

E, dirigindo-se a meu tio:

— Já que você está aí, seja útil e vá me esquentar água.

Ela me puxou para uma pequena sala onde estava uma espécie de caldeirão fundido, abriu uma torneira e, enquanto a tina enchia, pôs-se a me despir.

— Vamos começar nos livrando desses trapos, não é, Jonas?

Eu não sabia o que dizer. Seguia com os olhos suas mãos brancas correndo pelo meu corpo, tirando minha *chechia*, minha *gandoura*, minha camisa puída, minhas botas de borracha. Tinha a sensação de que ela me desfolhava.

Meu tio chegou com um balde de ferro fumegante. Ficou no corredor, pudicamente. Germaine me ajudou a entrar na banheira, me ensaboou da cabeça aos pés, me lavou muitas vezes, me esfregando vigorosamente com uma loção perfumada, depois me secou com uma toalha e foi buscar minhas roupas novas. Uma vez vestido, ela me apresentou para um grande espelho: eu tinha virado alguém diferente. Vestia um casaco de marinheiro com uma gola larga, realçada por quatro botões de cobre na frente, calças curtas com bolsos do lado e uma boina idêntica à de Ouari.

Quando voltei ao salão, meu tio se levantou para me receber. Estava tão feliz que me dava medo.

— Não está magnífico, meu principezinho descalço? — exclamou.

— Pare, você vai atrair mau-olhado sobre ele... E quanto aos pés nus, você não comprou sapatos...

Meu tio bateu na testa com a palma da mão.

— É verdade, onde estava com a cabeça?

— Nas nuvens, com certeza.

Meu tio saiu imediatamente. Voltou um pouco mais tarde, com três pares de sapatos de tamanhos diferentes. Os menores me serviram. Eram sapatos de cadarço, negros e macios, que batiam em meus tornozelos e envolviam admiravelmente meus pés. Meu tio não devolveu os outros; guardou-os *para os próximos anos*.

Não me deixavam dar um passo sozinho, gravitando em torno de mim como duas borboletas em volta da luz. Eles me fizeram visitar a casa, cujos quartos amplos com teto alto poderiam abrigar todos os locatários do atravessador Bliss. Cortinas caíam em cascata de um lado e de outro das janelas de vidraças imaculadas e venezianas pintadas de verde. Era uma bela morada ensolarada, um pouco labiríntica de início, com seus corredores, portas secretas, escadas em espiral e armários embutidos que eu tomava por outras salas. Eu pensava em meu pai, em nosso casebre, em nossas terras perdidas, em nossa toca de ratos em Jenane Jato. A diferença era tão grande que senti uma vertigem.

Germaine me sorria cada vez que eu olhava para ela. Já me mimava. Meu tio não sabia por onde me conquistar, mas se recusava a me deixar um segundo. Mostravam-me tudo ao mesmo tempo, riam por qualquer coisa. Às vezes, tomavam a mão um do outro e se contentavam de me observar, enternecidos às lágrimas, enquanto eu descobria, estupefato, as coisas dos tempos modernos.

À noite, jantamos no salão. Outra curiosidade: meu tio não precisava de um lampião para clarear suas noites. Bastava apertar um interruptor para que um punhado de lâmpadas se iluminassem no teto. Eu fiquei muito pouco à vontade na mesa. Acostumado a comer no mesmo prato que o resto da família, sentia-me exilado dispondo de um prato individual. Não tinha engolido quase nada, incomodado pelo olhar constante que vigiava meus feitos e gestos, e pelas mãos que voltavam sem parar para alisar meus cabelos ou apertar minha bochecha.

— Não o perturbe — dizia Germaine sem parar a meu tio. — Vamos dar um tempo para ele se familiarizar com as novas referências.

Meu tio se continha por alguns instantes, depois se deixava ir mais e mais, empolgado e atrapalhado.

Depois do jantar, subimos.

— É seu quarto, Jonas — Germaine me anunciou.

Meu quarto... Ficava no fundo do corredor, duas vezes maior que o espaço que minha família inteira dividia em Jenane Jato. Uma grande cama ocupava o centro, ladeada por dois criados-mudos. Quadros cobriam as paredes, alguns representando paisagens de sonho, outros, personagens orando, com as mãos juntas no peito e a cabeça aureolada por ouro. A estatueta de bronze de uma criança de asas, sobre um pedestal na lareira, ficava embaixo de um crucifixo. Um pouco afastada, uma pequena escrivaninha fazia companhia a uma cadeira estofada. Um cheiro estranho pairava no ar, suave e adocicado. Pela janela, podíamos ver as árvores da rua e os telhados das casas em frente.

— Você gostou?

Não respondi. A felicidade brutal que me invadia me assustava. Temia quebrá-la ao menor tropeço, de tal forma a ordem austera do ambiente parecia em equilíbrio em cada detalhe, sustentada apenas por um fio.

Germaine pediu a meu tio para nos deixar a sós. Ela esperou vê-lo sair antes de começar a me despir, me colocou na cama, como se eu fosse incapaz de me deitar sem ajuda. Minha cabeça afundou nos travesseiros.

— Tenha bons sonhos, meu menino.

Ela puxou as cobertas sobre meu corpo, deu um beijo interminável em minha testa, apagou a lâmpada do criado-mudo e saiu na ponta dos pés, fechando cuidadosamente a porta atrás dela.

O escuro não me incomodava. Eu era um menino solitário, sem muita imaginação e tinha o sono fácil. Mas, nesse quarto opressor, um mal-estar imenso me pegou pelo estômago. Sentia falta de meus pais. No entanto, não era a ausência que me atormentava. Havia algo estranho naquele quarto que eu não chegava a identificar e que eu sentia no ar, invisível e pesado ao mesmo tempo. Seria o cheiro das cobertas, ou o que pairava no ar, que me intoxicava? Era essa respiração ofegante que ressoava aqui e lá, às vezes na lareira? Eu tinha certeza de que não estava sozinho, que alguém escondido na penumbra me espiava. Com a nuca arrepiada e a respiração entrecortada, senti uma mão fria tocar meu rosto. Lá fora, a lua cheia clareava a rua. O vento assobiava entre as grades enquanto as árvores se agitavam sob as rajadas de vento. Fechava os olhos com força me encolhendo sob os lençóis. A mão glacial não se retirava. E aquela presença se tornava mais e mais invasiva. Eu a sentia em pé ao lado da cama, pronta a saltar sobre mim. O ar começava a ficar rarefeito. Meu coração estava a ponto de explodir. Abri os olhos e surpreendi a estátua se virando lentamente. Ela me fixou com seus olhos cegos, a boca paralisada num sorriso triste... Aterrorizado, pulei da cama e me escondi com o lençol. A estátua da criança de asas virou a cabeça para me olhar; sua sombra monstruosa cobriu a parede inteira. Entrei debaixo da cama e, com o coração batendo forte, me encolhi todo e fechei os olhos, certo de que se os abrisse de novo surpreenderia a estátua, de quatro, me encarando.

Estava com tanto medo que ignoro se dormi ou desmaiei...

— Mahi!

O grito me fez saltar. Minha cabeça bateu nas tábuas do estrado.

— Jonas não está no quarto — berrou Germaine.

— Como não está no quarto? — perguntou meu tio.

Ouvi-os correr no corredor, bater as portas, voar pelas escadas.

— Ele não saiu de casa. A porta está fechada a chave — disse ele. — A porta da varanda está fechada também. Você olhou nos banheiros?...

— Vou sair, ele não está aqui — disse Germaine em pânico.

— Você tem certeza de que ele não está no quarto?...

— Pois estou dizendo que a cama está vazia...

Procuraram no térreo, remexeram em alguns móveis, em seguida subiram as escadas e voltaram para meu quarto.

— Meu Deus! Jonas! — gritou Germaine ao me ver sentado na beira da cama. — Onde você estava?

Eu estava com o lado direito dormente. Meu tio se inclinou sobre o pequeno galo que tinha acabado de brotar na minha testa.

— Você caiu da cama?

Estendi um braço impotente para a estátua.

— Ela se mexeu a noite toda.

Assim que ouviu isso, Germaine me amparou.

— Jonas, meu doce Jonas, por que você não me chamou? Você está pálido, a culpa é toda minha.

Na noite seguinte, a estátua da criança de asas não estava mais no meu quarto. O crucifixo e os quadros tampouco. Germaine ficou na cabeceira a me contar histórias numa mistura de árabe e francês e a me acariciar os cabelos até que o mercador de sonhos viesse rendê-la.

Semanas se passaram. Eu sentia falta de meus pais. Germaine não se furtava a nenhum esforço para tornar minha vida agradável. Pela manhã, quando ia fazer compras, me levava junto e só me trazia para casa com um doce ou um brinquedo na mão. À tarde, me ensinava a ler e a escrever. Tinha intenção de me matricular na escola o mais breve possível, mas meu tio não queria precipitar as coisas. Às vezes, ele me deixava acompanhá-lo à farmácia. Eu ficava atrás da pequena escrivaninha, no fundo da loja, e, enquanto ele se ocupava dos clientes, fazia-me copiar as letras do alfabeto num caderno. Germaine achava que eu aprendia rápido e não entendia por que meu tio hesitava em me confiar a um verdadeiro professor. Ao fim de dois meses, eu já sabia ler as palavras sem tropeçar nas sílabas. Meu tio continuava irredutível. Recusava-se a ouvir falar de escola antes de estar absolutamente certo de que meu pai não iria voltar atrás e vir me pegar.

Uma noite, enquanto eu vagava pelos corredores da casa, ele me convidou para ir ao seu escritório. Era uma sala austera, apenas com uma pequena janela que a iluminava pobremente. As paredes estavam tomadas por livros de capa dura. Havia livros para todos os lados, sobre as estantes, sobre as cômodas, sobre a mesa. Meu tio estava sentado numa cadeira, debruçado sobre uma obra volumosa, os óculos equilibrados no nariz. Ele me pôs sobre seus joelhos e apontou para o retrato de uma senhora pendurado na parede.

— Você precisa saber de uma coisa, meu menino. Você não caiu do céu... Vê essa senhora, na foto?... Um general a apelidara de Joana d'Arc. Era uma grande dama, autoritária e afortunada. Chamava-se Lalla Fatna e possuía terras tão vastas como um país. Seu rebanho povoava as planícies, e os notáveis da região vinham comer na sua mão. Mesmo os oficiais franceses a cortejavam. Dizem que se o emir Abd el-Kader a tivesse conhecido, teria mudado o curso da história... Olhe-a bem, meu menino. Essa mulher, essa figura lendária, pois bem, ela é a sua bisavó.

Ela era bonita, Lalla Fatna. Sentada bem ereta nas almofadas, o pescoço longo e a cabeça altiva acima de seu cafetã bordado com ouro e pedras, parecia reinar tanto sobre os homens como sobre seus sonhos.

Meu tio passou a uma segunda foto de três homens com mantos de capuz, rostos fortes, barbas cuidadas e olhares tão intensos que quase saíam da moldura.

— Aquele do meio é meu pai, ou seja, seu avô. Os dois outros são irmãos dele. À direita, Sidi Abbas. Partiu para a Síria e nunca mais voltou. À esquerda, Abdelmoumène, letrado brilhante. Ele poderia ter se tornado o líder dos *oulémas*, os sábios teólogos, tanto sua erudição ultrapassava o entendimento, mas cedeu muito rápido ao apelo das tentações. Frequentava a burguesia europeia, abandonava as terras e os animais e gastava o dinheiro nas casas mundanas. Foi encontrado morto numa ruela, apunhalado pelas costas.

Fez com que eu olhasse um terceiro retrato, maior que os dois precedentes.

— Aqui estão, no centro, seu avô com os cinco filhos. De um primeiro casamento teve três filhas de quem jamais falava. À direita, está o mais velho, Kaddour. Não se entendia muito bem com o pai e foi deserdado quando foi para a metrópole envolver-se com política... À esquerda, Hassan.

Era um boa-vida, frequentava as mulheres de vida fácil que enchia de pedras preciosas e fazia, pelas costas da família, negócios que engoliram uma boa parte de nossas fazendas e de nossos haras. Quando seu avô foi levado aos tribunais, só pôde constatar as perdas. Eles nunca mais se entenderam. Ao lado de Hassan, Abdessamad, um bravo que precisou sair de casa porque o pai o proibiu de se casar com uma prima cuja família tinha se aliado aos franceses. Morreu soldado, em algum lugar da Europa, no fim da guerra de 1914... E os dois macaquinhos que você vê sentados ao pé do pai são Issa, o caçula, seu pai, e eu, dois anos mais velho. Nós nos amávamos muito... Depois, fiquei seriamente doente, e nem os médicos nem os curandeiros puderam me curar. Tinha mais ou menos a sua idade hoje. Seu avô ficou desesperado. Quando alguém recomendou-lhe que procurasse as religiosas, recusou categoricamente. Como eu enfraquecia a olhos vistos, ele se surpreendeu uma manhã batendo à porta das freiras...

Mostrou-me um retrato onde se via um grupo de irmãs de caridade.

— São as religiosas que me salvaram. A muito custo consegui concluir os estudos. Seu avô, arruinado pelas hipotecas e pelas epidemias, aceitou mesmo assim pagar minha formação de farmacêutico. Talvez ele tenha compreendido que eu tinha mais chance de me virar com os livros que com os credores. Quando encontrei Germaine na faculdade onde ela estudava biologia, seu avô, que certamente estava de olho numa prima ou na filha de um amigo, não se opôs à nossa união. Uma vez diplomado, ele me perguntou o que eu pensava em fazer da vida. Escolhi viver na cidade e ter uma farmácia. Ele consentiu sem me impor condições. Foi assim que comprei essa casa e a loja... Seu avô nunca veio me ver na cidade. Nem mesmo quando me casei com Germaine. Ele não tinha me renegado, apenas quis me dar uma chance. Como seu pai quando confiou você a mim... Seu pai é um homem corajoso, honesto e trabalhador. Tentou salvar o que pôde, mas estava sozinho. Não foi culpa dele. Era a última roda de uma carroça que já se desmontava. Ele ainda pensa que nós dois juntos teríamos conseguido endireitar a situação, só que o destino decidiu de outra forma.

Segurou-me pelo queixo e me olhou direto nos olhos:

— Com certeza você está se perguntando por que estou lhe contando tudo isso, meu menino... Pois bem, para que você saiba que tem com quem contar. Em suas veias corre o sangue de Lalla Fatna. Você pode ter êxito onde seu pai fracassou, pode se reerguer novamente, para o alto de onde você vem.

Ele me beijou na testa.

— Agora, vá encontrar Germaine. Ela deve estar sentindo sua falta lá na sala.

Escorreguei de seus joelhos e corri para a porta.

Ergueu as sobrancelhas quando me viu parar bruscamente.

— Sim, meu menino?...

Era minha vez de olhá-lo direto nos olhos.

— Quando você vai me levar para ver minha mãe e minha irmãzinha?

Ele sorriu.

— Depois de amanhã, prometo.

Ele voltou mais cedo que de hábito. Germaine e eu estávamos na varanda, ela lendo na cadeira de balanço, eu tentando encontrar uma tartaruga surpreendida na véspera entre as plantas do jardim. Germaine pôs o livro na mesinha e franziu as sobrancelhas. Meu tio não veio beijá-la como fazia todos os dias. Ela esperou alguns minutos. Meu tio não reapareceu, ela se levantou e foi encontrá-lo.

Ele estava na cozinha, sentado numa cadeira, os dois cotovelos na mesa, a cabeça entre as mãos. Germaine compreendeu que alguma coisa grave tinha acontecido. Eu a vi sentar-se na frente dele e pegar sua mão.

— Problemas com os fregueses?

— Por que você acha que tenho problemas com os fregueses? — irritou-se meu tio. — Não sou eu que lhes prescrevo o que devem tomar como medicamento...

— Você está zangado?

— Claro, estou voltando de Jenane Jato.

Germaine teve um leve sobressalto.

— Não era amanhã que você deveria levar o pequeno lá?

— Preferi sondar o terreno antes.

Germaine foi buscar uma garrafa de água e serviu um copo ao marido, que o esvaziou de um gole só.

Ele me viu em pé no meio do salão e apontou para o andar de cima.

— Espere no quarto, Jonas. Vamos repassar as últimas lições.

Fiz de conta que ia subir as escadas, esperei um pouco no patamar, desci de novo alguns degraus e apurei o ouvido. O nome Jenane Jato tinha me colocado uma pulga atrás da orelha. Queria saber o que havia por trás da cara abatida de meu tio. Tinha acontecido alguma infelicidade na casa de meus pais? Meu pai teria sido identificado e preso pela morte de El Moro?

— E então? — perguntou Germaine em voz baixa.

— Então o quê? — disse meu tio com abatimento.

— Você viu seu irmão?

— Ele não parece bem, não mesmo.

— Você deu dinheiro a ele?

— Imagina! Quando levei a mão ao bolso, ele reagiu como se eu tivesse puxado uma arma. "Não vendi meu filho", ele disse. "Eu o confiei a você." Isso me atingiu em cheio. Issa está à beira do abismo. Ele me faz temer o pior.

— O que quer dizer isso?

— Se você visse os olhos dele! Parece um zumbi.

— E Jonas, você vai levá-lo amanhã para ver a mãe?

— Não.

— Você prometeu a ele.

— Mudei de ideia. Ele está começando a pôr a cabeça para fora d'água. Não quero empurrá-lo para baixo de novo.

— Mahi...

— Não insista. Sei o que estou fazendo. A partir de agora nosso menino deve olhar para frente. Para trás só há desolação.

Ouvi Germaine se mexer nervosamente na cadeira.

— Você desiste muito rápido, Mahi. Seu irmão precisa de você.

— Você acha que não tentei? Issa tem um pavio curto, não é preciso muito para que exploda. Não me dá nenhuma chance. Ele me cortaria o braço se eu lhe estendesse a mão. Para ele, tudo que vem dos outros é esmola.

— Você não é os outros, você é irmão dele.

— Você acha que eu não sei disso?... Na cabeça dele dá no mesmo. O problema é que ele se recusa a aceitar que chegou ao fundo do poço. Agora que não é mais que a sombra de si mesmo, tudo que brilha o queima. E, além disso, ele não gosta de mim. Você não tem ideia do quanto ele não gosta de mim. Ele acha que, se eu tivesse ficado ao lado dele, teríamos, nós dois, salvado nossas terras. Está convencido disso. Hoje mais que nunca. Estou certo de que isso é uma obsessão para ele.

— É você que se sente culpado...

— Talvez, mas ele está obcecado. Eu o conheço. Ele se cala para ruminar melhor sua raiva. Me despreza. Para ele, vendi minha alma ao diabo. Reneguei os meus, desposei uma infiel, troquei minhas terras por uma casa na cidade, troquei minha *gandoura* por um terno europeu e, apesar de manter um fez sobre a cabeça, sou reprovado por ter jogado fora meu turbante. Entre mim e ele nunca haverá consenso.

— Você deveria ter dado algum dinheiro para a mulher dele.

— Ela não aceitaria. Sabe que Issa a mataria se soubesse.

Subi rapidamente para meu quarto e me tranquei com duas voltas na chave.

No dia seguinte ao meio-dia, meu tio abaixou a porta de ferro da loja e voltou para me buscar. Deve ter pensado melhor de cabeça fria ou talvez Germaine o tenha convencido. De qualquer maneira, se esforçava para manter o coração leve. Estava cansado de viver na angústia de ver meu pai se arrepender. A incerteza hipotecava sua felicidade. Ele tinha projetos para mim, mas a eventualidade de uma reviravolta na situação o atormentava. Meu pai era capaz de aparecer ali sem aviso, de me pegar pela mão e me levar sem nem mesmo se dignar a dar uma explicação.

Meu tio me levou a Jenane Jato. E Jenane Jato me pareceu mais atroz que antes. Lá, o tempo girava em falso. Sem continuidade entre os fatos. Os mesmos rostos morenos lançavam olhares opacos sobre as redondezas, os mesmos teatros de sombras se confundiam com a penumbra. Perna-de-pau recolocou o turbante no alto da cabeça com um gesto seco quando nos viu chegar. O barbeiro quase cortou a orelha do velhote cuja cabeça ele raspava. Os meninos suspenderam as brincadeiras e se alinharam ao longo do caminho para nos encarar. Seus trapos exibiam corpos descarnados.

Meu tio evitava se demorar na miséria do ambiente. Andava em linha reta, o queixo alto, o olhar imperscrutável.

Não entrou comigo no cortiço, preferindo me esperar do lado de fora.

— Fique o tempo que quiser, meu menino.

Corri para o pátio. Dois filhos de Badra brigavam ao lado do poço, com os braços embaralhados numa luta sem trégua. O menor mantinha firmemente o irmão mais velho no chão e tentava lhe torcer o cotovelo. Num canto, próximo às latrinas, Hadda lavava roupa, acocorada em frente a uma bacia entalhada num tronco. O vestido levantado até as coxas deixava as belas pernas nuas serem acariciadas pelo sol. Estava de costas para mim e não parecia nem um pouco incomodada pela luta livre que os dois malandros da vizinha travavam com rara ferocidade.

Levantei o reposteiro de nosso cômodo e precisei esperar alguns segundos para que meus olhos se habituassem à escuridão que reinava. Vi minha mãe estendida sobre um catre, uma coberta sobre o corpo, a cabeça apertada num lenço.

— É você, Younes? — gemeu.

Corri, me jogando sobre ela. Seus braços me enlaçaram e me pressionaram contra seu peito. Seu abraço estava frouxo. Minha mãe queimava de febre.

Empurrou-me sem força. Meu peso devia impedi-la de respirar.

— Por que você voltou? — perguntou.

Minha irmã permanecia perto da mesa. Não a percebi imediatamente, de tão silenciosa e apagada que estava. Seus grandes olhos vazios me observavam se perguntando onde já teriam me visto antes. Eu tinha me ausentado apenas por alguns meses e ela já não se lembrava mais de mim. Minha irmã ainda não falava. Não se parecia com as outras crianças da sua idade e se recusava a crescer.

Tirei de uma sacolinha um brinquedo que tinha comprado para ela, coloquei sobre a mesa. Minha irmã não o pegou. Apenas se contentou em tocá-lo com os olhos antes de recomeçar a me encarar. Peguei o brinquedo — uma bonequinha de pano — e pus entre suas mãos. Ela nem percebeu.

— Como você fez para vir até aqui? — perguntou minha mãe.

— Meu tio está me esperando na rua.

Minha mãe soltou um gemido ao se sentar. De novo, seus braços me enlaçaram e me puxaram contra o peito.

— Estou muito feliz em ver você. Como é na casa de seu tio?

— Germaine é muito boa. Ela me dá banho todos os dias e compra tudo que quero. Tenho muitos brinquedos, potes de doces, sapatos... Sabe, mamãe, a casa é grande. Tem muitos quartos e lugar para todo mundo. Por que vocês não vêm viver conosco?

Minha mãe sorriu, e todo o sofrimento que enrugava seu rosto desapareceu como por encanto. Ela era bonita, com cabelos negros que chegavam até os quadris e seus olhos grandes. Muitas vezes, quando ainda estávamos nas nossas terras e a via contemplar nossos campos do alto de um morro, eu a tomava por uma sultana. Ela tinha porte, graça, e quando descia a encosta do monte, a miséria que se agarrava na barra de seu vestido como uma matilha de cães não chegava a tocá-la.

— É verdade — insisti —, por que vocês não vêm viver conosco na casa de meu tio?

— As coisas não são assim entre os adultos, meu menino — disse ela enxugando alguma coisa sobre o rosto. — E, além disso, seu pai não vai querer nunca morar na casa de alguém. Ele quer se reerguer por si próprio e sem dever nada a ninguém... Você está com uma cara boa — acrescentou. — Tenho impressão de que você engordou... E como você está bonito nessas roupas! Parece um pequeno *roumi*.

— Germaine me chama de Jonas.

— Quem é ela?

— A mulher de meu tio.

— Não faz mal. Os franceses pronunciam mal os nossos nomes. É sem querer.

— Eu sei ler e escrever...

Seus dedos alisaram meus cabelos.

— Muito bom. Seu pai jamais teria deixado você com seu tio se não esperasse que ele fizesse por você o que ele não pode fazer.

— Onde ele está?

— Trabalhando. Sem parar... Você vai ver, um dia ele vai buscar você para levá-lo para a casa de seus sonhos... Sabia que você nasceu numa bela casa? O casebre onde você cresceu pertencia a uma família de camponeses que seu pai empregava. No começo, éramos quase ricos. Uma vila inteira festejou nosso casamento. Uma semana de cantorias e festa. Nossa casa era de tijolo e tinha um jardim em volta. Seus três primeiros irmãos nasceram como príncipes. Eles não sobreviveram. Você chegou depois e brincou nesses jardins até cansar. Mais tarde Deus decidiu que o inverno tomasse o lugar da primavera, e nossos jardins murcharam. É a vida, minha criança. O que ela nos dá com uma das mãos nos tira com outra. Mas nada nos impede de buscar a recuperação. E você, você vai conseguir. Perguntei à vidente Batoul. Ela leu nas estrias da água que você vai conseguir. É por isso que, cada vez que sinto sua falta, me chamo de egoísta e digo a mim mesma: "Ele está bem lá onde está. Ele está salvo."

6

Não fiquei muito tempo com minha mãe. Ou talvez tenha ficado uma eternidade. Não me lembro. O tempo não contava. Havia alguma outra coisa, mais densa e essencial. Como no horário de visita nas prisões, o que importa é o que retemos do instante partilhado com alguém que nos faz falta. Na minha idade, não me dava conta dos desgastes que minha partida infligia aos meus pais, da mutilação que tinha me tornado. Minha mãe não derramou nenhuma lágrima. Choraria mais tarde. Sem largar minha mão, ela falava comigo sorrindo. O sorriso de minha mãe era uma absolvição.

Nós dissemos mais ou menos o que tínhamos para nos dizer, o que não era muita coisa, nada que já não soubéssemos.

Não é bom para você ficar aqui, ela decretou.

Naquele momento, o que ela disse não me tocava tanto. Eu era só um menino para quem as palavras ultrapassavam apenas raramente os contornos dos lábios. Eu tinha assimilado alguma coisa, prestara atenção?... E depois, que importância tinha? De qualquer modo eu já não estava mais ali.

Foi ela que lembrou que alguém me esperava na rua, que eu precisava ir. E a eternidade tinha se rompido da mesma maneira como se apagam as lâmpadas quando apertamos o interruptor: tão rápido que fui pego de surpresa.

Lá fora, o pátio estava silencioso. Nenhuma confusão, nenhum barulho de briga. Será que estavam escutando na nossa porta? Saindo, surpreendi todo o grupo de vizinhos em torno do poço. Badra, Mama, a vidente Batoul, a bela Hadda, Yezza e sua filharada me encarando a distância. Parecia que tinham medo de me quebrar se se aproximassem. Os diabinhos de Badra quase não respiravam. Eles, que mexiam em tudo, naquele momento colavam as mãos ao corpo. Bastava eu ter trocado de roupa para desnorteá-los. Ainda hoje me pergunto se, afinal de contas, o mundo não é só aparências. Se você tem uma cara mal-ajambrada e um saco de juta sobre a barriga vazia, é pobre. Se você lava o rosto, dá uma penteada nos cabelos, enfia umas calças limpas, é outra pessoa. Dependia de tão pouco. Aos onze anos, esse despertar nos confunde. Algumas questões ficam sem resposta ou nos contentamos com as mais convenientes. Eu estava convencido de que a miséria não era uma fatalidade, mas apenas uma questão de espírito. Tudo se constrói em nossas cabeças. O que os olhos descobrem o pensamento adota, e achamos que ali está a realidade imutável dos seres e das coisas. Entretanto, basta por um instante desviar a atenção do mau momento para descobrir um outro caminho, novo em folha, e tão misterioso que nos surpreendemos a sonhar... Em Jenane Jato, não se sonhava. As pessoas tinham decidido que o destino estava dado e que não havia nada mais a fazer. De tanto olhar a vida pelo lado dos mais fracos, acabaram por se familiarizar com essa miopia.

Meu tio me estendeu a mão. Peguei-a no ar. Quando seus dedos se fecharam em torno de minha mão, parei de olhar para trás.

Eu já não estava mais ali.

Não guardei muita coisa do meu primeiro ano de adoção. Já seguro de nossa condição, meu tio tinha me matriculado numa escola a duas quadras de casa. Era um estabelecimento comum, com corredores sem atrativos e duas árvores imensas no pátio. Acho que era sombrio, que as luzes do dia só tocavam levemente a parte mais alta do prédio. O professor era um homem enrugado e severo, nos ensinava francês com um forte sotaque que alguns alunos imitavam com perfeição. A professora, ao contrário, era paciente e terna. Usava vestidos leves e sempre o mesmo avental desbotado sobre eles e, quando passava entre as carteiras, seu perfume a seguia como uma sombra.

Só havia dois árabes em minha classe, Abdelkader e Brahim, filhos de dignatários, cujas empregadas os vinham buscar na saída da escola.

Meu tio cuidava de mim como seu bem mais precioso. Seu bom humor me encorajava. Ele me convidava de vez em quando para ir a seu escritório e me contava histórias cujos sentido e importância eu não entendia bem.

Orã era uma cidade magnífica. Tinha um estilo singular que somava à sua jovialidade mediterrânea um charme inesgotável. Tudo que ali se empreendia lhe cabia como uma luva. A cidade sabia viver e não escondia isso. A noite era mágica. No verão, depois das horas de calor intenso, o ar se refrescava e as pessoas punham as cadeiras nas calçadas a conversar em torno de um copo de licor de anis. De nossa varanda, podíamos vê-las fumando cigarros e ouvir suas histórias. Suas brejeirices enigmáticas se espalhavam no escuro como estrelas cadentes e seus risos roucos rolavam até nossos pés, como as ondas que vêm nos lamber os dedos na beira do mar.

Germaine estava feliz. Não podia tirar os olhos de mim sem agradecer aos céus com uma oração. Eu tinha consciência da felicidade que proporcionava, a ela e ao marido, e isso me envaidecia.

Às vezes, meu tio recebia algumas pessoas, que vinham de muito longe, árabes e berberes, uns vestidos à europeia, outros ostentando trajes tradicionais. Eram pessoas importantes, muito distintas. Todos falavam de um país que se chamava Argélia. Não aquele que ensinavam na escola nem nos bairros ricos, mas um país espoliado, submisso, amordaçado e que ruminava a raiva como um alimento estragado — a Argélia dos Jenanes Jatos, das feridas abertas e das terras queimadas, das vítimas e dos que carregam seus fardos... Um país que precisava ser redefinido, um lugar onde todos os paradoxos do mundo pareciam ter escolhido viver.

Acho que eu era feliz na casa de meu tio. Jenane Jato não me fazia falta. Tinha arranjado uma amiga que morava em frente. Chamava-se Lucette. Estávamos na mesma classe e seu pai a deixava brincar comigo. Ela tinha nove anos, não era muito bonita, mas era tranquila e generosa, e eu gostava muito de sua companhia.

Na escola, as coisas se normalizaram a partir do segundo ano. Consegui entrar no esquema. Os pequenos *roumis*, os pequenos europeus, é verdade, eram crianças estranhas. Podiam acolher uma pessoa de braços abertos e rejeitá-la em seguida. Entendiam-se muito bem entre eles. Chegavam a brigar no recreio, a jurar ódios implacáveis, mas assim que aparecia um intruso — geralmente um árabe ou um "parente pobre" de sua própria comunidade —, se juntavam em bloco contra ele, o isolavam, hostilizavam e apontavam para ele sistematicamente quando se procurava um culpado de algum malfeito. No começo, encarregaram Maurice, um patife violento, de me perseguir. Quando perceberam que eu era só um "molenga" incapaz de dar socos mas também não chorava, me deixaram em paz. E, quando descobriam outras vítimas, até me toleravam na periferia do grupo. De qualquer modo eu não era um deles e eles não perdiam nenhuma ocasião de me lembrar disso. Curiosamente, bastava eu tirar meu lanche da pasta para atraí-los. De uma hora para outra viravam meus amigos. Assim que eu dividia meu lanche e que devorávamos a última migalha, eles rapidamente me renegavam e me viravam a cara.

Uma noite, voltei para casa louco de raiva. Precisava de explicações, e logo. Estava furioso com Maurice, com o professor e com todos da minha classe. Tinha sido ferido em meu amor-próprio e, pela primeira vez, compreendia que minha dor não se limitava à de minha família. Ela podia se estender às pessoas que eu nunca tinha visto, mas que se tornavam tão próximas de mim quanto meu pai e minha mãe. O incidente acontecera durante a aula. Tínhamos entregado os deveres e Abdelkader estava constrangido. Ele não tinha feito o seu. O professor o pegou pela orelha, o fez subir no estrado e o apresentou à classe. "O senhor pode me dizer por que não entregou a lição como seus colegas, senhor Abdelkader?" O aluno mantinha a cabeça baixa, vermelho de vergonha. "Por quê, senhor Abdelkader? Por que o senhor não fez o dever?" Sem resposta, o professor se dirigiu ao resto da classe: "Alguém pode nos dizer por que o senhor Abdelkader não fez o dever?" Sem levantar o dedo, Maurice respondeu no meio do tumulto: "Porque os árabes são preguiçosos, senhor." Todos começaram a rir e eu fiquei furioso.

Em casa, fui diretamente encontrar meu tio no escritório.

— É verdade que os árabes são preguiçosos?

Meu tio estava surpreso com meu tom agressivo.

Tinha pousado o livro que estava lendo e se voltou para mim. O que ele viu em meu rosto o enterneceu.

— Venha aqui, meu menino — disse-me abrindo os braços.

— Não... Eu quero saber se é verdade. Os árabes são preguiçosos?

Meu tio me encarava segurando o queixo entre o polegar e o indicador. O momento era sério. Ele me devia explicações.

Depois de refletir, pôs-se na minha frente e disse:

— Nós não somos preguiçosos. Apenas sabemos aproveitar a vida. O que não é o caso dos ocidentais. Para eles, tempo é dinheiro. Para nós, o tempo não tem preço. Uma xícara de chá basta para nossa felicidade, enquanto que nenhuma felicidade é suficiente para eles. Toda a diferença está aí, meu menino.

Não dirigi mais a palavra a Maurice e parei de ter medo dele.

E depois houve um dia — mais um — que, pelo fato de eu ter aprendido a sonhar, me pegou totalmente desprevenido.

Tinha acompanhado Lucette à casa de sua tia, uma costureira cujo ateliê ficava em Choupot, dois quarteirões acima do nosso, e voltava para casa a pé. Era uma manhã de outubro, e o sol grande como uma abóbora decorava o céu. O outono arrancava das árvores suas últimas folhas enquanto o vento levantava as que já estavam no chão. Na avenida, onde Lucette e eu gostávamos de colar o rosto nas vitrines, havia um bar. Não me lembro do nome na placa pendurada na frente, mas ainda me recordo dos bêbados que o frequentavam. Eram barulhentos e, por vezes, irascíveis, que a polícia continuamente acalmava a golpes de cassetete. No momento em que passava pelo bar, uma discussão violenta explodiu. Aos xingamentos sucedeu um alvoroço de mesas e cadeiras e vi um homem grande furioso pegar um mendigo pelo pescoço e pelo fundo das calças e jogá-lo por cima da escada da entrada. O pobre miserável aterrissou a meus pés. Estava completamente bêbado.

— Não me apareça mais por aqui, seu verme! — intimou o homem de pé nos degraus. — Suma daqui.

Entrou no estabelecimento e voltou com um sapato na mão.

— E tome essa babucha, seu safado. Você vai correr muito melhor e mais rápido para o abismo.

O mendigo encolheu o pescoço quando o sapato lhe acertou a cabeça. Como ele me barrava o caminho, estendido no meio na calçada, e sem que eu soubesse se devia contorná-lo ou atravessar a rua, fiquei parado.

O mendigo estava com a cara no chão e com o turbante desmantelado. Suas mãos tremiam e tentavam se apoiar em qualquer coisa, mas ele estava bêbado demais para encontrar apoios. Depois de muito se contorcer, sentou-se, procurou o sapato, colocou-o, e então endireitou o turbante.

Ele não cheirava bem. Acho que tinha se urinado.

Vacilante, com uma das mãos no chão para evitar uma nova queda, ele procurou a bengala, que estava perto do meio-fio e se pôs de quatro para alcançá-la. De repente se deu conta de minha presença e enrijeceu. Levantando a cabeça em minha direção, seu rosto se desfez.

Era meu pai!

Meu pai... que era capaz de mover as montanhas, de pôr as incertezas de joelhos, de torcer o pescoço do destino!... Lá estava ele, a meus pés, na calçada, com roupas malcheirosas, o rosto inchado, os lábios cortados, pingando baba, o brilho de seus olhos tão trágico quanto as manchas roxas na sua cara!... Uma ruína... um farrapo... uma tragédia!

Ele me olhava como se eu fosse uma aparição. Seus olhos vermelhos e inchados se cobriram com não sei o quê e seu rosto se amassou como se fosse papel velho nas mãos de um catador.

— Younes? — balbuciou...

Não era o som de uma voz... apenas um sopro entre a exclamação quase inaudível e o choro...

Eu estava atordoado.

Percebendo a gravidade da situação, ele tentou se levantar bruscamente. Sem tirar os olhos de mim, os traços enrijecidos pelo esforço, apoiou-se sobre a bengala, se esforçando para não emitir nenhum gemido. Mas os joelhos o traíram e ele caiu de novo, desoladamente, na sarjeta. Meu castelo de areia que se desmanchava, as promessas de ontem e meus desejos mais caros se esfacelavam com um vento quente. Minha dor era imensa. Queria me debruçar sobre ele, passar seu braço em volta de meu ombro e erguê-lo. Queria que ele me estendesse a mão, que se agarrasse em mim. Queria mil outras coisas, mil trampolins, mil alavancas, mas eu me recusava a admitir o que via, já que nenhum de meus membros respondia ao meu chamado. Amava demais meu pai para imaginá-lo a meus pés, vestido como um maltrapilho, as unhas negras e o nariz sangrando...

Não podendo vencer a embriaguez, ele parou de lutar e, com a mão magra, me pediu para ir embora.

Num último sobressalto de orgulho, meu pai tomou fôlego e se apoiou de novo na bengala. Precisou ir ao mais fundo do que lhe restava de dignidade para buscar forças de se refazer. Inclinou-se para frente, cambaleou para trás, apoiou-se contra a parede, as pernas moles. Lutava com todo seu ser para ficar de pé. Agarrava-se a um apoio imaginário, lembrando um velho cavalo a ponto de se esborrachar no chão. Depois, um pé na frente do outro, o ombro raspando a parede do bar, começou a se afastar. A cada passo ele se esforçava para corrigir a marcha e se afastar um pouco da parede, para me provar que era capaz de caminhar direito. Havia, nessa batalha patética que travava contra si mesmo, o que a derrota tinha de mais valoroso e de mais grotesco ao mesmo tempo. Bêbado demais para ir muito longe, perdeu o fôlego ao fim de alguns metros e se virou para ver se eu tinha ido embora. Eu ainda estava lá, os braços caídos, tão tonto quanto ele. Então, me lançou um olhar que me perseguiria a vida inteira. Um olhar degradado no qual se perderia qualquer juramento, incluindo aquele que o mais corajoso dos pais faria ao melhor dos filhos... Um olhar que lançamos uma vez só durante toda a existência porque, antes ou depois, não há mais nada... Compreendi que aquela seria a última vez que ele me olhava, que esses olhos, que tinham me fascinado e aterrorizado, protegido e reprimido, amado e enternecido, nunca mais se levantariam para mim.

— Ele está assim desde quando? — perguntou o médico arrumando o estetoscópio na maleta.

— Ele voltou ao meio-dia — disse Germaine. — Parecia normal. Então fomos para a mesa. Comeu um pouco e de repente começou a vomitar.

O médico era um homem grande e ossudo, com o rosto alongado e pálido. Seu terno cinza-escuro lhe conferia algo de um marabuto. Fechou as fivelas da maleta com a mão autoritária enquanto me encarava.

— Não sei o que ele tem — reconheceu. — Não tem febre, não sua e não apresenta nenhum sintoma de resfriado.

Meu tio, que se mantinha com Germaine ao pé da cama, não dizia nada. Seguiu com atenção o exame, lançando de vez em quando um olhar inquieto para o médico, que examinava minha garganta, agitava uma lanterninha na frente dos meus olhos, apertava meus ouvidos, auscultava minha respiração. Por fim, levantou-se circunspecto.

— Vou prescrever medicamentos para conter a náusea. Ele deve ficar na cama hoje. Vai melhorar. Ele deve ter comido alguma coisa que não lhe caiu bem. Se não melhorar, me chamem.

Depois que o médico foi embora, Germaine ficou comigo. Ela não estava tranquila.

— Você comeu alguma coisa na rua?
— Não.
— Está com dor de barriga?
— Não.
— Então, o que você tem?

Eu não sabia o que eu tinha. Estava partido ao meio. Ficava tonto assim que levantava a cabeça. Parecia que meu estômago se embrulhava, que minha alma estava entorpecida.

Quando acordei, era noite. Os barulhos da rua tinham cessado. A lua cheia clareava meu quarto e o vento se distraía puxando as árvores por suas tranças. Devia ser muito tarde. Geralmente, os vizinhos só se deitavam depois de terem contado todas as estrelas. Minha boca estava com um gosto bilioso e minha garganta queimava. Empurrei as cobertas e me levantei. Minhas pernas tremeram. Aproximei-me da janela e esperei, o nariz colado no vidro, ver passar uma silhueta qualquer. Queria reconhecer meu pai em cada notívago.

Germaine me surpreendeu assim, com o corpo gelado banhado de suor. Apressou-se em me colocar de novo na cama. Eu não ouvia o que ela me dizia. Seu rosto desaparecia atrás do de minha mãe; em seguida, o de meu pai suplantava os dois, provocando dores no meu estômago.

Não sei quanto tempo fiquei doente. Quando voltei para a escola, Lucette disse que eu tinha mudado, que não era mais o mesmo. Alguma coisa tinha se quebrado em mim.

O atravessador Bliss veio ver meu tio na farmácia. Eu o reconheci assim que ele se pôs a limpar a garganta. Tinha um jeito peculiar de fazer isso. Eu estava no fundo da loja estudando quando ele chegou. Por entre o reposteiro, que dividia os ambientes, podia observá-lo. Molhado até os ossos, usava um velho *burnous*, uma capa sem mangas, remendada e muito grande para ele, uma saruel cinza suja de lama e sandálias de borracha que deixavam marcas de barro no chão.

Meu tio parou de examinar as contas e levantou a cabeça. A visita do atravessador não lhe dizia nada de bom. Bliss só se aventurava muito raramente pelo bairro europeu. Diante do seu olhar desesperado, meu tio adivinhou que um vento funesto soprava em sua direção.

— Sim?...

Bliss botou a mão em sua *chechia* e coçou energicamente a cabeça. Estava constrangido.

— É sobre seu irmão, doutor.

Meu tio fechou o registro com um golpe seco e se virou para mim. Se deu conta que eu os observava. Contornou o balcão, tomou Bliss pelo braço e foi para um canto. Deixei meu tamborete e me aproximei do reposteiro para escutar.

— O que aconteceu com meu irmão?
— Ele desapareceu...
— O quê?!... Como assim, desapareceu?
— Bom, não voltou mais para casa.
— Desde quando?
— Há três semanas.
— Três semanas? E só agora você me avisa?
— É culpa da mulher. Você sabe como elas são, as mulheres, na ausência de seus homens. Preferem que a casa pegue fogo antes de pedir ajuda ao vizinho. Foi a vidente Batoul que me avisou esta manhã. A mulher de seu irmão a consultou ontem. Pediu para que ela lesse nas marcas de sua mão o que tinha acontecido com o marido, e foi assim que Batoul soube que seu irmão não dá sinal de vida há três semanas.

— Meu Deus!

Voltei rapidamente para minha mesa de trabalho.

Meu tio afastou o reposteiro e me encontrou debruçado sobre meu caderno.

— Vá dizer a Germaine para vir me substituir na farmácia. Tenho coisas urgentes a resolver.

Juntei minhas coisas e saí. De passagem, tentei ler o olhar de Bliss, mas ele tinha desviado os olhos. Pus-me a correr pelas ruas como um condenado.

Germaine não parava quieta. Assim que terminava com um cliente, ela vinha para trás do reposteiro e me vigiava. Minha calma a inquietava. De tempos em tempos, não conseguindo se conter, se aproximava na ponta dos pés e se inclinava por sobre meus ombros enquanto eu estudava. Sua mão acariciava meus cabelos antes de descer para minha testa e verificar minha temperatura.

— Está tudo bem mesmo?

Eu não respondia.

O último olhar que meu pai tinha me lançado naquele dia, enquanto cambaleava de embriaguez e vergonha, tinha recomeçado a me roer com a voracidade de um verme.

A noite tinha caído havia horas, e meu tio tardava a voltar. Na rua deserta sob o dilúvio, um cavalo desabara, levando na queda a carroça que puxava. O carregamento de carvão tinha se espalhado pela rua e o carroceiro, praguejando contra o animal e contra o mau tempo, tentava achar uma solução para o problema.

Através da vitrine, Germaine e eu olhávamos o cavalo estatelado no chão, as patas da frente dobradas e o pescoço desarticulado. A água da chuva fazia ondear sua crina sobre o calçamento.

O carroceiro foi buscar socorro e voltou com um punhado de voluntários, enfrentando o aguaceiro e os raios.

Um deles se abaixou em frente ao cavalo.

— Esse pangaré está morto — disse o árabe.

— Não pode ser, ele só escorregou.

— Estou dizendo, ele está morto.

O carroceiro recusou-se a admitir. Em seguida, agachou-se na frente do animal sem ter coragem de colocar a mão nele.

— Não é possível. Ele estava bem.

— Os animais não sabem se queixar — disse o voluntário. — Você deve ter forçado demais o chicote, meu camarada.

Germaine pegou a manivela e baixou até a metade a porta de ferro da farmácia. Depois, me deu o guarda-chuva, apagou a luz e me empurrou para fora. Colocou as trancas, pegou o guarda-chuva, me apertou contra ela e nós nos apressamos para chegar em casa.

Meu tio só voltou tarde da noite. Estava encharcado. Germaine lhe tirou o casaco e os sapatos no vestíbulo.

— Por que ele não está deitado? — resmungou apontando-me com o queixo.

Germaine deu de ombros e subiu rapidamente os degraus que levavam ao andar de cima. Meu tio me olhou com atenção. Os cabelos molhados brilhavam sob o lustre, mas seu olhar era sombrio.

— Você deveria estar no quarto dormindo. Amanhã você tem aula.

Germaine voltou com um roupão que meu tio vestiu na hora. Enfiou os pés nus nas pantufas e veio em minha direção.

— Faça-me um favor, meu menino, vá para o quarto.

— Ele sabe sobre o pai — Germaine o informou.

— Ele já sabia antes de você. Mas não é razão para não estar dormindo.

— De qualquer modo, ele não pregará o olho antes de ouvir o que você tem a dizer. É o pai dele.

Meu tio não gostou das últimas afirmações de Germaine. Ameaçou-a com os olhos. Ela não ligou. Estava inquieta e compreendia que não seria razoável me esconder a verdade.

Meu tio colocou as duas mãos sobre meus ombros.

— Nós o procuramos por todos os lugares — ele disse. — Ninguém o viu. Nos lugares que ele frequentava, não se lembram de tê-lo visto nesses últimos tempos. Sua mãe não sabe onde ele está. Ela não entende por que ele foi embora... Nós ainda vamos procurar. Encarreguei o atravessador e três homens de confiança de percorrer a cidade para encontrar uma pista...

— Eu sei onde ele está — anunciei. — Ele partiu para fazer fortuna, vai voltar num belo carro.

Meu tio olhou para Germaine, temendo que eu estivesse alucinando. Ela o tranquilizou, piscando os olhos levemente.

Uma vez em meu quarto, olhei para o teto e imaginei meu pai em algum lugar juntando fortunas com os dois braços, como nos filmes para os quais o pai de Lucette me convidava nos domingos à tarde. Germaine veio me ver muitas vezes para se assegurar de que eu estava dormindo. Eu fingia dormir. Ela vinha à minha cabeceira, procurava minha testa, arrumava meus travesseiros e ia embora depois de me cobrir bem. Assim que ela fechava a porta, eu jogava longe as cobertas e, com os olhos fixos no teto, tal qual um menininho enfeitiçado por uma visão extraordinária, seguia as aventuras de meu pai como numa tela.

O atravessador Bliss e os três homens de confiança que meu tio tinha encarregado de encontrar meu pai voltaram de mãos vazias. Tinham procurado nos comissariados, nos hospitais, nas casas de tolerância, nos lixões, nas feiras, junto aos andarilhos e vagabundos, aos bêbados e mercadores... Meu pai tinha sumido.

Semanas depois, fui a Jenane Jato sem dizer nada a ninguém. Tinha aprendido a entender a cidade e queria fazer uma visita à minha mãe sem pedir permissão a Germaine e sem ser acompanhado por meu tio. Minha mãe me repreendeu duramente. Achou minha iniciativa estúpida e me fez prometer não fazer isso de novo. A periferia era empestada de pessoas pouco confiáveis e um menino bem-vestido podia muito bem ser feito em pedaços pelos escroques que operavam nos becos. Expliquei que tinha vindo ver se meu pai tinha voltado. Minha mãe me informou que meu pai não precisava que nos preocupássemos com ele e que, segundo a vidente Batoul, ele ia muito bem e já estava fazendo fortuna. "Quando ele voltar, passará primeiro para buscar você na casa de seu tio, antes de passar para nos pegar, sua irmã e a mim, para irmos *todos juntos* para uma casa grande com jardins e muitas árvores frutíferas."

Com isso, ela mandou o filho mais velho de Badra procurar o atravessador Bliss para que ele me levasse logo de volta para meu tio.

A rejeição peremptória de minha mãe me torturou durante muito tempo.

Eu acreditava que era a origem de todos os males da terra.

7

Durante meses, à noite, só fechava os olhos depois de ter investigado minuciosamente o teto. De um canto a outro. Na largura e no comprimento. Eu me deitava de costas e, a cabeça fixa no travesseiro, fazia e desfazia as aventuras de meu pai cujo filme incoerente se desenrolava acima de minha cama. Eu o imaginava como um nababo hierático no meio de seus cortesãos, como um malfeitor, pirateando em lugares distantes, explorador de ouro, desenterrando, com um golpe de picareta, a pepita do século ou ainda como um gângster elegante num terno impecável, um charuto no canto da boca. Às vezes, no meio de uma angústia indescritível, eu o surpreendia à deriva nos bairros suspeitos da periferia, bêbado e malvestido, perseguido pelos moleques. Nessas noites, um torno me esmagava a mão — um torno idêntico àquele que a esmagara no dia que entreguei a meu pai o dinheiro que ganhara vendendo pintassilgos.

O desaparecimento de meu pai ficou atravessado na minha garganta. Não conseguia nem engoli-lo nem cuspi-lo. Eu achava que era o responsável. Meu pai não teria coragem de abandonar minha mãe e minha irmã na indigência se não tivesse me encontrado naquele dia. Teria voltado a Jenane Jato no cair da noite e dissipado sua embriaguez num canto, sem levantar suspeitas dos vizinhos. Era um homem de princípios. Sempre se esforçava para separar as coisas e cuidava para que elas não se misturassem. Dizia que podíamos perder nossa fortuna, nossas terras, nossos amigos, nossa sorte e nossas referências, mas haveria sempre uma possibilidade, mesmo que ínfima, de nos reconstruirmos em algum lugar. Ao passo que, se perdêssemos nossa dignidade, não seria possível salvar o resto.

Meu pai tinha perdido a dignidade naquele dia. Por minha causa. Eu o tinha surpreendido no ponto mais baixo de sua decadência e isso ele não podia suportar. Tinha se esforçado tanto para me provar que era para ele uma questão de honra não deixar os maus passos mancharem sua imagem... O olhar que ele tinha me lançado perto do bar, em Choupot, enquanto tentava ridiculamente se manter de pé sobre as pernas, me dizia outra coisa... Esses olhares falam muito sobre o desespero das pessoas. O de meu pai era irremediável.

Eu me odiava por ter ido por aquela rua, por ter passado na frente daquele bar no instante em que o leão de chácara jogava por terra meu pai e meu mundo. Eu me odiava por ter deixado Lucette tão rápido, por ter ficado olhando as vitrines por mais tempo do que de costume.

No escuro de meu quarto, remoía minha dor, e não sabia por que circunstância atenuante poderia implorar. Eu estava tão infeliz que uma noite tinha ido até o quarto de despejo procurar a estátua do anjo que, na primeira noite na casa de meu tio, me aterrorizara. Eu a encontrara no fundo de uma caixa cheia de velharias, a limpara e reinstalara sobre a lareira, na frente da minha cama. E não tirei mais os olhos dela, certo de que iria acabar por vê-la abrir as asas e girar o rosto na minha direção... Nada. Ela ficou imóvel no pedestal, impenetrável e lamentavelmente inútil, e a recoloquei antes do nascer do sol na caixa das velharias.

— Deus é mal!...

— Deus não tem nada a ver com isso, meu menino — retrucou meu tio. — Seu pai foi embora, ponto, é isso. Não foi o maligno que o pressionou nem o anjo Gabriel que o tomou pela mão. Ele tentou se firmar da melhor maneira que pôde, mas desmoronou. É simples assim. A vida é feita de altos e baixos, e ninguém saberia dizer qual é o equilíbrio exato. Temos que cuidar de nós mesmos. A infelicidade que nos atinge não é premeditada. Como o raio, ela cai sobre nós; como o raio, ela se vai, sem se demorar sobre a desgraça que nos infligiu e sem saber dela. Se você quer chorar, chore; se quer esperar, reze, mas, por favor, não procure culpados quando não há uma razão para a dor.

Eu tinha chorado e rezado. Em seguida, com o passar das estações, a tela acima de minha cama se apagou e o teto recuperou sua banalidade. Não adiantava nada ocupar o lugar dos fantasmas. Retomei o caminho da escola, e a mão de Lucette de passagem. Os meninos à minha volta tampouco eram culpados. Eram meninos, nada além de meninos abandonados às infelicidades, que expiavam penas arbitrárias e se acomodavam a elas. Se eles não se faziam muitas perguntas era porque, frequentemente, as respostas não traziam nada de bom.

Meu tio continuava a receber convidados misteriosos. Eles chegavam separadamente, bem no meio da noite, se fechavam na sala por horas, fumando como chaminés. O cheiro de seus cigarros empesteava a casa. A reunião secreta começava e terminava sempre da mesma maneira, discreta no início, entrecortada por silêncios meditativos, em seguida inflamada e prestes a mobilizar a vizinhança. Ouvia meu tio fazer valer o posto de mestre de cerimônias para tentar conciliar os humores. Quando as divergências não chegavam a um acordo, os convidados saíam para tomar ar no jardim. As pontas dos cigarros brilhavam furiosamente na escuridão. Acabada a reunião, eles se retiravam na ponta dos pés, um depois do outro, sondando as redondezas, e desaparecendo na noite.

No dia seguinte, surpreendia meu tio no escritório registrando notas intermináveis num livro de capa dura.

Uma noite, que não se parecia com as precedentes, meu tio autorizou que eu me juntasse aos convidados na sala. Apresentou-me a eles com orgulho. Eu reconhecia alguns rostos, mas o ambiente estava menos tenso, era quase solene. Só um deles falava. Quando abria a boca, os companheiros se calavam e bebiam suas palavras deslumbrados. Era um convidado ilustre, carismático, a quem meu tio admirava... Foi só muito mais tarde, folheando uma revista de política, que pude pôr um nome naquele rosto: Messali Hadj, figura eminente do nacionalismo argelino.

A guerra eclodiu na Europa. Como um abscesso.
A Polônia caiu nas mãos dos nazistas com uma facilidade desconcertante. As pessoas esperavam uma resistência ferrenha e só viram combates patéticos, logo esmagados pelos *Panzers*, os tanques alemães, marcados com a suástica. O sucesso das tropas alemãs suscitava tanto pavor quanto fascinação. A atenção do comum dos mortais se voltou completamente para o norte e para o que se passava do outro lado do Mediterrâneo. As notícias não eram boas. O espectro de um conflito mundial assombrava os espíritos. Não havia um só curioso sentado no terraço de um café sem o jornal aberto sobre as inquietudes. Os passantes paravam, se interpelavam, se reuniam no balcão dos bares ou nos bancos dos jardins públicos para avaliar o Ocidente em acelerada ruína. Na escola, nossos professores relaxavam um pouco. Chegavam de manhã com um monte de notícias e um monte de perguntas e iam embora à noite com as mesmas interrogações e as mesmas ansiedades. O diretor tinha simplesmente instalado um rádio em seu escritório e passava a maior parte do dia ouvindo o noticiário, negligenciando os malandros que, curiosamente nesses tempos difíceis, proliferavam no pátio da escola.

Domingo, depois da missa, Germaine não me levava mais a lugar algum. Ela se fechava no quarto, de joelhos frente a um crucifixo, e rezava ladainhas intermináveis. Ela não tinha família na Europa, mas rezava com todas as suas forças para que a sabedoria triunfasse sobre a loucura.

Meu tio, com a maleta cheia de panfletos e com manifestos sob o casaco, não nos fazia companhia. Eu me voltei para Lucette. Nós esquecíamos de tudo em nossas brincadeiras até que uma voz vinha avisar que era hora de jantar ou de ir para cama.

O pai de Lucette se chamava Jérôme e era engenheiro numa fábrica que não ficava longe de nosso bairro. Mergulhado num livro técnico ou largado num velho canapé na frente de um gramofone que tocava Schubert sem parar, ele nem se dava ao trabalho de vir ver o que fazíamos. Grande e magro, escondido atrás de óculos redondos, parecia viver numa bolha feita sob medida, guardando escrupulosamente distância de tudo e de todos, incluindo a guerra que se preparava para engolir o planeta vivo. Verão ou inverno, ele usava a mesma camisa cáqui com dragonas e grandes bolsos repletos de lápis. Jérôme só falava quando lhe faziam perguntas, às quais respondia invariavelmente com uma ponta de aborrecimento. Sua mulher o tinha deixado alguns anos depois do nascimento de Lucette e isso o marcara profundamente. Claro, não recusava nada a Lucette, mas eu nunca o tinha visto abraçá-la. No cinema, onde nos empanturrava de filmes mudos, podíamos dizer que ele desaparecia assim que as luzes se apagavam. Em alguns momentos me assustava, especialmente depois que tinha declarado a meu tio, num tom indiferente, que era ateu. Na época, não achava que existisse esse tipo de gente. Só havia fiéis em volta de mim. Meu tio era muçulmano; Germaine, católica; nossos vizinhos eram judeus ou cristãos. Na escola como no bairro, Deus estava em todas as línguas e em todos os corações, e eu estava espantado por ver Jérôme se virar sem Ele. Eu o tinha ouvido dizer a um evangelizador que tinha vindo lhe trazer a boa-nova: "Cada homem é seu próprio deus. É quando ele escolhe um outro deus que se renega e fica cego e injusto." O evangelizador o fitou com desprezo, como se ele fosse o diabo em pessoa.

No dia da Ascensão, ele nos levou, Lucette e eu, para contemplar a cidade do alto da montanha Murdjadjo. Primeiro tínhamos ido visitar a fortaleza medieval antes de nos juntarmos aos contingentes de peregrinos em volta da capela Santa Cruz. Eram centenas de mulheres, velhos e crianças se empurrando ao pé da Virgem. Alguns tinham subido a encosta da montanha descalços, agarrando-se aos arbustos, outros de joelhos, agora machucados e ensanguentados. Todo esse mundo de gente andava debaixo de um sol escaldante, os olhos injetados e o rosto exangue, implorando aos santos padroeiros e suplicando ao Senhor para poupar suas vidas miseráveis. Lucette me explicou que os fiéis eram espanhóis que, todo ano na data da Ascensão, passavam por essa provação para agradecer à Virgem por ter poupado a velha Orã da epidemia de cólera que tinha atingido milhares de famílias em 1849.

— Mas eles estão se ferindo — eu disse, chocado com aquele martírio.

— Fazem isso para Deus — disse Lucette com fervor.

— Deus não lhes pediu nada — cortou Jérôme.

Sua voz era afiada como um açoite, aniquilando meu fervor. Eu não via mais peregrinos, mas condenados em transe, e nunca o inferno me pareceu tão próximo como nesse dia de grandes orações. Desde meu nascimento, tinham me alertado contra a blasfêmia. Mas não era preciso proferi-la para sofrer suas consequências. O simples fato de ouvi-la era em si mesmo um pecado. Lucette percebia meu incômodo. Vi que ela ficara com raiva do pai, mas não respondi a seus sorrisos constrangidos. Queria voltar para casa.

Pegamos o ônibus para voltar à cidade. A escarpa cheia de curvas fechadas que levava à velha Orã agravou meu mal-estar. Tinha vontade de vomitar a cada curva. Normalmente Lucette e eu gostávamos de ficar em Scalera, comer uma *paella* ou uma caldeirada numa taberna espanhola e comprar bobagens dos artesãos sefarditas em Derb. Nesse dia, eu não tinha vontade de nada. Jérôme projetava uma sombra sobre minhas preocupações. Temia que sua blasfêmia lançasse infelicidade sobre mim.

Tínhamos pego o bonde até a cidade europeia e continuamos a pé, direto para nosso bairro. Fazia um dia lindo. O sol de Orã se superava, mas eu me sentia estrangeiro às luzes em volta e ao som das brincadeiras. Por mais que a mão de Lucette se esforçasse para apertar a minha, ela não chegava a me despertar de mim mesmo...

E o que eu temia aconteceu: havia uma multidão em nossa rua. Nossos vizinhos estavam de um lado e de outro da calçada, uns com os braços cruzados sobre o peito, outros com a mão no rosto.

Jérôme interrogou com o olhar um homem de bermudas parado na frente da porta de casa. Ele estava regando o jardim, mas fechou a torneira, largou a mangueira no gramado, enxugou as mãos na camisa e abriu os braços em sinal de ignorância.

— Houve algum engano. A polícia prendeu o senhor Mahi, o farmacêutico. Acabam de levá-lo. Os policiais não tinham um ar amigável.

Meu tio foi solto depois de uma semana de detenção. Precisou esperar a noite para voltar para casa. Esgueirando-se pelas vielas. O rosto encovado e o olhar sombrio. Alguns dias de cárcere tinham sido suficientes para transformá-lo por completo. Estava irreconhecível. A barba por fazer acentuava os machucados em seu rosto e lhe dava um ar fantasmagórico. Parecia que o tinham matado de fome e impedido de dormir dia e noite.

O alívio de Germaine só durou o tempo do encontro. Ela logo percebeu que o marido não tinha sido devolvido por inteiro. Meu tio estava como que abobado. Não compreendia de imediato o que dizíamos e ficava furioso quando Germaine perguntava se precisava de alguma coisa. À noite, eu o ouvia andar pela casa resmungando imprecações ininteligíveis. Às vezes, no jardim, levantando os olhos para a janela do primeiro andar, adivinhava sua silhueta atrás das cortinas. Meu tio vigiava a rua sem parar como se esperasse ver desembarcar em sua casa os demônios do inferno.

Germaine tomou para si os negócios da família e se ocupou pessoalmente da farmácia. Entre uma coisa e outra, não tinha mais tanto tempo para mim. O estado mental do marido piorava a olhos vistos, e ela ficava muito aflita porque ele se recusava a ir ao médico. Às vezes não aguentava e caía no choro bem no meio da sala.

Jérôme se encarregou de me levar à escola. Toda manhã, Lucette me esperava na frente de nossa porta, contente, as tranças enfeitadas com fitas. Ela me tomava pela mão e me obrigava a correr para alcançar o pai no fim da rua.

Eu achava que meu tio ia ficar bom ao fim de algumas semanas, mas não. Trancava-se no quarto e se recusava a abrir a porta quando batíamos. Era como se um mau espírito o tivesse possuído. Germaine estava desesperada. Eu não entendia nada. Por que tinham prendido meu tio? O que tinha acontecido no comissariado? Por que ele teimava em não falar nada sobre sua prisão, nem mesmo para Germaine? Mas o que as casas se matam para calar, a rua acaba cedo ou tarde por lhes gritar sobre os telhados. Homem culto, leitor assíduo e atento às mudanças que agitavam o mundo árabe, meu tio era intelectualmente solidário à causa nacional prestes a se disseminar nos meios letrados muçulmanos. Tinha decorado os textos de Shakib Arslanes, o poeta e historiador libanês, e recortava o conjunto dos artigos de militantes que apareciam na imprensa, artigos que ele colecionava, anotava e comentava interminavelmente. Absorvido pelo lado teórico das convulsões políticas, não parecia medir concretamente os riscos de seu engajamento e só conhecia da militância os voos verbais, o financiamento das oficinas clandestinas e as reuniões secretas que os responsáveis do movimento organizavam em sua casa. Nacionalista de coração, mais próximo dos preceitos que da ação radical, que era reservada aos membros do Partido Popular Argelino, em nenhum momento tinha se imaginado atravessando a entrada de um comissariado ou passando a noite numa cela nauseabunda, em companhia de ratos e malfeitores. Na realidade, meu tio era um pacifista, um democrata, um homem da palavra que acreditava nos discursos, nos manifestos, nos slogans, nutrindo uma hostilidade visceral em relação à violência. Cidadão respeitoso das leis, consciente da classe social que seus diplomas universitários lhe conferiam e de seu estatuto de farmacêutico, nunca pensou que a polícia o prendesse em sua casa, sentado em sua poltrona, com os pés num pufe e os olhos em *El Ouma*, a revista do partido.

Diziam que ele estava de dar pena mesmo antes de entrar no carro e que tinha confessado tudo e entregado a todos desde os primeiros interrogatórios, tão cooperativo que tinha sido solto sem registros contra ele — o que negaria até o fim da vida. Como não suportava ser objeto de tal infâmia, perdera a razão.

Recuperando uma certa lucidez, meu tio contou seu projeto a Germaine: não devíamos mais ficar em Orã. Era preciso sair dali com urgência.

— A polícia quer me colocar contra os meus — confessou com a morte na alma. — Acredita? Como puderam fazer de mim um dedo-duro? Eu tenho cara de traidor, Germaine? Pelo amor de Deus, eu seria capaz de entregar meus companheiros?

Ele explicou que, daquele momento em diante, estava fichado, em *sursis*, que iriam vigiá-lo bem de perto e que, dessa maneira, colocaria em perigo companheiros e amigos.

— Você sabe ao menos para onde vamos? — perguntou Germaine, aflita por deixar sua cidade natal.

— Vamos para Río Salado.

— Por que Río Salado?

— É uma cidadezinha bem organizada. Fui até lá, outro dia, para estudar a possibilidade de abrir uma farmácia. Encontrei uma, no térreo de uma casa grande...

— Você vai vender tudo aqui em Orã? Nossa casa, a farmácia?...

— Não temos escolha.

— Deixe pelo menos alguma coisa para termos a chance de voltar para o lugar dos nossos sonhos...

— Sinto muito.

— E se as coisas não derem certo em Río Salado?

— Vamos a Tlemcen, a Sidi Bel Abbes, ou para o Saara. A terra do Senhor é vasta, Germaine, você esqueceu?

Estava escrito, em algum lugar, que eu precisava partir, sempre partir, e deixar para trás uma parte de mim mesmo.

Lucette estava de pé, na frente da porta de casa, as mãos atrás das costas, os ombros encostados na parede. Ela não tinha acreditado quando eu disse que íamos nos mudar. Agora que o caminhão estava lá, ela me odiava.

Não tive coragem de atravessar a rua para lhe dizer o quanto eu lamentava. Eu me contentei em observar os carregadores colocarem os móveis e nossas caixas no caminhão. Era como se eles expulsassem meus deuses e meus anjos da guarda.

Germaine me fez entrar na cabine. O caminhão deu a partida. Virei-me para olhar Lucette. Esperei que sua mão se soltasse, que ela me desse adeus. Lucette não fez nada. Ela parecia não acreditar que eu estava mesmo indo embora.

O caminhão arrancou, e o motorista escondeu minha amiga. Virei a cabeça e quase torci o pescoço para tentar levar comigo ainda que fosse a ilusão de um sorriso, a prova de que ela reconhecia que eu não tinha culpa, que eu estava tão infeliz quanto ela. Em vão. A rua desfilava num ranger de ferragens, em seguida ela desapareceu...

Adeus, Lucette!

Por muito tempo, acreditei que seus olhos enchiam minha alma de ternura. Hoje, me dou conta de que não, era a maneira como ela olhava para mim — com um olhar doce e bom, mal crescido e já maternal, e que, quando me via...

Río Salado ficava a uns sessenta quilômetros a oeste de Orã. Nunca viagem alguma me pareceria tão longa. O caminhão sacolejava na estrada como um velho camelo. O motor engasgava a cada mudança de marcha. O motorista usava calças sujas de graxa e uma camisa que já tinha visto dias melhores. Baixo, os ombros largos, com uma cara de lutador derrotado, dirigia em silêncio, com as mãos peludas como tarântulas em volta do volante. Germaine estava calada, colada à porta, desatenta à paisagem que passava de um lado e outro. Percebi que rezava, por causa de seus dedos entrelaçados discretamente em seu colo.

Atravessamos Misserghin com dificuldade por causa das ruas esburacadas. Era dia de mercado e os vendedores se agitavam em volta das barracas de mercadorias onde raros beduínos com seus turbantes se ofereciam como carregadores. Um agente da ordem se exibia, fazendo girar o cassetete. Com a viseira do quepe na altura das sobrancelhas, saudava obsequiosamente as senhoras e se virava, à sua passagem, para mergulhar os olhos em suas ancas.

— Eu me chamo Costa — disse de repente o motorista. — Coco, para os íntimos.

Lançou um olhar para Germaine. Como ela sorriu educadamente, ele se encheu de coragem.

— Sou grego.

Começou a se remexer no assento.

— Esse caminhão é metade meu. Não parece, né?!, mas é verdade. Dentro de pouco tempo serei meu próprio patrão e não vou mais sair do escritório... Os dois rapazes lá atrás são italianos. Poderiam descarregar um navio em menos de um dia. São carregadores desde que estavam na barriga da mãe.

Os olhos brilhavam acima das bolsas de gordura.

— A senhora se parece com minha prima Mélina, madame... Agora há pouco, quando cheguei, pensei que estava tendo uma alucinação. Que loucura! Como vocês se parecem. Os mesmos cabelos, a mesma cor dos olhos, o mesmo porte. A senhora não tem origem grega, por acaso, madame?

— Não, senhor.

— A senhora é de onde, então?

— De Orã. Quarta geração.

— Nossa! Será que algum ancestral da senhora não lutou contra o santo patrono dos árabes?... Eu estou na Argélia há quinze anos apenas. Era marujo. Fizemos uma escala por aqui. Num caravançará, encontrei Berte. Imediatamente disse: "Fim da linha". Casei com Berte e nos instalamos em Scalera... Orã é uma cidade muito bonita.

— É — disse Germaine, lamentando —, é uma cidade muito, muito bonita.

O motorista virou o volante bruscamente para evitar uma parelha de burros plantada no meio da estrada. Os móveis se chocaram violentamente lá atrás, e os dois carregadores começaram a xingar.

O motorista endireitou o caminhão e acelerou até explodir as correias do motor.

— Seria melhor se você prestasse atenção na estrada em vez de ficar de papo, Coco — gritaram lá de trás.

O motorista consentiu com a cabeça e se calou.

As plantações retomaram seu desfile. As laranjeiras e os vinhedos disputavam a conquista de colinas e planícies. Fazendas magníficas, cercadas por jardins de árvores majestosas, surgiam aqui e ali, geralmente na elevação, como para dominar os campos. Os caminhos que levavam até elas eram ladeados por oliveiras ou palmeiras esguias. Em alguns momentos, víamos um colono voltar pelos campos a pé ou sobre um cavalo, galopando rápido em direção a não sei qual felicidade. Depois, sem avisar, como para se indispor ao espetáculo, os casebres surgiam entre as montanhas, inacreditavelmente sujos, esmagados sob o peso das misérias e dos sortilégios. Alguns se escondiam atrás das muralhas de cactos, por pudor — distinguiam-se apenas os telhados prestes a desabar. Outros se agarravam às encostas dos morros, a porta tão horrenda quanto o sorriso de uma boca desdentada, a taipa sobre as paredes como uma máscara mortuária.

De novo, o motorista se voltou para Germaine e disse:

— Que loucura! Como a senhora se parece com minha prima Mélina, madame.

RÍO SALADO

8

EU AMEI RÍO SALADO — *flumen salsum*, para os romanos. El Malah, nos dias atuais. Aliás, nunca deixei de amá-la, incapaz de me imaginar envelhecendo sob um céu que não fosse o seu, ou de morrer longe de seus fantasmas. Era uma cidade colonial magnífica, com ruas verdejantes e casas suntuosas. A praça, onde se organizavam os bailes e desfilavam as bandas de música de maior prestígio, desenrolava seu tapete de lajotas até a entrada da prefeitura, cercada por palmeiras altivas, enfeitadas por lampiões. Nessa praça se apresentarão Aimé Barelli, Xavier Cugat com seu famoso chihuahua escondido no bolso, Jacques Hélian, Pérez Prado, nomes e orquestras legendárias que Orã, com seu requinte e fama de capital ocidental, não podia se oferecer. Río Salado adorava se dar prazer, contra todos os prognósticos que a haviam dado por completamente vencida. Os castelos, que erguia com uma insolência cuidadosa ao longo da avenida principal, eram sua maneira de dizer aos visitantes que a ostentação é uma virtude, quando se decide vencer o destino, quando se deixa para trás a *via crucis* que foi preciso atravessar para alcançar a lua. Em outros tempos, Río Salado era um lugar agourento, deixado aos lagartos e às pedras, onde raros pastores se aventuravam e onde não voltavam a colocar os pés. Um lugar de arbustos e riachos mortos, onde as hienas e os javalis reinavam como donos absolutos — em resumo, uma terra renegada pelos homens e pelos anjos, que os peregrinos atravessavam correndo como se se tratasse de um cemitério maldito... Depois, os esquecidos e os velhos vagabundos, espanhóis em sua maioria, tinham se apossado dessa paragem inóspita que se parecia com sua miséria. Eles arregaçaram as mangas e decidiram domar aquelas planícies amareladas, arrancando os lentiscos para substituí-los por videiras, limpando o terreno para traçar ali os contornos de uma fazenda. E Río Salado surgiu desses desafios extraordinários como nascem as plantas sobre as sepulturas.

Sentada de pernas cruzadas no meio de suas vinhas e adegas — contava mais de uma centena —, Río se deixava degustar como a seus vinhos, espreitando, entre duas vindimas, a embriaguez de um futuro brilhante. Apesar de um mês de janeiro mais friorento, com o céu sempre nublado, emanava de seus recantos um perfume de verão constante. As pessoas, uma multidão alegre, terminavam o dia quando as lojas não as atraíam, ao cair do sol, em torno de um copo e de um acontecimento qualquer. Podíamos ouvi-las gargalhar ou se indignar num amplo raio ao redor.

— Você vai se divertir nessa cidade — me prometeu meu tio nos acolhendo, a Germaine e a mim, na soleira de nossa nova casa.

A maioria dos habitantes de Río Salado era de espanhóis e judeus orgulhosos por terem construído com suas mãos cada edifício e por terem arrancado da terra cachos de uvas para nutrir os deuses do Olimpo. Eram pessoas agradáveis, espontâneas e íntegras. Adoravam chamar alguém ao longe, com as mãos em concha em volta da boca. Pareciam saídas de uma mesma forja de tanto que pareciam se conhecer umas às outras como a palma de suas mãos. Nada a ver com Orã, onde passávamos de um bairro a outro com a sensação de atravessar épocas, de mudar de planeta. Río Salado florescia em festas até mesmo por detrás dos vitrais da igreja, que ficava ao lado da prefeitura, um pouquinho mais para trás para não inibir os festeiros.

Meu tio tinha avaliado corretamente. Río Salado era um bom lugar para se recomeçar. Nossa casa ficava do lado leste da cidade, com um jardim magnífico e um balcão que dava para um oceano de vinhedos. Era uma casa grande, espaçosa e arejada, o térreo com o pé-direito alto transformado em farmácia e que se prolongava numa sala misteriosa, cheia de estantes e portas secretas. Uma escada em caracol levava ao andar de cima e desembocava numa sala imensa em torno da qual se articulavam três grandes quartos e um banheiro azulejado, cuja banheira repousava sobre patas de leão de bronze. Eu me senti em casa no instante em que, debruçado sobre o parapeito da sacada inundada de sol, meu olhar se prendeu ao voo de uma perdiz e quase não voltou mais.

Eu estava fascinado. Nascido no coração dos campos, encontrava uma de minhas antigas referências: o cheiro da terra e o silêncio das colinas. O camponês em mim ficava feliz por constatar que meus hábitos urbanos não tinham alterado minha alma. Se a cidade era uma ilusão, o campo seria uma emoção sempre presente. Cada dia que nasce traz como que uma paz definitiva. Amei Río Salado de primeira. Era um lugar benevolente. Poderíamos jurar que os deuses e os titãs tinham encontrado a tranquilidade por aqui. Tudo era calmo, livre de velhos demônios. E à noite, quando os chacais vinham agitar o sono dos homens, dava vontade de segui-los até o fundo das florestas. Às vezes me acontecia de ir até a sacada para tentar entrever seus vultos furtivos entre a folhagem dos vinhedos. Esquecia-me por longas horas apurando o ouvido ao menor som e contemplando a lua...

E então... conheci Émilie.

A primeira vez que a vi, estava sentada no portão de nossa farmácia, a cabeça enfiada no capuz do casaco, os dedos triturando os laços de suas botinas. Era uma menina bonita, com olhos ansiosos, negros como o ônix. Eu a teria facilmente tomado por um anjo caído do céu se seu rosto, de uma palidez intensa, não indicasse que ela estava muito doente.

— Bom dia — eu disse. — Posso ajudar?

— Estou esperando meu pai — ela disse se afastando para me dar passagem.

— Você não quer esperá-lo lá dentro? Está frio aqui.

Ela fez que não com a cabeça.

Alguns dias depois voltou, escoltada por um homem imenso. Era o pai. Ele a confiou a Germaine e esperou atrás do balcão, tão ereto e impenetrável como uma baliza. Germaine conduziu a menina para o fundo da loja e depois a devolveu. O homem colocou uma nota sobre o balcão, pegou a menina pela mão e os dois foram embora.

— O que você fez? — perguntei a Germaine.

— Apliquei uma injeção nela... como todas as quartas-feiras.

— O que ela tem?

— Só Deus sabe.

Na quarta-feira seguinte, saí da escola correndo para revê-la. Ela estava lá, na farmácia, sentada no banco em frente ao balcão cheio de frascos e caixas. Folheava, distraída, um livro de capa dura.

— O que você está lendo?

— Um livro ilustrado sobre Guadalupe.

— O que é Guadalupe?

— Um arquipélago francês no Caribe.

Aproximei-me dela, na ponta dos pés para não lhe incomodar. Ela parecia tão frágil e vulnerável.

— Eu me chamo Younes. E você?

— Émilie.

— Vou fazer treze anos daqui a três semanas.

— Eu fiz nove em novembro.

— Dói?

— Não muito, mas é chato.

— O que você tem?

— Não sei. No hospital, eles não sabem. Os remédios que me deram não adiantaram nada.

Germaine veio buscá-la para a injeção. Émilie deixou o livro no banco. Havia um vaso de flores sobre a cômoda ao lado. Peguei uma rosa e a coloquei entre as páginas do livro antes de correr para o meu quarto.

Quando voltei, Émilie já tinha ido embora.

Na quarta-feira seguinte, Émilie não veio. Nem nas outras.

— Provavelmente foi internada — supôs Germaine.

No fim de algumas semanas, como Émilie não dava mais sinal de vida, perdi a esperança de revê-la.

Em seguida, conheci Isabelle, a sobrinha de Pepe Rucillio, a maior fortuna de Río. Isabelle era uma menina linda com grandes olhos azul-violeta e cabelos longos e lisos que lhe chegavam aos quadris. Mas Deus! Como era presunçosa. Olhava o mundo com arrogância. No entanto, quando me via, se tornava frágil, e coitada daquela que ousasse chegar perto de mim. Isabelle me queria só para ela. Seus pais, comerciantes de vinho, trabalhavam para Pepe que era uma espécie de patriarca da família. Moravam numa mansão perto do cemitério israelita, numa rua de fachadas cheias buganvílias.

Isabelle não tinha herdado muita coisa de sua mãe, uma francesa extravagante, que diziam ter nascido numa família pobre e que não perdia nenhuma oportunidade de lembrar a seus detratores que tinha sangue azul em suas veias. Talvez apenas um gosto pronunciado pela ordem e pela disciplina. Por outro lado, era o retrato fiel de seu pai — um catalão de tez bem bronzeada. Ela tinha maçãs salientes, uma boca incisiva e o olhar penetrante. Com treze anos, o nariz empinado e os gestos altivos, ela sabia exatamente o que queria e como consegui-lo, velando sobre suas companhias com tanto rigor quanto sobre a imagem que queria passar de si mesma. Me contou que, numa vida anterior, tinha sido castelã.

Foi ela quem me viu na praça no dia da festa do padroeiro. Aproximou-se de mim e perguntou: "Por favor, desculpe incomodá-lo, você se chama Jonas?" Ela tratava todo mundo, grandes e pequenos, formalmente, e queria que a tratássemos do mesmo jeito... Sem esperar resposta, acrescentou num tom firme: "Quinta-feira é meu aniversário. Sinta-se convidado." Difícil saber se se tratava de um pedido ou de uma ordem. Na quinta-feira, num pátio fervendo de primos e primas, quando estava me sentindo um pouco perdido na confusão, Isabelle me pegou pelo braço e me apresentou a todo mundo: "Esse é meu melhor amigo!"

Foi com ela que dei meu primeiro beijo. Estávamos ao fundo de uma sala grande, em sua casa, num pequeno aposento separado por uma porta envidraçada. Isabelle tocava piano, com as costas eretas e o queixo levantado. Sentado a seu lado no banco, eu contemplava seus dedos afilados que corriam como fogo-fátuo sobre as teclas. Ela tinha um grande talento. De repente, parou e, com delicadeza infinita, fechou a tampa do piano. Depois de fazer um pequeno rodeio, ou de ganhar tempo para pensar um pouco mais, se virou para mim, pegou meu rosto entre suas mãos e pôs seus lábios sobre os meus, fechando os olhos inspirada.

O beijo tinha me parecido interminável.

Isabelle abriu os olhos.

— Sentiu alguma coisa, Jonas?

— Não — respondi.

— Nem eu. É curioso, no cinema me parece intenso... Suponho que seja necessário nos tornarmos adultos para sentir as coisas de verdade.

Mergulhando seu olhar no meu, ela decretou:

— Não tem importância. Esperaremos o tempo que for preciso.

Isabelle tinha a paciência dos que estão certos de fazerem o amanhã. Dizia que eu era o mais belo menino do país, que eu tinha certamente sido um príncipe encantado numa outra vida e que se ela tinha me escolhido para noivo era porque *eu valia a pena*.

Nós não nos beijamos mais, mas nos encontrávamos quase todos os dias para erguer, ao abrigo dos maus olhos, projetos faraônicos.

E de um dia para outro, sem aviso, nosso namorico acabou como que sob o efeito de um sortilégio. Era uma manhã de domingo. Eu estava entediado em casa. Meu tio, que tinha voltado a se trancar no quarto, e Germaine tinha ido à igreja. Não parava de andar em círculos, pulando sem entusiasmo de uma brincadeira solitária a um livro. O dia estava bonito. A primavera se anunciava. As andorinhas chegaram adiantadas, e Río, célebre por suas flores, cheirava a jasmim o tempo todo.

Saí para zanzar pela rua, as mãos atrás das costas e a cabeça em outro lugar. Sem me dar conta, cheguei até a casa dos Rucillio. Chamei Isabelle pela janela. Como sempre fazia. Isabelle não desceu para me abrir a porta. Depois de me espiar longamente pelas frestas, abriu as venezianas com um barulho furioso e gritou:

— Mentiroso!

Entendi, pelo seco de sua voz e pela incandescência de seu olhar, que ela estava morrendo de ódio de mim. Isabelle usava sempre esse tom e esse olhar quando queria deixar claro que era inimiga de alguém.

E, como eu ignorava o que tinha feito e não esperava ser mal recebido, fiquei sem voz.

— Não quero ver você nunca mais — lançou decididamente.

Era a primeira vez que eu a ouvia gritar assim em público.

— Por quê?... — ela gritou, horrorizada com a minha perplexidade. — Por que você mentiu pra mim?...

— Eu nunca menti para você.

— Ah, é?... Você se chama Younes, não é? Younes?!... Então por que se passa por Jonas?

— Todo mundo me chama de Jonas... Isso faz diferença?

— Toda! — urrou ela, se esgoelando.

Seu rosto congestionado tremia de despeito.

— Isso faz toda a diferença!...

Depois de ter retomado o fôlego, disse, sem apelação:

— Nós não somos do mesmo mundo, Younes. O azul de seus olhos não é suficiente.

Antes de fechar as venezianas da janela na minha cara, ela soluçou com raiva e desprezo e acrescentou:

— Sou uma Rucillio, esqueceu?... Você pode me imaginar casada com um árabe?... Prefiro morrer!

Nessa idade, o despertar é muito doloroso e isso me marcou para sempre. Eu estava chocado, perturbado como se tivesse saído de um pesadelo. Daquele dia em diante eu não iria mais ver as coisas da mesma maneira. Alguns detalhes, que a ingenuidade da infância atenua até que não sejamos capazes de vê-los, retornam dos infernos e se põem a nos puxar para baixo, a nos atacar sem trégua, tanto que, quando fechamos as pálpebras, eles ressurgem em nossos espíritos, tenazes e vorazes, como remorsos.

Isabelle tinha me tirado de uma gaiola dourada para me jogar num poço.

Adão expulso do paraíso não teria ficado tão desenraizado quanto eu, e a maçã com certeza teria sido menos indigesta do que a pedra atravessada em minha garganta.

A partir desse dia, comecei a prestar mais atenção em onde punha os pés. Percebi que nenhum mouro andava pelas ruas de nossa cidade, que os indolentes de turbante, que trabalhavam nas plantações, da aurora ao cair da noite, nem mesmo ousavam se aproximar da periferia de uma Río absolutamente colonial, onde apenas meu tio — que muitos tomavam por um turco de Tlemcen — tinha sido aceito, por conta de não sei qual desatenção.

Isabelle tinha me arrasado.

Muitas vezes, nossos caminhos se cruzaram. Ela passava na minha frente sem me ver, com o nariz tão levantado quanto um gancho de açougueiro, e fazia de conta que eu jamais tinha existido... E não acabava aí. Isabelle tinha o defeito de impor aos outros seus gostos e irritações. Quando ela não gostava de alguém, exigia que todos a seu redor desprezassem essa pessoa. Vi então meus espaços diminuírem, meus amigos de classe me evitarem ostensivamente... Foi aliás para vingá-la que Jean-Christophe Lamy se engalfinhou comigo no pátio da escola e me deu uma surra daquelas.

Jean-Christophe era um ano mais velho que eu. Filho de um casal de zeladores, sua condição social não permitia que ele se gabasse muito, mas era loucamente apaixonado pela inatingível sobrinha de Pepe Rucillio. Se ele tinha me batido duramente, era para mostrar o quanto a amava e até onde era capaz de ir por ela.

Horrorizado com meu rosto deformado, o professor me fez subir no estrado e me intimou a mostrar o "delinquente" que tinha feito aquilo. Como não entreguei ninguém, ele me destruiu os dedos com a régua e me pôs no canto do castigo até o fim da aula. Segurando-me na classe depois da saída dos alunos, ele esperava me arrancar o nome do valentão. Ao fim de algumas ameaças, compreendeu que eu não cederia e me mandou embora, prometendo trocar duas palavras sobre isso com meus pais.

Germaine quase teve um ataque me vendo voltar da escola com a cara toda amassada. Ela também quis saber quem tinha feito aquilo, mas só obteve de mim um silêncio resignado. Decidiu me levar de pronto novamente à escola para tirar a história a limpo. Meu tio, que minguava num canto da sala, exclamou: "Você não vai levá-lo a lugar nenhum. Já é hora de ele aprender a se defender."

Alguns dias mais tarde, quando fui passear entre os vinhedos, Jean-Christophe Lamy, junto com Simon Benyamin e Fabrice Scamaroni, seus dois comparsas inseparáveis, cortou caminho pelo campo para me interceptar. Não pareciam zangados, mas fiquei com medo. Eles nunca andavam por aquelas bandas, preferiam muito mais o barulho da praça municipal e os terrenos baldios onde jogavam futebol. Sua presença ali não era um bom sinal. Eu conhecia pouco Fabrice, que estava uma série à minha frente. Eu o via no pátio do recreio sempre mergulhado num livro. Era um menino honesto, a não ser pelo fato de poder servir de álibi ao sacripanta do Jean-Christophe. E também porque o ajudaria em caso de briga feia. Mas Jean-Christophe não tinha necessidade de reforços. Sabia bater e se esquivar de golpes com destreza. Como ninguém o tinha derrotado antes, eu não estava certo de que o companheiro não interviesse se as coisas não corressem bem para o seu lado. Simon, por sua vez, não me inspirava nenhuma confiança. Imprevisível, podia sem aviso dar uma cabeçada num camarada, só para terminar uma discussão chata. Estava na minha sala, fazendo o papel de palhaço da última fila, a importunar os estudiosos e os inteligentes. Era um dos únicos a protestar quando o professor lhe dava uma nota ruim, e cultivava uma franca aversão pelas meninas, sobretudo quando eram bonitas e estudiosas. Implicou comigo logo que cheguei à escola. Tinha reunido toda a corja em torno de mim, debochando de minhas pernas sem pelos, de minha cara de "menininha estúpida" e de meus sapatos novos. Como eu não tinha reagido a seus deboches, me chamou de "florzinha" e me ignorou.

Jean-Christophe trazia um pacote debaixo do braço. Eu vigiava seu olhar, à espreita de um sinal codificado na direção dos companheiros. Não tinha aquele ar sinistro que eu conhecia bem, nem aquela tensão que tomava conta de seu rosto quando ele se preparava para surrar alguém.

— Não queremos brigar — Fabrice assegurou de longe.

Jean-Christophe se aproximou de mim. Com um passo tímido. Estava confuso, até arrependido, e seus ombros pareciam carregar um peso invisível.

— Me desculpe — ele me disse, estendendo o pacote.

Como eu hesitei em pegá-lo, desconfiando de um golpe, ele o colocou nas minhas mãos.

— É um cavalo de madeira. Gosto muito dele, mas quero que fique com você.

Fabrice me encorajava com o olhar.

Quando Jean-Christophe tirou a mão e constatou que o presente estava na minha, sussurrou:

— Obrigado por não ter me entregado.

Acabávamos de iniciar ali, os quatro, uma das mais bonitas amizades de toda a minha vida.

Mais tarde, soube que tinha sido Isabelle que, revoltada pela infeliz iniciativa de Jean-Christophe, tinha exigido que ele me pedisse desculpas, e na presença de testemunhas.

Nosso primeiro verão em Río Salado começou mal. Em 3 de julho de 1940, o país foi sacudido pela Operação Catapulta. A esquadra britânica *Força H* bombardeou navios de guerra franceses abandonados na base naval de Mers el-Kébir. Três dias depois, não nos dando tempo de contar os prejuízos e os mortos, os aviões de Sua Majestade voltaram para terminar o trabalho de destruição.

O sobrinho de Germaine, cozinheiro no encouraçado *Dunkerque*, figurava entre os 1.297 marinheiros mortos nesses ataques. Meu tio tornou-se progressivamente mais sombrio, com um tipo de autismo crônico, e se recusou a nos acompanhar no enterro. Germaine e eu tivemos que ir sem ele.

Encontramos Orã em estado de choque. Toda a cidade se reuniu na avenida ao longo do mar, atordoada pelo pesadelo da base em chamas. Alguns barcos e edifícios queimavam desde o primeiro ataque. A fumaça negra asfixiava a cidade e escondia a montanha. As pessoas estavam horrorizadas e ultrajadas, porque os navios atingidos estavam fora de operação de combate devido ao armistício assinado duas semanas antes. A guerra, que supúnhamos incapaz de chegar ao Mediterrâneo, estava a partir daquele dia às portas da cidade. Depois do susto e da comoção, a loucura. As especulações começaram e deram livre curso às elucubrações mais alarmantes. Falavam de incursões alemãs, de operações noturnas com paraquedistas, de desembarques iminentes, de novos bombardeios maciços que teriam como alvo dessa vez, a população civil e mergulhariam a Argélia no conflito que estava fazendo a Europa voltar à Idade da Pedra.

Eu tinha pressa de voltar para Río.

Depois do enterro, Germaine me deu um pouco de dinheiro e me autorizou a ir a Jenane Jato, contanto que Bertrand, um de seus sobrinhos, me acompanhasse e me trouxesse são e salvo para casa.

Logo de cara, Jenane Jato me pareceu diferente. A cidade crescia e empurrava para mais longe, em direção ao Petit Lac, os bairros de periferia e os acampamentos nômades. As matas recuavam frente ao avanço do concreto e, no lugar das clareiras cheias de lixo e dos becos e lugares suspeitos, os canteiros de obras exibiam suas máquinas. No lugar do bazar, as fundações de um quartel militar ou de uma prisão surgiam. Uma multidão desordenada tomava os postos de empregos, alguns deles reduzidos a apenas uma mesa no meio de um monte de quinquilharias... A miséria, entretanto, continuava lá, inabalável. Resistia a tudo, inclusive aos projetos municipais mais entusiasmados. Os mesmos vultos caquéticos se esgueiravam pelos muros, os mesmos vagabundos apodreciam dentro dos papelões. Os esfomeados ficavam em frente aos botequins infectos para mergulhar o pão no cheiro dos cozidos, a cara acinzentada, o olhar parado, enrolados em suas vestes como múmias. Eles nos olhavam passar como se fôssemos o tempo em pessoa, como se viéssemos de um outro mundo. Bertrand, que parecia mais corajoso, apressava o passo quando algum suspeito nos encarava ou quando um olho ameaçador observava nossas roupas. Havia alguns *roumis* que passavam para cá e para lá, muçulmanos em roupas europeias, o fez enfiado até a orelha, mas se sentia no ar a fermentação implacável das tempestades em *sursis*. De vez em quando, assistíamos a brigas e gritarias que se interrompiam abruptamente, cedendo lugar a um silêncio perturbador. O mal-estar era enorme, e a espera, ofegante. A dança dos vendedores de água, com suas piruetas e chocalhos coloridos e enfeitados com rendas e sininhos, não chegavam a conjurar as influências maléficas.

Havia sofrimento demais, muito além do suportável...

Jenane Jato se curvava sob o peso de sonhos destruídos. Meninos deixados à própria sorte se moviam à sombra dos mais velhos, embriagados de fome e insolação. Eram uma tragédia ambulante, largados e repugnantes de sujeira e violência, correndo descalços para se pendurar na traseira dos caminhões, rindo alto, sem consciência do perigo, flertando com a morte no ritmo dos aceleradores. Às vezes, se reuniam em torno de uma bola de pano ou de lutas. Havia algo de suicida nessas brincadeiras.

— Muito diferente de Río, não é? — me disse Bertrand para aliviar a tensão.

Ele não me olhava nos olhos. O medo escorria em seu rosto como a tinta de uma máscara. Eu também estava com medo, mas o bolo que queimava minha barriga desapareceu no momento em que reconheci Perna-de-pau na entrada de sua loja. O pobre-diabo tinha perdido peso e envelhecido muito.

Franziu as sobrancelhas, da mesma maneira que tinha feito na minha última visita, surpreso e contente ao mesmo tempo.

— Você pode me dizer o segredo da sua boa estrela, olhos azuis? — disse ele, apoiando-se no cotovelo. — Se há mesmo um deus, por que ele nunca olha para esse lado?

— Não blasfeme — exclamou o barbeiro, que eu nem tinha visto ainda, já que ele e seus instrumentos pareciam ser uma coisa só. — É por causa da sua boca suja que Ele nos vira as costas.

O barbeiro não tinha mudado nada. Exceto por um corte feio de navalha, bem no meio do rosto.

Não prestou atenção em mim.

Jenane Jato se movia, mas eu não sabia em que direção. Os barracões de zinco que se engalfinhavam atrás das cercas tinham desaparecido. Em seu lugar, no meio de uma vasta superfície de um vermelho sombrio, haviam cavado buracos. As fundações de uma ponte que iria logo cruzar a via férrea. Atrás de nosso cortiço, lá onde as ruínas de um canteiro de obras viravam pó, uma fábrica gigantesca começava a se erguer.

Perna-de-pau me mostrou com o polegar o pote de balas.

— Quer uma, garoto?

— Não, obrigado.

Com uma lamparina muito velha na mão e um cesto enorme nas costas, um vendedor de doces e biscoitos fazia soar uma espécie de matraca. Ele perguntou se queríamos alguma coisa. O brilho em seu olhar nos deu um frio na espinha.

Bertrand me empurrou prudentemente para frente. Nenhum rosto em volta, nenhuma sombra parecia digna de confiança.

— Eu espero aqui fora — ele me disse na altura do cortiço. — Fique o tempo que quiser.

Em frente ao cortiço, lá onde antes ficava a gaiola de Ouari, tinha surgido uma casa de tijolos e um murinho de pedras, que começava do seu lado esquerdo e subia o caminho que levava até o terreno baldio onde os moleques não conseguiram me linchar, em outros tempos.

A lembrança de Ouari me atravessou o espírito. Eu o vi de novo me ensinando a pegar pintassilgos e me perguntei o que teria sido feito dele.

Badra piscou os olhos me vendo avançar pelo pátio. Estava estendendo a roupa, a barra de seu vestido presa ao cordão colorido que lhe servia de cinto, as pernas nuas até o começo das coxas. Levou as mãos aos quadris gigantescos e separou as pernas como um policial, interditando o acesso ao prédio.

— Ah, você se lembra que tem uma família!

Ela tinha se transformado. Badra. Sua obesidade tinha amolecido e seu rosto, antes decidido, tinha derretido sobre seu queixo. Ela era apenas um monte de carne flácida, sem nenhum vigor, sem nenhum brilho.

Eu não sabia se ela estava me gozando ou me repreendendo.

— Sua mãe saiu com sua irmã — disse mostrando a porta fechada do nosso cômodo. Mas não vai demorar a voltar.

Com o pé, ela afastou a bacia de roupas para liberar um tamborete e empurrá-lo na minha direção.

— Sente-se aí — ela disse. — Vocês, filhos, são todos iguais. Vocês mamam até nos secar e depois, assim que aprendem a ficar em pé, pulam fora e nos deixam de mãos abanando. Como seus pais, vocês fogem na ponta dos pés e se lixam para o que vai ser de nós.

Ela me virou as costas, ocupada em pendurar a roupa. Eu via apenas seus ombros caídos, que se mexiam pesadamente. Parou para assoar o nariz ou enxugar uma lágrima, balançou a cabeça e recomeçou a estender as roupas torcidas numa corda de cânhamo velha, que cortava o pátio em duas partes.

— Sua mãe não está bem — ela disse. — Nada bem. Tenho certeza de que aconteceu algo ruim com seu pai, e ela, ela não quer ver isso. Tem muito homem que abandona a família para se estabelecer em outro lugar e começar do zero, é verdade, mas não é só isso. A violência está por toda parte, hoje em dia. Acho que seu pai morreu, mataram ele e jogaram numa vala. Seu pai era trabalhador, não era do tipo que abandona os filhos. Mataram ele. Como meu pobre marido. Mataram meu marido por uma ninharia, por um punhado de moedas. Em plena rua. Um golpe de faca. Um golpe só, e tudo acabou. Tudo. Como podemos morrer assim tão fácil quando temos uma penca de bocas para dar de comer? Como é que um menino que mal saiu das fraldas pode matar alguém assim?...

E Badra falava, falava... sem tomar fôlego. Parecia que a caixa de Pandora tinha se aberto de repente dentro dela. Falava como se isso fosse tudo que lhe restava fazer, pulava de uma tragédia a outra, ora fazia um gesto de indiferença, ora se calava. Eu via seus ombros se sacudindo atrás da primeira fileira de roupas, suas pernas nuas embaixo. De vez em quando suas ancas apareciam no meio das roupas suspensas. Ela me contou que a bela Hadda fora expulsa do cortiço pelo atravessador Bliss, com seus dois filhos pela mão. Me contou como, numa noite de tempestade, depois de ser cruelmente espancada pelo marido bêbado, a infeliz Yezza tinha se jogado no poço para morrer; como a vidente Batoul tinha conseguido tirar dinheiro suficiente dos miseráveis que vinham consultá-la para comprar uma casa de banho e uma casa no bairro negro; como a nova locatária, que tinha desembarcado de não se sabe que inferno, abria seu quarto aos depravados na hora em que todas as portas estão fechadas; como Bliss, agora que não havia mais homens por ali, tinha se revelado um cafetão.

Depois de ter estendido a roupa, ela esvaziou a água usada da bacia na vala, soltou a barra do vestido e entrou em casa. Continuou a resmungar indignada, no fundo de seu buraco de ratos até minha mãe voltar.

Minha mãe não se surpreendeu ao me encontrar sentado ali, no tamborete. Nem sei se ela me reconheceu direito. Quando me levantei para abraçá-la, ela recuou. Foi apenas quando a apertei com força que seus braços, depois de terem parado no vazio, consentiram em me envolver.

— Por que você voltou? — ela me perguntou de novo.

Peguei o dinheiro que Germaine tinha me dado, mas não tive tempo de dizer nada. A mão de minha mãe caiu como um raio sobre aquelas poucas notas e as escondeu tão rápido quanto o truque de um mágico. Ela me empurrou para o nosso cômodo e, uma vez ali, ela tirou do colo o dinheiro e o contou várias vezes para se assegurar de que não sonhava. Eu tinha vergonha de sua excitação, vergonha de seus cabelos duros que, evidentemente, não viam um pente há muito tempo, vergonha de seu haique surrado que caía de seus ombros magros como uma cortina velha, vergonha da fome e dos tormentos que a desfiguravam, ela que foi bela como o nascer do dia.

— É muito dinheiro — ela me disse. — Foi seu tio que mandou?

Com medo de uma reação igual à de meu pai, menti:

— São minhas economias.

— Você está trabalhando?

— Estou.

— Não vai mais à escola?

— Vou.

— Não quero que você largue a escola. Quero que você seja um sábio, que viva tranquilo até o fim dos dias... Entendeu?... Quero que seus filhos não tenham que se matar de trabalhar como cachorros.

Seus olhos brilharam quando ela me pegou pelos ombros.

— Me prometa, Younes. Me prometa que você vai ter tantos diplomas quanto seu tio, e uma casa de verdade, e um trabalho respeitável.

Seus dedos afundavam tanto em minha carne que quase encostavam em meus ossos.

— Eu prometo... Onde está Zahra?

Ela se afastou cautelosa. Depois, lembrando que eu era apenas seu filho e não uma vizinha invejosa, ela sussurrou em minha orelha:

— Ela está aprendendo uma profissão... Está aprendendo a costurar calças na casa de uma costureira no bairro europeu. Quero que ela também seja alguém na vida.

— Ela está melhor?

— Ela não estava doente. Nem era retardada. Ela apenas é surda e muda. Mas entende as coisas e aprende rápido, a costureira me disse. A costureira é uma mulher trabalhadora. Faço a limpeza da casa dela três vezes por semana. Aqui ou na casa dos outros é tudo a mesma coisa. E depois, é preciso sobreviver.

— Por que você não vem viver conosco em Río Salado?

— Não — ela gritou como se eu acabasse de dizer um palavrão. — Não sairei daqui enquanto seu pai não tiver voltado. Imagine se ele volta e não nos encontra onde nos deixou. Onde iria nos procurar? Nós não temos família, não temos amigos nessa cidade terrível. E, além disso, onde fica Río Salado? Não passaria pela cabeça de seu pai que nós saíssemos de Orã... Não, vou ficar aqui até ele voltar.

— Talvez ele tenha morrido.

Sua mão apertou o meu pescoço com força e bateu minha cabeça contra a parede atrás de mim.

— Seu miserável! Como tem coragem... A vidente Batoul foi categórica. Ela leu muitas vezes nas linhas da minha mão e nas estrias da água. Seu pai está são e salvo. Está fazendo fortuna e vai voltar rico. Teremos uma bela casa, com um belo portão e uma horta, e uma garagem para o carro, e ele nos vingará das misérias de ontem e de hoje. E, quem sabe?, não voltemos para nossas terras, para recuperar palmo a palmo todas as alegrias que nos forçaram a entregar.

Minha mãe falava rápido. Falava muito, muito rápido. Sua voz tremia. Seus olhos brilhavam de um jeito estranho. Suas mãos febris desenhavam imensas ilusões no ar. Se eu soubesse que estava falando com ela pela última vez em nossas vidas, teria acreditado em suas fantasias e teria ficado ao seu lado. Mas como eu poderia saber?

Mais um vez, foi ela quem me mandou ir embora logo, foi ela que me mandou de volta para meus pais adotivos sem demora.

9

Chamavam-nos de os quatro mosqueteiros.

Éramos inseparáveis.

Jean-Christophe Lamy, com dezesseis anos, já era um gigante. Como ele era o mais velho, era o chefe. Cabelos louros como o feno, um sorriso de eterno namorado nos lábios. A maior parte das meninas de Río Salado sonhava com ele. Mas, desde que Isabelle Rucillio tinha concordado em ser sua "noiva", ele andava na linha.

Fabrice Scamaroni, dois meses mais novo que eu, era um menino de ouro, o coração nas mãos e a cabeça nas nuvens. Queria ser romancista. Sua mãe, uma jovem viúva um pouco doida, era dona de lojas em Río e em Orã. Levava a vida como queria e era a única mulher da cidade que dirigia. As más-línguas salivavam até secar falando dela. Madame Scamaroni nem ligava. Era bonita. Rica. Independente. O que pedir mais?... No verão, ela nos amontoava no banco de trás de seu automóvel de seis cilindros e quinze cavalos e nos levava à praia de Turgot. Depois do banho de mar, ela improvisava um churrasco e nos empanturrava de azeitonas pretas, brochetes de cordeiro e sardinhas grelhadas na brasa.

Simon Benyamin, judeu nascido em Río, tinha quinze anos como eu. Baixo, barrigudo, atarracado, e cheio de malandragem para dar e vender. Era um rapaz alegre, um pouco desiludido por conta de alguns fracassos amorosos, mas encantador quando queria. Sonhava em fazer carreira no teatro ou no cinema. Em Río, sua família não era muito bem-vista. Seu pai não tinha sorte, mal iniciava um negócio e já falia, de tal forma que devia dinheiro a todo mundo, inclusive aos trabalhadores temporários.

Simon e eu ficávamos mais tempo juntos. Morávamos bem perto um do outro, e ele me pegava todos os dias para irmos encontrar Jean-Christophe na colina. A colina era nossa fortaleza. Gostávamos de ficar embaixo da oliveira centenária que reinava lá no alto e olhar Río brilhar sob o sol a nossos pés. Fabrice era o último a se juntar a nós, com um cesto cheio de sanduíches de salsichão *kosher*, pimentões marinados e frutas da estação. Ficávamos lá até tarde da noite, elaborando projetos improváveis e ouvindo Jean-Christophe contar em detalhes como ele sofria nas mãos de Isabelle Rucillio. Fabrice às vezes declamava seus poemas ou lia seus textos intermináveis, com palavras que ele era o único a saber o significado.

Conforme o nosso humor, tolerávamos a presença de outros rapazes, especialmente os da família Sosa: José, o primo pobre, que dividia o quarto de empregada com a mãe e que se alimentava de gaspacho de manhã à noite, e André, chamado de Dédé, que não poderia ser um filho mais digno de seu pai, o inflexível Jaime Jimenez Sosa que era dono de uma das mais importantes fazendas do país. André era o tipo mais comum de tirano, duro com os empregados, mas afável com os amigos. Era uma criança mimada, e dizia com frequência barbaridades de que não media o alcance. Eu gostava dele, apesar das coisas horríveis que dizia sobre os árabes. Comigo, era mais comedido. Ele sempre me convidava para ir a sua casa junto com meus amigos, sem distinção alguma, mas não se incomodava de xingar os muçulmanos na minha frente, como se isso fosse muito normal. Seu pai fazia gato e sapato em seu feudo, onde mantinha várias famílias muçulmanas que trabalhavam para ele confinadas como animais. O chapéu de colono atochado na cabeça, o chicote pendendo da mão, as botas de cano alto, Jaime Jimenez Sosa, o quarto homem da família que recebera esse nome, era o primeiro a se levantar e o último a ir para a cama, fazendo seus "condenados" trabalharem até caírem mortos, e pobre daquele que fazia corpo mole! Tinha por seus vinhedos uma veneração absoluta e considerava toda entrada não autorizada como uma profanação. Diziam que, uma vez, ele tinha matado uma cabra que ousou pastar entre as cepas e atirado na mulher atordoada que tentara recuperá-la.

Era uma época estranha.

Quanto a mim, o destino seguia seu curso. Tornava-me um homem: tinha crescido uns trinta centímetros e começava a sentir uns pelos novos em meu rosto.

O verão de 1942 nos encontrou na praia, aproveitando o sol. O mar estava magnífico e o horizonte, tão claro que podíamos ver as ilhas Habibas. Fabrice e eu ficávamos deitados sob o guarda-sol enquanto Simon, contente com seus shorts grotescos, distraía a todos dando mergulhos amalucados na água. Queria chamar a atenção de uma garota, mas seus gritos assustavam as crianças e irritavam as mulheres se espreguiçando em suas *chaises-longues*. Jean-Christophe andava para lá e para cá, mostrando a barriga seca, o peito musculoso e os ombros largos com as mãos nos quadris. Perto de nós, os primos Sosa tinham armado uma barraca. André adorava se exibir. Enquanto todo mundo trazia cadeiras para a praia, ele trazia uma barraca. Se pudesse, ele montaria ali um caravançará. Aos dezoito anos tinha dois carros, um deles, conversível com o qual ia se exibir em Orã, quando não ficava para cima e para baixo em Río, fazendo um barulho ensurdecedor bem na hora da sesta. Naquele dia, não tinha encontrado nada melhor para fazer do que maltratar Jelloul, seu faz-tudo. Tinha acabado de mandá-lo três vezes à cidade sob um sol de rachar. A primeira, para comprar cigarros; a segunda, fósforos; a terceira porque *monsieur* tinha pedido outra marca e não aquela. A cidade era longe. O pobre Jelloul derretia como gelo.

Fabrice e eu observávamos. André adivinhava que sua maneira de tratar o empregado nos constrangia e sentia um prazer cruel em nos irritar. Jelloul tinha acabado de voltar e ele o mandou pela quarta vez à cidade buscar um abridor de latas. O faz-tudo, um adolescente frágil, deu meia-volta resignado e seguiu seu caminho novamente àquela hora da tarde.

— Facilite as coisas, Dédé — protestou José.

— É o único modo de mantê-lo acordado — disse André, cruzando as mãos atrás da cabeça. — Você afrouxa a rédea um instante e vai ouvi-lo roncar no minuto seguinte.

— Está fazendo pelo menos 37 graus — reclamou Fabrice. — O pobre-diabo é de carne e osso como você e eu. Ele vai ter uma insolação.

José se levantou e fez menção de chamar Jelloul de volta. André o pegou pelo braço e o obrigou a se sentar.

— Não se meta nisso, José. Você não tem empregados, não sabe como é... Os árabes são como os polvos. É preciso bater neles para esticá-los.

Percebendo a minha presença, corrigiu:

— Enfim... alguns árabes.

Meio constrangido, levantou-se e correu para o mar.

Nós ficamos olhando enquanto ele nadava e espirrava água para todos os lados. Um mal-estar se instalou. José não conseguia conter a indignação. Seu rosto tremia. Fabrice fechou o livro que estava lendo e me olhou implacável.

— Você deveria ter feito ele calar a boca, Jonas.

— Por quê? — eu disse, aborrecido.

— Os árabes. Ele não tem o direito de falar assim e acho que você devia mostrar isso a ele.

— Não, não tenho que mostrar nada a ele. Tenho é que saber o meu lugar

Disse isso, juntei minhas coisas e fui para a estrada pedir carona até Río. Fabrice me alcançou. Tentou me dissuadir de ir embora tão cedo. Eu estava zangado, e a praia me parecia de repente tão pouco hospitaleira quanto uma ilha selvagem... Foi então que um avião quadrimotor acabou com a tranquilidade dos banhistas, dando um rasante na colina. Havia fumaça saindo de um dos lados.

— Está pegando fogo — gritou José, assustado. — Ele vai cair...

O avião desapareceu atrás das montanhas. Na praia, todo mundo estava de pé, a mão sobre os olhos. Esperavam uma explosão, ou chamas indicando o lugar da queda... Nada. O avião seguiu seu caminho com o motor quase pifando, mas não caiu, para alívio geral.

Era um mau presságio?

Alguns meses mais tarde, em 7 de novembro, enquanto a noite descia na praia vazia, sombras emergiram do horizonte... O desembarque na costa de Orã tinha começado.

— Três tiros — rugia Pepe Rucillio em pé na praça principal, ele que, de hábito, não aparecia mais em público. — Para onde foi nosso exército valoroso?

Em Río Salado, a notícia do desembarque tinha sido recebida como a de uma geada sobre as cepas. Todos os homens da cidade tinham se reunido na frente da prefeitura. Em todos os rostos se liam a incredulidade e a raiva. Os mais exaltados estavam sentados na calçada e batiam as mãos no chão em sinal de desespero. O prefeito chegara a seu gabinete ainda há pouco e seus colaboradores próximos diziam que estava em contato telefônico permanente com as autoridades militares do quartel de Orã.

— Os americanos estão rindo da nossa cara — fulminava o homem mais rico da região. — Enquanto nossos soldados esperavam nos *bunkers*, os navios inimigos contornaram as linhas de defesa pela montanha dos Leões e atracaram nas praias de Arzew sem resistência. Em seguida, foram até Tlélat e não encontraram vivalma até entrar em Orã... Os americanos já desfilavam no bulevar Mascara enquanto os nossos soldados os esperavam ainda nas falésias. E atenção, nem sinal de luta! O inimigo entrou em Orã como num moinho... O que vai ser de nós agora?

O dia todo, as notícias e os comentários se faziam e se desfaziam numa loucura total. A noite caiu sem que ninguém percebesse e muitos só voltaram para casa ao nascer do dia, desnorteados — alguns juravam ter ouvido os tanques no meio dos vinhedos.

— O que deu em você para ficar até essa hora na rua? — me repreendeu Germaine, abrindo a porta. — Eu estava morta de preocupação. Onde você estava?... O país está pegando fogo e você passeando.

Meu tio tinha saído do quarto. Estava sentado numa poltrona, na sala, e não sabia o que fazer com as mãos.

— É verdade que os alemães desembarcaram?

— Os alemães, não. Os americanos...

Ele franziu as sobrancelhas.

— Por que os americanos? O que eles vieram fazer aqui?

Ele se ergueu de um salto, levantou o nariz com desdém e gritou:

— Vou para meu quarto. Quando eles chegarem, diga-lhes que não quero vê-los e que eles podem pôr fogo na casa.

Ninguém veio pôr fogo em nossa casa, e nenhum ataque aéreo perturbou a quietude de nossos campos. Só uma vez, dois motociclistas do exército, que tinham se enganado de estrada, foram vistos nos arredores de Bouhdjar, uma cidade vizinha. Depois de fazer a volta, pegaram o caminho certo. Alguns falavam de soldados alemães, outros de tropas americanas. Como ninguém tinha visto de perto nem uns nem outras, colocamos um fim nos boatos e voltamos ao trabalho.

André Sosa foi o primeiro a ir a Orã.
Voltou completamente transtornado.
— Esses americanos compram tudo — declarou. — Em guerra ou não, eles parecem turistas. Estão em todos os lugares, nos bares, nos puteiros, nos bairros dos judeus e mesmo no bairro negro apesar das proibições. Tudo interessa a eles: tapetes, almofadas, *chechias*, albornozes, pinturas em tecido, e eles não discutem preços. Vi um pagar bem caro para comprar a velha baioneta enferrujada da Primeira Guerra Mundial de um *goumier*.

Para reforçar o que dizia, tirou uma nota do bolso de trás da calça e a expôs sobre a mesa.

— Vejam como eles tratam o dinheiro. É uma nota de cem dólares. Vocês já viram uma nota francesa assim, tão cheia de rabiscos? São assinaturas. É idiota, mas é a mania desses americanos malucos. Chamam isso de *short snorter*. Podem assinar também em notas de outra moeda. Alguns têm rolos de dinheiro assim. Só para colecionar... Você estão vendo essas duas assinaturas aí? São de Laurel e Hardy. Juro que é verdade. E essa daqui é de Errol Flynn, o Zorro... Joe me deu de presente em troca de uma caixa de vinhos nossos.

Pegou a nota, pôs no bolso e, esfregando as mãos, prometeu voltar a Orã até o fim da semana para tratar de negócios com os G.I., os soldados americanos.

Quando a desconfiança diminuiu e compreendemos que os americanos não tinham vindo como conquistadores, mas como salvadores, outras pessoas de Río foram a Orã ver do que se tratava. Pouco a pouco, os últimos focos de tensão se atenuaram e houve cada vez menos vigílias em torno das fazendas e das casas.

André estava entusiasmado. Todos os dias, entrava no carro e ia em busca de novas trocas. Depois de fazer a ronda das tropas, voltava com seu espólio para encher nossos olhos. Precisávamos ir a Orã, nós também, verificar a veracidade das histórias que circulavam na cidade sobre esses ianques. Jean-Christophe pressionou Fabrice, e Fabrice pressionou a mãe para nos levar. Madame Scamaroni resistiu, mas acabou cedendo.

Partimos de manhã bem cedo. O sol apenas começava a nascer quando chegamos a Misserghin. Na estrada, tomada de jipes nervosos, recrutas mal-ajambrados se lavavam nos campos, com o torso nu e cantando alto. Caminhões enguiçados no acostamento, com o capô aberto, estavam rodeados de mecânicos preguiçosos. Uma fila de veículos aguardava para entrar na cidade. Orã tinha mudado. A febre dos soldados que tinha tomado seus bairros lhe dava um ar estrangeiro. André não estava exagerando. Os americanos estavam em todos os lugares, nos bulevares e nos canteiros de obra, passeando com seus blindados por entre camelos e caminhões basculantes, montando suas unidades perto dos *douars*, os acampamentos nômades na periferia, saturando a atmosfera de poeira e barulho. Os oficiais, descontraídos em seus minúsculos jipes, abriam caminho na multidão com a buzina. Outros, elegantemente vestidos, se divertiam nos terraços em excelente companhia, enquanto uma vitrola tocava Dinah Shore. Orã estava no fuso horário dos Estados Unidos. Tio Sam não tinha desembarcado apenas suas tropas; também tinha trazido junto sua cultura: caixas de mantimentos com leite condensado, barras de chocolate, *corned-beefs*, chicletes, Coca-Cola, balas Candy, queijo amarelo, cigarros, pão de forma. Os bares se rendiam à música americana, e os *yaouled*, meninos engraxates convertidos em vendedores de jornal, corriam de uma praça pública a uma parada de bonde gritando *Stars and Stripes* numa língua indecifrável. Nas calçadas, bagunçadas pelo vento, farfalhavam revistas e periódicos como *Esquire, New Yorker* e *Life*. Os amantes do filmes de Hollywood já começavam a se identificar com seus atores favoritos, imitando seus olhares, seu jeito de andar, o sorriso apenas com um canto da boca, e os comerciantes já começavam a mentir sem escrúpulos sobre os preços em inglês...

De uma hora para outra, Río Salado nos pareceu insignificante. Orã acabava de se apossar de nossas almas. Sua vibração ecoava em nossas veias, sua ousadia nos revigorava. Estávamos como bêbados, literalmente encantados pela vitalidade das avenidas com lojas brilhantes e com bares fervilhando de gente. As carruagens, os carros, os bondes que circulavam em todos os sentidos nos davam vertigem, e as moças irresistíveis, voluptuosas sem serem fúteis, passavam por nós como huris.

Não quisemos voltar para Río à noite. Madame Scamaroni voltaria só para a cidade. Ela nos deixou ficar num quarto em cima de uma de suas lojas, no bulevar dos Caçadores, e nos fez jurar que não iríamos fazer nenhuma bobagem sozinhos. Seu carro mal tinha desaparecido no fim da rua e nós tomamos a cidade de assalto. Fomos a todos os lugares: a praça de Armas, com seu teatro estilo rococó e a prefeitura vigiada por dois leões de bronze imensos e hieráticos; o passeio do Tanque; a praça da Bastilha; a passagem Clauzel onde os amores nascentes se encontravam; os quiosques de sorvetes onde serviam as limonadas mais refrescantes da terra; os cinemas luxuosos e as lojas de departamentos Darmon... Orã não precisava de nada, nem de encantos nem de audácia. Ela explodia como fogos de artifício, fazendo de um capricho uma urgência e de uma boa bebedeira uma alegria. Generosa e espontânea, não descobria uma alegria sem desejar partilhá-la. Orã tinha horror do que não a distraía. A cara amarrada frustraria sua soberba, os chatos embaçariam sua vivacidade. Não suportava que nuvens velassem sua sutileza. Ela queria encontros felizes em cada canto da rua, e quermesses nas praças, e que sua voz florescesse com um hino à vida. Fazia da jovialidade um preceito, uma regra fundamental, a condição sem a qual tudo nesse mundo seria ruim. Bela, coquete, consciente da fascinação que exercia sobre os estrangeiros, ela se aburguesava discretamente, sem exibicionismo, convencida de que nenhuma tormenta — nem mesmo a guerra que chegava às suas portas — deteria seu impulso. Nascida de um desejo de seduzir, Orã era, antes de mais nada, ostentação. Nós a chamávamos a "Cidade Americana", e todas as fantasias do mundo convinham a seu estado de espírito. De pé sobre a falésia, olhava o mar, fingindo-se lânguida, lembrando uma princesa aprisionada vigiando seu príncipe encantado do alto de uma torre. Orã, no entanto, não acreditava muito no príncipe encantado. Olhava o mar para mantê-lo à distância. A felicidade estava nela, e tudo daria certo.

Estávamos maravilhados.

— Ei, caipiras! — nos gritou André Sosa.

Estava sentado no terraço de uma sorveteria, em companhia de um soldado americano. Vimos logo, pelo seu jeito, que ele queria nos impressionar. Estava radiante, com os cabelos penteados para trás, com uma camada grossa de brilhantina, os sapatos recém-engraxados e os óculos de sol no meio da testa.

— Venham se juntar a nós — ele convidou, se levantando para ir buscar mais cadeiras. — Eles fazem o melhor chocolate maltado duplo daqui, e os mais deliciosos *escargots* com molho picante.

O soldado se levantou para nos dar lugar e nos viu cercá-lo com um ar confiante.

— É meu amigo Joe — disse André, contente por nos apresentar o americano, que ele devia exibir em todos os lugares como uma peça de museu. — Nosso primo da América. Vem de um lugar idêntico ao nosso. Salt Lake City, que significa lago salgado. Como a nossa, *Salt River, Rivière Salée*.

E ele jogou a cabeça para trás com uma risada forçada, excessivamente vaidoso de sua "descoberta".

— Ele fala francês? — perguntou Jean-Christophe.

— Um pouco. Joe disse que sua bisavó era francesa de Haute-Savoie, mas que ele nunca estudou nossa língua. O que aprendeu foi *in loco*, desde que está no norte da África. Joe é soldado. Esteve em vários *fronts*.

Joe sacudia a cabeça para pontuar o entusiasmo de seu companheiro, divertido com nossos olhares de admiração. Apertou a mão de todos nós, enquanto André nos apresentava como seus melhores amigos e os mais belos garanhões de *Salt River*. Apesar de uns trinta anos e de algumas cicatrizes, Joe conservava uma aparência jovem com lábios finos e um rosto pequeno demais para um homem grande como ele. Seu olhar vivo, mas sem sagacidade, lhe dava um ar simplório quando ele sorria de um canto a outro. E ele sorria todas as vezes que olhávamos para ele.

— Joe tem um problema — André anunciou.

— Ele desertou? — indagou Fabrice.

— Joe não é covarde. Lutar é a sua vida, só que ele não dá um "tiro" há seis meses e seus testículos estão tão cheios que ele não está conseguindo mais andar.

— Por quê? — perguntou Simon. — Será que no exército eles não sabem dar um jeito nisso?

— Não é isso — disse André batendo amigavelmente na mão do soldado. — Joe está querendo plumas de verdade, com abajures vermelhos de cada lado da cama, e uma mulher gostosa que saiba falar baixarias no seu ouvido.

Caímos na gargalhada, e Joe fez o mesmo, balançando a cabeça com insistência. O sorriso dividia seu rosto ao meio.

— Então decidi que vou levá-lo ao puteiro — declarou André abrindo os braços em sinal de extrema generosidade.

— Não vão deixar você entrar — advertiu Jean-Christophe.

— Quem vai ter coragem de impedir André Jimenez Sosa de ir aonde quiser? Só faltam me estender um tapete vermelho no Camélia. A dona lá é minha amiga. Molhei tanto a mão dela que ela se derrete como gelo assim que me vê. Vou levar meu amigo Joe até lá, e vamos nos fartar até dizer chega, não é verdade, Joe?

— *Yeah! Yeah!* — disse Joe torcendo o boné com as mãos gordas.

— Acho que vou junto com vocês — tomou coragem Jean-Christophe. — Ainda não estive com uma mulher de verdade. Você acha que consegue arranjar isso?

— Tá maluco? — se espantou Simon. — Você vai a esses lugares nojentos, com todas as doenças que as putas carregam?

— Concordo com Simon — disse Fabrice. — Não devemos ir a esses lugares. E além disso prometemos à minha mãe que não faríamos nenhuma bobagem.

Jean-Christophe deu de ombros. Voltou-se para André e cochichou alguma coisa em seu ouvido. André torceu o nariz e fez uma cara de superioridade.

— Faço você entrar no inferno, se você quiser.

Aliviado e empolgado, Jean-Christophe me perguntou.

— Você vem conosco, Jonas?

— É pra já!

Fui o primeiro a me surpreender com minha espontaneidade.

O bairro reservado de Orã ficava atrás do teatro, rua do Aqueduto, uma viela mal-afamada com duas escadarias fedendo a urina e tomada por bêbados... Quase chegando na "boca do lobo", me senti meio estranho e tive que fazer um esforço enorme para não sair correndo. Joe e André iam na frente, com pressa de chegar. Jean-Christophe ia logo atrás. Estava tímido e aquela desenvoltura de antes desaparecera. Ele se voltava de vez em quando para piscar o olho para mim, me encorajando, e eu respondia com um sorriso amarelo. Qualquer indivíduo suspeito que aparecesse pelo caminho nos fazia tremer e baixar a cabeça. Os bordéis se amontoavam no mesmo quarteirão, uns ao lado dos outros, atrás de portas pintadas com cores berrantes. Havia muita gente na rua do Aqueduto: soldados, marinheiros, árabes disfarçados, temendo ser reconhecidos por seus parentes e vizinhos, moleques de pés descalços, farejando uma gratificação, americanos e senegaleses, cafetões de olho em seu rebanho com o canivete escondido sob o cinto, os soldados "aborígenes" com *chechias* altas e vermelhas, enfim toda uma multidão febril e estranhamente discreta.

A cafetina do Camélia era uma mulher gigantesca, que falava muito alto. Geria sua boate com mão de ferro, exigente tanto com os clientes quanto com as meninas. Estava justamente dando uma bronca num homem violento na porta do puteiro quando chegamos.

— Você fez merda de novo, Gege, assim não dá. Você quer continuar a se deitar com minhas meninas?... Depende de você, Gege, sabia? Continue a se portar como um cavalo e não põe mais os pés na minha casa... Você me conhece, Gege. Quando eu implico com alguém, é como se já estivesse morto e enterrado. Entendeu, Gege, ou quer que eu explique melhor?

— Você não está me fazendo nenhuma caridade — protestou Gege. — Venho aqui com o meu dinheiro, e a sua vadia tem que fazer o que eu quero.

— Pode enfiar o seu dinheiro, Gege. Estamos numa casa de tolerância, não numa casa de tortura. Se o serviço não está bom, procure outro lugar. Porque se você fizer isso de novo, arranco o seu coração com as minhas mãos.

Gege, que era quase um anão, ficou na ponta dos pés para encarar a cafetina, encheu a boca, mas se conteve. Seu rosto estava vermelho de raiva. Endireitou-se e, furioso por ser repreendido em público por uma mulher, nos empurrou e correu para se misturar com a multidão que andava na rua.

— Bem feito! — gritou um soldado. — Se não está satisfeito que procure outro lugar.

— Isso vale pra você também, sargento — disse a cafetina no mesmo instante. — Você não cheira melhor do que um cu, e sabe disso muito bem.

O sargento se encolheu.

Como a cafetina estava de mau humor, André não conseguiu muita coisa. Jean-Christophe foi admitido graças ao seu tamanho, mas eu fui barrado.

— É só um menino, Dédé — disse ela, intransigente. — Ainda tem leite da mãe na boca. Para o louro, fecho os olhos, mas para esse querubim de olhos azuis, não tem jeito. Ele vai ser atacado no corredor antes de chegar ao quarto mais próximo.

André não insistiu. A cafetina não voltava atrás em suas decisões. Aceitou me deixar esperar meus amigos atrás do balcão e ordenou que eu não mexesse em nada e que não falasse com ninguém... Fiquei aliviado. Agora que estava ali, queria ir embora. Estava tonto e enjoado.

Na sala grande cheia de fumaça de cigarro, os clientes vigiavam suas presas, amontoados como animais. Alguns estavam bêbados e não paravam de resmungar ou de se remexer. As prostitutas se exibiam sobre um banco estofado, no fundo de um cômodo no meio do corredor que levava para os quartos. Ficavam de frente para os clientes, algumas sumariamente vestidas, outras espremidas em véus transparentes. Parecia a tela de um Delacroix depressivo, representando odaliscas decadentes. Havia gordas derramando pelancas, o peito apertado em sutiãs tão grandes quanto lençóis; magras arrancadas de um asilo, quase sem vida; morenas com perucas louras vulgares; louras maquiadas como palhaços, um pedaço do seio negligentemente à mostra; todas fumavam em silêncio e analisavam a manada à sua frente enquanto se esfregavam entre as pernas.

Sentado atrás do balcão, eu observava esse universo, arrependido por ter me aventurado nele. Parecia um covil de bandidos. Cheirava a vinho batizado e a fluidos de corpos. Uma tensão insondável, como um cheiro tóxico, oprimia o lugar. Uma faísca seria suficiente, uma palavra mal dada, talvez um simples olhar, para fazer voar a espelunca... Entretanto, a decoração, ainda que artificial e ingênua, se pretendia relaxante: cortinas leves, quase vaporosas, emolduradas por bandôs de veludo, espelhos dourados, quadros baratos representando ninfas em trajes de Eva, pendurados nas paredes cobertas de mosaicos, pequenos assentos vazios pelos cantos. Mas os clientes não pareciam reparar muito nisso. Eles viam apenas as mulheres seminuas sobre o banco estofado e batiam as patas no chão impacientes para abordá-las, o pescoço cheio de veias.

Eu começava a achar que estava demorando muito. Jean-Christophe tinha entrado com uma mulher mais velha, Joe com duas meninas excessivamente maquiadas, e André tinha sumido.

A cafetina me ofereceu amêndoas torradas e me prometeu a melhor moça no dia em que eu completasse dezoito anos.

— Sem mágoas, pequeno?

— Sem mágoas, madame.

— Como você é educado... Pare de me bajular com esse "madame", eu não gosto disso.

Agora mais calma, a mulher queria fazer as pazes e eu tinha medo de que ela fizesse o favor de me deixar escolher uma daquelas carnes expostas sobre o banco.

— Tem certeza de que não ficou chateado?

— Tenho — disse enfaticamente, aterrorizado com a ideia de que ela fizesse vista grossa para minha idade e me indicasse uma das mulheres. Para ser franco, me apressei a acrescentar que eu não queria vir, que não estava pronto.

— Você tem razão, menino. Nunca estamos prontos quando se trata de enfrentar uma mulher... Tem limonada aí atrás de você, se quiser beber. Oferta da casa.

Ela me abandonou a minha própria sorte e foi para o corredor ver se tudo ia bem.

Foi então que *a* vi. Acabava de se liberar de um cliente e de se juntar a suas companheiras no banco. Sua volta à cena agitou a sala de espera. Um soldado muito forte lembrou aos outros que estava lá antes de todo mundo, provocando uma onda de reclamações. Não prestei atenção no *frisson* que tomava conta dos clientes. De repente o falatório acabou, e tudo na grande sala sumiu. Eu só via a *ela*. Parecia que um feixe de luz, eu não sabia vindo de onde, a iluminava exclusivamente, desprezando o resto. Eu a reconheci imediatamente, apesar de nunca tê-la imaginado num lugar como aquele. Ela ainda era jovem, não tinha rugas, seu corpo de adolescente bem moldado num véu justo em seus quadris, os cabelos de azeviche caindo em cascata sobre o peito e duas covinhas enfeitando suas bochechas: Hadda!... a bela Hadda, meu amor secreto de outros tempos, meu primeiro amor de menino... Como ela tinha vindo parar nesse buraco imundo, ela que, lá no cortiço, o iluminava como um sol?

Eu estava transtornado, chocado, paralisado... Não acreditava no que via.

Essa aparição inesperada me fez viajar no tempo e eu aterrissei anos antes, no pátio interno de nosso cortiço, em Jenane Jato, no meio das vizinhas às gargalhadas e da balbúrdia de seus filhos... Hadda não ria, nessa manhã... Estava triste... Eu a vi estendendo bruscamente a mão sobre a mesinha, a palma virada para o céu... "Diga lá o que vê, minha boa vizinha. Preciso saber. Não aguento mais." E a vidente Batoul: "Vejo muitos homens em volta de você, Hadda. Mas muito pouca alegria. Parece um sonho, mas não é um sonho."

Batoul tinha adivinhado. Havia muitos homens em torno da bela Hadda e pouca alegria. Esse novo cortiço, com paetês de má qualidade, luzes indiretas, decoração horrenda e orgias, era semelhante a um sonho, mas não era um sonho... Eu me surpreendi em pé atrás do balcão, os braços caídos, a boca aberta, incapaz de dizer aquela coisa terrível que me tomava como uma névoa e que me dava vontade de sair de meu corpo.

Na sala, um homem de cabeça raspada pegou dois outros pelo pescoço e esmagou-os contra a parede, silenciando os espíritos repentinamente. Passeou o olhar de ogro sobre a plateia, aguçando as narinas. Quando percebeu que ninguém contestava sua superioridade, soltou os dois homens e avançou decidido para Hadda. Pegou-a com violência e a empurrou à sua frente. Era possível cortar com faca o silêncio que os acompanhou ao longo do corredor.

Corri para a rua para respirar um pouco de ar puro e me acalmar.

André, Jean-Christophe e Joe me encontraram sentado num degrau. Pensaram que eu estava triste porque não tinham me deixado entrar e não falaram nada. Jean-Christophe estava vermelho de vergonha. Aparentemente as coisas não tinham ido muito bem. André só tinha olhos para o americano e parecia disposto a cumprir todas as promessas. Propôs que Jean-Christophe e eu fôssemos buscar Simon e Fabrice e o encontrássemos no Majestic, um dos restaurantes mais caros da cidade europeia.

Acabamos a noite, todos os seis, no restaurante chique, às custas de um André excessivamente generoso. Joe era fraco para o vinho. Depois da refeição, pôs-se a fazer bobagens. Começou a perturbar um jornalista americano que escrevia tranquilamente no fundo do salão. Joe foi lhe contar sobre suas façanhas nas batalhas e descrever em detalhes os *fronts* nos quais tinha arriscado a pele. O jornalista, um homem educado, aguardava pacientemente para voltar a escrever. Estava contrariado, mas era tímido demais para reclamar, e ficou aliviado quando André foi buscar o soldado. Joe voltou para nossa mesa, agitado e grandalhão. De vez em quando, virava-se para o jornalista e gritava por cima das mesas e cabeças: "Escreva alguma coisa sobre mim, John. Quero meu nome na primeira página. Se quiser minha foto, sem problema. Hein, John? Conto com você." O jornalista entendeu que não terminaria o texto com um imbecil daqueles no seu pé. Juntou suas coisas, deixou dinheiro sobre a mesa e foi embora do restaurante.

— Sabem quem era? — disse Joe, apontando com o polegar por cima do ombro. — É John Steinbeck, o romancista. É repórter de guerra para o *Herald Tribune*. Já escreveu um artigo sobre meu regimento.

Sem o jornalista, Joe procurou outras vítimas. Debruçou-se sobre o balcão e exigiu que tocassem Glenn Miller. Em seguida, fazendo continência em cima da cadeira, entoou *Home on the Range* e depois, encorajado por soldados americanos que jantavam no terraço, forçou um garçom a repetir a canção *You'd Be So Nice To Come Home To*. Pouco a pouco, os risos que ele provocava se transformaram em sorrisos, os sorrisos, em caretas, e as pessoas exasperadas pediram a André para levar o americano para outro lugar. Joe não era mais o homem afável que conhecêramos durante o dia. Bêbado, com os olhos vermelhos e a boca espumando, subiu na mesa para sapatear. Pratos, copos e garrafas se espatifaram no chão. O gerente do restaurante veio educadamente pedir para que ele parasse com aquele circo. Joe fez que não entendeu e tentou acertar um soco no gerente. Dois garçons correram para ajudar ao patrão, mas foram nocauteados. As mulheres se levantaram gritando. André agarrou o seu protegido e pediu que ele se acalmasse. Joe não tinha mais condições de ouvir o que quer que fosse. Dava socos em todas as direções. De repente todos os clientes começaram a brigar, depois os militares do terraço também entraram na roda, e as cadeiras voaram pelos ares numa confusão indescritível.

Foi preciso a intervenção da polícia para segurar Joe.

O restaurante só recuperou um pouco de sossego quando a viatura da polícia desapareceu na noite, com Joe preso na parte de trás.

De volta a nosso quarto no bulevar dos Caçadores, não havia como dormir. A noite toda fiquei me virando de um lado para outro sob os lençóis, com a cabeça tomada pela imagem de Hadda prostituta. A voz fantasmagórica de Batoul ricocheteava em meus ouvidos, obsessiva, revirando meus pensamentos, atiçando minhas angústias, desterrando silêncios enterrados no mais profundo de meu ser. Tinha a impressão de assistir ao nascimento de um mau presságio. Tentei me esconder debaixo do travesseiro, tentei sufocar nele, mas a imagem de Hadda seminua naquele puteiro girava docemente em torno de si mesma, como se fosse uma bailarina de caixinha de música, enquanto a voz da vidente lançava sobre ela um sopro maléfico.

No dia seguinte, pedi a Fabrice para me emprestar um pouco de dinheiro e fui sozinho a Jenane Jato, ao outro lado da cidade, lá onde nenhum uniforme se exibia e onde as preces e os suspiros empesteavam o ar. Queria ver minha mãe e minha irmã, tocá-las com minhas mãos, na esperança de dispersar o pressentimento que tinha me mantido acordado até de manhã e que continuava a me seguir de perto...

Minha intuição não tinha me enganado. Algo acontecera em Jenane Jato desde minha última visita. O cortiço estava deserto. Parecia que tinha sido varrido por um vendaval, levando seus ocupantes. Haviam colocado arame farpado na entrada para impedir o acesso, mas alguém tinha conseguido cortar um pedaço abrindo uma brecha pela qual passei. No pátio havia cinzas, restos de objetos queimados, excremento de passarinhos e de gatos. A cobertura do poço repousava sobre a mureta. As portas e as janelas dos cômodos tinham desaparecido. O fogo destruíra inteiramente a ala esquerda do cortiço. As divisórias sucumbiram e raras vigas enegrecidas ainda restavam presas ao teto aberto para um céu desesperadamente azul. Nosso cômodo não era mais que um monte de ruínas onde se eternizavam aqui e lá utensílios de cozinha destruídos e trouxas de roupas queimadas pela metade.

— Não há ninguém — disse uma voz atrás de mim.

Era Perna-de-pau. Estava de pé, parado, balançando-se de um lado para outro, envolvido numa *gandoura* muito curta, a mão contra a parede. Sua boca desdentada era sugada por seu rosto muito magro, e abria um buraco que a barba branca tentava em vão dissimular. Ele tremia e tinha dificuldades em se manter de pé sobre a perna.

— O que aconteceu? — perguntei.

— Coisas terríveis...

Veio mancando até mim, no caminho pegou um garrafão, virou-o para ver se havia alguma coisa que prestasse dentro dele, antes de jogá-lo fora.

Seu braço descreveu um arco.

— Veja só o estrago... Isso é muito triste!

Continuei calado, à espera de explicações, e ele prosseguiu.

— Eu tinha avisado Bliss. "Esse é um cortiço de família", eu disse, "não mistura essa puta com as mulheres distintas. Vai ser ruim." Bliss não quis me ouvir. Uma noite, dois bêbados tinham vindo se aliviar, mas a puta já estava com um cliente. Aí eles foram se consolar no quarto de Badra. Você nem imagina. Um verdadeiro massacre. Os dois bêbados nem tiveram tempo de entender o que estava acontecendo. Os dois filhos da viúva passaram a faca neles. Depois foi a vez da puta. Ela se defendeu melhor que os homens, mas não era páreo para os irmãos. Alguém virou o candeeiro sobre suas coisas e o fogo foi mais rápido que um raio. Sorte que não se alastrou para as outras casas... A polícia prendeu Badra e seus filhos e fechou o cortiço. Faz dois anos que está fechado. Alguns acham que é assombrado.

— E minha mãe?

— Não tenho ideia. Uma coisa é certa, ela escapou do fogo. Eu a vi, na manhã seguinte, com sua irmãzinha no fim da rua. Não estavam feridas.

— E Bliss?
— Evaporou.
— E os outros vizinhos? Eles devem ter alguma informação.
— Não sei para onde foram. Sinto muito.

Voltei para o bulevar dos Caçadores derrotado. Meus amigos me atormentavam com perguntas. Com raiva, fui para a rua e andei, andei, andei. Mil vezes parei no meio da calçada para segurar a cabeça com as mãos, e mil vezes tentei me tranquilizar repetindo que minha mãe e minha irmã estavam, sem dúvida, abrigadas e com melhor sorte que antes. A vidente Batoul não se enganava. Ela tinha verdadeiros poderes paranormais. Não previra o destino de Hadda?... Meu pai ia voltar, estava escrito nas estrias da água, e minha mãe não teria mais que se consumir em incertezas.

Estava me dizendo tudo isso quando de repente o vi...
Meu pai!

Era ele mesmo. Eu o teria reconhecido entre cem mil fantasmas atravessando a noite, entre cem mil miseráveis correndo para seu destino... Meu pai! Ele voltou... Atravessava a praça do bairro negro, no meio da multidão, curvado sob o peso de um paletó grosso apesar do calor. Andava reto, em frente, arrastando os pés. Corri atrás dele em meio a um mar de gente. Eu avançava lentamente, lutando para forçar a passagem, os olhos grudados em seu vulto que se distanciava inexoravelmente, com aquele paletó verde. Não queria perdê-lo de vista, com medo de não encontrar seu rastro novamente... Quando consegui me desvencilhar da multidão, alcancei o outro lado da praça, mas meu pai tinha desaparecido.

Eu o procurei nos bares, nos cafés, nas casas de banho... Em vão.

Nunca mais vi minha mãe nem minha irmã. Não sei o que aconteceu com elas, se ainda estão nesse mundo ou se são só poeira entre a poeira. Mas, muitas vezes, vi meu pai de novo. A cada dez anos mais ou menos. No meio de um bazar ou de uma rua. Num beco qualquer ou na entrada de um depósito desativado... Nunca consegui me aproximar... Uma vez, eu o segui até uma rua sem saída, certo de enfim alcançá-lo. Qual não foi a minha surpresa quando não encontrei ninguém ali... Ele sempre usava o mesmo paletó verde, que escapava à deterioração do tempo e à mudança das estações. Quando me dei conta disso, entendi que ele não era mais de carne e osso...

Até hoje, com minha idade avançada, me acontece de vê-lo ao longe, as costas curvadas, o eterno paletó verde, arrastando os pés lentamente, indo na direção do nada.

10

O MAR ESTAVA tão calmo que podíamos andar sobre ele. Nem uma ondinha quebrava na praia, nem uma agitação enrugava a superfície da água. Era um dia de semana, e a praia nos pertencia. Fabrice cochilava a meu lado, deitado de costas, um livro aberto sobre o rosto. Jean-Christophe se exibia na beira da água. André e seu primo José tinham montado a barraca e faziam churrasco a alguns metros de onde estávamos. Esperavam tranquilamente as amigas de Lourmel. Poucas famílias relaxavam ao sol, espalhadas de uma ponta a outra da praia. Sem as palhaçadas de Simon poderíamos acreditar que estávamos numa ilha deserta.

Os raios do sol incidiam sobre nós como chumbo derretido. No céu, gaivotas davam voltas e voltas, aproveitando o espaço e a liberdade. De vez em quando, encostavam na água, perseguiam-se em rasantes, depois subiam como flechas para confundir-se na tela azulada. Muito longe, um pesqueiro voltava para o porto, com uma nuvem de pássaros no seu rastro. A pesca tinha sido boa.

Era um dia bonito.

Uma mulher solitária contemplava o horizonte, sentada sob um guarda-sol. Usava um chapéu grande com uma fita vermelha e óculos escuros. O maiô branco colava em seu corpo bronzeado como uma segunda pele...

As coisas teriam parado por aí se não tivesse havido um pé de vento.

Se tivessem me dito, naquele dia, que um simples pé de vento poderia mudar a história de uma vida, eu não teria acreditado. Afinal, com dezessete anos, somos completamente imunes às maquinações do destino...

A brisa do meio-dia acabava de começar a soprar e, logo em seguida, o tal do pé de vento aproveitou para passear pela praia. Levantou alguns redemoinhos de areia, arrancando de passagem o guarda-sol da mulher que só teve tempo de levar a mão ao chapéu para impedi-lo de voar. O guarda-sol fez piruetas pelos ares, rolou na areia, dando várias cambalhotas. Jean-Christophe tentou segurá-lo, sem sucesso. Se tivesse conseguido, minha vida teria seguido seu caminho. Mas a sorte tinha decidido de outra maneira: o guarda-sol veio parar bem nos meus pés e eu o peguei.

A mulher ficou me olhando andar em sua direção com o guarda-sol embaixo do braço e se levantou para me receber.

— Obrigada — ela disse.

— De nada, madame.

Ajoelhei-me a seus pés, cavei um pouco mais o buraco onde o guarda-sol estava, enfiei o cabo na areia e juntei mais areia em volta para que ele resistisse a um outro pé de vento.

— Você é muito amável, Jonas... — disse. — Desculpe, ouvi seus amigos o chamarem.

Tirou os óculos. Seus olhos eram lindos.

— Você é de Turgot?

— De Río Salado, madame.

Seus olhos intensos me perturbaram. Via meus amigos rirem enquanto me observavam. Deviam estar se divertindo com a minha cara de bobo. Então me apressei em me livrar da mulher e me juntar a eles.

— Você está todo vermelho — zombou Jean-Christophe.

— Pare com isso... — eu lhe disse.

Simon, que tinha saído da água, se enxugava energicamente com uma toalha e um sorrisinho safado nos lábios. Ele esperou que eu me sentasse antes de perguntar:

— O que madame Cazenave queria com você?

— Você a conhece?

— Claro! O marido dela era diretor de uma prisão na Guiana. Parece que desapareceu na floresta durante uma perseguição a prisioneiros fugitivos. Como não deu mais sinal de vida, ela voltou para casa. É amiga de minha tia, que acha que o marido dela cedeu aos encantos de uma bela amazona bem cadeiruda antes de sumir, isso sim.

— Eu não queria a sua tia como amiga.

Simon caiu na gargalhada. Balançou a toalha na frente do meu rosto, bateu no peito como um gorila e correu para o mar, soltando um grito de guerra horrível.

— Completamente maluco — suspirou Fabrice, apoiado nos cotovelos para vê-lo mergulhar de maneira espalhafatosa.

As amigas de André chegaram depois de duas horas. A mais jovem devia ter quatro ou cinco anos a mais que ele. Beijaram os Sosa nas bochechas e se instalaram nas cadeiras de lona que as esperavam. O faz-tudo Jelloul se ocupava do churrasco. Tinha acendido o fogo e abanava as brasas com um leque enquanto uma nuvem de fumaça branca se espalhava em volta. José tirou uma caixa das bolsas empilhadas perto da barraca, pegou fileiras de linguiça e foi estendê-las sobre a grelha. O cheiro de gordura queimada não demorou a tomar conta da praia.

Não sei por que me levantei para ir até a barraca de André. Talvez só quisesse chamar a atenção daquela mulher, rever seus olhos magníficos. E foi como se ela tivesse lido meus pensamentos. Quando cheguei perto, ela tirou os óculos e tive a impressão que andava em areia movediça.

Eu a vi de novo alguns dias mais tarde, na avenida principal de Río. Saía de uma loja, com o chapéu branco como uma coroa. As pessoas se viravam quando ela passava. E ela nem se dava conta dos olhares. Refinada, altiva, ela não andava; cadenciava o tempo.

Eu estava hipnotizado.

Ela me lembrava as heroínas misteriosas que enchiam as salas de cinema com seu carisma, tão verossímeis que nossa própria realidade nos parecia desprezível.

Estava sentado com Simon Benyamin no terraço do café da praça. Ela passou a nosso lado sem nos ver, deixando seu perfume como uma forma de consolação.

— Cuidado, Jonas! — sussurrou Simon.

— Hein?

— Vá se olhar no espelho para ver a sua cara de idiota. Será que você está apaixonado por essa respeitável mãe de família?

— O que é que você está falando?

— O que eu estou vendo. Você está a dois passos do abismo.

Simon exagerava. Não era amor. Eu apenas a admirava profundamente. Jamais pensaria nela de outra forma.

No final da semana, ela foi à farmácia. Atarefado atrás do balcão, eu ajudava Germaine a arrumar os medicamentos que ela tinha pedido por causa de um surto de gripe na cidade. Quando levantei a cabeça e a vi ali, na minha frente, quase caí para trás.

Esperei que tirasse os óculos escuros, mas ela não fez isso e eu não podia saber se me olhava em meio aos frascos ou se me ignorava.

Deu uma receita a Germaine. Com um gesto gracioso, como se esticasse a mão para que alguém a beijasse.

— O seu medicamento vai demorar algumas horas — disse Germaine depois de ter decifrado os garranchos do médico sobre o papel. — É que estamos sobrecarregados.

— E seria para quando?

— Com sorte, para a tarde, mas só depois das três.

— Não tem problema. Só que não vou poder vir pegá-lo. Fiquei fora muito tempo e minha casa está precisando de uma arrumação. A senhora faria a gentileza de me entregar? Pago a taxa de entrega.

— Não há taxa nenhuma, madame?...
— Cazenave.
— Muito prazer... Onde a senhora mora?
— Atrás do cemitério israelita, a casa mais afastada, no caminho da mesquita.
— Sei onde é... Nenhum problema, madame Cazenave. Seu medicamento será entregue esta tarde, entre quinze e dezesseis horas.
— Perfeito.

Ela se retirou com um imperceptível aceno de cabeça na minha direção.

Não parei mais quieto. Vigiava Germaine que trabalhava no laboratório. Os ponteiros do relógio na parede se recusavam a avançar. Eu temia que a tarde, por algum motivo, não chegasse naquele dia. Até que, enfim, como o ar que entra em nossos pulmões depois de alguns instantes sem respirar, às quinze horas em ponto, Germaine saiu do laboratório com um frasco já embalado nas mãos. Ela não teve nem tempo de me dizer nada: peguei o pacote correndo e montei na bicicleta.

Agarrado ao guidão, a camisa estufada pelo vento, eu não pedalava; eu voava. Contornei o cemitério israelita, cortei por um jardim e ganhei o caminho da mesquita a toda velocidade, desviando dos buracos.

A casa dos Cazenave ficava sobre um terreno elevado, a trezentos metros do centro. Grande e pintada de branco, dominava a paisagem, virada para o Sul. O estábulo, à esquerda, estava vazio e ligeiramente destruído, mas a casa mantinha seu esplendor intacto. Chegávamos até ela por uma trilha na estrada, ladeada de palmeiras anãs. O portão de ferro se erguia sobre uma mureta de pedras cuidadosamente cinzeladas, coberta por uma trepadeira. No pórtico em arco, via-se um grande "C", fazendo as vezes de suporte, com 1912, o ano da construção da casa, gravado na pedra.

Desci da bicicleta e a larguei de qualquer maneira na entrada da propriedade. Empurrei com força o portão que rangeu demoradamente. Não havia ninguém no pequeno pátio. Os jardins em volta tinham perecido. A fonte estava seca.

— Madame Cazenave — chamei-a.

As venezianas das janelas estavam fechadas. A porta de madeira que dava acesso à casa também. Esperei perto da fonte, à sombra de uma Diana de estuque, com o medicamento na mão. Não havia ninguém. Só ouvia a brisa agitando as folhas da parreira.

Depois de uma longa espera, decidi bater na porta. As batidas ressoaram no interior da casa. Era evidente que ninguém estava em casa, mas eu me recusava a admitir.

Sentei-me outra vez na beirada da fonte, tentando ouvir algum barulho, impaciente para vê-la surgir do nada. No momento em que começava a perder as esperanças, um "boa tarde!" me atingiu em cheio.

Ela estava atrás de mim, num vestido branco, com o chapéu de fita vermelha delicadamente puxado para trás.

— Eu estava no jardim, lá embaixo. Gosto de ficar perto das árvores. É tão silencioso... Faz muito tempo que você está aí?

— Não, não — menti —, acabo de chegar.

— Não o vi na estrada.

— O seu medicamento, madame — disse entregando-lhe o pacote.

Hesitou antes de pegá-lo, como se tivesse esquecido da encomenda. Depois, com elegância, tirou o frasco da embalagem, abriu a tampa e aspirou o conteúdo que parecia um creme cosmético.

— Até que a pomada cheira bem. Tomara que alivie minhas dores. Encontrei essa casa num estado tal que passo a maior parte de meus dias tentando recuperar a aparência que ela tinha antes.

— Posso ajudá-la a carregar coisas e fazer pequenos consertos.

— Você é adorável, Jonas.

Indicou-me uma cadeira de vime perto de uma mesa na varanda, esperou que eu me sentasse e ocupou o lugar à minha frente.

— Você deve estar com sede, com esse calor... — disse, levantando uma jarra de limonada.

Encheu um copo grande e o empurrou sobre a mesa delicadamente em minha direção. Ao fazer o movimento com o braço, seu rosto se contraiu e ela mordeu o lábio.

— A senhora está sentindo dor, madame?

— Devo ter levantado alguma coisa muito pesada.

E tirou os óculos.

Senti meu corpo se liquefazer.

— Quantos anos você tem, Jonas? — me perguntou, mergulhando seu olhar soberano no mais profundo de meu ser.

— Dezessete, madame.

— Suponho que já tenha uma namorada.

— Não, madame.

— Como assim "Não, madame"? Um rosto tão bonito e olhos tão límpidos. Não posso acreditar que não haja um harém que suspira por você neste momento.

Seu perfume me deixava tonto.

De novo, ela mordeu o lábio e levou a mão ao pescoço.

— A senhora está sentindo muita dor, madame?

— Dores terríveis.

Ela pegou minha mão na sua.

— Você tem dedos de príncipe.

Tinha vergonha de que ela percebesse a perturbação que estava me invadindo.

— O que você quer ser, Jonas?

— Farmacêutico, madame.

Pensou um pouco sobre minha escolha antes de concordar:

— É uma profissão nobre.

Pela terceira vez ela sentiu aquela dor no pescoço e se contorceu levemente.

— Preciso passar logo a pomada.

Levantou-se. Com muita dignidade.

— Se a senhora quiser, madame, eu posso... posso massagear seus ombros...

— Estou contando com isso, Jonas.

Não sei por quê, de repente, alguma coisa rompeu a solenidade do momento. Mas durou só uma fração de segundo. Quando seus olhos me encaram novamente, tudo tinha voltado à ordem.

Ficamos de pé, cada um de um lado da mesa. Meu coração batia tão forte que eu me perguntava se ela não o ouvia. Tirou o chapéu, e seus cabelos rolaram sobre os ombros, quase me paralisando.

— Venha comigo, rapaz.

Empurrou a porta da casa e me convidou a segui-la. Uma leve penumbra tomava conta do vestíbulo. Parecia que eu vivia um *déjà-vu*, que o corredor que se estendia à minha frente não me era estranho. Teria sonhado com ele ou seria eu quem perdia o fio da história. Madame Cazenave ia na minha frente. Num lampejo, eu a confundi com meu destino.

Subimos a escada. Meus pés tropeçavam nos degraus. Eu me agarrava ao corrimão, vendo as curvas de seu corpo ondularem à minha frente, majestosas, enfeitiçantes, quase irreais de tal forma sua graça ultrapassava o meu entendimento. Chegando ao patamar, ela passou na luz ofuscante de uma lucarna; foi como se seu vestido tivesse se desintegrado, dando-me até nos menores detalhes a configuração perfeita de seu corpo.

Voltando-se subitamente, ela me surpreendeu em estado de choque. Compreendeu imediatamente que eu não estava mais em condições de ir adiante, que minhas pernas iriam falhar sob o peso de minhas vertigens, que eu era como um daqueles pintassilgos presos numa armadilha. Seu sorriso me venceu.

Aproximou-se, com um passo suave, aéreo. Disse-me qualquer coisa que não entendi. O sangue latejava em meu corpo, me impedia de acalmar meu espírito. *O que há, Jonas?*... Sua mão pegou meu queixo, levantou minha cabeça... *Tudo bem?*... O eco de sua voz se perdeu no barulho de minha cabeça... *Sou eu que deixo você assim?*... Talvez não fosse ela quem falava. Talvez fosse eu mesmo, apesar de não reconhecer minha própria voz. Seus dedos deslizaram sobre meu rosto. Senti a parede contra minhas costas como uma muralha impedindo minha fuga. *Jonas?*... Seus olhos me envolveram, me encobriram num passe de mágica. Eu me diluía em seu olhar. Sua respiração me sufocava, sugando todo ar do ambiente. Nossos rostos já se fundiam. Quando seus lábios tocaram os meus, pensei que explodiria em mil pedaços. Era como se ela me apagasse para me reinventar com a ponta de seus dedos. Ainda não era nem um beijo, era apenas um toque, furtivo, vigilante. Ela recuou, como uma onda que se vai, revelando minha nudez e minha excitação. Sua boca voltou, mais segura, conquistadora. Toda a água do mundo não teria matado assim minha sede. Minha boca se entregou à sua, misturou-se à sua, tornou-se água por sua vez, e madame Cazenave bebeu-me até o último gole. Tinha a cabeça nas nuvens, os pés num tapete mágico. Assustado diante de tanta felicidade, talvez eu tenha tentado me afastar dela, porque sua mão me segurou forte. Então, me deixei ir. Sem opor a menor resistência. Feliz por ter sido pego, febril e condescendente, e, maravilhado pela minha rendição, colei-me à língua que absorvia a minha. Com ternura infinita, ela desabotoou minha camisa, deixou-a cair em algum lugar. Eu só respirava o seu ar, só vivia através de seu ar. Tinha o vago sentimento de que me despiam, que me empurravam para um quarto, que me faziam deitar numa cama tão larga quanto um rio. Mil dedos percorreram meu corpo como fogos de artifício. Eu estava em festa, eu era a alegria, eu era o êxtase de embriaguez absoluta. Eu me sentia morrer e renascer ao mesmo tempo.

— Dava para você se concentrar um pouco — reclamou Germaine na cozinha. — Você quebrou metade da minha louça nos últimos dois dias.

Eu me dei conta de que o prato que eu enxaguava tinha caído e se quebrado a meus pés.

— Você está muito distraído...

— Me desculpe...

Germaine me olhou com curiosidade, enxugou as mãos no avental e as colocou sobre meus ombros.

— O que é que está acontecendo?

— Nada. Deixei cair.

— É... O problema é que isso está acontecendo sem parar.

— Germaine! — meu tio gritou lá do quarto.

Salvo pelo gongo. Germaine me esqueceu e foi correndo para o quarto no fim do corredor.

Eu não me reconhecia mais. Desde minha aventura com madame Cazenave, não sabia mais onde estava com a cabeça, vivia numa euforia que se recusava a diminuir. Tinha sido minha primeira experiência como homem, e eu estava exultante. Bastava ficar sozinho um segundo para sentir a mesma tempestade de desejo. Sentia os dedos de madame Cazenave correrem sobre minha pele, suas carícias tomarem conta de meus músculos, os transformarem em puro sangue. Fechando os olhos, eu percebia até sua respiração, e meu universo se enchia com seu hálito. À noite, era impossível pegar no sono. Eu ficava sonhando acordado até de manhã.

Simon zombava de mim o tempo todo, mas suas piadas não me atingiam. Enquanto Jean-Christophe e Fabrice se contorciam de rir, eu ficava impassível. Via-os rir como se não entendesse do que se tratava. Quantas vezes Simon acenou com a mão na frente dos meus olhos para verificar se eu estava acordado? Despertava por alguns momentos, depois voltava a sonhar, e tudo à minha volta sumia imediatamente.

Na colina, junto da oliveira, assim como na praia, eu era apenas um fantasma no meio de meus amigos.

Tinha esperado duas semanas antes de tomar coragem para ir até a estrada da mesquita. Era tarde, e o sol se preparava para se por. Deixei a bicicleta ao lado do portão e entrei no pátio... E ela estava lá, agachada sob um arbusto, com uma tesoura na mão. Punha ordem no jardim.

— Jonas — disse enquanto se levantava.

Colocou a tesoura num monte de pedras, bateu as mãos para retirar o pó. Usava o mesmo chapéu com a fita vermelha e o mesmo vestido branco que, na luz do pôr do sol, ressaltava com fidelidade generosa os contornos de sua silhueta.

Nós nos olhamos sem dizer nada.

No silêncio que me oprimia, as cigarras cantavam tão alto que perfuravam meus ouvidos.

— Bom dia, madame.

Ela sorriu, com os olhos maiores que o horizonte.

— O que posso fazer por você, Jonas?

Alguma coisa, em sua voz, me fez tremer.

— Eu passava aqui perto — menti. — Quis cumprimentá-la.

— Muito gentil de sua parte.

Sua frieza me detinha.

Ela me olhava fixamente. Como se eu devesse justificar minha presença ali. Não parecia apreciar minha invasão. Eu a incomodava.

— A senhora não precisa de... Achei que... Enfim, há algo para carregar ou consertar?...

— Há empregados para isso.

Me senti ridículo e queria morrer. Será que eu estava estragando tudo?

Ela chegou perto de mim e, sem desfazer o sorriso, me esmagou com seus olhos.

— Jonas, não é educado aparecer na casa das pessoas sem avisar.

— Pensei que...

Ela pôs o dedo sobre minha boca para me interromper.

— Não é educado pensar.

Meu constrangimento se transformou numa raiva obscura. Por que ela me tratava assim? Queria me fazer acreditar que nada tinha acontecido entre nós? Ela devia adivinhar por que eu tinha vindo vê-la.

Como se lesse meus pensamentos, disse:

— Mando lhe avisar se precisar de você. É preciso deixar as coisas acontecerem, compreende? Apressá-las só vai estragar tudo.

Seu dedo seguiu ternamente a linha de meus lábios, separou-os e colocou-se entre meus dentes. Demorou-se na ponta de minha língua, depois se retirou docemente e voltou a selar minha boca.

— É preciso que você saiba disso, Jonas, para as mulheres, as coisas acontecem primeiro em nossos pensamentos. As mulheres só estão prontas quando organizam tudo em pensamento. Elas são donas de suas emoções.

Inflexível e soberana, seus olhos não me abandonavam. Tinha a impressão de ser apenas fruto de sua imaginação, um objeto entre suas mãos, um cachorrinho que logo ela iria virar de barriga para cima para acariciá-lo com a ponta dos dedos. Eu não iria insistir em apressar as coisas, em estragar minhas chances de estar com ela. Quando por fim retirou a mão de minha boca, compreendi que era hora de ficar à sua disposição... e esperar que ela me fizesse um sinal.

Não me acompanhou até o portão.

Esperei semanas. O verão de 1944 estava no fim, e nenhum sinal dela. Madame Cazenave nem mesmo ia até a cidade.

Quando Jean-Christophe nos reunia na colina, enquanto Fabrice lia seus poemas, eu só tinha olhos para a grande casa branca na estrada da mesquita. Às vezes, parecia que eu a via em seus afazeres no pátio, que reconhecia o vestido branco nas reverberações da paisagem. À noite, em casa, ia até a sacada e ouvia os chacais uivarem na esperança de amenizar o silêncio dela.

Madame Scamaroni nos levava regularmente a Orã, para o bulevar dos Caçadores. No entanto, não me lembro nem dos filmes vistos nem das garotas que conhecemos lá. Simon estava ficando cansado de me ver assim distraído o tempo todo. Um dia, na praia, virou um balde d'água em minha cabeça para me trazer de volta à terra. Sem Jean-Christophe, a brincadeira teria virado briga.

Intrigado com a minha instabilidade emocional, Fabrice veio até minha casa saber o que estava acontecendo. Não lhe disse nada.

No fim, não aguentando mais aquela espera, ao meio-dia em ponto de um domingo, montei na bicicleta e fui até a grande casa branca. Madame Cazenave tinha contratado um velho jardineiro e uma faxineira que encontrei almoçando à sombra de uma alfarroba. Segurando a bicicleta fiquei esperando no pátio. Madame Cazenave mostrou uma ligeira perturbação quando me viu perto da fonte. Seu olhar procurou os empregados, do outro lado do jardim, e então veio até mim. Ela me encarou em silêncio. Vi que estava zangada apesar do sorriso.

— Não consegui esperar — confessei.

Andou com um passo tranquilo até onde estava.

— E, no entanto, é preciso esperar — disse ela com um tom firme.

Convidou-me a segui-la até o portão da entrada. E lá, sem se preocupar com indiscrições, como se estivéssemos sozinhos no mundo, me agarrou e me beijou com força. A voracidade de seu beijo era tal que percebi alguma coisa definitiva, algo como um irrevogável adeus.

— Você sonhou, Jonas — disse. — Foi só um sonho adolescente.

Sua mão me soltou e ela se afastou.

— Nunca aconteceu nada entre nós... Nem mesmo esse beijo.

Seus olhos me acuavam.

— Você entendeu?

— Sim, madame — me ouvi murmurar.

— Ótimo.

Ela me deu um tapinha no rosto, quase maternal.

— Eu sabia que você era um rapaz sensato.

Só voltei para casa bem tarde da noite.

11

Esperei por um milagre. Mas não aconteceu.

O outono livrava as árvores de suas folhas. Era hora de me render às evidências. Eu era só um fantasma. Entre mim e madame Cazenave não havia acontecido nada.

Reencontrei meus amigos, as palhaçadas de Simon e o romantismo febril de Fabrice. Jean-Christophe aguentava Isabelle Rucillio com determinação. Dizia que o importante era encontrar a medida certa para as concessões, que a vida era um investimento a longo prazo e que o sucesso invariavelmente sorri para aqueles que têm paciência. Ele parecia saber o que queria, e às vezes, dependendo de seus argumentos, até concordávamos com ele.

O ano de 1945 chegou com uma série de informações desencontradas. Em Río Salado, adorávamos inventar histórias bebericando licor de anis. O menor acontecimento era aumentado, enfeitado com batalhas rocambolescas e atribuído a protagonistas que frequentemente nem estavam lá. No terraço dos cafés, os diagnósticos eram rápidos. Os nomes de Stalin, Roosevelt e Churchil soavam como as trombetas do juízo final. Alguns debochavam da silhueta alongada de De Gaulle e prometiam lhe mandar o melhor cuscus do país para que ele encorpasse e adquirisse credibilidade aos olhos dos argelinos, que não conseguiam dissociar autoridade de uma pança imponente. Ríamos e bebíamos até trocar as pernas. O otimismo reinava. As famílias judias que tinham vindo se refugiar sob nosso céu, depois da perseguição na França, começavam a voltar. A normalidade ganhava terreno, progressivamente, com toda a certeza. As vindimas foram espetaculares e o baile, que fechava a estação, faraônico. Pepe Rucillio casou o mais novo de seus filhos, e houve comemorações durante sete dias e sete noites, ao som dos violões e das castanholas de uma trupe famosa trazida de Sevilha. Tivemos até mesmo um espetáculo teatral que fez os cavaleiros eméritos da região se compararem sem complexo aos fabulosos guerreiros de Ouled N'har, que no século XIX organizou várias revoltas contra a ocupação francesa da Argélia.

Na Europa, o império de Hitler fazia água. As notícias do *front* anunciavam seu naufrágio todos os dias, e todos os dias torpedos respondiam às bombas. Cidades inteiras se consumiam sob as chamas e as cinzas. O céu estava desfigurado por batalhas aéreas e as trincheiras eram destruídas pelos tanques... Em Río Salado, o cinema não se esvaziava. Muitos iam até lá apenas para ver *Pathé Actualités*, as notícias que eram projetadas no início da seção. Os aliados tinham liberado uma boa parte dos territórios ocupados e avançavam sobre a Alemanha. A Itália era apenas a sombra de si mesma. A resistência derrotava o inimigo capturado entre o exército vermelho e o americano.

Meu tio vivia grudado no rádio. Enrolado num casaco que mal disfarçava sua extrema magreza. Da manhã ao cair da noite, mantinha-se debruçado sobre o rádio, procurando as estações mais nítidas. A estática das ondas eletromagnéticas enchiam a casa de barulhos estranhos. Germaine há muito tempo havia desistido. O marido só fazia o que lhe dava na cabeça. Exigia que lhe servíssemos as refeições na sala, perto do rádio, para que ele não perdesse nenhuma migalha de informação.

E o dia 8 de maio de 1945 chegou. Enquanto o planeta festejava o fim do pesadelo, na Argélia um outro se iniciou, tão devastador quanto uma epidemia, tão aterrorizante quanto o Apocalipse. A alegria popular virou comoção. Perto de Río Salado, em Aïn Témouchent, as marchas para a independência da Argélia foram reprimidas pela polícia. Em Mostaganem, as revoltas se estenderam aos *douars*. Mas o horror atingiu o seu auge nas montanhas Aurès e no norte da província de Constantine onde milhares de muçulmanos foram massacrados pelos serviços de ordem reforçados por colonos que se tornaram milicianos.

— Não é possível — gaguejava meu tio, tremendo. — Como eles tiveram coragem? Como podem massacrar um povo que ainda não terminou de chorar os filhos que lutaram pela libertação da França? Por que estão nos abatendo como gado simplesmente porque também queremos a nossa liberdade?

Ele estava muito agitado. Pálido, com as costelas a mostra de tão magro, ele tropeçava em suas pantufas andando pela sala.

A estação árabe falava sobre a repressão sangrenta aos muçulmanos de Guelma, Kherrata e Sétif, os corpos que se amontoavam na beira da estrada, a perseguição implacável com o auxílio de cães e os linchamentos em praça pública. As notícias eram tão assustadoras que nem eu nem meu tio tivemos força de participar da marcha que desfilou na avenida principal de Río Salado.

Meu tio não resistiu aos ataques que dizimavam o povo muçulmano. Uma noite, levou a mão ao peito e caiu no chão. Madame Scamaroni nos ajudou a levá-lo de carro para o hospital e o confiou aos cuidados de um médico conhecido seu. Germaine estava assustada e Madame Scamaroni julgou prudente ficar a seu lado na sala de espera. Fabrice e Jean-Christophe vieram me fazer companhia tarde da noite e Simon pediu emprestado a moto de um vizinho para juntar-se a nós.

— Seu marido teve um ataque cardíaco, madame — explicou o médico à Germaine. — Está inconsciente.

— Ele vai melhorar, doutor?

— Fizemos tudo o que estava ao nosso alcance. Agora é com ele.

Germaine não sabia o que dizer. Não tinha dito nem uma palavra desde que o marido fora internado. Estava com o olhar perdido e o rosto pálido. Juntou as mãos no peito e fechou os olhos para rezar.

Meu tio saiu do coma na manhã do dia seguinte. Pediu água e queria voltar para casa imediatamente. O médico o manteve em observação por alguns dias antes de deixar que o levássemos. Madame Scamaroni sugeriu que contratássemos uma enfermeira de sua confiança para cuidar o tempo todo de meu tio. Germaine recusou educadamente, e agradeceu por tudo o que ela tinha feito por nós.

Dois dias depois, eu estava à cabeceira de meu tio e ouvi alguém me chamar lá fora. Aproximei-me da janela e percebi um vulto agachado atrás de um arbusto. Levantou-se e me fez um sinal. Era Jelloul, o faz-tudo de André.

Saiu do esconderijo no momento em que cheguei à trilha que separava nossa casa dos vinhedos.

— Meu Deus! — gritei.

Jelloul mancava, com o pé todo ferido. Seu rosto estava inchado e seus olhos arregalados, um deles roxo. Sua camisa estava manchada do sangue que acompanhava as marcas de chicotadas.

— Quem fez isso com você?

Jelloul primeiro olhou em volta, como se tivesse medo de que alguém o ouvisse. Em seguida, me encarou, e disse secamente:

— André.

— Por quê? O que foi que você fez?

Ele riu da ingenuidade da minha pergunta.

— Eu não preciso fazer nada. Ele sempre acha um pretexto para me castigar. Dessa vez, foi por causa dos protestos dos muçulmanos nas Aurès. André desconfia dos árabes. Ontem, voltou bêbado da cidade e me deu uma surra.

Levantou a camisa e se virou para me mostrar os ferimentos nas costas. André não tinha brincando em serviço.

Virou-se novamente para mim, colocou a camisa para dentro das calças velhas e sujas, fungou com força e acrescentou:

— Disse que era para me afastar das ideias erradas, para fazer entrar na minha cabeça, de uma vez por todas, que ele era o patrão e que não toleraria insubordinação.

Jelloul esperava alguma coisa de mim que não chegou a dizer. Tirou a *chechia* e começou a retorcê-la com as mãos imundas.

— Não vim aqui lhe contar minha vida, Jonas. André me pôs para fora sem me dar um centavo sequer. Não posso voltar para casa de mãos vazias. Minha família só tem a mim para não morrer de fome.

— De quanto você precisa?

— De alguma coisa que coloque comida em nossa mesa por três ou quatro dias.

— Volto daqui uns dez minutos.

Subi ao meu quarto e voltei com duas notas de cinquenta francos. Jelloul pegou-as sem pressa, virou e revirou as notas, indeciso.

— É muito dinheiro. Não vou poder lhe pagar tão cedo.

— Você não precisa me pagar.

Minha generosidade lhe provocou um tique nervoso. Balançou a cabeça, depois, apertando os lábios constrangido, disse:

— Nesse caso, vou ficar só com metade.

— Fique com tudo, de verdade, é de coração.

— Eu acredito, mas não é preciso.

— Você tem algum trabalho em vista?

Seu rosto se abriu num sorriso enigmático.

— Não, mas o André não consegue viver sem mim. Ele vai vir me procurar até o fim da semana. Não vai encontrar cachorro melhor que eu no mercado.

— Por que você fala desse jeito?

— Você... você não pode entender. Você é dos *nossos*, mas leva a vida *deles*... Quando a gente sustenta sozinho uma família com uma mãe louca, um pai com os dois braços amputados, seis irmãos e irmãs, uma avó, duas tias repudiadas e seus filhos, e um tio que está doente há mais de um ano, não se pode ter orgulho... A diferença entre o cachorro e o chacal é que um deles escolhe ter um dono.

Eu estava chocado com a crueza de sua fala. Jelloul não tinha nem vinte anos. No entanto, sua maturidade me impressionava. Naquela manhã, ele tinha deixado de ser o empregado subserviente que conhecíamos. O rapaz que estava à minha frente era outro. Curiosamente, era como se eu o visse pela primeira vez. Tinha um rosto sólido, com maçãs salientes, e um olhar perturbador e exibia uma dignidade de que eu não o imaginava capaz.

— Obrigado, Jonas — me disse. — Vou lhe pagar qualquer dia desses.

Começou a se afastar mancando.

— Espere — eu gritei. — Você não vai conseguir ir muito longe com esse pé machucado.

— Consegui me arrastar até aqui.

— Talvez, mas só vai piorar o ferimento... Onde você mora?

— Não muito longe, atrás da colina dos dois marabutos. Pode deixar, eu me viro.

— Não vou deixar você ir andando. Vou pegar minha bicicleta e já volto.

— Não, Jonas. Você tem coisas mais importantes para fazer do que me acompanhar até em casa.

— Eu insisto!...

Eu achava que conhecera o fundo do poço em Jenane Jato. Estava enganado. A miséria do *douar* onde Jelloul morava não tinha limites. A aldeia era apenas uma dezena de casebres sórdidos no vale de um riacho morto. Havia um cercado com cabras esqueléticas que definhavam. O lugar cheirava tão mal que eu não conseguia acreditar que pessoas pudessem viver ali por dois dias seguidos. Sem querer ir muito longe, parei a bicicleta logo na entrada e ajudei Jelloul a descer. A colina dos dois marabutos ficava perto de Río Salado. Mas não me lembrava de ter estado ali antes. As pessoas evitavam se arriscar. Como se aquele fosse um território maldito. De repente tive medo de estar ali, do outro lado da colina. Medo de que me acontecesse alguma coisa e certo de que ninguém viria me procurar nesse lugar onde eu não tinha nenhuma razão para estar. Meu medo era palpável, bem real. De repente aquela aldeia me aterrorizava. E esse cheiro infernal, de corpos em decomposição!

— Vem — disse Jelloul —, vou lhe apresentar meu pai.

— Não — gritei, assustado pelo convite. — Preciso voltar. Meu tio está muito doente.

Crianças nuas brincavam na sujeira, com a barriga inchada e moscas pousando em seus narizes e bocas. Sim, havia isso também. Além do fedor, havia o zumbido das moscas, voraz, obsessivo que não parava de engrossar o ar viciado com uma litania funesta, como um sopro diabólico planando acima da desgraça humana, tão velha quanto o mundo e mesmo assim espantosa. Junto de uma mureta coberta de musgo e perto de uma burrica sonolenta, um grupo de velhos cochilava com a boca aberta.

Com os braços magros levantados para o céu, um louco se dirigia a uma árvore-marabuto enfeitada com fitas talismânicas e velas derretidas... E mais nada. Parecia uma aldeia abandonada pelas pessoas com vida e deixada às crianças famintas e aos moribundos.

Um bando de cachorros se aproximou de nós uivando. Jelloul espantou-os a pedradas. Uma vez restabelecido o silêncio, voltou-se e me deu um sorriso estranho.

— É assim que vivem os nossos, Jonas. Os nossos que são também os seus. Só que eles não têm a mesma vida mansa que você tem... O que é que há? Por que não diz nada? Está chocado? Nunca mais vai voltar aqui, não é mesmo?... Espero que você entenda agora a história do cachorro e do chacal. Mesmo alguns animais não aceitam tanta humilhação.

Eu estava perplexo. Aquela pestilência me virava o estômago, o zumbido das moscas esmagava meu cérebro. Tinha vontade de vomitar, mas tinha receio da reação de Jelloul.

Ele riu do meu mal-estar.

Mostrou-me o *douar*.

— Olhe bem para esse buraco esquecido. É nosso lugar nesse país, o país de nossos ancestrais. Olhe bem, Jonas. Nem mesmo Deus passa por aqui.

— Por que você diz essas coisas?

— Porque é o que eu penso. Porque é a verdade.

Meu medo aumentou. Agora era Jelloul que me amedrontava, com seu olhar cortante e seu riso sarcástico.

Montei na bicicleta e comecei a me afastar dali.

— Isso, Younes. Dê as costas para a verdade do seu povo e corra pra encontrar seus amigos... Younes... Espero que você ainda se lembre do seu nome... Younes... Obrigado pelo dinheiro. Prometo que vou lhe pagar logo. Younes... O mundo está mudando, você não notou?

Pedalei como um desesperado, os gritos de Jelloul eram como tiros zunindo em meu ouvido.

Jelloul estava certo. As coisas estavam mudando, mas para mim aconteciam numa outra dimensão. Dividido entre a fidelidade a meus amigos e a solidariedade a meu povo, eu esperava. Era evidente que depois do que tinha acontecido em Constantine e da tomada de consciência das massas muçulmanas, eu seria obrigado a escolher, cedo ou tarde, um dos lados. Mesmo se eu não fizesse isso, os acontecimentos decidiriam por mim. A raiva crescia. Tinha transbordado dos esconderijos onde os militantes conspiravam e ganhara as ruas, se ramificando pela periferia dos desfavorecidos e se insinuando nos bairros negros e nos *douars*.

Nós, amigos de Jean-Christophe estávamos alheios a essas mudanças. Éramos jovens, orgulhosos de nossos vinte anos, e se aquela penugem não era ainda consistente para ser elevada à categoria de bigode, ela sublinhava claramente nossa vontade de ser adultos e donos de nossas escolhas. Inseparáveis como os mosqueteiros, vivíamos para nós mesmos. Nós éramos o mundo.

Fabrice ganhou o primeiro lugar no Concurso Nacional de Poesia. Madame Scamaroni levou-nos a Argel para a cerimônia. O homenageado estava nas nuvens. Além de uma quantia substancial em dinheiro, ele publicaria sua coletânea premiada com Edmond Charlot, um importante editor argelino. Madame Scamaroni nos colocou num hotelzinho elegante, perto da rua de Isly. Depois da entrega do troféu, que Fabrice recebeu das mãos de Max-Pol Fouchet em pessoa, sua mãe nos ofereceu um jantar suntuoso, à base de frutos do mar, num magnífico restaurante do porto La Madrague. No dia seguinte, impacientes para voltar à nossa querida Río Salado onde o prefeito tinha prometido uma cerimônia em homenagem ao ilustre filho da cidade, pegamos a estrada, com uma parada em Orléansville para comer e outra em Perrégaux onde nos abastecemos de laranjas, as mais belas da terra.

Alguns meses depois, Fabrice nos convidou para ir a uma livraria de Lourmel, cidade colonial perto de Río. Sua mãe estava lá, radiante em seu *tailleur* grená. Usava um grande chapéu de plumas que lhe dava uma aparência altiva. O livreiro e algumas personalidades locais estavam aglomerados em torno de uma grande mesa de ébano, congelados naquela cerimônia quase oficial, com um sorriso complacente. Sobre a mesa, pilhas de livros brilhando de novos, recém-saídos de suas caixas. Na capa, acima do título em itálico se podia ler "Fabrice Scamaroni".

— Me belisquem que estou sonhando! — exclamou Simon, sempre pronto para quebrar a seriedade da ocasião.

Terminadas as apresentações e o discurso, Simon, Jean-Christophe e eu pegamos o livro e começamos a folheá-lo, acariciá-lo, virá-lo e revirá-lo em nossas mãos com prazer indescritível, tão maravilhados que madame Scamaroni não conseguiu segurar uma lágrima, que rolou sobre seu rosto junto com um filete de rímel.

— Li sua obra com muito prazer, senhor Scamaroni — disse um homem já na casa dos sessenta. — O senhor tem um verdadeiro talento e todas as chances de devolver nobreza à poesia nacional, que sempre foi a alma secreta de nosso país.

O livreiro estendeu a nosso autor uma carta de felicitações assinada por Gabriel Audisio, o fundador da revista *Rivages*, na qual ele também lhe propunha uma bela colaboração.

Em Río Salado, o prefeito prometeu abrir uma biblioteca na avenida principal e Pepe Rucillio comprou, sozinho, cem exemplares da coletânea de Fabrice, que enviou a seus conhecidos em Orã, que, assim que ele virava as costas, o chamavam de camponês endomingado, para provar que, na sua cidade, não havia só bêbados e agricultores ricos e ignorantes.

Uma noite, o inverno se retirou na ponta dos pés para dar lugar à primavera. De manhã, as andorinhas enfeitavam os fios elétricos e as ruas de Río Salado floresciam em mil perfumes. Meu tio voltava progressivamente à vida. Tinha recobrado um pouco de cor e uma parte de seus hábitos: sua paixão pelos livros. Devorava-os sem parar, mal fechava um romance, já atacava um ensaio. Lia em duas línguas, passando de El Akkad a Flaubert sem maiores sobressaltos. Ainda não saía de casa, mas tinha voltado a se barbear todos os dias e a vestir-se corretamente. Fazia suas refeições conosco, na sala de jantar, às vezes trocava algumas frases educadas com Germaine. Suas exigências tinham se tornado mais comedidas, e não gritava mais por qualquer coisa. Preciso como um relógio, estava de pé à aurora, fazia suas orações e passava à mesa para o café da manhã às sete horas em ponto. Depois se retirava para o escritório até que eu lhe levasse o jornal. Acabando de ler as notícias, abria os cadernos de espiral, mergulhava sua pena num tinteiro e escrevia até meio-dia. A uma hora fazia uma pequena sesta. Em seguida, pegava um livro e nele se esquecia até o cair da noite.

Um dia, veio a meu quarto.

— Você precisa ler esse autor. Chama-se Malek Bennabi. Como homem, não sei ao certo, mas como pensador é excelente.

Colocou sobre minha mesa de cabeceira e esperou que eu mesmo o pegasse. Era um volume com umas cem páginas que se intitulava *As condições da renascença argelina*.

Antes de se retirar, disse:

— Não esqueça do que diz o Corão: "Quem mata uma pessoa mata toda a humanidade."

Não voltou para me perguntar se tinha lido o livro de Malek Bennabi, menos ainda o que pensava dele. À mesa, só se dirigia a Germaine.

A nossa casa recuperava um equilíbrio aparente. Ainda não era alegria. No entanto, o fato de ver meu tio arrumar a gravata em frente ao espelho do armário era, por si só, um deslumbramento. Esperávamos que ele saísse pela porta e voltasse ao mundo dos vivos. Ele precisava entrar em contato novamente com a rua, ir a um café ou sentar-se num banco numa praça pública. Germaine abria todas as janelas de propósito. Sonhava vê-lo arrumar o fez, alisar a frente do colete, lançar um olhar para o relógio de bolso e se apressar em ir trocar ideias com um grupo de amigos. Mas meu tio tinha medo das pessoas. Entraria em pânico no meio de muitas pessoas ou, até mesmo, se alguém o abordasse na rua. Só se sentia protegido em casa.

Mas Germaine estava convencida de que o marido iria melhorar.

Coitada! Um domingo, quando terminávamos de comer, meu tio bateu bruscamente na mesa e jogou os pratos e os copos no chão. Pensamos em outro ataque cardíaco. Não era. Meu tio se levantou virando a cadeira atrás dele, recuou até a parede e, com o dedo apontado para nós, gritou:

— Ninguém tem o direito de me julgar!

Germaine me olhou atordoada.

— Você disse alguma coisa para ele? — perguntou.

— Não.

Examinou o marido como se fosse um desconhecido.

— Ninguém está julgando você, Mahi.

Meu tio não estava falando conosco. Seu olhar, bem posto sobre nós, não nos via. Franziu as sobrancelhas como se, de repente, saísse de um pesadelo, recolocou a cadeira no lugar, sentou-se, pôs a cabeça entre as mãos e ficou ali imóvel.

De madrugada, por volta das três horas, uma gritaria tirou Germaine e a mim da cama. Meu tio discutia com um intruso no escritório fechado à chave por dentro. Desci correndo para ver se a porta para o lado de fora estava aberta, ou se havia alguém na rua. A porta estava fechada, com as trancas. Subi novamente.

Germaine tentava ver o que se passava no escritório, mas a chave na fechadura não deixava.

Meu tio estava fora de si.

— Não sou um covarde — gritava. — Não traí ninguém, você está me ouvindo?! Não me olhe assim. Não admito gozações. Eu não entreguei ninguém, ninguém, ninguém...

A porta do escritório se abriu. Meu tio saiu, lívido de raiva, os cantos da boca espumando. Empurrou-nos sem nos ver e foi para o quarto.

Germaine entrou primeiro no escritório. Eu a segui... Não havia ninguém lá.

Vi madame Cazenave no começo do outono. Chovia, e Río estava irreconhecível. Os cafés, com as mesas que ficavam no terraço empilhadas, pareciam abandonados. Madame Cazenave ainda era bela e elegante, mas meu coração não se acelerou. Era a chuva que temperava as paixões ou aquele mormaço desmistificava as lembranças? Nem quis saber. Atravessei a rua para não cruzar com ela.

Em Río Salado, que só vivia para o sol, o outono era uma estação morta. As máscaras caíam como as folhas das árvores e os amores viviam uma frieza entediante. Jean-Christophe Lamy foi uma das vítimas. Ele me encontrou na casa de Fabrice onde esperávamos Simon voltar de Orã. Sem dizer palavra, sentou-se num banco na varanda e ficou remoendo suas tristezas.

Simon Benyamin voltou de mãos vazias de Orã, onde tinha ido fazer valer seu talento de comediante. Tinha lido no jornal que estavam recrutando jovens humoristas e pensou que aquela era a chance de sua vida. Com o anúncio no bolso, pôs sua melhor roupa e pegou o primeiro ônibus partindo para a glória. Quando ele chegou mordendo os lábios, compreendemos que as coisas não tinham se passado como ele queria.

— E então? — perguntou Fabrice.

Simon desabou na cadeira de vime e cruzou os braços sobre o peito, com um mau humor terrível.

— O que aconteceu?

— Nada — cortou. — Nada aconteceu. Eles não me deram nenhuma chance, aqueles miseráveis... Desde o começo, senti que não era meu dia. Tomei um chá de cadeira de quatro horas na coxia antes de entrar em cena. Primeira surpresa, a sala do teatro estava completamente vazia. Havia apenas um velho imbecil sentado na primeira fila, e uma megera murcha a seu lado, igual uma coruja de óculos redondos. Com um enorme refletor apontando para minha fuça. Parecia um interrogatório. "Pode começar, senhor Benyamin", disse o velho imbecil. Juro que pensei ouvir a voz de meu avô do fundo da cova. Ele era glacial, impenetrável. Uma igreja em chamas não o teria emocionado. Mal comecei ele me interrompeu. "Qual é a diferença entre um palhaço e um bufão, senhor Benyamin?" ele perguntou. "Pois bem, eu mesmo digo: um palhaço faz rir porque provoca pena e é engraçado, um bufão faz rir porque é ridículo." E fez sinal para que entrasse o seguinte.

Fabrice se contorcia de rir.

— Levei duas horas para me acalmar. Se esse imbecil tivesse vindo falar comigo, eu teria pulado no pescoço dele... Vocês precisavam ver os dois, naquela sala vazia, com suas caras amareladas.

Jean-Christophe reclamou porque estávamos rindo.

— O que está acontecendo com você? — perguntou Fabrice.

Jean-Christophe baixou a cabeça e soltou um suspiro.

— Isabelle está me dando nos nervos.

— Só agora?!! — disse Simon. — Eu falei que ela não servia para você.

— O amor é cego — disse Fabrice, filosofando.

— Ele *nos* deixa cegos — corrigiu Simon.

— É sério? — perguntei a Jean-Christophe.

— Por quê? Você ainda gosta dela?

Ele me encarou de um jeito esquisito.

— Acho que vocês dois não conseguiram se esquecer, não é verdade, Jonas?... Pois bem, pode ficar com ela.

— Quem disse que eu gosto dela?!

— É a você que ela quer — gritou batendo na mesa.

O silêncio tomou conta da sala. Fabrice e Simon nos olhavam. Jean-Christophe estava zangado comigo.

— O que você está dizendo? — perguntei.

— A verdade... Assim que ela sabe que você está por perto, fica incontrolável. Ela procura você com os olhos e só sossega quando encontra... Se você a visse no último baile! Estava abraçada comigo e então você chegou. Ela começou a falar besteiras apenas para chamar sua atenção. Quase lhe dei um tapa para chamá-la à razão.

— Se o amor nos deixa cego, Chris, o ciúme nos faz delirar — eu disse.

— Sou ciumento, isso mesmo, e daí?!, mas não estou vendo coisas.

— Ei! — interveio Fabrice pressentindo um cheiro de queimado no ar. — Isabelle adora provocar todo mundo, Chris. Ela está testando você, só isso. Se ela não quisesse ficar com você, já teria lhe dado o fora.

— Em todo caso, para mim chega. Se a mulher que está comigo é capaz de olhar para o outro sobre meu ombro, é melhor sumir da minha frente. E depois, sinceramente, não gosto dela tanto assim.

Eu estava constrangido. Era a primeira vez que um mal-entendido nos deixava pouco à vontade. Para meu alívio, Jean-Christophe apontou o dedo para mim.

— Peguei você, hein?! Em cheio.

Ninguém achou graça na brincadeira. E mais: tínhamos a impressão de que ele estava falando sério.

No dia seguinte, subindo a rua com Simon para irmos até a praça, vimos Isabelle de braço dado com Jean-Christophe. Estavam indo ao cinema. Não sei por quê, entrei imediatamente num portão qualquer para que eles não me vissem. Simon ficou surpreso com a minha reação.

ÉMILIE

12

ANDRÉ CONVIDOU TODA a juventude de Río Salado para a inauguração do bar. Ninguém imaginaria que o filho de Jaime J. Sosa fosse capaz disso. Acreditavam que ele era um senhor feudal, um chicote sempre a postos, pronto para chutar o traseiro dos camponeses e querendo o Olimpo só para si... E vê-lo dono de um boteco, abrindo garrafas de cerveja, nos deixou sem palavras. Na verdade, desde a volta dos Estados Unidos, onde tinha feito uma peregrinação na companhia do amigo Joe, André tinha mudado. A América o fizera tomar consciência de uma realidade que nos escapava e que ele chamava, com um certo fervor místico, de sonho americano. Quando perguntávamos o que ele entendia precisamente por sonho americano, ele enchia o peito, se endireitava na cadeira e respondia com um ar superior: viver a vida como bem quiser, mesmo que seja preciso jogar para o alto os tabus e as convenções. André certamente tinha uma ideia clara do que tentava nos transmitir, só que sua pedagogia deixava a desejar. Era, no entanto, evidente a vontade que ele tinha de modernizar nossos hábitos provincianos, criados à sombra dos mais velhos. Obedecer sem questionar, só responder quando autorizados, esperar as festas para extravazar, para André, tudo isso era inadmissível. Segundo ele, uma sociedade se distingue pelo ardor de sua juventude, se renova graças ao seu frescor e ao seu atrevimento. Ora, no nosso mundo, a juventude era apenas um adorável rebanho gentilmente atado aos automatismos de uma era terminada e incompatível com os novos tempos conquistadores e ágeis, que reivindicavam audácia e exigiam que se cuspisse fogo ou que se acendesse o pavio — como em Los Angeles,

São Francisco, Nova York onde, desde o fim da guerra, os jovens estavam desprezando o sacrossanto amor filial para se liberar do jugo familiar e voar com as próprias asas, mesmo arriscando errar como Ícaro.

André estava convencido de que o vento mudava de direção e que soprava agora no sentido que os americanos davam aos seres e às coisas. Para ele, a saúde de um país estava justamente na sede de conquistas e revoluções. E em Río Salado, as gerações se seguiam e se pareciam. Era preciso introduzir reformas urgentes nas mentalidades. Para André nada melhor do que um bar, em estilo californiano, para nos subtrair dessa pasmaceira em que tinha se convertido nossa subordinação e nos jogar de corpo e alma no furor da vida.

O bar ficava atrás da adega R.C. Kraus, no terreno fora da cidade onde, crianças, jogávamos futebol. No pátio da entrada, umas vinte mesas estavam arrumadas sobre um chão de lajotas, cercadas por cadeiras brancas e guarda-sóis. Ao ver garrafas de vinho e refrigerante e carne para churrasco, ficamos aliviados.

— Vamos comer até não aguentar mais — entusiasmou-se Simon.

Jelloul e alguns empregados circulavam por entre as mesas, ocupados em cobri-las com toalhas e abastecê-las de garrafas e cinzeiros. André e seu primo José posavam na entrada do bar, com um chapéu de *cowboy*, as pernas separadas, os polegares na fivela do cinturão.

— Você vai criar gado agora? — Simon implicou com André.

— Você não gosta do meu bar?

— Quando tiver o que comer e beber.

— Então, coma e aproveite...

Ele desceu o degrau para nos abraçar, aproveitou a proximidade para implicar com Simon, passando a mão entre suas pernas.

— Ei, isso aí são joias de família — disse Simon recuando.

— Nossa, um verdadeiro tesouro! Aposto que não valem nada no mercado de pulgas — disse André, empurrando todos três para o bar.

— Quer apostar?

— O que você quiser... Bom, algumas garotas bem bonitas vão vir esta noite. Se você conseguir agradar uma que seja, pagarei o quarto de hotel. No Martinez, é claro.

— Pão-duro!

— Dédé é como bala de revólver — lembrou solenemente José. — Quando parte, não volta.

Depois disso, consciente de ter deixado o primo envaidecido, se afastou para nos deixar passar.

André nos fez visitar sua "revolução". Nada a ver com os cafés da região. O bar era mais colorido, com um espelho imenso atrás do balcão, sobre o qual se viam os contornos da Golden Gate, e na frente havia banquetas altas e estofadas. As prateleiras de latão cediam sob o peso das garrafas, dos bibelôs e utensílios. Nas paredes, letreiros luminosos e retratos de atores e atrizes de Hollywood. Os lustres lançavam uma luz difusa pela sala, que as cortinas das janelas mergulhavam numa doce penumbra. Os assentos eram fixados no chão e dispostos em compartimentos parecidos com cabines de trem e havia, para separá-los, uma mesa retangular sobre a qual se podia admirar paisagens da América selvagem.

Na sala ao lado, bem no meio do ambiente, reinava uma mesa de sinuca. Nenhum café em Río ou em Lourmel tinha uma mesa de sinuca. André oferecia à sua clientela uma verdadeira obra de arte, iluminada por um lustre tão baixo que quase tocava a mesa.

Ele pegou um taco, esfregou a ponta com um toco de giz, se curvou sobre a borda da mesa, ajustou o taco, mirou um triângulo de bolas coloridas, reunidas no centro do forro verde, e deu uma tacada na bola branca. O triângulo explodiu e as bolas se dispersaram em todas as direções ricocheteando nas bordas da mesa.

— A partir de hoje — declarou —, não iremos mais ao bar apenas para encher a cara. Aqui vamos jogar sinuca também. E atenção: essa é a primeira mesa. Três outras serão entregues antes do fim do mês. Pretendo organizar um campeonato regional.

José nos ofereceu cervejas e um refrigerante para mim e sugeriu que ocupássemos uma mesa no salão, esperando a chegada dos outros convidados. Eram mais ou menos cinco da tarde. O sol se punha lentamente atrás das colinas, lançando uma luz sobre os vinhedos. Do salão, tínhamos uma vista panorâmica da planície e da estrada para Lourmel. Um ônibus deixava passageiros na entrada da cidade: pessoas de Río que voltavam de Orã e camponeses árabes que voltavam dos canteiros de obra da cidade. Exaustos, eles cortavam os campos para alcançar as trilhas que levavam a suas aldeias, com as trouxas embaixo do braço.

Jelloul seguia meu olhar. Quando o último operário desapareceu no fim da estrada, ele se voltou para mim e me olhou com uma curiosidade desconcertante.

O clã dos Rucillio ocupou seu lugar assim que o sol se escondeu. Era composto pelas meninas de Pepe, duas primas e cunhado Antonio, cantor de cabaré em Sidi Bel-Abbès. Chegaram num Citroën recém-saído da fábrica, que estacionaram na entrada do bar para ser visto por todo mundo.

André os recebeu com tapinhas nas costas e risos de ricaço antes de instalá-los nos melhores lugares.

— De que adianta ter dinheiro e feder a bosta de cavalo — resmungou Simon, que detestava quando os Rucillio passavam por nós sem nos cumprimentar.

— Você sabe como eles são — eu disse tentando acalmá-lo.

— Mesmo assim, eles podiam ao menos dizer olá. O que custa ser educado? Não somos qualquer um. Você é farmacêutico, Fabrice é poeta e jornalista, e eu trabalho na administração pública.

A noite ainda não tinha caído quando o salão começou a fervilhar de moças lindas e rapazes bem-arrumados. Alguns casais, mais velhos, chegavam em carros exuberantes, as mulheres com vestidos de rainha e os homens de terno, com gravatas-borboleta que pareciam uma faca no meio da garganta. André tinha convidado a nata de Río e os burgueses mais notáveis das redondezas. Reconhecemos, numa aglomeração, o filho da maior fortuna de Hammam Bouhdjar — cujo pai dispunha de um avião particular — de braço dado com a estrela em ascensão da música local, que uma multidão de admiradores assediava, seja estendendo o isqueiro ou a carteira de cigarros.

As luzes do salão se acenderam. José bateu palmas para pedir silêncio. A princípio, o zum-zum-zum cresceu, mas aos poucos foi diminuindo até sumir. André subiu num estrado para agradecer os convidados por terem vindo festejar com ele a inauguração do bar. Começou com uma piada um tanto inconveniente que embaraçou os espectadores mais comedidos, em seguida lamentou que os espíritos não estivessem suficientemente abertos para encorajá-lo a seguir o discurso naquele tom. Depois abreviou sua fala e cedeu lugar a um grupo de músicos.

A noite começou com uma música até então desconhecida, à base de trompetes e baixos, que não despertou o interesse do público.

— É jazz, criaturas! — fulminou André. — Como alguém pode não gostar de jazz, bando de energúmenos?

A *jazzband* acabou se rendendo às evidências: uns sessenta quilômetros separavam Río Salado de Orã, mas a distância que separava a mentalidade das duas cidades era gritante. Profissionais, os músicos continuaram a tocar para ninguém e então, como ponto de honra, executaram um trecho final que, em meio a indiferença, teve um quê de revolta.

Retiraram-se sem que ninguém percebesse.

André não poderia ter imaginado essa derrota. Esperava que seus convidados mostrassem um mínimo de educação frente aos músicos mais aclamados do país. Nós o vimos se desfazer em desculpas com o trompetista, que, ultrajado, parecia prometer não mais pôr os pés naquele interior tão limitado culturalmente quanto um cercado de animais.

Enquanto as coisas tentavam se acertar nos bastidores, José convidou uma segunda banda — local — para subir ao palco. Como que por encanto, assim que eles mostraram a que vieram, o público se embalou, com gritos de entusiasmo e a pista de dança foi inundada pela multidão.

Fabrice Scamaroni perguntou à sobrinha do prefeito se ela gostaria de dançar e levou-a alegremente direto para a pista. Quanto a mim, engoli uma recusa gentil da parte de uma moça muito tímida, antes de convencer sua amiga a dançar comigo. Simon estava nas nuvens. Segurando o rosto, com aquelas bochechas de bebê entre as mãos, ele só tinha olhos para a mesa no fundo do salão.

Quando a música parou, acompanhei a moça que dançava comigo até seu lugar e voltei para o meu. Simon nem me notou. Ele sorria levemente. Agitei a mão na frente de seus olhos. Ele não reagiu. Segui seu olhar e... e então... eu a vi.

Estava sentada sozinha, numa mesa mais afastada, sem toalha nem couvert, que o movimento das pessoas que dançavam ora escondia, ora mostrava. Entendi o que estava deixando Simon tão calmo. Ele que, de hábito, não parava um só minuto nos bailes. A menina era de uma beleza de tirar o fôlego!

Com um vestido branco cintilante, os cabelos pretos presos num coque e o sorriso tão suave quanto uma brisa de fim de tarde, ela contemplava as pessoas sem vê-las. Parecia absorvida em seus próprios pensamentos, o queixo delicadamente pousado na palma da mão, com luvas brancas que iam até os cotovelos. De vez em quando, desaparecia atrás dos vultos que se contorciam a sua volta para em seguida reaparecer em toda sua majestade, como uma ninfa saindo do lago.

— Ela não é um deslumbre?! — suspirou Simon, encantado.

— Maravilhosa.

— E que olhos cheios de mistério! Aposto que são tão pretos quanto os cabelos. E o nariz?! Que nariz é esse?! Parece um pedaço da eternidade.

— Ei, vai com calma, rapaz!

— E aquela boca, Jonas. Parece uma rosa. Como será que ela faz para comer?

— Nossa, Simon, cuidado senão você sai voando. Coloque os pés no chão, meu amigo.

— Para quê?

— Para não se perder entre as nuvens.

— Não me importo. Uma maravilha dessas merece que a gente quebre a cara por ela.

— Você vai falar com ela?

Ele finalmente me olhou e disse com uma expressão de tristeza:

— Você sabe muito bem que não tenho nenhuma chance.

A mudança súbita de tom me partiu o coração.

Mas ele se refez logo.

— Você acha que ela é de Río?

— Nós já a teríamos visto.

Simon sorriu.

— Você tem razão. Nós já a teríamos visto.

Curiosamente, nós dois prendemos a respiração e endireitamos as costas quando um rapaz se aproximou da moça para convidá-la para dançar. Para nosso alívio, ela educadamente recusou.

Fabrice voltou da pista de dança suando, sentou-se e, enxugando-se com um lenço, inclinou-se para nós e cochichou:

— Vocês viram aquela maravilha ali, sozinha, no fundo do salão?

— Como não? — disse Simon. — Acho que todo mundo aqui só tem olhos para ela.

— Acabo de levar um fora por causa dela — contou Fabrice. — A moça que estava comigo só faltou me furar os olhos quando percebeu que eu estava com a cabeça meio longe... Vocês têm ideia de quem é ela?

— Com certeza é da cidade, provavelmente está de passagem na casa de parentes — eu disse. — A maneira como ela se veste e seus gestos... É da cidade. As moças daqui, nunca vi nenhuma delas se sentar assim.

De repente, a desconhecida olhou para nós e ficamos, os três, paralisados, como se ela acabasse de nos surpreender com a boca na botija. O sorriso se apagou um pouco e o medalhão que lhe enfeitava o decote lembrou um farol no meio da noite.

— Ela é impressionante — reconheceu Jean-Christophe, surgido não se sabia bem de onde.

Virou uma cadeira livre e sentou-se nela, com os braços sobre o encosto.

— Enfim você chegou — disse Fabrice. — Onde estava?

— Adivinha.

— Você brigou com Isabelle?

— Digamos que mandei ela passear. Vocês acreditam? Ela não conseguia decidir que colar e brincos usar. Esperei horas, e ela indecisa.

— Você a deixou em casa? — perguntou Simon, incrédulo.

— Não pensei duas vezes.

Simon se levantou, bateu os calcanhares e fez uma continência.

— Que coragem! Você mandou aquela chata passear?! Meus cumprimentos. Estou orgulhoso de você.

Jean-Christophe puxou Simon pelo braço para obrigá-lo a se sentar de novo.

— Você está atrapalhando a minha visão do espetáculo, seu gordo — disse. — Quem é ela?

— Basta ir até lá e perguntar.

— Com o clã dos Rucillio aqui do lado? Sou corajoso, mas não louco.

Fabrice amassou o guardanapo, respirou fundo e empurrou a cadeira.

— Pois bem, eu vou.

Mas não teve tempo de deixar a mesa. Um carro parou na entrada do bar. A moça se levantou e andou na direção dele. Nós a vimos entrar e sentar ao lado do motorista e pulamos, os quatro, quando ela fechou a porta.

— Sei que não tenho nenhuma chance — disse Simon —, mas vale a pena tentar. Amanhã, logo cedo, vou bater em todas as portas da cidade, com o meu sapato na mão, para tentar descobrir quem é a minha princesa.

Caímos na gargalhada.

Simon pegou a colher que estava na mesa e se pôs a mexer o café com um gesto mecânico. Era a terceira vez que fazia isso, e nem tocara ainda na bebida. Estávamos sentados no terraço de um café, aproveitando o bom tempo. O céu estava límpido e o sol de março se projetava sobre a avenida. Nenhum vento agitava as folhas das árvores. No silêncio da manhã, apenas arranhado pelo borbulho da fonte municipal ou pelo rangido descontínuo de uma charrete, a cidade vivia.

Com as mangas da camisa arregaçadas, o prefeito vigiava um grupo de funcionários pintando de vermelho e branco a borda das calçadas.

Em frente à igreja, o padre ajudava um carroceiro a descarregar sacos de carvão que um menino amontoava contra o muro. Do outro lado da praça, empregadas conversavam em torno da barraca de um vendedor de legumes, sob o olhar divertido de Bruno, o policial quase adolescente.

Simon pousou a colher.

— Não consigo dormir desde a noite lá no bar do Dédé — disse.

— Por causa da moça?

— Não se pode esconder nada de você... Acho que estou apaixonado por ela.

— Verdade?

— Não sei como explicar. Nunca senti por ninguém o que sinto por aquela morena de olhos misteriosos.

— Você descobriu alguma pista dela?

— Que nada! No dia seguinte, comecei a procurá-la. E o que é pior: percebi que não era o único. Até aquele corno do José está atrás dela. Você vê?! Não se pode mais fantasiar com um corpo daqueles sem ter um monte de cretinos no seu pé.

Fez um gesto com a mão como se quisesse afastar alguma coisa que o incomodava. O gesto estava carregado de rancor. De novo, pegou a colher e começou a mexer o café.

— Ah, se eu tivesse olhos azuis como você, Jonas, e essa cara de anjo!...

— Para quê?

— Para conquistá-la, ora. Olhe a cara que eu tenho, e essa pança que balança como gelatina, e essas pernas curtas que não sabem nem andar direito, e esses pés chatos...

— As mulheres não veem só esse lado.

— Pode ser, mas acontece que não tenho muito além disso para oferecer. Não tenho vinhedos, bares e nem conta em banco.

— Você tem outras qualidades. O humor, por exemplo. As mulheres adoram alguém que as faça rir. E depois, você é legal. Não é um desmiolado nem um canalha. E isso... isso também conta.

Simon afastou minhas observações com outro gesto.

Depois de um longo silêncio, murmurou com um certo embaraço.

— Você acha que o amor é mais importante do que a amizade?

— O que você quer dizer com isso?...

— Anteontem vi Fabrice com a nossa deusa... Juro que é verdade. Eu os vi, como estou vendo você agora, perto do bar Codorna. Não parecia um encontro casual. Fabrice estava encostado no carro da mãe, com os braços cruzados, à vontade... e ela não parecia ter pressa de voltar para casa.

— Fabrice é uma personalidade de Río. Todo mundo o para na rua. Tanto as moças quanto os rapazes. E as pessoas mais velhas também. É normal, ele é nosso poeta.

— Claro, só que essa não foi a impressão que tive vendo os dois juntos. Tenho certeza de que não era uma conversa qualquer.

— Ei, seus caipiras — gritou André estacionando o carro na calçada em frente. — Por que não estão lá no bar se iniciando nas virtudes da sinuca?

— Estamos esperando Fabrice.

— Vou indo na frente então.

— Já vamos.

— Posso contar com vocês?

— Claro.

André nos cumprimentou levando dois dedos à têmpora e arrancou a toda velocidade, arrepiando os pelos de um cachorro velho, deitado na entrada de uma loja.

Simon voltou a falar.

— Ainda me lembro do que aconteceu entre você e Chris por causa da Isabelle. Não quero que isso aconteça comigo e com Fabrice. Nossa amizade é especial para mim...

— Acho que você está colocando o carro na frente dos bois.

— Não, só estou pensando... mas tenho uma certa vergonha do que estou sentindo pela moça.

— Vergonha?! Não é preciso ter vergonha do que se sente. Os sentimentos são bons, mesmo quando parecem injustos.

— Você acha mesmo?

— Acho que, no amor, vale tudo e não temos o direito de não nos arriscar.

— Você acha que tenho alguma chance? Fabrice é rico, famoso.

— *Você acha, você acha, você acha...* Você pergunta demais... Você quer saber o que acho? Você é um covarde. Fica dando voltas e voltas e acha que isso vai adiantar alguma coisa... Mas vamos mudar de assunto. Fabrice está chegando.

Havia muita gente no bar de André e o barulho nos impedia de apreciar direito nossos *escargots* ao molho picante. E ainda havia Simon. Ele não estava bem. Muitas vezes achei que ele iria contar tudo para Fabrice. Mas desistia assim que abria a boca. Fabrice não percebia nada. Tinha tirado a caderneta e, com os olhos apertados, rabiscava um poema que ia consertando aqui e ali. Uma mecha loura caía em sua testa e parecia uma barreira erguida entre seus pensamentos e os de Simon.

André veio ver se precisávamos de alguma coisa. Inclinou-se sobre o ombro do poeta para ler o que ele estava escrevendo.

— Por favor... — fez Fabrice, irritado.

— Um poema de amor!... Podemos saber quem virou a sua cabeça?

Fabrice fechou a caderneta, pôs as duas mãos em cima dela e encarou André, que resmungou:

— Devo entender que não estou convidado a participar dos seus devaneios inéditos?

— Deixa ele em paz! — fulminou Simon. — Dá o fora.

André empurrou o chapéu de *cowboy* para o alto da cabeça e levou as mãos aos quadris.

— Você acordou com o pé esquerdo, é? Não se pode mais brincar...

— Não vê que ele está inspirado.

— Ah!... Não é com belas frases que se conquista o coração de uma mulher. A prova disso é que só preciso estalar os dedos para conseguir qualquer uma delas.

A grosseria de André transtornou Fabrice, que pegou a caderneta e deixou o bar furioso.

André o observou ir embora surpreso. Em seguida, nos fez de testemunhas.

— Eu não disse nada demais... Ele ficou alérgico a brincadeiras ou o quê?

A saída intempestiva de Fabrice nos surpreendeu. Ele não era assim. De nós quatro, era o mais cortês e o menos suscetível.

— Esses são, talvez, os efeitos colaterais do amor — disse Simon com amargura.

Ele acabava de compreender que, realmente, entre o amigo e o "fantasma com olhos de mistério" havia muito mais do que uma conversa qualquer.

À noite, Jean-Christophe nos convidou para ir a sua casa. Tinha coisas importantes a revelar e precisava de nossos conselhos. Ele nos reuniu, Fabrice, Simon e eu, na oficina de seu pai, um cômodo no térreo da velha casa da família, e, depois que bebemos nossos sucos e comemos batatas fritas em silêncio, declarou:

— Então... terminei tudo com Isabelle!

Esperávamos ver Simon vibrar, feliz com a notícia. Mas ele não fez nada.

— Vocês acham que fiz uma besteira?

Fabrice afundou o queixo na palma da mão para refletir.

— O que aconteceu? — perguntei, surpreso comigo mesmo, tinha jurado não me meter mais nas suas histórias.

Jean-Christophe só estava esperando um pretexto para contar tudo.

— Ela é complicada demais. Sempre procurando chifre em cabeça de cavalo, me corrigindo por besteiras, me lembrando que sou só o filho de uma família pobre e que é ela que me coloca para cima... Quantas vezes ameacei terminar?... "Duvido!", ela dizia... Essa manhã foi a gota d'água. Ela só faltou me fuzilar. Na rua. Na frente de todo mundo... Simplesmente porque fiquei olhando aquela moça do outro dia sair de uma loja...

Houve um ligeiro tremor na oficina. A mesa em que estávamos começou a sacudir. Vi Fabrice engolir em seco e os dedos de Simon ficarem brancos de tão apertados uns contra os outros.

— O que houve? — perguntou Jean-Christophe, percebendo o clima estranho que pairava no ar.

Simon olhou para Fabrice, que tossiu e, mergulhando o olhar no de Jean-Christophe, perguntou:

— Isabelle surpreendeu você com essa moça?

— Claro que não. Era a primeira vez que a via desde aquela noite. Eu estava acompanhando Isabelle à costureira, e ela saiu da farmácia do Benhamou.

Fabrice parecia aliviado.

— Você sabe, Chris, ninguém, aqui, pode lhe dizer o que fazer. Somos seus amigos, mas não sabemos ao certo o que existe entre vocês. Um dia você parece que vai deixá-la e, no dia seguinte, vocês estão juntos novamente. A essa altura, a gente já não acredita mais na separação de vocês. E, além do mais, isso não é da nossa conta. Você é que deve saber o que fazer. Vocês estão juntos há muito tempo, desde o colégio. Só você pode saber em que pé estão as coisas e que decisão tomar.

— Isso mesmo, nos conhecemos desde o colégio e não consigo, juro, ser feliz com ela. Parece que ela tomou posse da minha alma. Às vezes, apesar do seu caráter autoritário, às vezes... é estranho... acho que sou incapaz de ficar sem ela... E essa é toda a verdade. Algumas vezes seus defeitos a tornam ainda mais bonita e me surpreendo querendo ficar a seu lado para sempre...

— Esqueça essa garota — disse Simon, com os olhos em brasa. — Ela não é para você. Você quer passar a vida aguentando Isabelle como uma doença crônica, quer? Você é um rapaz bonito, não deve desistir da vida... E depois, chega, essa história está me enchendo a paciência.

Levantou-se, como Fabrice tinha feito naquela manhã, no bar, e foi embora rosnando.

— Eu falei alguma besteira? — perguntou Jean-Christophe, perplexo.

— Ele não anda bem nesses últimos tempos — disse Fabrice.

— Mas o que ele tem? — me perguntou Jean-Christophe. — Você está o tempo todo com ele. O que aconteceu?

Levantei os ombros.

— Não sei.

Simon estava mal. As frustrações tomavam o lugar do seu bom humor e o esmagavam. Os complexos que escondia sob toneladas de piadas estavam vindo à tona. As evidências que ele se recusava a enxergar, o desprezo por si mesmo atrás do qual se protegia de certas feridas, as pequenas coisas que sabotavam sua existência em segredo — uma barriga grande demais, pernas curtas demais, ou ainda potencialidades de sedução mínimas, até irrisórias e patéticas —, tudo isso lhe devolvia uma imagem que detestava. Aquela moça de cabelos pretos que invadira sua vida, embora nem ao menos fizesse parte dela, o desestabilizava.

Nós nos encontramos por acaso uma semana depois. Ele ia ao correio e deixou que eu o acompanhasse. As sequelas do ressentimento embaçavam seu rosto. Seu olhar parecia odiar o mundo.

Atravessamos metade da cidade em silêncio, como duas sombras de um teatro chinês deslizando contra os muros. Depois daquelas tarefas, Simon não sabia mais o que fazer do dia. Estava perdido. Saindo do correio, demos de cara com Fabrice... que não estava sozinho... Ela estava com ele, de braço dado com ele. O espetáculo que nos ofereceram, ele em seu terno de *tweed* e ela num vestido plissado, nos convenceu. Numa fração de segundo, o rancor no rosto de Simon desapareceu... Era impossível não se render às evidências. Eles formavam um belo casal.

Fabrice se apressou em nos apresentar.

— Esses são Simon e Jonas, de quem falei. Meus melhores amigos.

A moça estava ainda mais linda, agora que a luz do dia a mostrava de fato. Ela não era de carne e osso. Ela era um raio de sol.

— Simon, Jonas, essa é Émilie, a filha de madame Cazenave.

Foi como se uma ducha fria me atingisse em cheio.

Incapazes de articular qualquer palavra, cada um por suas próprias razões, Simon e eu nos contentamos em sorrir.

Quando voltamos a nós, eles já tinham ido embora.

Levamos um bom tempo desconcertados de pé na calçada em frente ao correio. Como não gostar deles? Como não achar que formavam um belo casal? Como não admitir que eram feitos um para o outro sem parecer insensível?

Simon devia jogar a toalha, e fez isso com classe.

13

A PRIMAVERA GANHAVA terreno. As colinas cobertas de brotos espelhavam o nascer do sol como um mar de tons de rosa. Tínhamos vontade de tirar a roupa e de nos atirarmos de cabeça, mergulhar naquela imensidão, depois ir deitar debaixo de uma árvore e sonhar com, uma a uma, todas as belas coisas que o bom Deus é capaz de fazer. Era maravilhoso. Cada manhã era uma obra de arte. Cada instante que roubávamos do tempo nos dava uma parte da eternidade. Río, sob o sol, era o maná dos deuses. Onde se colocasse a mão, erguia-se o sonho. Em nenhum lugar minha alma esteve tão próxima da paz. Os rumores do mundo chegavam até nós diluídos daquela desarmonia de sons capaz de perturbar os sussurros de nossos vinhedos. Sabíamos que a situação no país piorava, que a cólera fermentava nas classes populares. As pessoas da cidade não se davam conta. Erigiam muros intransponíveis em torno de sua felicidade, recusando-se a abrir as janelas. Não queriam ver nada além de seu belo reflexo no vidro para o qual piscavam o olho antes de ir para os campos colher as dádivas do sol.

Não havia pressa. As uvas prometiam vinho abundante, bailes entusiasmados e encontros bem regados. O céu guardava intacto um azul imaculado, e não era o caso de deixar angústias o escurecerem. Depois do almoço, eu ia para a sacada me esquecer por uma boa meia hora em minha cadeira de balanço, contemplando o verde que cobria a colina como um tapete, o ocre das terras ardentes que o cortava e as miragens coloridas que se agitavam ao longe. Era um espetáculo encantador, de uma quietude infinita. Bastava deixar meu olhar vagar à vontade para adormecer. Muitas vezes, Germaine me encontrava com a boca aberta e a cabeça largada contra o encosto da cadeira. Ela voltava na ponta dos pés para não me acordar.

Em Río Salado, espreitávamos o verão, confiantes. Sabíamos que o tempo era nosso aliado, que logo as vindimas e a praia nos dariam uma alma a mais para aproveitar plenamente as festas e as bebedeiras homéricas. Os namoricos nasciam no *farniente* assim como as flores no amanhecer. As moças se mostravam nas ruas, resplandecentes em seus vestidos leves que revelavam braços de sereia e parte de seu bronzeado. Os rapazes se distraíam nos cafés e se inflamavam quando seus desejos e sonhos tórridos eram revelados.

Mas o que acelerava o coração de uns deixava outros pouco à vontade. Jean-Christophe terminou definitivamente com Isabelle. Pelas ruas só se falava da turbulência daquele amor. Meu pobre amigo definhava a olhos vistos. Normalmente, quando estava na rua, ele sempre achava um meio de chamar a atenção para si. Adorava gritar por um conhecido na esquina, as mãos em concha em torno da boca, parar o carro bem no meio da rua ou pedir aos berros uma caneca de vinho antes de chegar ao bar, narcisista e onipresente, orgulhoso por se fazer o umbigo do mundo. E agora vejam quem não suportava o olhar das pessoas e fingia não ouvir quando alguém o chamava de uma loja ou da outra calçada. O mais inocente dos sorrisos o atormentava. Ele virava e revirava as falas em todos os sentidos para verificar se não escondiam insinuações maliciosas. Eu me preocupava com ele, cada vez mais irascível, reservado e desequilibrado. Uma noite, foi até o bar de André desviando pelas colinas para fugir do falatório. Queria beber até cair. Depois de algumas garrafas, não se aguentava mais em pé. Quando José se ofereceu para levá-lo em casa, Jean-Christophe lhe enfiou um murro na cara. Em seguida, pegou uma barra de ferro e começou a expulsar a clientela. Uma vez dono da situação, de pé entre as mesas e bancos vazios, Jean-Christophe subiu no balcão e, cambaleando, com o nariz escorrendo, abriu as pernas e regou o chão com jatos de urina torrenciais gritando que era assim que ele ia afogar os "merdas que contassem mentiras a seu respeito". Foi preciso pegá-lo pelas costas, tomar-lhe a barra, amarrá-lo e levá-lo para casa numa maca improvisada. Esse incidente provocou uma enorme indignação em Río. Nunca havia acontecido nada parecido. A *hchouma*, a vergonha, para os árabes. Nas cidades argelinas, isso não se perdoava. Tínhamos o direito de enfraquecer, de cair, de desabar, e o dever de nos levantar, mas quando caímos tão baixo assim, perdíamos oficialmente não só a estima como também a companhia de todos. Jean-Christophe sabia que tinha passado dos limites. Não era mais o caso de ficar na cidade. Foi para Orã e passava os dias fazendo nada nos cassinos.

Simon, por sua vez, tomava o destino nas mãos com pragmatismo. Ser um empregado mofando no fundo de um escritório que cheirava a velharia e a litígios suspensos tinha acabado por lhe dar nos nervos. Sua natureza entusiasmada não se prestava a esse tipo de serviço. Não podia se imaginar passando a vida a classificar arquivos, sentindo cheiro de mofo e de guimba de cigarros. Aquele trabalho de contador, preso o dia inteiro, não era para ele. Não tinha nem o perfil nem a resignação necessária. E, se estava de mau humor a maior parte da semana, era também por causa daquelas paredes insípidas que o esmagavam e reduziam seu campo de ação à superfície estrita de uma folha de papel amarelada e desagradável ao toque. Simon sufocava ali. Recusava-se a ser apenas mais um dos objetos do escritório, como a mesa, a cadeira e o arquivo de metal. Recusava-se a ficar esperando que assobiassem para que ele saísse da jaula, como um animal embrutecido pela inércia, que o constrangessem para lembrá-lo que era de carne e osso, ao contrário daqueles móveis impenetráveis que velavam seu descontentamento. Pediu demissão uma manhã, depois de discutir com o chefe, e prometeu abrir seu próprio negócio, ser seu próprio patrão.

Quase não o via mais.

Fabrice também havia me abandonado um pouco, mas por uma boa razão. A relação com Émilie parecia ir de vento em popa. Eles se encontravam todos os dias atrás da igreja e, no domingo, da minha sacada, eu os via passear ao longo dos vinhedos, tanto a pé quanto de bicicleta, ele sorridente, ela com os cabelos ao vento. Vê-los subirem a colina, afastarem-se da cidade e do que-os-outros-vão-dizer era um presente e, com frequência, eu os seguia em meus pensamentos.

Uma manhã, houve um milagre. Eu estava pondo ordem nas prateleiras da farmácia quando meu tio desceu a escada com passo comedido, atravessou a sala, passou à minha frente e, de roupão... foi para a rua. Germaine, que o seguia, vigilante, não acreditou em seus olhos. Meu tio jamais saíra de casa por vontade própria. Parou na porta da entrada, as mãos nos grandes bolsos do roupão, deixou o olhar correr pela luz do dia e tocar os vinhedos, antes de alcançar as colinas no horizonte.

— Que dia bonito! — disse, e sorriu. E sua boca parecia não conseguir mais desmanchar o sorriso, de tanto que perdera o hábito de fazer esse movimento. Vimos uma grande quantidade de rugas em suas bochechas, parecidas com círculos sucessivos que uma pedrinha faz na superfície da água.

— Quer que eu traga uma cadeira? — sugeriu Germaine, emocionada e quase às lágrimas.

— Para quê?

— Para aproveitar o sol. Coloco ali, perto da janela, com uma mesinha e um bule de chá. Assim, você pode ir bebendo o chá enquanto vê as pessoas passarem.

— Não — disse meu tio —, sem cadeira hoje. Quero andar um pouco.

— De roupão?

— Se dependesse de mim, iria nu — respondeu, afastando-se.

Um profeta andando sobre as águas não teria nos maravilhado tanto, a Germaine e a mim.

Meu tio ganhou a rua, as mãos sempre nos bolsos e a coluna ereta. Seu passo era firme, quase marcial. Dirigiu-se a uma pequena plantação, errou entre as árvores, voltou pelo mesmo caminho e então, provavelmente desviado pelo voo em queda de uma perdiz, seguiu na direção do pássaro e se perdeu no meio dos vinhedos. Germaine e eu ficamos sentados na entrada, de mãos dadas, até sua volta.

Algumas semanas mais tarde, compramos um carro usado que Bertrand, sobrinho de Germaine, agora mecânico, veio nos mostrar pessoalmente. Era um carrinho verde-garrafa, arredondado como o casco de uma tartaruga, com assentos duros e um volante digno de um caminhão. Bertrand convidou Germaine e eu a entrar e nos levou para dar uma volta, com a desculpa de nos mostrar a força do motor. Parecia que estávamos dentro de um tanque de guerra. Depois, as pessoas de Río já o reconheciam de longe. Assim que ouviam o barulho do motor, gritavam "Atenção! Aí vem a artilharia!", e se perfilavam na calçada para saudar como militares sua passagem.

André se ofereceu para me ensinar a dirigir. Ia comigo a um terreno baldio e lá, a cada manobra errada, me xingava de todos os nomes. Muitas vezes suas censuras me tiravam do sério e quase chegamos às vias de fato. Quando consegui desviar de uma árvore a tempo de não encostar nela e subir uma ladeira sem deixar o carro descer, André voltou correndo para o bar, contente de ter saído dessa sem um arranhão.

Um domingo, depois da missa, Simon sugeriu que fôssemos dar uma volta perto do mar. Tinha passado uma semana difícil e precisava de ar puro. Optamos pelo porto de Bouzedjar e partimos depois do almoço.

— Onde você comprou essa lata velha?

— Esse carro não é lá muito bonito, mas me leva onde quero e até agora não me deixou na mão nenhuma vez.

— O barulho não incomoda você?... Parece um barco velho em fim de carreira.

— A gente se acostuma.

Simon abriu o vidro e pôs o rosto ao vento. Os cabelos, enrolados no alto da testa, exibiam um começo de calvície. Percebi de repente que meu amigo tinha envelhecido e dei uma olhada no retrovisor para ver se eu também tinha. Atravessamos Lourmel voando e fomos direto para o mar. Em alguns trechos, a estrada alcançava o topo das colinas e colocava o céu ao alcance de nossas mãos. Era um dia lindo de fim de abril, de uma limpidez cristalina, com horizontes largos e um sentimento de plenitude sem igual. Era sempre assim que a primavera nos reverenciava com a sua chegada. Era uma questão de honra: alcançar o máximo em beleza. A colheita das plantações era feita com o canto precoce das cigarras e os mosquitos brilhando sobre os tanques de água, parecidos com poeira de ouro. Não fossem as aldeias pobres aqui e ali, poderíamos acreditar que estávamos no paraíso.

— Não é o carro dos Scamaroni? — disse Simon apontando um automóvel estacionado embaixo de um eucalipto solitário, no fundo de um terreno.

Estacionei no acostamento e vi Fabrice com duas moças fazendo um piquenique. Incomodado com a nossa presença, Fabrice se levantou e levou as mãos aos quadris, visivelmente na defensiva.

— Eu não disse que ele era míope? — cochichou Simon abrindo a porta para descer.

Fabrice teve que andar em nossa direção por alguns metros antes de identificar meu carro. Aliviado, parou e fez sinal para que fôssemos até lá.

— Assustamos você? — perguntou Simon depois de um forte abraço.

— O que estão fazendo aqui?

— Passeando. Você tem certeza de que a gente não atrapalha?

— Só não temos pratos extras. Mas se vocês conseguirem ficar quietos, olhando, enquanto minhas amigas e eu comemos torta de maçã, não há nenhum problema.

As moças se levantaram, ajeitando os vestidos, para nos receber. Émilie Cazenave nos presenteou com um sorriso amável; a outra preferiu interrogar Fabrice com os olhos, que se apressou em tranquilizá-la.

— Jonas e Simon, meus melhores amigos...

Depois, nos apresentou a desconhecida.

— Hélène Lefèvre, jornalista de Orã. Ela está fazendo uma reportagem sobre a região.

Hélène nos estendeu uma mão perfumada, que Simon pegou ainda em movimento.

A filha de madame Cazenave pousou em mim os olhos negros e intensos que me obrigaram a desviar o olhar.

Fabrice foi até o carro procurar uma toalha de praia e estendeu-a no chão para que sentássemos. Simon se abaixou rapidamente na frente de um cesto de palha, remexeu dentro dele e encontrou um pedaço de pão. Em seguida, com um canivete que tirou do bolso de trás da calça, cortou rodelas de salame. As moças trocaram olhares rápidos, divertidas pela falta de cerimônia do rapaz.

— Aonde vocês estão indo? — perguntou Fabrice.

— Ao porto, ver os pescadores descarregar o arrastão — respondeu Simon, com a boca cheia. — E você, o que faz num lugar desses com moças tão bonitas?

De novo, Émilie me encarou com insistência. Conseguiria ler meus pensamentos? O que ela decifrava em mim? Sua mãe teria lhe contado alguma coisa? Teria sentido meu cheiro no quarto dela, descoberto algo que eu havia deixado lá, sem querer, talvez o rastro de um beijo interrompido ou a lembrança de um abraço não terminado? De repente parecia que ela sabia tudo sobre mim. E seus olhos, meu Deus, quem poderia resistir àqueles olhos? Eles impregnavam os meus, faziam todos os meus pensamentos passarem pelo seu crivo, investigavam a menor dúvida que me atravessava a alma. E no entanto, apesar da indiscrição, não podia deixar de admitir que eles eram o que a beleza reunira de melhor. Instantaneamente eles me fizeram rever os olhos de sua mãe, quando nos encontrávamos na casa grande, na estrada que levava aos marabutos. Aquele olhar radiante, que iluminava o quarto, que revelava nossos segredos e fraquezas mais profundas... Ela me perturbava.

— Parece que já nos vimos em algum lugar, há muito tempo.

— Acho que não, senão me lembraria, com toda certeza.

— É curioso, seu rosto não me é estranho — disse ela.

E acrescentou:

— O que você faz da vida, Jonas?

Sua voz tinha a doçura de uma fonte da montanha. Tinha falado "Jonas" exatamente do mesmo modo que a mãe, produzindo o mesmo efeito sobre mim...

— Ele é muito tímido — disse Simon, ciumento do interesse que eu suscitava. — Quanto a mim, abri meu próprio negócio. Entrei no ramo de importação e exportação e, em dois ou três anos, estarei cheio de dinheiro.

Émilie não prestou atenção a Simon. Senti seu olhar de pedra posto sobre mim, esperando minha resposta. Ela era tão linda que era impossível olhá-la por mais de cinco segundos sem ficar vermelho.

— Sou farmacêutico.

Uma pequena mecha de cabelo caiu em sua testa. Ela suspendeu-a com a mão, elegante, como se levantasse a cortina que nos permitiria ver todo o seu esplendor.

— Farmacêutico onde?

— Em Río.

Alguma coisa surgiu em seu rosto, e suas sobrancelhas se levantaram. O pedaço de torta que ela segurava se desfez entre seus dedos, o que não passou despercebido e, confuso, Fabrice se apressou em me servir um copo de vinho.

— Você sabe muito bem que ele não bebe — lembrou Simon.

— Ah, desculpe!

A jornalista pegou um copo e o levou aos lábios.

Émilie não tirava os olhos de mim.

Ela veio duas vezes me fazer uma visita na farmácia. Eu dava um jeito para que Germaine ficasse conosco. O que eu via em seus olhos me perturbava. Não queria aborrecer Fabrice.

Comecei a evitá-la. Pedia a Germaine para dizer que eu não estava quando ela telefonava, que não sabia quando eu voltava. Émilie compreendeu que eu não sabia lidar com o interesse dela por mim, que eu não queria me relacionar com ela. Parou de me importunar.

O verão de 1950 começou como uma festa. As estradas estavam cheias de pessoas saindo de férias e as praias, abarrotadas de gente. Simon fechou seu primeiro grande contrato e nos ofereceu um jantar num dos restaurantes elegantes de Orã. Estava animado naquela noite. Seu humor contagiou o ambiente, e as pessoas em volta sorriam cada vez que ele levantava o copo e lançava mais uma de suas tiradas hilariantes... Era uma grande noite. Estavam lá Fabrice e Émilie, e também Jean-Christophe que não parava de convidar Hélène para dançar. Vê-lo se divertir depois de semanas de depressão dava à festa um sabor especial. Estávamos juntos de novo, inseparáveis com os mosqueteiros, felizes por manter, com o mesmo fervor, nossa alegria de viver. Tudo ia bem no melhor dos mundos se não fosse um gesto inesperado, inoportuno, tresloucado, que quase acabou comigo, quando a mão de Émilie escorregou para debaixo da mesa e pousou em minha coxa. O gole de refrigerante entrou atravessado e quase morri sufocado enquanto me batiam violentamente nas costas... Recuperando o fôlego, percebi que uma boa parte das pessoas estava à minha volta. Simon deu um grito de alívio quando me viu respirando outra vez sem dificuldade. Quantos aos olhos de Émilie, jamais foram tão pretos, tanto seu rosto empalidecera.

No dia seguinte, alguns minutos depois de meu tio e de Germaine saírem — eles tinham se habituado a ir passear de manhã nos bosques —, madame Cazenave me surpreendeu na farmácia. Apesar da luz que vinha do lado de fora, reconheci sua silhueta curvilínea, o porte altivo, o modo singular de manter-se ereta, o queixo erguido e os ombros altos. Hesitou um instante na solcira da porta, sem dúvida para se assegurar de que eu estava sozinho. Em seguida, avançou pela sala numa mistura difusa de sombras e tecidos. Seu perfume dominou totalmente o ambiente.

Usava um *tailleur* cinza que a apertava, como se para proibir que se corpo se entregasse a algum prazer, e um chapéu enfeitado de centáureas que ela mantinha imperceptivelmente inclinado sobre o olhar tempestuoso.

— Bom dia, Jonas.

— Bom dia, madame.

Ela tirou seus óculos escuros... A magia não se deu. Eu permanecia implacável. Ela era só uma cliente entre tantas outras, e eu não era mais o menininho de outros tempos, pronto a cair para trás ao menor de seus sorrisos. Essa constatação a desestabilizou um pouco porque ela se pôs a tamborilar no balcão que nos separava.

— Madame?...

A neutralidade de meu tom a deixou contrariada.

O brilho, no fundo de seus olhos, vacilou.

Madame Cazenave manteve a calma. Ela sabia agir quando impunha suas próprias regras. Era o tipo de pessoa que preparava minuciosamente um golpe escolhendo o terreno e o momento certo de entrar em cena. Conhecendo-a como eu a conhecia, imaginei que ela teria passado a noite a construir gesto a gesto e palavra por palavra seu encontro comigo, só que tinha contado com um menino que eu não era mais. Minha impassibilidade a desarmou. Não esperava por isso. Em sua cabeça, tentava rever a estratégia rapidamente, mas tinha errado uma cartada, e a improvisação não convinha à sua natureza.

Mordeu a haste dos óculos para disfarçar o tremor dos lábios. Não conseguiu muita coisa. Os tremores se estendiam até suas bochechas e todo seu rosto parecia se desmanchar.

Ela arriscou.

— Se você está ocupado, voltarei mais tarde.

Queria ganhar tempo? Batia em retirada para voltar mais armada?

— Nada de especial, madame. Do que se trata?

Seu mal-estar se intensificou. Do que ela tinha medo? Sabia que não tinha vindo comprar um remédio, mas não entendia o que a deixava tão pouco segura de si.

— Não se engane, Jonas! — disse ela como se lesse meus pensamentos. — Estou perfeitamente bem. Apenas não sei por onde começar.

— Pois não?...

— Você é muito arrogante... Por que acha que estou aqui?

— É a senhora quem deve me dizer.

— Você não tem nenhuma ideia?

— Não.

— De verdade?

— De verdade.

Inspirou profundamente e reteve a respiração durante alguns segundos. Em seguida, enchendo-se de coragem, disse de uma vez, como se temesse ser interrompida ou que lhe faltasse o ar.
— É sobre Émilie...
Parecia um balão que se esvazia de uma vez só. Vi sua garganta se contrair e engolir em seco. Estava aliviada, livre de um fardo insustentável, ao mesmo tempo tinha a sensação de ter usado suas últimas reservas numa batalha que mal tinha começado.
— Émilie, minha filha — precisou.
— Entendi. Mas não vejo por que isso é necessário, madame.
— Não faça esse joguinho comigo, meu jovem. Você sabe muito bem do que quero falar... Qual é a natureza de suas relações com minha filha?
— A senhora está enganada. Não tenho nenhuma relação com sua filha.
Segurou firme os óculos, um pouco além do necessário. Ela nem se deu conta disso. Seu olhar vigiava o meu, esperando que eu cedesse. Não desviei os olhos. Ela não me impressionava mais. Suas suspeitas apenas me incomodavam um pouco. Mas aguçavam minha curiosidade. Río era uma cidadezinha onde as paredes eram transparentes e as portas, facilmente devassadas. Os segredos guardados não resistiam muito tempo e o falatório era moeda corrente. O que é que diziam sobre mim, que não tinha histórias e não suscitava interesse?
— Ela só fala de você, Jonas.
— Temos amigos em...
— Não estou falando dos seus amigos. Falo de você e de minha filha. Eu gostaria de conhecer a natureza das relações de vocês dois e quais as perspectivas. Saber se vocês têm projetos comuns, intenções sérias... o que aconteceu entre vocês.
— Não aconteceu nada. Émilie está interessada em Fabrice, e Fabrice é meu melhor amigo. Não me passaria pela cabeça estragar sua felicidade.

— Você é um rapaz sensato. Acho que já lhe disse isso.

Colocou as mãos sobre o nariz e a boca, sem deixar de me olhar. Depois de um curto intervalo, ela ergueu o queixo.

— Vou direto ao assunto, Jonas... Você é muçulmano, um bom muçulmano, segundo me informaram, e eu sou católica. Nós cedemos a um momento de fraqueza. Espero que o Senhor não seja rigoroso conosco. Não foi nada além de um deslize sem consequências... Mas existe um pecado que Ele não poderia absolver ou suportar...

Seus olhos me fuzilaram.

— É a pior das abominações.

— Não entendo aonde a senhora quer chegar.

— Mas nós já chegamos, Jonas. Ninguém se deita com a mãe e a filha sem ofender a Deus, os santos, os anjos e os demônios!

Ela ficou vermelha, e seus olhos vidraram de pavor e raiva.

Ergueu o dedo como uma espada e gritou.

— Eu o proíbo de se aproximar de minha filha...

— Isso não passou pela minha cabeça...

— Acho que você não me entendeu bem, Jonas. Pouco me importa o que passa ou não pela sua cabeça. Você é livre para imaginar o que quiser. O que quero é que você fique o mais longe possível de minha filha. E você vai me jurar isso aqui e agora.

— Mas...

— Jure!

Não conseguiu. Queria tanto ter mantido a calma, ter mostrado quanto era dona de si. Desde que entrara na farmácia, ficava contendo a raiva e o medo que se erguiam dentro dela, só dizendo uma palavra depois de se assegurar de que ela não poderia voltar como um bumerangue. E agora perdia o controle no momento em que era necessário, custasse o que custasse, ganhar terreno. Ela tentou se recompor mas era tarde demais, estava à beira das lágrimas.

Massageou as têmporas, tentando colocar ordem em suas ideias. Concentrou-se num ponto fixo, aguardou que a respiração se acalmasse e me disse com uma voz quase inaudível.

— Perdoe-me. Não tenho o hábito de erguer a voz assim... Essa história me apavora. Ao diabo com as hipocrisias! As máscaras sempre caem, mas preferia que eu não tivesse perdido o controle. Não sei o que fazer. Não durmo mais... Queria ter sido firme, forte, mas é a minha família, minha filha, minha fé e minha consciência. É demais para uma mulher que estava a mil léguas de suspeitar o abismo a seus pés... E isso é muito pior que o abismo! Para salvar minha alma, saltaria no vazio sem pensar. Mas não resolveria o problema... Esta história não pode acontecer, Jonas. Nada pode acontecer entre vocês dois. É preciso que você saiba disso de modo categórico, definitivo. Quero voltar para casa tranquila, Jonas. Quero novamente encontrar a paz. Émilie é só uma menina. Seu coração bate conforme seus humores. É capaz de se interessar por qualquer sorriso bonito, compreende? E não quero que ela sucumba ao seu. Assim, eu lhe peço, pelo amor de Deus, de Jesus e de Maomé, prometa que não vai encorajá-la. Seria hediondo, imoral, inacreditavelmente obsceno, totalmente inadmissível.

Suas mãos caíram sobre as minhas, apertando-as. Não era mais a mulher com quem eu sonhara em outros tempos. Madame Cazenave tinha renunciado ao seu charme, aos seus encantos, à sua majestade. À minha frente havia apenas a mãe aterrorizada com a ideia de desagradar o Senhor, de viver na desonra até o fim dos tempos. Seus olhos estavam presos aos meus. Bastaria que eu piscasse uma só vez para mandá-la para o inferno. Tinha vergonha de ter tanto poder, de ser capaz de desgraçar alguém que eu tinha amado sem pensar em nenhum momento que esse amor fosse um pecado vil.

— Nada vai acontecer entre mim e sua filha, madame.

— Prometa.
— Prometo...
— Jure.
— Juro.

Só então ela se debruçou sobre o balcão, aliviada e destruída ao mesmo tempo, pôs a cabeça entre as mãos e explodiu num choro sem fim.

14

— É para você — disse Germaine com o telefone na mão.
Do outro lado da linha, Fabrice resmungou.
— Você tem alguma coisa contra mim, Jonas?
— Não...
— Simon tem aborrecido você ultimamente?
— Não.
— Você está cheio de Jean-Christophe?
— Claro que não.
— Então, por que está nos evitando? Faz dias que está enfiado em casa. E ontem, ficamos esperando você. Você tinha prometido vir, e acabamos comendo comida fria.
— Estou cheio de trabalho...
— Nem vem... Não há nenhuma epidemia na cidade para que a farmácia esteja cheia assim. E, por favor, não se esconda atrás da doença do seu tio porque o vi várias vezes passeando pelo campo. Ele parece bem.
Ele tossiu e seu tom baixou:
— Sinto sua falta, meu velho. Você mora tão perto de mim, e tenho a impressão de que você desapareceu da superfície da Terra.
— Estou arrumando a farmácia. Tenho registros para atualizar e um inventário para fazer.
— Precisa de ajuda?
— Não, eu me viro.
— Então, saia da toca... Espero você essa noite, lá em casa. Para jantar.

Não tive tempo de recusar o convite. Ele já tinha desligado.

Simon passou para me pegar às sete horas.

Estava com um humor execrável.

— Você acredita? Trabalhei como um cachorro por nada. E isso tinha que acontecer comigo!... Deu tudo errado. Na teoria, o lucro era certo. Na prática, tive que pagar o prejuízo do meu bolso. Não consigo entender como me deixei enganar desse jeito.

— É o mundo dos negócios, Simon.

Jean-Christophe nos esperava na avenida, duas quadras adiante. Estava todo arrumado, recém-barbeado, cabelos para trás com uma espessa camada de brilhantina, agitado como um menino, com um enorme buquê de flores na mão.

— Você nos coloca em maus lençóis — repreendeu Simon. — Com que cara ficamos, Jonas e eu, chegando assim de mãos vazias?

— É para Émilie — declarou Jean-Christophe.

— Ela foi convidada? — perguntei, desapontado.

— E como não?! — respondeu Simon. — Os dois pombinhos não se largam mais... É por isso que não estou entendendo por que você está levando flores para ela, Chris. Ela pertence a outro. E esse outro é o Fabrice.

— No amor, vale tudo.

Simon franziu as sobrancelhas, chocado com o que Jean-Christophe disse.

— Você está falando sério?

Jean-Christophe começou a rir.

— Claro que não, seu cretino. Estou brincando.

— Não tem graça nenhuma. Se você quer um conselho — disse Simon —, tome mais cuidado com o que você diz por aí.

Madame Scamaroni tinha arrumado a mesa na varanda. Foi ela quem nos abriu a porta. Fabrice e sua Dulcineia estavam sentados relaxadamente nas cadeiras de vime no meio do jardim, sob uma parreira. Émilie estava resplandecente em seu vestido de cigana. Os cabelos soltos, os ombros nus, linda de morrer.

Senti vergonha por estar pensando essas coisas e dei um jeito de tirar tudo isso da cabeça.

O pomo de adão de Jean-Christophe parecia um ioiô e o nó de sua gravata estava a ponto de se desfazer. Incomodado com o buquê que carregava, ele o ofereceu a madame Scamaroni.

— É para a senhora.

— Ah! Obrigada, Chris. Você é um anjo.

— Nós fizemos uma vaquinha — mentiu Simon, com ciúmes.

— Não é verdade — defendeu-se Jean-Christophe.

Começamos a rir.

Fabrice fechou a caderneta, com o romance que escrevia e que certamente lia para Émilie, e veio nos receber. Ele me deu um abraço um pouco mais forte do que nos outros. Por sobre seu ombro, surpreendi o olhar de Émilie procurando o meu. A voz de madame Cazenave ecoou na minha cabeça: *Émilie é só uma menina. É capaz de se interessar por qualquer sorriso bonito. E não quero que ela sucumba ao seu.* Um incômodo atroz, mais assombroso que os precedentes, me impediu de ouvir o que Fabrice me dizia.

Durante toda a noite, enquanto Simon desopilava o fígado de uns e outros com suas piadas, eu sucumbia aos assaltos constantes de Émilie. Não que sua mão me procurasse sob a mesa ou que ela me dirigisse a palavra. Não. Mas a única coisa que eu via na minha frente era ela, e o resto do mundo desaparecia.

Ela se mantinha tranquila, fingia se interessar pelas brincadeiras ao redor, mas seu riso não era espontâneo. Ria por pura cortesia. Eu a via estalar os dedos, apertá-los, nervosa e um pouco distraída, como uma garota de colégio angustiada, esperando sua vez de ir ao quadro-negro. De vez em quando, bem no meio de uma gargalhada geral, erguia seus olhos para mim para ver se eu estava me divertindo tanto quanto os outros. Eu nem prestava atenção às risadas. Como Émilie, também ria apenas por pura formalidade. Como Émilie, meus pensamentos estavam longe dali, e aquela situação me incomodava. Eu não gostava do que se passava em minha cabeça, as ideias surgindo como plantas venenosas... Eu tinha prometido, tinha jurado. Curiosamente, os escrúpulos apertavam minha garganta, mas não me estrangulavam. Havia um certo prazer maléfico na tentação. Em que vespeiro eu estava metendo a mão? Por que, de uma hora para outra, as promessas não significavam grande coisa para mim? Tentei me recompor. Prestei atenção nas histórias de Simon... em vão. Depois de um tempo, perdia o fio da meada e voltava a sustentar o olhar de Émilie. Um silêncio imenso me privava dos rumores da noite e da varanda. Eu estava suspenso no infinito tendo como único ponto de referência os grandes olhos de Émilie. Aquilo não podia continuar. Eu era um traidor, um falso, e me sentia mal até a raiz dos cabelos. Precisava levantar da mesa, voltar para casa o mais rápido possível. Mas tinha medo que Fabrice desconfiasse de alguma coisa. Eu não iria aguentar. Como não conseguia suportar o olhar de Émilie. Cada vez que ele pousava sobre mim, me roubava uma parte de mim mesmo — como um tronco de árvore oco, eu me desfazia ao menor golpe.

Aproveitei um momento de distração para ir até a sala telefonar para Germaine e pedir que me ligasse, o que ela fez dez minutos mais tarde.

— Quem era? — perguntou Simon, intrigado com a minha cara quando voltei à varanda.

— Germaine... Meu tio não está bem.

— Você quer que eu leve você para casa? — perguntou Fabrice.

— Não precisa.

— Dê notícias.

Balancei a cabeça concordando e fui embora.

O verão foi tórrido naquele ano. E as vindimas, maravilhosas. Os bailes estavam cheios. Durante o dia, as praias ficavam lotadas. À noite, as luzes se acendiam e todos se divertiam. As orquestras se revezavam e dançávamos até não poder mais. Os casamentos sucediam aos aniversários, as noites de gala, aos noivados. Em Río Salado, éramos capazes de festejar por nada, de suplantar qualquer baile luxuoso apenas ligando o gramofone.

Eu não gostava de ir às festas. Chegava por último e ia embora tão rápido que ninguém percebia. Na verdade, com todo mundo sempre convidando todo mundo, nos encontrávamos frequentemente na pista de dança, e eu temia cometer um deslize e esbarrar em Émilie e Fabrice. Eles formavam um casal tão bonito. Mas alguma coisa faltava. Uma pessoa pode mentir, mas o seu olhar não. Os olhos de Émilie estavam sem vida. Bastava eu estar por perto para que visse neles sinais de aflição. Não adiantava desviar, suas ondas me alcançavam e me cercavam. Por que eu?, me perguntava aos berros. Por que ela me ataca assim, de longe, sem dizer uma palavra sequer? Émilie não estava à vontade, não havia dúvida. Ela própria evocava um erro. Sua beleza só era igual à dor que ela calava por trás do brilho fosco de seus olhos e da falta de vigor de seu sorriso. Tentava esconder tudo isso, é verdade, parecia alegre, feliz, de braço dado com Fabrice, mas lhe faltava serenidade. Não via as estrelas quando, à noite, os dois sentados na duna, Fabrice lhe apontava o céu... Duas vezes os vi abraçados na praia, tarde da noite, quase indistinguíveis no escuro. Mesmo não sendo possível ver seu rosto, estava convencido de que quando ele a abraçava bem forte, ela se entristecia...

E, além disso, havia Jean-Christophe, com seus buquês de flores. Nunca tinha comprado tantos. Todos os dias passava pela florista da praça antes de se dirigir à casa dos Scamaroni. Simon não via com bons olhos essa amabilidade suspeita, mas Jean-Christophe não tinha jeito. Parecia ter perdido todo discernimento, toda noção do que é certo ou errado. Com o tempo, Fabrice se deu conta de que seus encontros com Émilie eram frequentemente perturbados, que Jean-Christophe aparecia quase sempre, mais e mais invasivo. De início, ele não se preocupou. Depois de tanto ter que deixar os beijos para mais tarde, começou a se perguntar o que estava acontecendo. Jean-Christophe não os deixava em paz. Parecia segui-los por toda a parte...

E o que estava para acontecer aconteceu.

Estávamos na praia de Turgot, num domingo à tarde. Os banhistas pulavam na areia quente antes de correr e se jogar na água. Simon tirava o cochilo costumeiro após o almoço, o umbigo derretendo de suor. Tinha comido muito e entornado uma garrafa de vinho. Sua barriga gorda e cabeluda parecia um fole cheio. Fabrice mantinha os olhos grandes atentos, com um livro aberto na mão. Fingia estar lendo, mas espreitava suas presas. Alguma coisa não estava lhe cheirando bem... Via Jean-Christophe e Émilie jogarem água um no outro rindo, ou apostar quem ficaria mais tempo debaixo d'água, depois nadar juntos até o fundo quase desaparecendo. Ele observava enquanto eles furavam as ondas, ficavam de cabeça para baixo, com as pernas para fora da água. Tinha um sorriso melancólico nos lábios e seus olhos faiscavam cheios de interrogações... E quando os viu de repente surgirem dentre as ondas e agarrarem-se pela cintura num abraço cuja espontaneidade surpreendeu a ambos, uma ruga cortou sua testa ao meio. Entendeu que seus sonhos estavam lhe escapando inexoravelmente entre os dedos como os grãos de areia escorrem na ampulheta...

Não gostei desse verão. Foi o verão dos mal-entendidos, dos sofrimentos secretos e das desistências. Um verão muito quente que, no entanto, dava arrepios de tantas mentiras contadas. Continuamos a ir à praia, mas nossos corações estavam longe, e nossos olhares também. Não sei por que mais tarde chamaria esse verão de "a estação morta". Talvez por causa do título que Fabrice deu a seu primeiro romance e que começava assim: *"Quando o amor lhe passa uma rasteira, é porque você não o merece. A nobreza está em conceder ao amor sua liberdade. É só a esse preço que amamos de verdade."* Bravo como sempre, justo até quando sofria, Fabrice manteve o sorriso mesmo machucado, tão infeliz quanto um passarinho numa gaiola.

Simon não gostava nada da reviravolta que o fim da estação trazia. Havia muita hipocrisia, muitas tempestades represadas. Achava que a má-fé de Émilie era repugnante. Por que ela não gostava de Fabrice? Por que ele era gentil demais? Sensível demais? O nosso poeta não merecia ser largado assim, na saída de um mergulho no mar. Ele tinha se dedicado totalmente àquela relação, e na cidade todo mundo concordava que eles formavam um belíssimo casal, que tinham tudo para ser felizes. Simon tinha pena de Fabrice sem, no entanto, incriminar abertamente Jean-Christophe, que tinha a desculpa de estar muito triste com o fim do namoro com Isabelle. Parecia que ele não se dava conta do mal que causava a seu melhor amigo. Para Simon, as coisas estavam muito claras: a culpa era daquela "devoradora de homens" que havia crescido noutro lugar, ignorante dos valores e das regras que regiam a vida em Río Salado.

Eu me esforçava para ficar fora dessa história. Sempre que possível, encontrava um pretexto para não me juntar ao grupo, fugir de uma comilança, "cabular" uma noitada.

Não suportando mais olhar para Émilie, Simon também começou a faltar a esses encontros. Preferia minha companhia e me levava ao bar de André para jogar sinuca até ficarmos com as mãos doendo.

Fabrice se exilou em Orã. Recluso no apartamento da mãe, no bulevar dos Caçadores, se esforçava para burilar as crônicas que escrevia para o jornal e traçar as linhas mestras de seu romance. Quase não aparecia mais em Río. Fui encontrá-lo uma vez. Tinha um ar resignado.

Jean-Christophe me convidou para ir a sua casa com Simon, como fazia todas as vezes que tinha uma decisão importante a tomar. Ele garantiu que estava totalmente apaixonado por Émilie e que iria pedir sua mão em casamento. Percebera o descontentamento de Simon e queria nos fazer entender sua felicidade.

— Eu renasci... Depois de tudo que passei — acrescentou fazendo alusão às consequências do rompimento com Isabelle —, precisava realmente de um milagre para me tirar daquela situação. E o milagre aconteceu. Deus me mandou essa mulher.

Simon fez uma careta e Jean-Christophe perguntou:

— Algum problema? Parece que você não está gostando das novidades.

— Não sou obrigado.

— Por que você está rindo, Simon?

— Para não chorar, se quer saber... É isso mesmo! Você ouviu bem: para não chorar, para não me irritar, para não tirar a roupa e sair correndo pela rua.

Simon estava em pé, o pescoço cheio de veias salientes.

— Anda — convidou Jean-Christophe —, diga logo o que tem para dizer.

— Vou precisar de bastante tempo para lhe dizer tudo o que estou pensando. Vou ser franco com você. Não só não estou gostando das novidades, como também acho que você está errado. O que você fez a Fabrice não tem desculpa.

Jean-Christophe ficou pálido, mas manteve a calma. Sabia que nos devia explicações. Estávamos na sala, sentados em torno da mesa, uma jarra de limonada e outra de água de coco na bandeja. A janela estava aberta para a rua. Ao longe, os cães latiam; seus uivos se refugiavam no silêncio da noite.

Jean-Christophe esperou que Simon se sentasse novamente antes de levar um copo de água de coco à boca. Com a mão tremendo, bebeu-a em grandes goles. A água descia em sua garganta com dificuldade.

Colocou o copo de volta na mesa, enxugou a boca num pano de prato que depois começou a alisar maquinalmente, sobre a toalha da mesa.

Sem levantar os olhos, disse com voz solene:

— É amor. Não roubei nada, não tirei nada de ninguém. Estou apaixonado como milhares de pessoas em todo o mundo. A paixão é um momento de graça, o instante privilegiado dos deuses. Acredito que mereço isso. Não tenho que me envergonhar. Amei Émilie no instante em que a vi. Não há nada de vil nisso. Fabrice é meu amigo. Não sei me explicar muito bem. Vou falando da maneira como sinto.

Deu um soco na mesa.

— Estou feliz, puxa vida! É um crime ser feliz?

Levantou os olhos vermelhos para Simon.

— Que mal há em amar e ser amado? Émilie não é um objeto, uma obra de arte que se compra numa loja ou algo que se negocia. Ela só pertence a si mesma. Ela é livre para escolher como é livre para renunciar. Trata-se de compartilhar a vida, Simon. Acontece que ela não é indiferente ao que sinto. Sente o mesmo por mim. Onde está a indecência nisso?

Simon não se deixava intimidar. Mantinha os punhos crispados sob a mesa, as narinas dilatadas de raiva. Olhou Jean-Christophe direto nos olhos e, articulando cada sílaba, disse:

— Então por que nos chamou aqui se você já está convencido da sua decisão? Por que Jonas e eu estamos aqui, aguentando ver você se defendendo se acha que não há nada de errado no que você fez. Você acha que assim vai aliviar a consciência ou nos fazer cúmplices dos seus atos?

— Você não está entendendo, Simon. Não está entendendo nada. Não os chamei aqui para ter a bênção de vocês, ou para que sejam cúmplices de coisa alguma. É a minha vida, sou adulto o suficiente para saber o que quero e como conseguir... Quero me casar com Émilie antes do Natal. Preciso de dinheiro e não de seus conselhos.

Simon percebeu que tinha ido muito longe, que não tinha o direito de questionar a decisão de Jean-Christophe. Seus punhos se afrouxaram. Recostou-se na cadeira e ficou olhando para o teto. Sua respiração pesada ressoava pela sala.

— Você não acha que está indo um pouco rápido demais?

Jean-Christophe virou-se para mim:

— Você acha que estou indo rápido demais, Jonas?

Não respondi.

— Você tem certeza de que ela se interessa realmente por você? — perguntou Simon.

— Por quê? Você tem motivo para duvidar?

— É uma moça da cidade grande, Chris. Não tem nada a ver conosco. Quando penso em como ela largou Fabrice...

— Ela não largou Fabrice — urrou Jean-Christophe, exaltado.

Simon o acalmou com cuidado.

— Está bem, retiro o que disse... Mas você contou a ela o que tem a intenção de fazer?

— Ainda não, mas farei isso em breve. Meu problema é que estou sem um tostão. As poucas economias que tinha gastei nos puteiros e nos bares de Orã. Por causa do que aconteceu... entre mim e Isabelle.

— Exatamente — disse Simon. — Você acabou de sair dessa. Acho que ainda não recuperou totalmente a lucidez e que a paixão por essa garota é só fogo de palha. Você devia pensar um pouco mais e não colocar a corda no pescoço antes de saber se vai aguentar. Eu me pergunto se você não estaria tentando deixar Isabelle com ciúmes?

— Isabelle é história antiga.

— Ninguém termina um amor de infância com a mesma facilidade com que estala os dedos, Chris.

Chateado com as palavras de Simon e exasperado por que eu não dizia nada, Jean-Christophe se levantou e andou até a porta da sala, abrindo-a com um gesto seco.

— Você está nos expulsando, Chris? — indignou-se Simon.

— Não tenho mais nada a dizer. Quanto a você, Simon, se não quer me emprestar dinheiro, não tem importância. Mas, por favor!, não me venha com toda essa conversa fiada e, sobretudo, tenha a elegância de falar a verdade.

Jean-Christophe sabia que não estava sendo justo, que Simon lhe daria a camisa, se ele a pedisse. Queria ofendê-lo e constrangê-lo e acertou em cheio porque Simon deixou a sala como um furacão. Tive que correr atrás dele para alcançá-lo.

Meu tio me chamou no escritório e me pediu para sentar no canapé onde gostava de se deitar para ler. Estava mais corado, ganhara um pouco de peso e tinha rejuvenescido. Suas mãos ainda tremiam um pouco, mas seu olhar estava mais vivo. De qualquer forma, eu estava contente por encontrar o mesmo homem que me encantara em Orã antes da vinda da polícia. Ele lia, escrevia, sorria, saía regularmente para andar sem destino, de braço dado com Germaine. Gostava de vê-los caminhar lado a lado no meio do nada, tão unidos que mal percebiam o mundo em volta. Havia, na simplicidade dessa relação, na fluidez dessa comunhão, uma ternura, uma profundidade, uma autenticidade que quase os santificava. Formavam o casal mais respeitável que já pude admirar. Observá-los, enquanto se bastavam a si mesmos, me insuflava um pouco de plenitude e me enchia de uma alegria tão bela como a felicidade deles. Eles eram o amor total, o amor perfeito. Na charia, a lei islâmica, era imperativo para um não muçulmano converter-se ao Islã antes de se casar com um muçulmano. Meu tio não concordava com isso. Pouco importava que sua mulher fosse cristã ou pagã. Ele dizia que, quando dois seres se amam, eles escapam das regras e das maldições. O amor apazigua os deuses e não pode ser negociado porque todo acordo ou concessão seria um atentado ao que ele tem de mais sagrado.

Colocou a pena no tinteiro e me olhou com um ar pensativo.

— Qual é o problema, meu menino?

— Como assim?

— Germaine acha que você tem um problema.

— Qual? Não tenho reclamado de nada.

— Não é preciso reclamar, quando acreditamos que nossos problemas são só nossos... Saiba que você não está sozinho, Younes. E sobretudo não pense que me aborrece. Você é a pessoa mais cara do mundo para mim. Você é o que resta de minha história... Agora você está na idade das grandes preocupações. Você quer se casar, ter uma casa só sua, quer fazer sua vida. É normal. Chega um dia em que cada pássaro é chamado a voar com as próprias asas.

— Germaine fala muitas coisas.

— Isso não é verdade. Você sabe quanto ela ama você. Todas as orações dela são para você. Não esconda nada de nós. Se você precisar de dinheiro, ou do que quer que seja, pode contar conosco.

— Não duvidaria disso nem por um segundo.

— Fico mais tranquilo.

Antes de me dispensar, retomou a pena e rabiscou num pedaço de papel.

— Você me faria a gentileza de passar na livraria e me trazer esse livro?

— Claro, vou agora mesmo.

Pus o pedaço de papel no bolso e ganhei a rua, me perguntando o que podia ter feito Germaine acreditar que eu tinha um problema.

A fornalha das últimas semanas tinha arrefecido. No céu esgotado pelo calor, uma grande nuvem desfiava sua lã, tendo o sol como fuso. Sua sombra deslizava pelos vinhedos como um barco fantasma. Os velhos começavam a sair de casa, felizes por terem sobrevivido à onda de calor. Sentados em tamboretes, de bermudas e camisetas molhadas de suor, bebiam licor de anis na soleira das portas, com o rosto encoberto até a metade por enormes chapéus. A noite não estava longe e a brisa do litoral refrescava até nossos humores... Com o pedaço de papel no bolso, me dirigi à livraria, com as vitrines cheias de livros e guaches ingênuos assinados por jovens pintores locais. E qual não foi minha surpresa quando, empurrando a porta, encontrei Émilie atrás do balcão.

— Boa tarde — disse, pega de surpresa, também.

Durante alguns segundos não sabia mais o que tinha vindo procurar. Meu coração batia como um ferreiro em sua bigorna.

— Madame Lambert não está bem há alguns dias — explicou. — Me pediu para substituí-la.

Procurei várias vezes o pedaço de papel no fundo do bolso até conseguir encontrá-lo.

— Posso lhe ajudar em alguma coisa?

Sem voz, me contentei em lhe estender o papel.

— *A peste*, de Albert Camus — leu. — Editora Gallimard...

Assentiu com a cabeça e se apressou em ir até as estantes, talvez para se refazer da emoção. Eu aproveitava para retomar o fôlego. Ouvi-a empurrar uma banqueta, procurar nas prateleiras, repetir, "Camus... Camus...", descer da banqueta, percorrer os corredores de volta e depois dizer:

— Aqui está...

Voltou com os olhos mais imensos.

— Estava bem debaixo do meu nariz — acrescentou, mais e mais confusa.

Minha mão tocou a sua quando peguei o livro. O mesmo raio, que tinha me atingido no restaurante em Orã, quando ela tinha me *alcançado* sob a mesa, provocou um choque. Nós nos olhamos como se para verificar se estávamos sob a influência dos mesmos astros. Ela estava muito vermelha. Imagino que eu também.

— Como está seu tio? — perguntou para diminuir o constrangimento.

Eu não sabia o que ela queria dizer com isso.

— Você parecia muito preocupado, aquela noite...

— Ah!... Sim, sim, ele está melhor agora.

— Espero que não seja grave.

— Não era nada sério.

— Fiquei bastante preocupada, depois que você foi embora.

— Ele estava com mais medo que doente de fato.

— Fiquei preocupada com você, Jonas. Estava tão pálido.

— Ah, eu, sabe...

Seu rubor diminuiu. Ela superava a perturbação. Seus olhos seguravam os meus, decididos a não deixá-los partir.

— Teria preferido que aquele telefonema não tivesse acontecido. Estava começando a gostar da sua presença, embora você não tenha falado muito.

— Sou tímido.

— Eu também. É um martírio, eu sei... Depois de sua partida tudo ficou sem graça.

— Mas Simon estava tão inspirado aquela noite...

— Eu não...

Sua mão deslizou do livro e se aventurou sobre a minha. Retirei-a rapidamente.

— De que você tem medo, Jonas?

Essa voz!... Não vacilava mais, estava firme, clara, forte, tão soberana quanto a de sua mãe.

Sua mão voltou a pegar na minha; eu não a repeli.

— Há muito tempo queria falar com você, Jonas. Mas você sempre foge como uma miragem... Por que você está fugindo?

— Não estou fugindo...

— Está mentindo... Há coisas que nos traem quando tentamos escondê-las. Tentamos em vão, mas elas voltam para nos defender de nós mesmos... Eu ficaria tão contente se pudéssemos dispor de alguns momentos. Estou certa de que temos muitas coisas em comum, você não acha?...

— ...

— Poderíamos nos encontrar, se você quiser?

— É que ando muito ocupado ultimamente.

— Gostaria de lhe falar em particular.

— Sobre o quê?

— Não é hora nem lugar... Eu ficaria muito feliz de recebê-lo em minha casa. Fica no caminho da mesquita... Não tomarei muito do seu tempo, prometo.

— Sim, mas não sei de que poderíamos falar. E, além disso, Jean-Christophe...

— O que tem Jean-Christophe?

— Estamos numa cidade muito pequena. As pessoas são indiscretas. Jean-Christophe poderia não gostar...

— Não gostar de quê? Não vamos fazer nada de errado. E além do mais isso não lhe diz respeito. Ele é apenas um amigo. Não há nada entre nós.

— Não diga isso, eu lhe peço. Jean-Christophe está louco por você.

— Jean-Christophe é um rapaz formidável. Gosto muito dele... mas não o suficiente para dividir minha vida com ele.

Sua firmeza me espantava.

Seus olhos tinham o brilho de uma lâmina de cimitarra.

— Não me olhe assim, Jonas. Essa é a verdade. Não há nada entre nós.

— Todos na cidade pensam que vocês estão noivos.

— Estão enganados... Jean-Christophe é apenas um amigo, apenas isso. Meu coração pertence a outra pessoa — destacou colocando minha mão contra seu peito...

— Bravo! Bravo!

A exclamação caiu sobre nós como uma bomba e nos petrificou, a Émilie e a mim... Jean-Christophe estava em pé na porta, um buquê de flores na mão. O ódio que jorrava de seu olhar como lava em erupção me atingiu em cheio. Colérico, incrédulo, ultrajado, ele tremia na entrada da livraria, soterrado pelo céu que desabara sobre sua cabeça, o rosto desfigurado e a boca entreaberta por uma indignação sem medida.

— Bravo! — gritou novamente.

Jogou o buquê no chão, pisoteou-o com raiva.

— Achava que ia dar essas rosas ao amor da minha vida, mas elas só servem para piorar a minha situação ridícula... Que imbecil!... Que cretino eu sou!... E você, Jonas, que belo safado!

Voltou para a rua fechando furiosamente a porta de vidro, que trincou.

Corri atrás dele. Ele seguiu pelas vielas, apressando o passo e chutando raivosamente os objetos que encontrava pelo caminho. Quando percebeu que eu estava atrás dele, me encarou e me ameaçou.

— Fique onde está, Jonas... Não se aproxime de mim senão vai se arrepender.

— É um mal-entendido. Juro que não há nada entre nós.

— Vá se foder, seu sem-vergonha! Vá para o diabo com ela. Você é um merda, um sujo e um traidor!

Tomado pelo ódio, avançou contra mim, me levantou do chão e me jogou contra um muro. Ele me insultava e cuspia em mim. Começou a me chutar, e, sem conseguir respirar, me encolhi, indefeso.

— Por que você tem sempre que se meter no meu caminho quando tento ser feliz? — urrava quase às lágrimas, os olhos injetados, vermelhos de sangue, a saliva espumando na boca. — Por quê, criatura de Deus? Por que você sempre atravessa meu caminho como um mau presságio?

Ele me deu mais um chute.

— Maldito! Maldito! E maldito o dia em que nos conhecemos — gritou enquanto se afastava. — Não quero mais ver você, não quero mais ouvir falar de você até o fim dos tempos, traidor, miserável, ingrato!

Paralizado no chão, eu não conseguia saber se era a tristeza ou a violência de meu amigo que me fazia sofrer mais.

Jean-Christophe não voltou para casa. André contou tê-lo visto correndo pelos campos como um louco. Depois, não deu mais nenhum sinal de vida. Esperaram por ele por dias, e nada. Seus pais estavam mortos de preocupação. Jean-Christophe não costumava deixá-los sem notícias. Quando terminara com Isabelle, sumira também, mas não deixara de telefonar à noite para a mãe para tranquilizá-la. Simon veio várias vezes até minha casa perguntar se eu sabia de alguma coisa. Estava preocupado. Jean-Christophe andara meio deprimido e Simon receava que ele tivesse uma recaída. Eu também temia o pior. Suas conjecturas me impediam de pregar o olho. Passava as noites imaginando todo tipo de tragédia e frequentemente me levantava para ir buscar uma garrafa de água, que esvaziava ainda na sacada. Não queria dizer nada sobre o que tinha acontecido na livraria. Tinha vergonha, e tentava me convencer de que esse terrível mal-entendido nunca tinha acontecido.

— Aquela traidora deve ter tido alguma coisa a ver com isso — rosnou Simon, fazendo alusão a Émilie. — Coloco minha mão no fogo. Aquela leviana está no meio disso.

Não tive coragem de levantar os olhos.

No oitavo dia, depois de ter entrado em contato com alguns de seus conhecidos em Orã e de ter feito buscas discretas para não chamar a atenção da cidade, o pai de Jean-Christophe avisou a polícia.

Fabrice voltou a Río apavorado assim que soube do desaparecimento de Jean-Christophe.

— O que aconteceu?

— Não sei de nada — disse Simon, desapontado.

Partimos os três para Orã, procuramos nosso amigo nas casas de prostituição, nos bares, nos *fondouks*, as estalagens de mercadores, nos lugares mal-afamados onde, por um trocado, alguém pode sumir por dias e noites em companhia das putas, bebendo vinho ruim e tragando cachimbos de ópio. Não conseguimos nenhuma pista dele. Mostramos a foto de Jean-Christophe às cafetinas, aos donos de bar, aos leões de chácara, aos *moutchos*, os massagistas dos banhos turcos. Ninguém nas redondezas o tinha visto. Nem no hospital nem nas delegacias.

Émilie me fez uma visita na farmácia. Quis botá-la para fora no mesmo instante. Sua mãe tinha razão: quando nossos olhares se cruzavam, Deus, os santos, os anjos e também os demônios se ofendiam. Mas, curiosamente, quando ela entrou na loja, minhas forças me abandonaram. Eu estava com raiva dela, a considerava responsável pelo desaparecimento de Jean-Christophe e pelo que poderia lhe acontecer. No entanto, só li em seu rosto uma grande tristeza que não demorou a me enternecer. Torcendo a ponta de um lenço com as mãos, os lábios exangues, ela parou na frente do balcão, consternada, impotente e desesperada.

— Estou muito aflita.

— E eu então?!

— Aflita por vê-lo envolvido nessa história.

— O que está feito está feito.

— Rezo todas as noites para que nada tenha acontecido a Jean-Christophe.

— Se a gente pelo menos soubesse onde ele está.

— Vocês ainda não tiveram notícias?

— Não.

Ela olhou para suas mãos.

— Jonas, o que você acha que eu deveria fazer? Fui muito honesta com ele. Desde o começo, disse que meu coração pertencia a outro. Ele não quis acreditar. Ou talvez tenha pensado que tivesse uma chance. Por acaso tenho culpa de não gostar dele?

— Não sei do que você está falando. Não é aliás nem o lugar nem o momento...

— É o momento, sim — cortou. — É precisamente o momento de dizer as coisas tais como elas são. É porque eu não tinha coragem, por pudor, de ir ao fundo de minhas certezas que parti dois corações. Não sou uma destruidora de corações. Nunca quis causar mal a quem quer que fosse.

— Não acredito.

— Você precisa acreditar em mim, Jonas.

— Não, não é possível. Você não respeitou Fabrice. Teve a ousadia de colocar a mão em minha perna, embaixo da mesa, enquanto ele lhe sorria. Em seguida, feriu Jean-Christophe fazendo-me cúmplice do seu joguinho...

— Não é um jogo.

— O que quer de mim, afinal?

— Dizer que... eu amo você.

A terra me fugiu debaixo dos pés. Senti a sala, as prateleiras atrás de mim, o balcão, as paredes, tudo se desintegrar.

Émilie não reagia. Olhava-me com seus olhos imensos e com as mãos enroladas no lenço.

— Eu imploro, volte para casa.

— Você não entendeu?... Eu só me jogava nos braços de outro para que você me notasse, só ria com eles às gargalhadas para que você me ouvisse... Eu não sabia como agir com você, como dizer que eu o amava.

— Não quero ouvir mais nada.

— Como podemos calar o coração?

— Não sei. Mas prefiro não ouvir nada.

— Por quê?

— Eu lhe peço...

— Não, Jonas. Ninguém tem o direito de exigir algo assim. Eu amo você. É urgente que você saiba disso. Você não pode imaginar quanto isso me custa, quanto tenho vergonha de vir até aqui, de insistir e lutar por um sentimento que não o toca absolutamente enquanto me aniquila. Mas eu seria muito infeliz se continuasse a calar o que meus olhos não param mais de gritar: eu amo você, eu amo você, eu amo você. Eu amo você todas as vezes que respiro. Eu o amei desde que o vi... há mais de dez anos... nessa mesma farmácia. Não sei se você ainda se lembra, mas eu não esqueci. Tinha chovido naquela manhã, e minhas luvas de lã estavam encharcadas. Eu vinha todas as quartas-feiras tomar uma injeção aqui. E, naquele dia, você voltava da escola. Eu me lembro da cor da pasta onde você carregava os livros, do casaco de capuz, até dos laços desfeitos de seus sapatos marrons. Você tinha treze anos... Nós falamos do Caribe... Enquanto sua mãe cuidava de mim, você colheu uma rosa e a colocou no meu livro de geografia.

Um lampejo percorreu meu cérebro e uma nuvem de lembranças revirou vertiginosamente meu espírito. Tudo voltou de uma vez. Émilie!... que um homem enorme acompanhava. Entendi enfim por que, naquele dia do piquenique, aquela expressão singular tinha surgido em seu rosto quando disse que era farmacêutico. Ela tinha falado a verdade: nós tínhamos realmente nos encontrado em algum lugar, muito tempo atrás.

— Você se lembra?

— Lembro.

— Você me perguntou o que era Guadalupe. Respondi que era um arquipélago francês no Caribe... Quando encontrei a rosa no livro de geografia, senti algo diferente, e apertei o livro contra o peito. Lembro desse dia como se fosse ontem. Havia um vaso de flores bem ali, sobre a velha cômoda abaulada. Atrás do balcão, à esquerda dessa estante, ficava uma imagem de Maria, uma imagem de gesso...

Enquanto ela evocava aquelas lembranças que também me voltavam com uma precisão extraordinária, sua voz cheia de ternura me paralisava. Tinha a sensação de ser levado, em câmera lenta, por uma correnteza violenta. Como que para me ajudar a resistir a ela, a voz de madame Cazenave se levantou acima da de sua filha, tomou conta de minha cabeça, suplicando, autoritária, como numa ladainha. Apesar de sua força, e do clamor que ela produzia, a voz de Émilie conseguia chegar sem dificuldade até mim, clara, límpida, tão penetrante como uma agulha.

— *Younes*, não é? — disse. — Me lembro de tudo.

— Eu...

Ela pôs um dedo em meus lábios.

— Eu lhe peço, não diga nada agora. Tenho medo do que você pode dizer. Preciso retomar meu fôlego, entende?

Ela pegou minha mão e a pôs sobre seu peito.

— Veja como meu coração bate, Jonas... Younes...

— O que estamos fazendo não está certo — disse sem ousar retirar minha mão, hipnotizado por seu olhar.

— Por quê?

— Jean-Christophe a ama. Ele está apaixonado por você — disse para dominar as vozes da mãe e da filha que lutavam ferozmente em minha cabeça... — Ele dizia para todo mundo que você iria se casar com ele.

— Por que você fala dele? É de nós que estamos falando.

— Sinto muito. Jean-Christophe vale mais a meus olhos que uma velha lembrança de infância.

Ela estremeceu. Com graça.

— Desculpe, não quis ser grosseiro — tentei me redimir, consciente da minha indelicadeza.

Colocou de novo o dedo em meus lábios.

— Você não tem de que se desculpar, Younes. Eu entendo. Você provavelmente tem razão, não é o momento. Mas queria que você soubesse. Você é mais que uma velha lembrança de infância para mim. E tenho o direito de pensar assim. Não há vergonha nem crime no amor, exceto quando o desperdiçamos, mesmo quando por uma boa causa.

Depois disso, ela se retirou. Sem barulho. Sem olhar para trás. Jamais tinha sentido solidão tão profunda como no instante em que ela alcançou a rua.

15

Jean-Christophe estava vivo.

Río Salado suspirou aliviada.

Uma noite, contra todas as expectativas, ligou para a mãe para dizer que estava bem. Segundo madame Lamy, seu filho parecia lúcido. Falava tranquilamente, com palavras simples e corretas, e sua respiração era normal. Ela tinha perguntado por que ele tinha partido e de onde ligava. Jean-Christophe se limitou a dizer coisas vagas, frases feitas, algo como Río não ser o mundo, que havia outros lugares a serem explorados, outros caminhos para trilhar. Conseguiu se esquivar da pergunta sobre onde ele estava e como se virava para sobreviver já que partira sem dinheiro e sem nada. Madame Lamy não insistiu. Seu filho dava enfim sinal de vida e isso já era lucro. Adivinhava que estava sofrendo muito, que a "lucidez" fingida por ele era só uma forma de esconder isso, e tinha medo de, caso tentasse mexer na ferida, fazê-la sangrar ainda mais.

Em seguida, Jean-Christophe escreveu uma longa carta a Isabelle onde declarava o grande amor que sentia por ela e quanto lamentava não tê-lo feito frutificar. Era um tipo de carta-testamento. Isabelle Rucillio tinha chorado muito, convencida de que o "noivo" teria se jogado do alto de uma falésia ou debaixo de um trem depois de ter postado aquela carta — com o carimbo sobre o selo ilegível, não se soube de onde ela tinha sido expedida.

Três meses mais tarde, Fabrice recebeu uma carta com pedidos de desculpas e remorsos. Jean-Christophe reconhecia ter sido egoísta e, atordoado pelo desejo de conquista, ter perdido de vista as regras básicas da boa convivência e seus deveres em relação a alguém de quem gostava muito desde a escola e que seria sempre seu melhor amigo... Não deu pistas de seu paradeiro.

Oito meses depois do incidente da livraria, Simon — que nesse meio tempo tinha se associado a madame Cazenave para a inauguração de uma casa de alta-costura em Orã — descobriu, em sua caixa de correio, uma carta; uma fotografia recente de Jean-Christophe vestido de soldado, a cabeça raspada e empunhando um fuzil, com poucas palavras no verso: *É uma vida nababesca, não é, capitão?!* No envelope, o carimbo postal era de Affreville. Fabrice decidiu ir até lá. Simon e eu o acompanhamos até o quartel da cidade, onde nos asseguraram que a escola militar há três ou quatro anos só aceitava os que nasceram na região. Fomos orientados a ir até Cherchell. Christophe também não estava na escola militar de Cherchell, nem na de Koléa. Batemos em várias portas, verificamos junto às guarnições de Argel e de Blida, sem sucesso. Estávamos perseguindo um fantasma... Voltamos a Río cansados e de mãos vazias. Fabrice e Simon continuavam sem entender por que Jean-Christophe tinha optado por aquela vida. Suspeitavam de uma decepção amorosa com Émilie, mas não tinham certeza. Ela não demonstrava nenhuma culpa. Nós a víamos tanto na livraria, ajudando madame Lambert, quanto na avenida principal da cidade, olhando as vitrines com uma melancolia doce. De qualquer forma, a decisão de Jean-Christophe incomodava a todos nós. Alistar-se no exército não seria algo em que um filho de Río Salado pudesse pensar. Esse não era nosso estilo, e não conseguíamos dissociar a decisão de Jean-Christophe de uma vontade absurda e insuportável de se destruir. Nas cartas, nenhuma vez ele deixou transparecer as frustrações que o tinham levado a renunciar a liberdade, a família, a cidade para se deixar capturar pela disciplina militar e por aquele processo de despersonalização condescendente e de submissão.

A carta endereçada a Simon foi a última.

Nunca recebi uma.

Émilie continuou a me visitar. Às vezes, ficávamos frente a frente sem dizer palavra, nem mesmo uma frase cortês, por pura educação. Será que tínhamos algo a nos dizer? Já tínhamos dito tudo o que havia para dizer. Para ela, eu precisava de tempo, e ela deveria ter paciência; para mim, o que ela propunha era irrealizável, mas como lhe fazer compreender isso sem ofendê-la ou chocar a cidade toda? Era uma ligação impossível, uma aberração. Eu me sentia desamparado. Não sabia o que fazer. Então me calava. Émilie encarava o desafio: não queria me apressar, mas ao mesmo tempo insistia para manter um contato, custasse o que custasse. Pensava que eu me sentia culpado por causa de Jean-Christophe, que acabaria superando esse peso na consciência, que seus olhos imensos saberiam, com o tempo ou com a insistência, ir ao fundo de meus impedimentos. Desde que a cidade soube que Jean-Christophe estava são e salvo, a tensão entre nós dois tinha diminuído um pouco... sem, no entanto, normalizar nossas relações. Jean-Christophe não estava lá, mas sua ausência aprofundava o fosso que nos separava, estendia uma sombra sobre nossos pensamentos, obscurecia nossas decisões. Émilie lia isso no meu rosto. Chegava determinada, trazendo decidida o que havia passado a noite a elaborar e então, no momento da verdade, fraquejava: não ousava mais colocar sua mão sobre a minha ou o dedo sobre meus lábios.

Ela inventava uma doença qualquer, pedia um remédio para justificar sua presença na farmácia. Eu anotava o pedido, e, quando o produto estava disponível, ela vinha pegá-lo, e era tudo. Ela pensava um pouco, arriscava algumas frases, uma ou duas questões práticas sobre como usar o medicamento, e então ia embora. Queria provocar em mim um sobressalto, um vacilo que ela espreitava desesperadamente para abrir novamente seu coração. Eu não a encorajava. Fingindo não notar aquela insistência muda, amordaçada, lutava para não ceder, certo de que, se eu mostrasse qualquer sinal de fraqueza, ela aproveitaria para despertar o que eu lutava para esconder.

Nesse jogo desajeitado, não queria admitir, mas a verdade é que eu sofria enquanto fazia de conta de que não percebia nada. De visita em visita — mais exatamente de separação em separação —, eu percebia que Émilie tomava posse de meus pensamentos, que ganhava terreno, se tornava meu principal interesse. À noite, não podia adormecer sem rever todos os seus gestos e seus silêncios. Durante o dia, atrás do balcão, esperava que ela aparecesse. Cada cliente me dava de tal forma a visão de sua ausência, que eu me surpreendia sentindo sua falta, dando um pulo quando a campainha da entrada soava e me irritando quando não era ela quem chegava. Que transformação acontecia em mim? Por que queria ser sensato? Ser correto deveria ser mais importante do que ser sincero? Para que serviria o amor se não superasse os sortilégios e os sacrilégios, se precisasse se sujeitar às proibições, se não obedecesse às próprias regras, à sua própria desmesura?... Eu não sabia mais o que fazer. E o sofrimento de Émilie me parecia pior que todas as abjurações, todas as profanações e todas as blasfêmias reunidas.

— Até quando isso vai durar, Younes? — acabou me perguntando.

— Não sei do que você está falando.

— Mas está tão claro. Quero falar de nós dois... Como você pode me tratar assim? Venho tantas vezes a esta farmácia e você parece ignorar minha dor, meu sofrimento, minha espera. Parece que você faz de propósito para me humilhar. Por quê? O que você tem contra mim?

— ...

— É por causa de minha religião? Porque sou cristã e você é muçulmano, é isso?

— Não.

— Então, o que é? Não me diga que lhe sou indiferente, que não gosta de mim. Sou mulher, minha intuição é forte. Sei que o problema não é esse. Mas não consigo enxergar qual poderia ser o problema. Eu já disse o que sinto por você. O que mais preciso fazer?

Ela estava indignada e exausta ao mesmo tempo, à beira do choro. Suas mãos crispadas na altura do peito queriam me segurar e me sacudir até me fazer acordar.

— Sinto muito.

— É só isso que você tem para me dizer?

— Não posso.

— O que você não pode?

Eu estava constrangido. Infeliz, sem nenhuma dúvida. Indignado, pela ambiguidade de minha atitude, pela minha covardia e inaptidão para interromper aquilo, de uma vez por todas, e devolver a liberdade e a dignidade àquela moça presa por minha indecisão, quando eu sabia que nossa história não iria adiante. Eu estava mentindo para mim mesmo, me colocando à prova quando sabia que nada ali podia ser vencido ou superado. Isso também era autodestruição? Como parar com isso sem perder a cabeça? Émilie não se enganava: eu sentia algo por ela. Cada vez que eu tentava voltar à razão, meu coração se insurgia. E eu me odiava por tentar desprezá-lo. O que fazer? Que amor é esse que se construía sobre o sacrilégio, sem nobreza e sem bênção? Como ele faria para sobreviver à abjeção que o irrigaria como água poluída?

— Eu amo você, Younes... Você está me ouvindo?

— ...

— Vou embora. Não volto mais. Se você sente o mesmo que eu, sabe onde me encontrar.

Uma lágrima escapou. Ela não a enxugou. Seus olhos grandes me inundavam. Lentamente, deixou os braços caírem ao longo do corpo, como se desistisse, e saiu.

— Que pena...

Meu tio estava atrás de mim. Levei algum tempo me perguntando a que ele se referia. Teria nos ouvido? Ele não era homem de escutar atrás das portas. Não era de seu feitio. E podíamos falar de qualquer coisa, exceto de mulheres. Esse era um assunto tabu, e apesar de sua erudição e de sua emancipação, um pudor atávico o impedia de falar sobre isso comigo. Tradicionalmente, em nossa comunidade, ou se usavam metáforas ou pedíamos nesse caso a intermediação de alguém.

— Eu estava lá atrás e a porta não estava fechada.

— Não tem problema.

— Quem sabe seja melhor assim? As indiscrições involuntárias podem servir para alguma coisa. Quem sabe?... Ouvi sua conversa com essa moça. Pensei: "Feche a porta." Mas não a fechei. Não por uma curiosidade doentia, mas porque sempre gostei de ouvir os corações falarem. Para mim, não há música mais bela... Me permite?

— Claro.

— Me interrompa quando quiser, meu menino.

Sentou-se no banco, começou a observar seus dedos uns depois dos outros, e, em seguida, com a cabeça baixa, disse com uma voz distante.

— O homem é apenas inépcia e confusão, erro de cálculo e manobra malfeita, uma temeridade insignificante e ímã de infortúnios, quando pensa ir em direção a seu destino desqualificando a mulher... Claro, a mulher não é tudo, mas tudo repousa nela... Olhe à sua volta, veja os exemplos da história, demore-se sobre a Terra inteira e me diga o que são os homens sem as mulheres, o que são suas promessas e orações quando não são elas que eles exaltam... Sejamos ricos como Creso ou pobres como Jó, oprimidos ou tiranos, nenhum horizonte bastaria ao nosso olhar se a mulher nos desse as costas.

Sorriu como se se tratasse de uma vaga lembrança.

— Quando a mulher não é a ambição suprema do homem, quando ela não é o fim de todas as nossas iniciativas nesse mundo, a vida não merece nem suas alegrias nem suas dores.

Bateu nas coxas e se pôs de pé.

— Quando eu era pequeno, ia sempre ao Grande Rochedo contemplar o pôr do sol. Era fascinante. Eu achava que estava lá a verdadeira beleza. Depois vi a neve cobrir de branco e de paz planícies e florestas, e palácios no meio de jardins fabulosos, e outros esplendores inimagináveis, e me perguntei o que seria o paraíso se...

Sua mão se apoiou em meu ombro.

— Pois bem, o paraíso será só uma natureza morta sem as nossas huris, as nossas belas mulheres...

Seus dedos apertavam meu ombro e espalhavam vibrações pelo meu corpo. Como uma fênix, meu tio renascia das cinzas. Procurava me transmitir o milagre de sua ressurreição. Parecia dar à luz naquele momento a cada um de seus pensamentos, de tal forma que seus olhos estavam saltados.

— O pôr do sol, a primavera, o azul do mar, as estrelas da noite, todas as coisas que consideramos belas só têm magia quando as apreciamos ao lado de uma mulher, meu menino... Porque a beleza, a verdade, a bondade é a mulher. O resto, todo o resto é apenas encanto acessório.

Sua outra mão agarrou meu ombro livre. Procurava alguma coisa no fundo de meu olhar. Nossos narizes quase se encostavam e nossos hálitos se misturavam. Eu jamais o tinha visto nesse estado, exceto talvez no dia em que foi procurar Germaine para anunciar que o sobrinho seria dali em diante filho deles.

— Se uma mulher amar você, Younes, se uma mulher amar você profundamente, e se você souber reconhecer a imensidão desse privilégio, nenhum deus chegará a seus pés.

Antes de subir para o escritório, ele completou, com a mão no corrimão da escada.

— Vá atrás dela... Um dia, sem dúvida, vamos poder ir a outros planetas, mas nem todas as glórias da Terra vão consolar aquele que deixar escapar a verdadeira chance de sua vida.

Eu não o escutei.

Fabrice Scamaroni casou-se com Hélène Lefèvre em julho de 1951. Foi uma bela festa. Havia tanta gente que o casamento foi celebrado em dois dias. O primeiro, para os convidados de Orã e do trabalho — um exército de jornalistas que era toda a redação de *L'Écho d'Oran*, artistas, atletas e uma boa parte da elite da cidade, inclusive o escritor Emmanuel Roblès. Essa primeira parte dos festejos aconteceu em Aïn-el-Turck, na casa de um rico industrial muito amigo de madame Scamaroni, uma propriedade imensa com vista para o mar. Eu fiquei pouco à vontade, nessa festa. Émilie estava lá, de braço dado com Simon. Madame Cazenave também me pareceu um pouco deslocada. Seus negócios com Simon prosperavam. O ateliê de alta-costura já vestia as maiores fortunas de Río Salado e de Hammam Bouhdjar e, apesar de uma concorrência acirrada, se impunha progressivamente nas altas rodas de Orã. Na aglomeração em torno do banquete, Simon pisou no meu pé. Não se desculpou. Com o prato na mão, procurava Émilie. O que ela teria falado de mim? Por que meu amigo agia como se eu não estivesse ali?

Eu estava muito cansado para ir falar com ele sobre isso.

O segundo dia foi consagrado aos de Río Salado, que queriam também festejar as núpcias do filho ilustre. Pepe Rucillio ofereceu cinquenta carneiros e fez vir de Sebdou os melhores especialistas em *méchoui*, o carneiro no espeto. Jaime Jimenez Sosa, o pai de André, pôs à disposição dos Scamaroni uma ala de sua fazenda cercada de palmeiras que foi enfeitada com tecidos de seda, guirlandas, bancos estofados e buquês de flores e onde estava sendo servido um banquete com pirâmides de comida. No meio, ergueu-se uma tenda com tapetes e almofadas. Os empregados, árabes e jovens mancebos negros, usavam trajes de eunuco, com coletes bordados, saruéis bufantes que terminavam na altura das panturrilhas e turbantes cor de açafrão impecavelmente arranjados. Parecia o tempo das *Mil e uma noites*. Nesse dia eu também estava pouco à vontade. Émilie não largava Simon, e madame Cazenave me vigiava constantemente, temendo alguma crise de ciúmes. À noite, uma orquestra de prestígio, vinda de Constantine, a cidade mítica, presenteou o público com um repertório extraordinário. Eu não prestava muita atenção, sentado num caixote bem afastado da festa, sob uma lâmpada fraca. Quando Jelloul me trouxe um prato de comida, cochichou no meu ouvido que a minha cara estragava todas as alegrias do mundo. Então me dei conta de que realmente não estava com uma cara muito boa e que, em vez de ficar lá, atrapalhando a festa, seria melhor voltar para casa. Fabrice poderia me entender mal, e eu não queria perdê-lo também.

Jean-Christophe havia partido, Fabrice se casara, Simon estava inatingível desde que tinha se associado a madame Cazenave: eu estava completamente sozinho. De manhã cedo, me levantava, me enfiava durante o dia na farmácia, e, quando fechava a porta de ferro no fim do expediente, não sabia o que fazer. Ia ao bar de André jogar três ou quatro partidas de sinuca com José. Depois voltava para casa e não me arriscava mais a sair nas ruas. Subia para meu quarto, pegava um livro e lia várias vezes o mesmo capítulo sem assimilá-lo. Não conseguia me concentrar. Nem mesmo com os clientes. Quantas e quantas vezes decifrei errado os garranchos do médico numa receita, entregando o remédio errado, ou parei na frente das prateleiras, incapaz de me lembrar onde estava essa ou aquela substância? À mesa, Germaine ficava me cutucando para me acordar. Distraído, esquecia de comer. Meu tio tinha pena de mim, mas não dizia nada.

E então as coisas se aceleraram. E, já que eu era muito fraco para correr atrás, se distanciaram e não fizeram mais caso de mim. O primeiro filho de Fabrice nasceu, um adorável bebezinho rosa e bochechudo, e o casal se instalou em Orã definitivamente. A mãe de Fabrice não demorou a vender seus bens em Río para ir para Aïn-el-Turck. Quando passava em frente à sua casa fechada e silenciosa, sentia um nó na garganta. Era uma parte de minha existência que faltava, uma ilha que desaparecia de meu arquipélago. Comecei a tomar outras ruas. A dar a volta no quarteirão. A fingir que essa parte da cidade jamais tinha existido... André, por sua vez, casou-se com uma prima três anos mais velha e foi para os Estados Unidos. Ficaria lá um mês, mas a lua de mel se prolongou indefinidamente... Só sobrou José no bar, que já não tinha o movimento de antes, as pessoas já não queriam jogar sinuca o dia inteiro.

Eu estava entediado.

A praia já não me interessava. Sem meus amigos, a areia quente não sabia mais contar as delícias do *farniente* e as ondas apagavam um a um os meus sonhos, que agora eu não tinha mais ninguém com quem dividir. Muitas vezes nem saía do carro. Ficava encolhido atrás do volante, estacionado no alto de uma falésia, e contemplava os rochedos melancólicos contra os quais as ondas pareciam gêiseres. Gostava de ficar assim por horas, à sombra de uma árvore, com as mãos sobre o volante ou com os braços levantados apoiados no assento. O gazeio das andorinhas e o grito das crianças nublavam minhas preocupações e eu alcançava um tipo de paz interior à qual só renunciava tarde da noite, quando nenhum cigarro brilhava mais na praia.

Tinha pensado em voltar para Orã. Río Salado já não me agradava. Não me reconhecia mais ali, não me prestava mais a suas fantasias. Eu andava num mundo paralelo. Mas as pessoas eram as mesmas, os rostos eram familiares, mas tinha medo de vê-las se desmanchar se estendesse o braço para tocá-las. Uma era tinha acabado. Tinha virado a página e estava diante de outra, branca, frustrante, desagradável ao toque. Eu precisava me afastar dali. Mudar de céu e horizonte. E, por que não?, cortar os laços que me prendiam a lugar nenhum.

Eu me sentia sozinho.

Pensei em investigar outra vez, e de forma mais efetiva, o paradeiro de minha mãe e minha irmã. Deus! Como sentia falta delas! E só de pensar nisso eu ficava doente. Anos antes, levado por circunstâncias, voltei a Jenane Jato na tentativa de conseguir alguma informação capaz de me orientar. De novo, me enganei quanto ao momento. A hora era da sobrevivência. Das prioridades. Das urgências. Da raiva em gestação. Quem se lembraria de uma mulher miserável e sua filha surda e muda? As pessoas tinham mais o que fazer. Havia muita gente que chegava, dia e noite, a Jenane Jato. O beco de antes, escondido atrás de matos e casebres, tinha se transformado num verdadeiro bairro, com ruelas barulhentas, carroceiros mal-humorados, lojistas vigilantes, casas de banho abarrotadas de gente, calçadas de cimento e tabacarias. Perna-de-pau ainda estava lá, acuado entre os concorrentes. O barbeiro agora não raspava mais a cabeça de velhos sentados no chão. Tinha um pequeno salão, com espelhos nas paredes, poltrona giratória, pia e bancada de metal para seus instrumentos de trabalho. Nosso cortiço tinha sido todo reformado. O atravessador Bliss retomava o controle da situação. Ele me disse que, mesmo se encontrasse minha mãe e minha irmã, ele não as reconheceria porque jamais tinha se aproximado delas. Ninguém sabia onde elas estavam. Ninguém as tinha visto outra vez, depois do que acontecera. Consegui encontrar a vidente Batoul. Tinha trocado as cartas e os sonhos pelos registros de comércio e geria melhor os negócios do que a angústia das pessoas. De qualquer modo, com suas casas de banho lotadas, tinha prometido me avisar assim que aparecesse alguma informação — havia dois anos não dava sinal de vida.

Achava então que voltar a procurá-las nesse momento me tiraria da tristeza em que me encontrava depois do que tinha acontecido com Jean-Christophe, da saudade que me dilacerava, da dor insondável que me arrasava todas as vezes em que pensava em Émilie. Não suportava mais viver na mesma cidade que ela, cruzar com ela nas ruas e continuar meu caminho como se não fosse nada, enquanto ela reinava soberana sobre meus dias e minhas noites. Agora que já não me visitava mais, eu media o tamanho da minha solidão. Sabia que sua dor não se aplacaria tão cedo, mas como aliviá-la? Émilie não me perdoaria nunca, em hipótese alguma. Já me queria mal. Profundamente. Acho até que ela já me odiava. A crueldade de seu olhar era tal que eu podia sentir seus dentes em minha alma. Ela nem precisava erguer os olhos para mim. Aliás, ela evitava fazê-lo. Mas apesar de fazer questão de fingir se interessar por outra coisa, algo no chão ou no céu, não conseguia disfarçar as chamas que minha presença trazia a seus olhos, chamas que eram como lavas de vulcão que nem toneladas de água nem as trevas do inferno poderiam apagar.

Eu estava almoçando num pequeno restaurante em frente ao mar, em Orã, quando alguém bateu na vidraça. Era Simon Benyamin, embrulhado num sobretudo, com um cachecol enrolado no pescoço e o alto da testa mostrando um início de calvície.

Ele estava louco de alegria.

Eu o vi correr para a porta de entrada e depois na minha direção, deixando uma onda de frio atrás de si.

— Venha — disse. — Vou levar você a um restaurante de verdade, onde o peixe é macio e suculento.

Falei que já tinha quase acabado de comer, mas ele fez uma careta contrariada, tirou o sobretudo e o cachecol e sentou-se à minha frente.

— O que tem de bom nesse boteco?

Chamou o garçom, pediu brochetes de carneiro, salada verde e meia garrafa de vinho tinto. Em seguida, esfregando as mãos com entusiasmo, me interpelou:

— Você está fazendo charme ou há algum problema?... Outro dia, acenei para você em Lourmel, e você não respondeu.

— Em Lourmel?

— Sim, quinta-feira passada. Você saía da lavanderia.

— Tem uma lavanderia em Lourmel?

Eu não me lembrava. Já há algum tempo, me acontecia de entrar no carro e dirigir às cegas. Duas vezes fui parar em Tlemcen, bem no meio de um bazar efervescente, sem saber por que nem como tinha ido parar naquele lugar. Era dominado por uma espécie de sonambulismo que me conduzia a lugares desconhecidos. Germaine me perguntava onde tinha ido e era como se ela me tirasse de um poço profundo e escuro.

— Além disso, você emagreceu demais. O que está acontecendo?

— Eu é que pergunto, Simon, eu é que pergunto... E com você? O que está acontecendo?

— Está tudo bem.

— Então por que você vira a cara quando cruza comigo na rua?

— Eu?... Por que você acha que viro a cara para meu melhor amigo?

— Os humores são caprichosos. Já faz mais de um ano que você não vai à minha casa.

— É por causa dos negócios. Estou crescendo e a concorrência é selvagem. Para cada centímetro avançado, contam-se algumas perdas. Passo mais tempo em Orã que em Río na disputa com os concorrentes. O que você está pensando? Que eu estou esnobando você?

A conversa me irritava. Uma certa falsidade a deturpava. O Simon que me censurava não me convencia. Não era o meu Simon, meu amigo animado, meu confidente e aliado. Seu novo status social o tinha distanciado de mim. Talvez eu estivesse com ciúmes de seu sucesso, de seu carro novinho em folha, que ele adorava deixar na praça para que fosse rodeado pelos meninos, de sua aparência mais e mais impressionante e de sua pança que diminuía a olhos vistos. Será que estava ressentido por ele ter se associado a madame Cazenave?... Não! Eu é que tinha mudado. Jonas se apagava atrás de Younes. Minhas dores ganhavam terreno em minha natureza. Tinha me tornado mau. Profundamente mau. De uma maldade reprimida, jamais revelada, mas que surgia em mim como uma indigestão. Não suportava mais as festas, os casamentos, os bailes, as pessoas sentadas nos terraços. Tinha alergia à bondade. E eu odiava!... Odiava madame Cazenave. Eu a odiava com todas as minhas forças... O ódio é uma toxina corrosiva: ela devora as entranhas, invade a cabeça, possui o corpo como um gênio mau. Como eu tinha chegado a esse ponto? Quais eram as razões que tinham me obrigado a ter tamanho ódio por uma mulher que já não me importava mais?... Quando não encontramos solução para a infelicidade, procuramos um culpado. No que me dizia respeito, madame Cazenave tinha sido oficialmente indicada como culpada. Não tinha sido ela que me seduzira e abandonara? Não era por causa desse deslize inconsequente que eu tinha sido obrigado a renunciar a Émilie?

Émilie!

Só de pensar nela, eu me consumia...

O garçom trouxe uma cestinha de pão branco, uma salada com azeitonas pretas e pepinos. Simon agradeceu, pediu para que lhe servissem as brochetes o mais rápido possível porque ele tinha um compromisso e então, depois de mastigar ruidosamente duas ou três vezes, inclinou-se sobre o prato e me disse com a voz baixa, como se temesse que alguém o ouvisse:

— Você deve estar se perguntando por que estou tão animado?... Pode guardar segredo do que vou dizer? Você conhece as pessoas e suas más-línguas...

Seu entusiasmo diminuiu frente a minha indiferença. Franziu as sobrancelhas.

— Você está me escondendo alguma coisa, Jonas. Alguma coisa grave...

— É que meu tio...

— Você tem certeza de que está tudo bem entre nós?

— Por que não estaria?

— Bom, estou me preparando para lhe dar uma notícia maravilhosa, e você faz essa cara que faria fugir um tanque de guerra...

— Vá, conte. Talvez isso melhore a minha cara.

— Vou contar... É isso: madame Cazenave me propôs a mão de sua filha e eu disse sim... Mas atenção, ainda não é nada oficial.

Derrotado!

Meu reflexo na vidraça parecia inteiro, mas, por dentro, eu estava esfacelado.

Simon pulava de felicidade — ele, que tratava Émilie como a *devoradora de homens*, de *leviana*! Eu não ouvia mais o que ele dizia, só via seus olhos em êxtase, sua boca risonha brilhando de azeite, suas mãos que partiam o pão, amassavam o guardanapo, hesitavam entre a faca e o garfo, e seus ombros que se erguiam numa excitação alegre... Ele devorou as brochetes, engoliu o café, fumou o cigarro, sem parar de falar... Levantou-se, me disse qualquer coisa que não ouvi em meio ao zumbido contínuo que ensurdecia meu ouvido... Foi embora colocando o casaco, me fez sinal do outro lado da vidraça e desapareceu...

Fiquei lá, sentado, grudado na cadeira, com o espírito no vazio. Foi preciso que o garçom viesse dizer que o restaurante estava fechando para voltar ao mundo.

O projeto de Simon continuou em segredo por muito tempo. Seus acordos ocultos vieram à tona semanas depois. Em Río Salado, as pessoas o cumprimentavam quando ele passava de carro. "Sortudo!", gritavam com um ar jovial. As moças felicitavam Émilie publicamente. As más-línguas diziam que madame Cazenave tinha vendido a filha; os mais razoáveis matraqueavam pelos salões que o eleito era promissor.

O outono saiu na ponta dos pés, seguido de um inverno particularmente rigoroso. A primavera anunciou um verão muito quente com as planícies cobertas de um verde reluzente. As famílias Cazenave e Benyamin decidiram celebrar o noivado dos filhos em maio, e o casamento nas primeiras vindimas.

Alguns dias antes do noivado, no momento em que me preparava para baixar a porta de ferro, Émilie entrou correndo na farmácia. Tinha vindo colada aos muros como uma ladra para evitar que a vissem. Como uma espécie de disfarce, usava um lenço de camponesa, um vestido cinza simples e sapatos sem saltos.

Atordoada, foi direto ao assunto.

— Suponho que você já saiba. Minha mãe me obrigou. Ela quer que eu me case com Simon. Não sei como conseguiu me convencer, mas nada está decidido... Porque tudo depende de você, Younes.

Ela estava pálida.

Tinha emagrecido e seus olhos leitosos pareciam não ver nada.

Pegou minhas mãos, puxou-me com força contra ela, tremendo da cabeça aos pés.

— Diga que sim... — ela sufocava. — Diga que sim e eu desmancho tudo.

O medo a deixava feia. Podia jurar que ela acabava de se restabelecer, após uma convalescença difícil. Seus cabelos escapavam do lenço, despenteados. As maçãs de seu rosto tremiam e seu olhar desesperado não sabia mais se devia me olhar ou vigiar a rua. De onde ela vinha? Seus sapatos estavam brancos de poeira, seu vestido cheirava a folha de parreira, seu pescoço brilhava de suor. Ela devia ter dado a volta, cortado através dos campos para chegar até mim sem levantar suspeita de ninguém.

— Diga que sim, Younes. Diga que me ama tanto quanto amo você, que eu posso contar com você tanto quanto você pode contar comigo, me pegue nos braços e me guarde até o fim dos tempos... Younes, você é o destino que eu amaria viver, o risco que eu amaria correr, e estou pronta para seguir você até o fim do mundo... Eu amo você... Não há nada nem ninguém tão essencial a meus olhos como você... Pelo amor de Deus, diga que sim...

Eu não disse nada. Desnorteado. Em transe. Paralisado. Terrivelmente sem voz.

— Por que você não diz nada?...

— ...

— Diga alguma coisa! Fale... Diga que sim, diga que não, mas não fique desse jeito... O que está acontecendo? Você perdeu a voz?... Não me torture, diga alguma coisa!

Ela gritava e não parava mais no mesmo lugar. Suas pupilas pegavam fogo.

— O que devo entender disso, Younes? O que significa esse silêncio? Que sou uma imbecil?... Você é um monstro, um monstro...

Seus punhos caíram sobre meu peito, furiosos.

— Você não tem sentimentos, Younes. Você é a pior coisa que já me aconteceu.

Ela deu um tapa em minha cara, socou meus ombros gritando para encobrir seu choro. Eu estava petrificado. Não sabia o que dizer. Tinha vergonha do que estava fazendo com ela, e vergonha por não ser mais que um fantasma plantado no meio da loja.

— Eu amaldiçoo você, Younes. Não vou perdoar você nunca, nunca...

E ela se foi.

No dia seguinte, um menininho me trouxe um pacote. Não disse quem o mandara. Desfiz a embalagem, com o cuidado de um artesão. Alguma coisa me alertava contra o que iria encontrar ali. Dentro dele havia um livro de geografia sobre o arquipélago de Guadalupe no Caribe. Abri o livro e vi os restos de uma rosa velha como o mundo. A rosa que eu tinha posto ali um milhão de anos antes, enquanto Germaine aplicava uma injeção em Émilie.

Na noite do noivado, eu estava em Orã, com a família de Germaine. Para Simon, que queria que eu estivesse a seu lado, junto com Fabrice, dei a desculpa de um falecimento.

O casamento foi celebrado como previsto, no início da vindima. Desta vez, Simon insistiu para que eu não deixasse Río, acontecesse o que acontecesse. Encarregou Fabrice de me vigiar. Eu não tinha a intenção de fugir. Não tinha como fugir. Seria ridículo. O que iriam pensar os amigos e os inimigos? Como não ir sem levantar suspeitas? Seria certo levantar suspeitas? Simon não tinha culpa nenhuma. Ele teria ficado feliz por mim como tinha ficado feliz com o casamento de Fabrice. Com que cara eu ficaria se faltasse ao dia mais feliz de sua vida?...

Comprei um terno e sapatos para a cerimônia.

Quando o cortejo nupcial atravessou a cidade numa festa de buzinas, pus meu terno e fui a pé para a grande casa branca no caminho da mesquita. Um vizinho me propôs uma carona. Agradeci. Precisava andar, cadenciar meus passos segundo meus pensamentos, enfrentar as coisas, uma a uma, com toda lucidez.

O céu estava encoberto e um vento fresco tocava meu rosto. Saí da cidade, contornei o cemitério israelita e, chegando ao caminho da mesquita, parei para contemplar as luzes da festa.

Uma garoinha começou a cair, como se fosse para me despertar de mim mesmo.

Só tomamos consciência do irreparável quando ele acontece. Jamais uma noite me pareceu anunciar um mau presságio como aquele. Jamais uma festa me pareceu tão injusta e cruel. A música, que chegava até mim, tinha um tom encantatório e me incitava como um demônio. As pessoas, que se divertiam ao redor da orquestra, me excluíam de sua alegria. Eu avaliava a imensa desordem que reinava... Por quê? Por que eu era obrigado a passar tão perto da felicidade sem ter coragem de me apossar dela? O que eu tinha feito de tão revoltante para merecer ver a mais bela das histórias me escapar por entre os dedos como o sangue quente de uma ferida? O que é o amor se ele só pode trazer a devastação? O que são seus mitos e suas lendas, suas vitórias e seus milagres, se os amantes são incapazes de ir além deles mesmos, de enfrentar a fúria dos deuses, de renunciar às benesses eternas por um beijo, um abraço, um instante perto do ser amado?... A decepção enchia minhas veias de uma seiva venenosa, inchava meu coração com uma cólera imunda... Eu me odiava por parecer um fardo inútil abandonado no acostamento da estrada.

Voltei para casa tonto de dor, apoiando-me contra os muros para não cair. Meu quarto teve dificuldades para me digerir. Empurrei a porta, com os olhos fechados e o queixo levantado, ouvindo o baque de meu corpo contra a madeira. Depois cambaleei até a janela; não era mais meu quarto que eu atravessava, e sim o deserto.

Um relâmpago iluminou a noite. A chuva caía docemente. As vidraças choravam. Eu não estava acostumado a ver as vidraças chorarem. Era um mau sinal, o pior de todos. Então disse a mim mesmo: "Cuidado, Younes, você está sentindo pena de si mesmo." Qual o problema? Não era exatamente isso o que eu queria? Queria ver as lágrimas sobre as vidraças, queria sentir pena de mim mesmo, me machucar, confundir meu corpo e minha alma com a dor.

"Talvez seja melhor assim", eu repetia. Émilie não tinha sido feita para mim. Simples assim. Não se muda o que foi escrito... Bobagem!... Mais tarde, muito mais tarde, eu chegaria a esta verdade: *nada está escrito*. Se não, como as coisas poderiam acontecer? A moral era apenas uma velha megera, e as vergonhas não precisavam corar diante do mérito. Claro que há coisas que nos escapam, mas, na maior parte dos casos, somos os principais artesãos de nossas infelicidades. Fabricamos nossos erros com nossas mãos, e ninguém deve se vangloriar por ter menos a lamentar que seu vizinho. Quanto ao que chamamos de fatalidade, é só nossa teimosia em não assumir as consequências de nossas pequenas e grandes fraquezas.

Germaine me encontrou na janela, com o nariz colado no vidro. Dessa vez ela não perturbou meu sofrimento. Saiu na ponta dos pés e fechou a porta sem fazer barulho.

16

Eu tinha pensado em Argel. Em Bougie. Em Timimoun. Pegar um trem e me deixar levar para longe de Río Salado. Imaginei-me em Argel. Em Bougie. Em Timimoun. Mais de uma vez me vi andando pelos bulevares, contemplando o mar sentado sobre um rochedo, meditando numa gruta na entrada do deserto... Tinha contas a acertar comigo mesmo. Nunca se foge de si mesmo. Eu poderia pegar todos os trens da terra, todos os aviões, todos os barcos e levaria para qualquer lugar que fosse essa coisa indomável que secretava sua bile em mim. Mas não podia mais ruminar minha dor num canto de meu quarto. Precisava partir. Não importava para onde. Longe ou para a cidade ao lado. Não tinha importância. Precisava ir embora. Eu não podia mais viver em Río Salado depois que Simon tinha se casado com Émilie.

Eu me lembrava de um louco descabelado que vinha dizer a boa-nova todos os dias no mercado em Jenane Jato. Era um varapau, magro como uma lança, enrolado numa espécie de batina amarrada na cintura por uma corda. Ele se punha sobre uma pedra e vociferava: "A infelicidade é um beco sem saída. Leva direto a uma parede. Se você quer sair dela, dê marcha a ré. Dessa maneira você vai acreditar que é ela que se distancia enquanto você a encara."

Voltei para Orã. Para o bairro onde meu tio morava. Talvez tenha tentado voltar no tempo, até a escola, para depois, prevenido e iniciado, retornar ao presente, virgem de corpo e espírito, com minhas chances intactas e toda a atenção para não desperdiçá-las... A casa de meu tio não suavizou minha dor. Estava pintada de verde, estranha, com o portão reforçado, a mureta sem as buganvílias e as janelas com as venezianas fechadas. Meus gritos de criança não ressoavam em lugar nenhum.

Bati na casa em frente. Lucette não abriu. "Ela se mudou", me disse uma desconhecida. "Não, ela não deixou endereço."

Que falta de sorte!

Tinha andado em círculos pela cidade. Gritos se ergueram de um estádio de futebol, mas não suplantaram os que havia em mim. Em Medina J'dida — o bairro negro onde os árabes condenados a guetos eram mais brancos que os próprios brancos — me sentei num café e observei continuamente a multidão na praça Tahtaha, certo de acabar por distinguir ali o fantasma de meu pai com o espesso paletó verde... Os grandes mantos brancos se misturavam aos trapos dos mendigos. O mundo estava se reconstruindo em sua autenticidade secular, com seus bazares, suas casas de banho, suas barracas, suas minúsculas lojas de ourives, sapateiros e alfaiates emaciados. Medina J'dida não tinha desistido. Sobrevivera à cólera, às abjurações e à degradação, muçulmana e moura até a ponta de suas unhas. Entrincheirada atrás de barricadas e mesquitas, transcendia as misérias e as afrontas, se queria digna e valorosa, bela apesar dos ódios em gestação, orgulhosa de seus artesãos, de suas canções folclóricas, como *S'hab el Baroud*, e de seus *raqba*, os malfeitores famosos que exerciam um fascínio irresistível, encantavam os meninos e as mulheres sem virtude e protegiam as pessoas humildes. Como pude passar sem essa parte de mim mesmo? Deveria ter vindo regularmente aqui para curar minhas feridas, firmar minhas certezas. Agora que Río Salado não falava mais a minha língua, que língua eu deveria adotar? Eu me dei conta de que tinha mentido sobre tudo. Quem tinha sido eu em Río? Jonas ou Younes? Por que, quando meus amigos riam às gargalhadas, meu riso parecia forçado? Por que eu tinha constantemente a impressão de ter que encontrar o meu lugar no meio deles, de ser culpado de alguma coisa quando Jelloul olhava para mim? Eu tinha sido tolerado, integrado ou aprisionado? O que me impedia de ser eu plenamente, de plenamente estar no mundo no qual crescia, de me identificar com esse mundo enquanto virava as costas para o meu? Uma sombra. Eu era uma sombra, indecisa e suscetível, temendo uma reprovação ou uma insinuação que às vezes eu inventava, como um órfão na família que o acolheu, mais atento às inabilidades dos pais adotivos que à sua dedicação. Ao mesmo tempo, querendo me recuperar aos olhos de Medina J'dida, eu me perguntava se não continuava a mentir, a fugir de minhas responsabilidades tentando enfiar a carapuça nos outros. De quem era a culpa por Émilie me ter escapado? De Río Salado, de madame Cazenave, de Jean-Christophe, de Simon? No fim das contas, acredito que meu erro era não ter tido a coragem de assumir minhas convicções. Poderia encontrar todas as desculpas do mundo, nenhuma delas me daria razão. Na realidade, agora que eu não reconhecia meu próprio rosto, procurava uma máscara. Como um desfigurado, me escondia atrás dos curativos que me serviam de muxarabiê. Eu olhava furtivamente a verdade dos outros, abusava dela para me afastar da minha. A praça Tahtaha suavizava as garras que me torturavam. A multidão me distraía. A dança dos vendedores de água absorvia minha dor de cabeça. Os vendedores de água eram seres fabulosos, incansáveis e espetaculares. Com os sinos que tilintavam o tempo todo, o odre pendurado a tiracolo e o grande chapéu multicor enfrentando o vento, giravam as roupas enfeitadas, derramando em copos de couro a água fresca, aromatizada com óleo de zimbro, que os curiosos engoliam como poções mágicas. Eu me surpreendia bebendo a água como um sedento, sorrindo quando um dos vendedores executava seu passo de dança, franzindo as sobrancelhas quando um mau pagador desperdiçava o seu bom humor...

— O senhor tem certeza de que está tudo bem? — o garçom me despertou.

Eu não tinha certeza de nada...

E além disso, por que não me deixavam em paz?

O garçom me encarou com perplexidade quando me levantei de má vontade e fui embora. Só no bairro europeu entendi o porquê: saíra sem pagar a conta...

Num bar enfumaçado pelas guimbas de cigarro ainda acesas nos cinzeiros, eu olhava o copo que me desafiava sobre o balcão. Queria me embriagar até perder a razão — eu não me sentia digno de resistir às tentações. Dez vezes, vinte vezes, trinta vezes minha mão pegou o copo sem ousar levá-lo aos lábios.

— Você tem um cigarro? — perguntou uma mulher sentada ao meu lado. — Desculpe, mas ninguém com um rosto tão bonito quanto o seu tem o direito de ficar triste.

Seu hálito de vinho me embriagou. Eu estava cansado, enxergava mal. Era uma mulher tão maquiada que parecia não ter rosto. Seus olhos desapareceram atrás de cílios postiços grotescos. Tinha uma boca grande, exageradamente vermelha, e dentes manchados pela nicotina.

— Você tem algum problema, querido? Não por muito tempo. Vou dar um jeito nisso. Foi o bom Deus que me enviou para ajudar você.

Seu braço escorregou pelo meu. Ela me puxou e me arrancou do balcão.

— Vem... Não há nada para fazer aqui...

Ela me sequestrou por sete dias e sete noites. Num quarto infecto no último andar de um hotel barato cheirando a haxixe e cerveja. Sou incapaz de dizer se ela era loura ou morena, jovem ou velha, gorda ou magra. Só me lembro de sua boca grande e vermelha e sua voz destruída pelo tabaco e pelo álcool barato. Uma noite, anunciou que aquilo era tudo que eu poderia ter pelo meu dinheiro. Ela me levou até a porta, me deu um beijo na boca — "Cortesia da casa!" — e, antes de me mandar embora, disse:

— Recomponha-se, homem. Só há um deus sobre a Terra, e esse deus é você. Se o mundo não lhe serve, invente um novo, e não deixe nenhum sofrimento fazer você parar de sonhar. A vida sempre sorri àquele que sabe lhe dar o troco.

Estranho como às vezes as verdades que precisamos ouvir nos alcançam nos lugares que menos se prestam a isso. Eu estava a dois dedos de desabar de vez e foi uma prostituta de pileque que me pôs de pé. Só com algumas palavras ditas entre baforadas de cigarro, na porta de um quartinho sórdido dando para um corredor insalubre e sem iluminação, num hotel de alta rotatividade que balançava no ritmo dos orgasmos e das brigas e confusões... Antes de chegar ao saguão, eu já estava sóbrio. A brisa da noite me acordou completamente. Andei de uma ponta a outra da avenida ao longo do mar, contemplando os barcos no porto, as gruas e o cais sob os holofotes e, no fundo da noite, os pesqueiros que riscavam as ondas, como vaga-lumes imitando estrelas. Depois, fui a um banho turco me lavar para dormir o sono dos justos. No dia seguinte, ao nascer do sol, peguei o ônibus e voltei para Río, determinado a me castigar severamente se voltasse a sentir pena de mim mesmo.

Retomei o trabalho na farmácia. Um pouco mudado, é verdade, um pouco mais contido. Quando não conseguia decifrar os rabiscos dos médicos nas receitas, perdia a paciência e não suportava quando Germaine me fazia as mesmas perguntas, me falava das rugas ao redor de meus olhos, do meu ar obstinado. No entanto, depois de alguns resmungos, eu me controlava e pedia desculpas. Terminado o expediente, saía para mexer um pouco as pernas. Ia até a praça ver o jovem policial Bruno andar com o peito estufado, enrolando e desenrolando o cordão do apito em volta do dedo. Eu gostava de seu zelo plácido, de sua maneira de inclinar o quepe para o lado e a mesura teatral que fazia à passagem das moças. Eu me sentava num café e bebericava minha limonada cheia de gelo, esperando a noite cair para voltar para casa. Às vezes me metia nos campos e ficava ali, esquecido de tudo. Eu não estava infeliz, mas precisava de companhia. Ao voltar para Río, André tinha reaberto o bar, mas as partidas de sinuca me cansavam. José me vencia regularmente... Germaine sonhava em me ver casado. Convidava algumas de suas incontáveis sobrinhas para virem a Río Salado na esperança de que uma delas me impressionasse. Eu nem me dava conta de que elas já tinham ido embora.

De tempos em tempos, via Simon. Nós nos cumprimentávamos, acenávamos um para o outro, às vezes sentávamos alguns minutos com uma bebida refrescante, falando de coisas vagas e sem interesse. No começo, ele estava zangado por eu não ter ido ao casamento, como se fosse um qualquer. Depois, passou uma borracha naquilo, sem dúvida por ter outras preocupações prioritárias. Simon vivia na casa de Émilie, na mansão no caminho da mesquita. Madame Cazenave tinha insistido muito. Além disso, não havia muitas casas livres na cidade e a que os Benyamins ocupavam era pequena e sem atrativos.

Fabrice teve um segundo filho. O acontecimento feliz nos reuniu a todos numa bela casa na parte alta de Orã, exceto Jean-Christophe, que não tinha mais dado notícias desde a carta que enviara a Simon. André aproveitou para nos apresentar sua prima e esposa, uma mulher robusta, andaluza de Granada, alta como uma torre, com um rosto cheio e bonito enfeitado por dois grandes e esplêndidos olhos verdes. Era engraçada, mas dura quando se tratava de ensinar boas maneiras ao marido. Foi nessa noite que notei que Émilie esperava um bebê.

Alguns meses mais tarde, madame Cazenave foi para a Guiana onde a ossada do marido, o diretor de um presídio em Saint-Laurent-du-Maroni, desaparecido na floresta amazônica durante uma perseguição a prisioneiros, tinha sido encontrada por contrabandistas e identificada graças a seus objetos pessoais. Ela jamais retornou a Río. Nem mesmo para festejar o nascimento de Michel, seu neto.

No verão de 1953, conheci Jamila, filha de um advogado muçulmano de quem meu tio era amigo desde a faculdade. Nós nos encontramos por acaso num restaurante em Nemours. Jamila não era muito bonita, mas me lembrava Lucette. Gostei de seu olhar quieto, suas mãos finas e brancas que seguravam as coisas — guardanapo, colher, lenço, bolsa, fruta — com cuidado, como se se tratassem de relíquias. Tinha olhos negros e inteligentes, a boca redonda e pequena, e uma seriedade que revelava ao mesmo tempo uma educação severa e moderna, voltada para o mundo e seus desafios. Estudava direito e aspirava a uma carreira de advogada como seu pai. Foi ela quem primeiro escreveu; algumas linhas de saudações no verso de um cartão-postal elogiando um oásis de Bou Saada em que seu pai trabalhava. Demorei meses para responder. Trocamos cartas e cartões durante longos anos, sem que nenhum dos dois fosse além dos salamaleques e declarasse ao outro o que o pudor ou a prudência excessiva calava.

Na primeira manhã da primavera de 1954, meu tio me pediu para tirar o carro da garagem. Vestia o terno verde, que não usava desde o jantar que tinha oferecido em honra de Messali Hadj, treze anos antes, em Orã, uma camisa branca e uma gravata-borboleta, o relógio de bolso de ouro pendurado no colete, os sapatos pretos de bico pontudo e um fez comprado recentemente numa velha loja turca de Tlemcen.

— Vou meditar no túmulo do patriarca — anunciou.

Como eu ignorava onde ficava o túmulo do patriarca, meu tio me guiou através das aldeias e dos caminhos. Rodamos a manhã toda, sem parar para descansar ou comer. Germaine, que não suportava mais o cheiro de combustível, estava verde, e as curvas incessantes que nos conduziam para cima e para baixo só pioravam seu estado. Chegamos ao topo de uma montanha rochosa à tarde. Lá embaixo, a planície cortada por campos de oliveiras resistia valentemente à aridez. Em alguns trechos, a terra estava rachada pela erosão e a vegetação desaparecia. Alguns reservatórios de água tentavam salvar as aparências, mas era evidente que a seca iria fazê-los evaporar. Rebanhos de carneiros passavam no pé das colinas, tão longe uns dos outros quanto as aldeias poeirentas, esmagadas pelo sol. Meu tio levou a mão à testa como a aba de um chapéu e olhou a distância. Aparentemente, ele não achou nada do que tinha vindo procurar. Subiu uma pequena encosta pedregosa até um bosquezinho no meio do qual uma ruína terminava de se deteriorar. Era o resquício de uma mesquita, ou de um mausoléu, de outra época que os invernos rudes e os verões escaldantes tinham destruído completamente. Ao abrigo de uma mureta, soterrada pelos próprios fragmentos, um túmulo gasto contava seus lagartos. O túmulo do patriarca. Meu tio estava contrariado por encontrá-lo num estado tão lamentável. Levantou uma viga, encostou-a numa parede de terra batida e olhou com infinita tristeza. Depois afastou respeitosamente uma porta de madeira carcomida e entrou no santuário. Germaine e eu esperamos num espaço coberto por um matagal espinhoso. Em silêncio. Com meu tio meditando no túmulo do patriarca, Germaine foi se sentar numa pedra e colocou a cabeça entre as mãos. Ela não tinha dito nada desde que deixamos Río Salado. Quando Germaine ficava calada dessa maneira, eu temia o pior.

Meu tio se juntou a nós no momento em que o sol começava a se pôr. A sombra do mausoléu tinha se alongado excessivamente e uma brisa fresca começara a soprar pelo matagal.

— Vamos voltar agora — disse meu tio, enquanto se dirigia para o carro.

Eu esperava que ele me falasse do patriarca, da tribo, de Lalla Fatna, das razões que o tinham levado subitamente a vir a essa montanha entalhada pelos ventos. Nada. Ele se instalou no assento ao meu lado e não tirou os olhos da estrada. Rodamos uma boa parte da noite. No banco de trás, Germaine cochilava. Meu tio não se mexia. Estava longe, perdido em seus pensamentos. Não tínhamos comido nada desde a manhã. Ele nem se dava conta disso. Percebi que tinha ficado muito pálido, com o rosto encovado e um olhar que era o mesmo de outros tempos, quando ele entrava, sem avisar, naquele mundo paralelo que foi sua prisão e proteção por anos a fio.

— Estou com medo dele — confessou Germaine algumas semanas mais tarde.

Meu tio não parecia estar sofrendo uma recaída. Continuava a ler e a escrever, a juntar-se a nós à mesa e a sair todas as manhãs para andar nos campos, só que não nos dirigia mais a palavra. Ele apenas acenava com a cabeça, às vezes sorria para agradecer a Germaine quando ela trazia chá ou alisava uma dobra em sua camisa, mas não dizia palavra. Podia também ficar sentado na cadeira de balanço na sacada, contemplando as colinas. Depois, quando a noite chegava, voltava para o quarto, enfiava o roupão e as pantufas e se fechava no escritório dando duas voltas na chave.

Uma noite, deitou-se na cama e pediu para me ver. Sua palidez tinha se acentuado e sua mão estava fria, quase gelada, quando pegou a minha.

— Eu teria gostado de conhecer os seus filhos, meu menino. Eles, sem dúvida, teriam me enchido de alegria. Jamais um bebê pulou em meu colo.

Seus olhos estavam cheios de lágrimas.

— Case-se, Younes. Só o amor é capaz de nos vingar dos golpes baixos da vida. E lembre-se: se uma mulher amar você, nenhuma estrela estará fora de seu alcance, nenhum deus chegará a seus pés.

Eu percebia o frio que o tomava alastrar-se em mim, insinuar-se pelos tremores que sua mão transmitia à minha e se ramificar através de meu corpo. Meu tio falou comigo longamente. Tudo o que ele dizia parecia muito distante do nosso mundo. Ele estava partindo. Germaine chorava, sentada do outro lado da cama. Seus soluços cobriam as palavras de meu tio. Foi uma noite estranha, profunda e irreal ao mesmo tempo. Do lado de fora, um chacal uivava como eu nunca tinha ouvido um animal uivar. Os dedos de meu tio, como um garrote, seguravam o meu braço com tanta força que quase impediam o sangue de circular. Uma mancha arroxeada se formava. Só quando vi Germaine se benzer e fechar os olhos do marido é que admiti que um alguém que amamos tem o direito de morrer como o sol que se põe antes da noite cair, como uma vela que se apaga com o sopro do vento. O mal que ele nos causa indo embora faz parte das coisas da vida.

Meu tio não verá seu país pegar em armas. A sorte o julgou indigno disso. De outro modo, como explicar que ele tenha morrido cinco meses antes da revolta tão esperada e tão adiada da Libertação? O dia de Todos os Santos de 1954 nos pegou de surpresa. O dono do café protestava, com o jornal aberto sobre o balcão. A guerra de independência tinha começado, mas para o comum dos mortais, a não ser por um breve ataque de indignação rapidamente suplantado por uma piada qualquer entreouvida na rua, não seriam algumas fazendas queimadas na planície de Mitidja que o fariam perder o sono. No entanto, houve mortes em Mostaganem, policiais surpreendidos por agressores armados. E daí?, todos se perguntavam. As estradas matam o mesmo tanto. E a pobreza também... O que ninguém ainda sabia era que, dessa vez, a revolução tinha começado de verdade e não havia retorno possível. Alguns revolucionários tinham decidido passar à ação, sacudir o povo entorpecido por mais de um século de colonização, profundamente abatido por anos e anos de insurreições isoladas que o exército colonial, onipotente e mítico, reduzia invariavelmente ao silêncio depois de algumas batalhas, de represálias violentas, de anos de exaustão. Mesmo a famosa OS, Organização Secreta, célebre no fim dos anos 1940, só havia alegrado os raros militantes muçulmanos em pouquíssimos confrontos. O que aconteceu naquela noite no norte da Argélia, à meia-noite em ponto, no primeiro minuto de 1º de novembro, seria só um fogo de palha, uma faísca fugaz e sem fôlego das populações nativas constantemente deslocadas e eternamente insatisfeitas, mas incapazes de se mobilizar em torno de um projeto comum? Dessa vez, não. Os "atos de vandalismo" se multiplicavam pelo país, primeiro esporádicos, depois mais frequentes, às vezes de uma audácia absurda. Os jornais falavam de "terroristas", de "rebeldes", de "foras da lei". Conflitos eram registrados aqui e ali, principalmente nas *djebels*, as montanhas ao Norte, e havia saques de armas e munição de militares mortos. Em Argel, um comissariado foi aniquilado num segundo; matavam-se policiais e funcionários públicos nas ruas; os traidores eram decapitados. Em Kabylie outras movimentações, pequenos grupos uniformizados e com fuzis rudimentares realizavam emboscadas a policiais e desapareciam no mato. Em Aurès, havia esquadrões inteiros, um exército de guerrilheiros incapturáveis e zonas proibidas. Não muito longe de nossa cidade, em Fellaoucène, os homens abandonavam os *douars*; durante a noite, eles se dirigiam às montanhas recortadas e lá constituíam unidades de *maquisards*, de guerrilheiros da mata. Mais perto, num raio de alguns quilômetros, Aïn Temouchent registrava atentados em pleno centro da cidade. As pichações nos muros tinham três letras: FLN. Frente de Libertação Nacional. Com suas leis, suas diretrizes, seus apelos ao levante geral, seus toques de recolher, suas proibições, seus tribunais, suas seções administrativas, suas redes inextricáveis, labirínticas, eficazes, seu exército, sua rádio clandestina que entrava todos os dias nas casas de venezianas fechadas... Em Río Salado, estávamos em outro planeta. Os ecos de fora chegavam até nós silenciados por uma interminável sucessão de filtros. Os olhos dos árabes que davam duro nas plantações brilhavam com um fogo estranho, mas nada parecia ter mudado em seus hábitos. Desde o amanhecer, estavam no trabalho e só levantavam a cabeça no fim do dia. Nos cafés, as pessoas continuavam se deliciando com licor de anis. O policial Bruno não julgava necessário puxar a trava de segurança da pistola: dizia que não era nada, que se tratava de um fenômeno passageiro e que tudo iria voltar à ordem. Foi preciso esperar vários meses para enxergar, enfim, os respingos da "rebelião" em nossa quietude. Colocaram fogo numa fazenda mais afastada e três vezes incendiaram as cepas e dinamitaram uma adega. Era demais. Jaime J. Sosa formou uma milícia e montou uma rede de segurança em torno de seus vinhedos. A polícia tentou tranquilizá-lo, explicando que tinha tomado as medidas necessárias, mas foi em vão. Durante o dia, víamos fazendeiros vigiando os arredores ostensivamente armados com fuzis de caça. À noite, se faziam as rondas com palavras de ordem e tiros de alerta.

Fora alguns javalis abatidos pelos milicianos mais afoitos, nenhum suspeito foi detido.

Com o tempo, relaxou-se um pouco a vigilância e as pessoas voltaram a circular à noite, sem temer confusão.

As vindimas foram magníficas como se esperava. Para o baile, fizeram vir três grandes orquestras de uma vez, e Río dançou até cansar. Pepe Rucillio aproveitou a bela estação para casar-se com uma cantora de Nemours, quarenta anos mais nova que ele. De início, seus filhos protestaram, mas depois, a fortuna do patriarca de uma soma incalculável, se empanturraram como ogros e sonharam com outros banquetes. Foi durante a cerimônia do casamento que fiquei cara a cara com Émilie. Descia do carro do marido, com a criança no colo. Eu saía do salão de festas, de braço dado com Germaine. Por uma fração de segundo, Émilie empalideceu. Logo em seguida, se virou para Simon, que sorriu ligeiramente antes de conduzir a esposa para o meio dos convidados. Voltei a pé para casa, esquecendo meu carro estacionado ao lado do de meu amigo.

Depois, uma tragédia.

Ninguém esperava por aquilo. A guerra já estava em seu segundo ano e, com exceção de algumas sabotagens registradas anteriormente, nenhum incidente aconteceu em Río Salado. As pessoas cuidavam dos afazeres como se nada estivesse acontecendo, até essa manhã de fevereiro de 1956. O céu desabou sobre nossa cidade. As pessoas estavam horrorizadas. Olhavam-se sem entender nada, atordoadas com o que acontecera. Assim que vi a multidão em volta do bar de André, entendi tudo.

O corpo estava estendido no chão, na entrada do bar, as pernas para o lado de fora, o restante para o lado de dentro. Um pé sem sapato, perdido na luta com o agressor ou na fuga. Um corte vinha do calcanhar até a panturrilha, com minúsculos riozinhos de sangue... José! Ele se arrastara uns vinte metros antes de morrer. O rastro desse trajeto desesperado estava impresso na poeira. Sua mão esquerda agarrava o batente da porta, as unhas quebradas. Tinha recebido várias facadas, algumas visíveis porque sua camisa estava rasgada. A poça de sangue escorria espessa, coagulada, da soleira da porta do bar. Precisei passar por cima dele para entrar. A luz do dia iluminava uma parte de seu rosto. Parecia que ele estava escutando o chão, como fazíamos em outros tempos, ao encostar as orelhas nos trilhos para ver se o trem estava chegando. O olhar vidrado lembrava o de um fumante de ópio, aberto mas sem ver nada.

— Ele dizia que era o chão no qual o Senhor pisava — suspirou André, arrasado, sentado junto ao balcão, o queixo nos joelhos, as mãos abraçando as pernas.

Mal se podia vê-lo na penumbra.

Estava chorando.

— Eu queria que ele tivesse tido uma vida feliz, como toda a minha família. Mas ele se contentava apenas com as migalhas do que eu lhe oferecia. Tinha medo que achasse que ele era um aproveitador.

Simon também estava lá. Tinha os cotovelos sobre o balcão e a cabeça entre as mãos. O policial Bruno estava sentado numa cadeira, no fundo da sala. Tentava se recompor do choque. Dois outros homens estavam encostados na mesa de sinuca, estupefatos.

— Por que ele? — gemia André do fundo de seu sofrimento. — Por que José?! Ele era generoso, sempre disposto a ajudar a todos.

— Não é justo — disse alguém atrás de mim.

O prefeito chegou correndo. Quando reconheceu o corpo de José, levou a mão à boca, sem acreditar no que via. As pessoas começaram a chegar ao bar. Ouvíamos as portas dos carros se fecharem. "O que aconteceu?", perguntavam. Ninguém respondia. Em alguns minutos, toda a cidade estava ali. Cobriram o corpo de José. Lá fora, uma mulher se pôs a gritar. Era sua mãe. Não deixaram que ela se aproximasse do corpo do filho. Ouviu-se um murmúrio abafado quando André se levantou e foi em direção ao salão. Estava verde de raiva; os olhos transbordavam de ódio.

— Onde está Jelloul? — gritou, com o corpo tremendo. — Onde está o idiota do Jelloul?

Jelloul atravessou a multidão e se apresentou ao patrão. Estava atordoado, não sabia o que fazer com as mãos.

— Onde você estava enquanto matavam José?

Jelloul olhou para o chão. André levantou a cabeça dele com o cabo do chicote.

— Onde você estava, seu merda? Eu não lhe disse para você não sair do bar em hipótese alguma?

— Meu pai estava doente.

— Ele sempre está doente. Por que não me disse que ia para casa? José não teria vindo substituir você sozinho e estaria vivo a essa hora... E me diz uma coisa, como é que isso acontece justamente na única noite em que você não está, hein?

Jelloul baixou a cabeça e André levantou de novo seu queixo com o cabo do chicote.

— Olhe para mim quando falo com você... Quem foi o covarde que fez isso? Você o conhece, não é verdade? Você acertou tudo com ele. É por isso que voltou para casa. Para deixar José sozinho, não é verdade? Para ter um álibi, cachorro... Olhe para mim, estou mandando. Talvez tenha sido você mesmo, com os seus rancores. Será que estou enganado, seu merda? Por que você está olhando para o chão? José está ali — gritou, mostrando o corpo na entrada do bar. — Foi você quem o matou, não foi?! José não se deixaria surpreender por um desconhecido. Só alguém que ele conhecesse bem poderia chegar perto. Mostre as mãos.

André verificou as mãos e as roupas de Jelloul, em busca de manchas de sangue. Sem encontrar nada, se pôs a bater nele com o chicote.

— Você se acha muito esperto? Você mata José, depois volta para casa, se lava e volta aqui com essa cara... Foi isso que aconteceu, ponho a mão no fogo. Eu conheço você.

Espumando de raiva, cego pela dor, André jogou Jelloul no chão e continuou a bater nele com o chicote. Ninguém ao redor mexeu um dedo sequer. André estava furioso demais para ser contrariado. Voltei para casa, dilacerado entre a cólera e a indignação, envergonhado e humilhado, duplamente ferido pela morte de José e pelo martírio de Jelloul. Sempre foi assim, dizia para mim mesmo para me proteger: quando não encontramos um sentido para a infelicidade, procuramos um culpado, e lá não havia melhor bode expiatório que Jelloul.

Jelloul foi preso, algemado e conduzido à delegacia. Os rumores espalhavam que ele tinha confessado, que o assassinato não tinha a ver com as convulsões que agitavam o país. Mesmo assim! A morte tinha chegado até nós, e ninguém poderia garantir que não repercutiria. Os fazendeiros reforçaram as milícias e, de tempos em tempos, entre os latidos de um chacal, tiros ecoavam na noite. No dia seguinte, falava-se de um suspeito que havia sido enxotado, de indesejáveis caçados como bichos, de incêndios criminosos que foram evitados a tempo. Uma manhã, indo a Lourmel, vi fazendeiros armados na beira da estrada. Estavam alvoroçados. A seus pés jazia o corpo ensanguentado de um jovem muçulmano em farrapos. A seu lado, como um troféu de caça, um fuzil velho, exposto como prova inequívoca de seu crime.

Algumas semanas mais tarde, um menino frágil e doente veio à farmácia. Pediu-me para acompanhá-lo. Uma mulher aos prantos nos esperava na calçada em frente, rodeada por um grupo de crianças desamparadas.

— É a mãe de Jelloul — disse o menininho.

Ela veio em minha direção e se jogou a meus pés. Eu não entendia o que ela tentava me contar. Suas palavras se afogavam em lágrimas e seus gestos me confundiam. Eu a conduzi para o interior da farmácia para acalmá-la e decifrar o que ela dizia. Falava rápido, misturava tudo, não acabava nenhuma frase. Ela havia arranhado o próprio rosto com as unhas em sinal de desespero. Finalmente, exausta, consentiu em beber a água que eu lhe oferecia e desabou num banco. Contou a tragédia da família, a doença do marido, que tinha os dois braços amputados, suas orações frequentes feitas nas mesquitas da região, falou tudo isso antes de se jogar de novo a meus pés e implorar para que eu salvasse Jelloul.

— Ele não tem culpa. Todo o *douar* lhe dirá isso. Jelloul estava conosco na noite em que o rume foi morto. Eu juro. Procurei o prefeito, a polícia, os juízes. Ninguém quis me ouvir. Você é nossa última esperança. Você se dá bem com o senhor André. Ele vai ouvir o que você tem a dizer. Jelloul não é um assassino. O pai teve uma crise naquela noite, e fui eu que mandei meu sobrinho procurar por ele. Não é justo. Vão cortar a cabeça dele por nada.

O menininho era o sobrinho de quem ela falava. Ele me garantiu que tudo era verdade, que Jelloul jamais carregou faca alguma, e que ele gostava de José.

Eu não sabia bem o que fazer, mas prometi contar tudo a André. Depois que ela foi embora, me senti mal e resolvi deixar para lá. Eu sabia que não havia como apelar da decisão do tribunal e que André não me ouviria. Desde a morte de José, ele estava sempre com raiva, brigando com os árabes nos campos por causa de qualquer bobagem. Tive uma noite ruim. Meu sono foi atravessado por pesadelos terríveis que me obrigaram várias vezes a acender a luz da cabeceira. A miséria dessa mulher meio louca e sua penca de filhos me enchia de um mal-estar vertiginoso. Minha cabeça fervia com suas lamentações e seus gritos ininteligíveis. No dia seguinte, não tive força para ir trabalhar. Pesava os prós e os contras, meio distraído. Eu não me imaginava tomando a defesa de Jelloul frente a um André irreconhecível pela raiva e pela violência. Ele era capaz de ver em mim apenas um muçulmano se solidarizando com o assassino da comunidade. Ele não tinha me empurrado quando tentei reconfortá-lo no cemitério, no enterro de José? Não tinha rosnado, com a intenção clara de me atingir, que todos os árabes eram ingratos e covardes? Por que ele dissera essas coisas num cemitério cristão onde eu era o único muçulmano, senão com a intenção de me ofender?

Dois dias depois, eu me surpreendi estacionando o carro no grande pátio da fazenda de Jaime Jimenez Sosa. André não estava em casa. Pedi para ver seu pai. Um empregado me pediu para esperar no carro enquanto ele via se o patrão queria me receber. Ele voltou depois de alguns minutos e me levou até a colina que dominava a planície. Jaime Jimenez Sosa voltava de um passeio a cavalo. Estava entregando o animal a um cavalariço. Ele me olhou um instante, intrigado pela visita. Em seguida, depois de ter dado um tapa na anca do cavalo, dirigiu-se a mim.

— O que posso fazer por você, Jonas? — falou, solícito. — Você não bebe vinho e ainda não é a estação das vindimas.

Um empregado correu para pegar o chapéu e o chicote. Jaime o mandou embora com um gesto de desprezo, sem lhe dar tempo de se aproximar.

Passou a minha frente sem parar e sem me estender a mão.

Eu o segui.

— Qual é o problema, Jonas?

— É um pouco complicado.

— Então, vá direto ao assunto.

— O senhor não torna a tarefa mais fácil andando rápido desse jeito.

Ele diminuiu o passo e então, coçando a cabeça, me encarou.

— Estou ouvindo...

— É sobre Jelloul.

Ele teve um sobressalto. Seus maxilares se contraíram. Ainda assim, levantou o chapéu e enxugou o rosto com um lenço.

— Você me decepciona, meu jovem. Você não é feito dessa massa e está muito bem onde está.

— Há provavelmente um mal-entendido.

— Ah é?! Qual?

— Jelloul pode ser inocente.

— Você acha! Eu emprego árabes há gerações, sei o que eles são. São todos como serpentes.... Essa víbora confessou. Foi condenado. Cuidarei pessoalmente para que sua cabeça role pelo cadafalso.

Veio até mim, me pegou pelo cotovelo e me convidou a andar com ele.

— Isso é muito sério, Jonas. Não se trata de uma briga, mas de uma verdadeira guerra. O país está em crise, e não é o momento de agradar gregos e troianos. É preciso ser firme. Não podemos ser permissivos. É preciso que esses assassinos compreendam que nós não vamos ceder. Cada safado que cair em nossas mãos deve pagar pelos outros...

— A família dele veio me ver...

— Jonas, meu pobre Jonas — ele me interrompeu —, você não sabe do que está falando. Você é um rapaz bem-educado, integrado e inteligente. Fique fora dessas histórias de vagabundos. Você ficará menos isolado.

Ele estava aborrecido com minha insistência. E ultrajado por ter que se rebaixar ao nível de um faz-tudo indigno de ter um destino, já que o acaso, mesmo se hipotético, lhe serviria muito bem. Largou-me, fez uma careta indecisa, pôs o lenço no bolso, depois, com um aceno de cabeça, me pediu para segui-lo.

— Venha, Jonas...

Andou à minha frente, pegando na passagem o copo de suco de laranja que um empregado surgido do nada lhe estendeu. Jaime Jimenez Sosa era baixo e atarracado. No entanto, naquele momento, parecia crescer alguns centímetros. Uma mancha de suor enorme marcava a camisa que o vento enchia pelos lados. Com aquelas calças de equitação e o chapéu, tinha um ar de quem vai conquistar o mundo a cada passo.

Quando chegamos ao alto da colina, ele parou com as pernas afastadas, seu braço descreveu um arco largo, e o copo na mão lhe servia de cetro. Abaixo, a planície desenrolava vinhedos a perder de vista. Na distância, que a névoa deixava acinzentada, as montanhas evocavam monstros pré-históricos adormecidos. Jaime deixou o olhar dominar a paisagem. Balançava a cabeça cada vez que um ponto qualquer chamava sua atenção.

Um deus contemplando seu universo não ficaria tão inspirado quanto ele.

— Olhe, Jonas... Não é impressionante?

O copo tremeu em sua mão.

Voltou-se lentamente para mim, com um sorriso indefinido nos lábios.

— É o mais belo espetáculo do mundo.

Como eu não respondi, balançou a cabeça e se pôs a contemplar os vinhedos que se estendiam até o horizonte.

— Frequentemente — disse ele —, quando venho aqui admirar tudo isso, penso nos homens que fizeram o mesmo, há muito tempo, e me pergunto o que eles realmente viam. Tento imaginar essa terra muitos anos atrás e me ponho no lugar do nômade berbere, do aventureiro fenício, do profeta cristão, do centurião romano, do precursor alemão, do conquistador muçulmano, enfim, de todos esses homens que o destino trouxe até aqui e que pararam no alto dessa colina, exatamente no lugar em que estou hoje...

Seus olhos voltaram a acuar os meus.

— O que eles podiam ver daqui, nessas diferentes épocas? — perguntou. — Nada... Não havia nada para se ver, exceto uma planície selvagem, infestada de répteis e ratos, em alguns pontos devorada por ervas daninhas, talvez um charco hoje desaparecido ou uma trilha improvável avançando sobre todos os perigos...

Seu braço varria furiosamente a paisagem, e gotas de suco brilhavam no ar. Recuou um pouco para se colocar ao meu lado.

— Quando meu bisavô ocupou essas terras vazias do fim do cu do mundo, ele estava certo de que ia morrer antes de conseguir tirar qualquer proveito dela... Tenho fotos em casa. Não havia um casebre sequer num raio de léguas, nem uma árvore, nem uma carcaça de animal. Mas meu bisavô não desistiu. Ele arregaçou as mangas, fabricou com as mãos as ferramentas de que precisava e se pôs a arrancar, desmatar, limpar a terra até não poder mais usar as mãos para cortar uma fatia de pão... Era a galé durante o dia, a prisão à noite, e o inferno em todas as estações. E os meus ancestrais não descansaram nem uma só vez, nem um só instante. Alguns morriam por causa do esforço sobre-humano, outros sucumbiam a doenças, mas nenhum duvidou por um segundo do que estava fazendo. E graças à *minha* família, Jonas, graças a seus sacrifícios e sua fé, esse território selvagem se deixou amansar. De geração em geração, ele se transformou em campos e em plantações. Todas as árvores que você vê à nossa volta contam uma parte da história de *meus* pais. Cada laranja que você espreme entrega um pouco do suor deles, cada néctar retém ainda o sabor do entusiasmo deles.

Com um gesto teatral, me mostrou a fazenda.

— Esta grande construção que me serve de fortaleza, esta casa grande toda branca, onde vim ao mundo e onde, criança, corri feliz e livre, pois bem, foi meu pai que a construiu com suas próprias mãos como um monumento à glória dos seus... Esse país nos deve tudo... Nós cortamos estradas, colocamos os trilhos dos trens até as portas do Saara, erguemos pontes sobre cursos de água, construímos cidades, umas mais belas que as outras, e cidades de sonho ao redor da vegetação... Fizemos da desolação milenar um país magnífico, próspero e ambicioso, e de um chão miserável e pedregoso um fabuloso jardim do Éden... E você quer nos fazer crer que nos matamos de trabalhar por nada?

Ele gritou e gotas de sua saliva caíram sobre o meu rosto.

Seus olhos escureceram quando sacudiu sentenciosamente o dedo na frente do meu nariz.

— Não concordo, Jonas. Não usamos nossos braços e nossos corações por nada... Essa terra reconhece os seus, e fomos *nós*, que a servimos como raramente se serve à própria mãe. Ela é generosa porque sabe que nós a amamos. Ela bebe conosco o vinho que nos oferece. Preste atenção e você a ouvirá dizer que valemos cada palmo de nossos campos, cada fruto de nossas árvores. Encontramos uma região morta e nós lhe demos alma. É nosso sangue e nosso suor que irrigam os rios. Ninguém, Jonas, repito, ninguém, nem nesse planeta nem em outro lugar, poderá nos negar o direito de continuar a servir esta terra até o fim dos tempos... Muito menos esses perebentos vagabundos que acreditam que, cometendo assassinatos, tiram o chão de baixo de nossos pés.

O copo vibrava em sua mão. Todo seu rosto estava alterado e seu olhar tentava me atravessar de um lado a outro.

— Essas terras não são as deles. Se elas pudessem, elas amaldiçoariam como eu amaldiçoo cada vez que vejo um incêndio criminoso reduzir a cinzas uma fazenda ao longe. Se pensam que nos abalam dessa maneira, perdem seu tempo e o nosso. Não vamos ceder. A Argélia é uma invenção nossa. Ela é o que fizemos de melhor, e nós não deixaremos nenhuma mão impura sujar nossos grãos e nossas colheitas.

Surgindo da prisão de meu inconsciente, apesar de eu acreditar que estivesse definitivamente enterrada, a imagem de Abdelkader vermelho de vergonha no estrado na frente do quadro de minha sala na escola primária fulminou meu espírito. Eu o vi claramente fazendo caretas de dor enquanto o professor lhe torcia a orelha. A voz estridente de Maurice explodiu em minha cabeça: "Porque os árabes são preguiçosos, senhor!" O choque repercutiu em todo o meu corpo como uma detonação subterrânea através dos fossos de uma fortaleza. A mesma raiva que tinha me tomado naquele dia na escola me inundou. E do mesmo modo. Como uma lava jorrando de minhas vísceras. De repente, já não sabia mais o que tinha vindo fazer ali, os riscos que Jelloul corria, as angústias de sua mãe, e me pus a ver apenas o senhor Sosa no auge de sua arrogância, o brilho nocivo de sua ambição desmedida que dava ao dia uma cor asquerosa.

Sem me dar conta, e incapaz de me conter, eu me aprumei à sua frente e, com uma voz limpa, cortante e clara como a lâmina de uma cimitarra, disse:

— Há muito tempo, senhor Sosa, muito antes do senhor e de seu tataravô, um homem esteve no lugar onde o senhor está. Quando ele levantava os olhos para essa planície, não podia deixar de se identificar com ela. Não havia estradas nem trilhos, e a mata não o incomodava. Cada rio, morto ou vivo, cada sombra, cada pedra lhe devolvia a imagem de sua humildade. Esse homem era confiante. Porque era livre. Só tinha uma flauta para chamar as cabras e um casebre para se esconder dos chacais. Quando ele se deitava sob a árvore que aí está, ele só precisava fechar os olhos para se sentir vivo. O pedaço de bolo ou o pão de cebola que comia valiam mil banquetes. Tinha a sorte de encontrar o bem-estar na simplicidade. Vivia ao ritmo das estações, convencido de que é nas coisas simples da vida que residia a essência da paz. É porque não queria mal a ninguém que ele se acreditava protegido das agressões até o dia em que, no horizonte que ele enchia de sonhos, viu chegar o seu tormento. Confiscaram sua flauta e seu casebre, suas terras e seus rebanhos, e tudo o que era para ele um bálsamo da alma. E hoje, querem que ele acredite que estava nesse lugar por acaso, e se espantam e se revoltam quando ele desconfia de tudo isso... Não concordo com o senhor. Essa terra não lhe pertence. Ela é o bem do pastor de outros tempos cujo fantasma está a seu lado, mas o senhor se recusa a vê-lo. Já que o senhor não sabe partilhar, pegue suas plantações e suas pontes, seus asfaltos e seus trilhos, suas cidades e seus jardins, e restitua o resto a quem é de direito.

— Você é um rapaz inteligente, Jonas — retrucou, inabalado.
— Foi criado num bom lugar, então fique nele. Os *fellagas*, os revolucionários, não são construtores. Se lhes dermos o paraíso, eles o reduzirão a ruínas. Só darão a seu povo infelicidades e desilusões.

— O senhor devia dar uma olhada nas aldeias à sua volta, senhor Sosa. A infelicidade reina ali desde que homens livres foram rebaixados à condição de bestas de carga.

Deixei-o lá plantado e voltei para meu carro, a cabeça sibilando mais do que uma chaleira.

17

JEAN-CHRISTOPHE REAPARECEU NA primavera de 1957. Sem avisar. Foi o policial Bruno que me contou na entrada dos correios.

— E essa novidade agora?
— Que novidade?
— Como? Você não sabe? Chris voltou para casa há dois dias...

Dois dias?... Jean-Christophe tinha voltado para Río Salado há dois dias e ninguém tinha me avisado... Tinha cruzado com Simon na véspera. Até trocamos algumas palavras. Por que ele não me disse nada?

De volta à farmácia, liguei para Simon no escritório que era apenas a dois passos dos correios. Não sei por que preferi ligar para ele em vez de ir procurá-lo. Talvez tivesse ficado com medo de deixá-lo pouco à vontade, ou de ler em seus olhos o que eu pressentia: que Jean-Christophe ainda estava zangado comigo e não desejava me ver.

A voz de Simon fraquejou do outro lado da linha.

— Eu achava que você já sabia.
— Sem brincadeira!
— Juro que é verdade.
— Ele disse alguma coisa?

Simon limpou a garganta. Estava constrangido.

— Eu não sei do que você está falando.
— Tá certo, já entendi.

Desliguei.

Germaine, que voltava do mercado, colocou a sacola no chão e me olhou de esguelha.

— Quem era no telefone?

— Um cliente reclamando — tranquilizei-a.

Ela pegou a sacola e começou a subir para o primeiro andar. Ao fim do primeiro lanço da escada, parou dois segundos e desceu de novo alguns degraus para me encarar.

— O que você está me escondendo?

— Nada.

— É o que você diz... Enfim, convidei Bernadette para o baile. Espero que você não a decepcione também. É uma ótima menina. Não parece, mas é esperta. Não muito instruída, é verdade, mas você não vai encontrar melhor dona de casa que ela. E, além de tudo, é bonita!

Bernadette... Eu a tinha conhecido ainda menina, no enterro de seu pai, que morreu no ataque contra a base naval de Mers el-Kébir em 1940. Era pequena, com longas tranças, e ficava sozinha enquanto suas primas brincavam no cercado.

— Você sabe muito bem que não vou mais ao baile.

— Exatamente.

E ela subiu as escadas de novo.

Simon me ligou. Tinha tido tempo de colocar a cabeça em ordem.

— O que você está pensando, Jonas?

— Achei estranho você ter me escondido a volta de Chris. Achava que nossa amizade estava acima de tudo.

— Não há nada de errado conosco. Gosto muito de você. É verdade, o trabalho não me dá uma folga, mas você está sempre em meus pensamentos. Você é quem está distante. Nunca mais veio à minha casa. Está sempre apressado para ir a algum lugar quando nos encontramos. Eu não sei o que você pôs na cabeça, mas eu, eu não mudei. Quanto ao Chris, juro que achava que você soubesse. Aliás, não fiquei muito tempo com ele. Deixei-o para sua família. Se isso tranquiliza você, ainda não liguei para o Fabrice para anunciar a boa-nova. Vou fazer isso agora. E nós podemos nos encontrar, os quatro, como nos velhos tempos.

Pensei num jantar. Conheço um bistrô excelente em Aïn Turck. O que você acha?...

Ele estava mentindo. Falava muito depressa, como se declamasse um poema decorado. Eu lhe dava, no entanto, o benefício da dúvida... Para provar sua sinceridade, prometeu me pegar depois do trabalho para irmos juntos à casa dos Lamy.

Esperei por ele o dia todo. Não apareceu. Fechei a farmácia e esperei mais um pouco. A noite me encontrou sentado nos degraus vigiando as silhuetas que passavam ao longe na esperança de reconhecer a dele. Não veio. Decidi ir sozinho à casa de Jean-Christophe... Não devia ter feito isso. Porque o carro de Simon estava lá, estacionado embaixo das acácias, em frente à porta dos Lamy, ao lado de outros carros como o de André, do prefeito, do dono do mercado, e não sei mais quem. Estava louco de raiva. Alguma coisa me dizia para voltar, mas não ouvi. Toquei a campainha. Uma veneziana rangeu em algum lugar e se fechou novamente. Demoraram uma eternidade para abrir. Uma desconhecida, sem dúvida uma parente vinda de longe, me perguntou o que eu queria.

— Eu sou Jonas, amigo de Chris.

— Sinto muito, mas ele está dormindo.

Fiquei com vontade de empurrá-la e entrar, ir direto para o salão onde todos prendiam a respiração e surpreender Jean-Christophe no meio dos parentes e amigos. Não fiz nada. Não havia nada a fazer. Tudo estava claro, perfeitamente claro... Assenti com a cabeça, esperei que a desconhecida fechasse a porta e voltei para casa... Germaine não me fez nenhuma pergunta.

No dia seguinte, Simon estava sem jeito.

— Eu juro que não entendo.

— Não há nada para entender. Ele não quer me ver, é só isso. E você sabia desde o começo. É por isso que não disse nada quando nos vimos anteontem.

— É verdade, eu sabia. Foi aliás a primeira condição que ele me impôs de cara. Ele me proibiu de falar de você. Ele até me encarregou de avisar você que ele não queria vê-lo. Obviamente eu me recusei.

Ele levantou a tampa do balcão e se aproximou de mim estalando os dedos. Tinha a testa suada, a calvície cintilava sob o reflexo da janela.

— Não precisa ficar com raiva. As coisas foram difíceis. Ele esteve na Indochina, na frente de batalha. Foi feito prisioneiro. Foi ferido duas vezes. Foi posto na reserva quando saiu do hospital. É preciso dar um tempo a ele.

— Não tem importância, Simon.

— Eu devia ter passado aqui ontem, como tinha prometido.

— Fiquei esperando.

— Eu sei. Fui vê-lo primeiro... para pedir que ele recebesse você. Pense bem, eu não podia levar você assim. Ele teria reagido mal, e as coisas ficariam ainda mais complicadas.

— Você tem razão, não precisamos forçar nada.

— Não é isso. Ele é imprevisível. Ele mudou. Mesmo comigo. Quando o convidei para ir lá em casa para que ele conhecesse meu filho e visitasse Émilie, ele deu um pulo como se eu tivesse blasfemado. "Nunca!", gritou... Nunca! Vê? Se eu tivesse dito para ele voltar para o inferno não teria reagido desse jeito. Eu não entendi. É provavelmente por causa da guerra. A guerra é uma estupidez. Às vezes, quando olho bem para ele, percebo que algo está fora do lugar, que ele parece um pouco doido. Se você visse os olhos dele, estão vazios como o cano de uma arma. Me dá pena. Não queira mal a ele, Jonas. Temos que ter paciência.

Como eu não respondi, ele tentou outro caminho.

— Liguei para o Fabrice. Hélène me disse que ele está em Argel por causa do que está acontecendo em Casbah. Ela não sabe quando ele vai voltar. Daqui até lá, Chris talvez mude de ideia.

Eu não gostava daquela desculpa e coloquei do dedo na ferida, animado por um rancor tão imperioso e pernicioso quanto um prurido.

— Vocês todos estavam com ele ontem.

— Estávamos — disse com um suspiro esgotado.

Inclinou-se para mim para perceber a menor reação em meu rosto:

— O que houve entre vocês dois?

— Não sei.

— Espere, você não acha que vou engolir isso, acha? Foi por sua causa que ele foi embora, não é? Alistou-se no exército, aceitou ir para a guerra por sua causa, não foi?... O que aconteceu entre vocês dois?... Fiquei a noite inteira pensando nisso. Mas não cheguei a nenhuma conclusão...

— Você tem razão de novo, Simon. Vamos deixar o tempo passar. O tempo não sabe ficar quieto e vai acabar nos revelando algo algum dia.

— É por causa de Isabelle?...

— Simon, por favor, vamos deixar como está.

Vi Jean-Christophe no final da semana. De longe. Saía do sapateiro e ele, da prefeitura. Estava tão magro que dava a impressão de ter crescido uns vinte centímetros. Seus cabelos estavam curtos, com uma mecha loura caindo sobre o nariz. Vestia um casaco que não era adequado à estação, e mancava um pouco apoiando-se numa bengala. Isabelle estava de braço dado com ele. Nunca tinha visto Isabelle tão bela e elegante. Estava quase admiravelmente simples. Andavam tranquilamente, conversando. Era Isabelle quem falava; ele consentia com a cabeça. Eles brilhavam com uma felicidade serena, que vinha de longe e que parecia decidida a não mais lhes deixar. Adorei o casal que eles formavam naquele dia. Um casal que tinha amadurecido com a dor e as dificuldades, que tinha se reerguido, mais forte depois de enfrentar tantos obstáculos. Não sei por que meu coração reagiu dessa forma, quase com uma oração abençoando para sempre o reencontro deles. Talvez porque me lembrassem meu tio e Germaine passeando nos campos. Estava feliz por vê-los de novo juntos, era como se nada tivesse acontecido. Mas percebi que não sentia apenas afeição por um e ternura por outro. Uma tristeza tão grande quanto a que senti no dia da morte de meu tio turvou meu olhar como uma lágrima espessa, e eu amaldiçoei Jean-Christophe por recuperar sua vida e me deixar para trás. Compreendi que não aceitaria seu julgamento arbitrário, que não o perdoaria por isso, que não receberia o seu perdão se ele quisesse me abrir os braços... Perdão? Por que perdão? Do que eu era culpado? Paguei caro pela minha lealdade. O mal que eu tinha cometido sofri antes dos outros, e muito mais que os outros. Era curioso. Eu era o amor e o ódio num mesmo pacote, presos na mesma camisa de força. Eu ia na direção de alguma coisa que era incapaz de definir e que me estirava em todos os sentidos, deformando meu discernimento, minhas fibras, minhas referências, meus pensamentos, como um lobisomem que surge das trevas. Eu estava com raiva: uma raiva interior, surda, corrosiva. Estava com ciúmes por ver os outros encontrarem seus caminhos, enquanto meu mundo se desarticulava a minha volta. Estava com ciúmes quando Simon e Émilie passeavam na avenida, com o menininho correndo à frente; estava com ciúmes do olhar cúmplice que trocavam e que eu considerava uma afronta a mim. Estava com ciúmes do casal Jean-Christophe e Isabelle caminhando a passos largos para sua redenção. Eu tinha raiva de todos os casais que encontrava em Río, em Lourmel, em Orã, nas estradas que percorria ao acaso, como um deus destronado à procura do universo e que percebe que não tem mais a vocação para reinventá-lo corretamente. Inconscientemente, eu me surpreendia, nos dias de folga, a vagar pelos bairros muçulmanos de Orã, a sentar com pessoas que não conhecia e cuja proximidade revelava minha solidão. Estou de novo em Medina J'dida, me encharcando de água aromatizada com óleo de zimbro, conhecendo um velho livreiro mozabita de saruel bufante, aprendendo com um jovem imame de erudição assustadora, ouvindo os *yaouled*, os carregadores esfarrapados, falando sobre a guerra que dividia o país — estavam mais bem informados que eu, o letrado, o instruído, o farmacêutico. Guardei os nomes até então desconhecidos e que ressoavam na boca dos meus como o chamado do muezim: Ben M'hidi, Zabana, Boudiaf, Abane Ramdane, Hamou Boutlilis, la Soummam, l'Óuarsenis, Djebel Llouh, Ali la Pointe, nomes de heróis e nomes de lugares indissociáveis de uma adesão popular que eu estava a mil léguas de imaginar tão concreta, tão determinada.

Estava tentando me compensar por ter sido abandonado por meus amigos?

Tinha ido encontrar Fabrice em sua casa, na parte alta de Orã. Ele estava contente por me ver, mas eu não tinha digerido a frieza de Hélène, sua esposa. Não coloquei mais os pés ali. Quando o encontrava nas ruas, aceitava ir a um café ou a um restaurante, mas evitava sistematicamente os convites para ir até sua casa. Não queria ter que aguentar a atitude distante da mulher. Eu lhe disse isso uma vez.

— Você está inventando coisas, Jonas — retrucou, magoado. — De onde você tirou isso? Hélène é de cidade grande. Ela não é como as moças de Río. É verdade, é um pouco sofisticada, mas são seus modos urbanos.

Mesmo assim! Não fui mais lá. Preferia me esquecer na Velha Orã, em Calère, em torno da Mesquita do Pacha ou mesmo ao lado do Palácio do Bey, contemplando os meninos brigando nas fontes de Raz el Aïn... Eu, que não gostava de barulho, me via ali xingando os juízes nos estádios de futebol, comprando no mercado negro bilhetes para ir às arenas de Eckmül ovacionar Luis Miguel Dominguin ferindo o touro. Não havia nada melhor que um clamor ensurdecedor para expulsar as interrogações que martelavam em minha cabeça. E eu o perseguia sem trégua. Tinha me tornado um sócio fervoroso do Usmo, o clube muçulmano de futebol, e frequentava as lutas de boxe. Quando os boxeadores muçulmanos jogavam os adversários na lona, eu me sentia dando à luz a fórceps uma fúria de que não me sabia capaz — seus nomes me atordoavam tanto quanto baforadas de ópio: Goudih, Khalfi, Cherraka, os irmãos Sabbane, o prodigioso Marocain Abdeslam... Eu não me reconhecia mais. A violência me atraía e as multidões delirantes me encantavam como uma mariposa se encanta pela chama das velas. Não havia dúvida: estava em guerra aberta contra mim mesmo.

Jean-Christophe casou-se com Isabelle no fim do ano. Soube no dia seguinte à festa. Ninguém tinha se dignado a me contar. Nem mesmo Simon que, para sua grande infelicidade, não tinha sido convidado. Nem Fabrice, que voltou para casa de manhã para não ter que se desculpar não sei de quê. Fiquei ainda mais distante do mundo deles. Era cruel...

Jean-Christophe decidiu se instalar noutro lugar, longe de Río Salado. O vilarejo não era suficiente para sua vontade de recuperar o tempo perdido, de vingar-se de certas lembranças. Pepe Rucillio lhes deu uma bela casa num dos bairros mais chiques de Orã. Eu estava na praça municipal no dia da mudança. André levava o casal de carro, e o caminhão cheio de móveis e presentes o seguia. Ainda me acontece, agora, no fim dos meus anos, de ouvir as buzinas do cortejo e de sentir a mesma dor que provocaram em mim naquele dia. Entretanto, curiosamente, estava aliviado por vê-los ir embora. Era como se uma veia de meu corpo, por muito tempo obstruída, acabasse de ser liberada.

Río se despovoava. Meus horizontes se pareciam com os de um náufrago à deriva. As ruas, as plantações, o zum-zum-zum dos cafés, as tiradas sempre sem interesse dos camponeses não me diziam mais nada. A cada manhã tinha pressa de que chegasse a noite para sair do caos do dia. À noite, em minha cama, sentia pavor de acordar em meio a todas as ausências. Comecei a deixar a farmácia aos cuidados de Germaine e a passar os dias nos bordéis de Orã sem tocar nas prostitutas. Eu me contentava em ouvi-las falar sobre suas vidas confusas, como insetos efêmeros que não levavam a sério seus sonhos desperdiçados. Seu desprezo pelo ilusório me reconfortava. Na realidade, procurava Hadda. Assim, de uma hora para outra, me importava com ela. Queria reencontrá-la, saber se ela se lembrava de mim, se ela poderia me ser útil para alguma coisa, me ajudar a encontrar minha mãe. E nisso também eu não era sincero comigo mesmo: Hadda tinha deixado Jenane Jato antes da tragédia. Ela não me teria sido de nenhuma ajuda nessa história. Mas era o que eu me preparava para lhe dizer, tentando convencê-la a me ajudar. Eu tinha necessidade de alguém, de um confidente ou de um velho conhecido com quem trocar um olhar cúmplice, estabelecer uma relação de confiança, já que não tinha mais isso em Río... A cafetina do Camélia me disse sem muita certeza que Hadda tinha saído uma noite com um cafetão e nunca mais voltara. O cafetão era um homem violento, enorme, com os braços tatuados de juras de amor e corações apunhalados. Ela me aconselhou a me meter com meus negócios se eu não quisesse estampar as manchetes do jornal local... No mesmo dia, descendo do bonde, pensei ter visto Lucette, minha amiga de infância, levando um bebê num carrinho. Era uma mulher jovem bem-vestida, com um *tailleur* e um chapéu de tela branco. Certamente não era Lucette. Ela teria percebido meu sorriso, descoberto alguma lembrança no azul de meus olhos. Apesar de sua eloquente indiferença, eu a segui ao longo do bulevar. Depois, consciente do aspecto indecente de minha perseguição, voltei pelo mesmo caminho.

Depois encontrei a guerra... A guerra em natureza grandiosa, o fantasma da morte, a outra realidade que eu não queria olhar de frente. Os jornais falavam de atentados que sacudiam cidades e vilarejos, raides sobre *douars* suspeitos, êxodos massivos, acidentes devastadores, perseguições, massacres. Para mim, era como ficção, um romance obscuro que não parava de se repetir... E um dia, enquanto eu bebericava um suco de laranja na avenida ao longo do mar, um veículo de tração dianteira, negro como um rabecão, freou exatamente em frente a um imóvel, e metralhadoras começaram a disparar. O tiroteio durou alguns segundos antes de ser abafado pelos pneus cantando. Continuou a ressoar em minha cabeça por bastante tempo. Corpos jaziam na calçada enquanto curiosos se dispersavam correndo. Houve um tal silêncio que o gorjeio das andorinhas me feriu os ouvidos. Eu pensei que estava sonhando. Os olhos fixos sobre os corpos abatidos, comecei a tremer. Minha mão se sacudia como uma veneziana no vento, espirrando suco de laranja para todos os lados. O copo acabou caindo e quebrou a meus pés, arrancando um grito incoerente de um vizinho de mesa. Pessoas saíam das casas, das lojas, dos carros, aturdidas, sonâmbulas, aproximando-se prudentemente do local da tragédia. Uma mulher desmaiou nos braços do companheiro. Eu não ousei mexer um dedo. Fiquei petrificado em minha cadeira, a boca aberta, o coração disparado. Apitos anunciaram a chegada da polícia. Logo, uma multidão se ajuntou em torno das vítimas. Três pessoas morreram, entre eles uma moça, e cinco ficaram feridas em estado grave.

Voltei para Río e me fechei em meu quarto por dois dias inteiros.

Comecei a ter insônia. Assim que deitava na cama, o medo me atirava no fundo do poço. Era como se eu caísse num abismo. Meu sono não era mais habitável; os pesadelos me lançavam em mil horrores. Cansado de olhar para o teto eu me sentava, segurava minha cabeça com as duas mãos e olhava para o chão. Meus pés deixavam manchas úmidas no assoalho. O tiroteio ricocheteava em meus pensamentos. Eu cobria minhas orelhas, ele voltava à carga, ensurdecedor, funesto. Meu corpo estremecia a cada disparo. Deixava a lâmpada acesa até de manhã, para manter os fantasmas atrás da porta do quarto, espreitando a menor sonolência para se jogarem sobre mim. Eu me segurava ao menor movimento, ao mais improvável latido na noite para ficar acordado. Quando o vento fazia as janelas rangerem, eu ficava maluco. "Você está traumatizado", me disse o médico estupidamente... Ele não me entendia. O que me importava era saber como superar isso. O médico não tinha nenhuma receita milagrosa. Prescreveu calmantes e comprimidos contra a insônia que não colocaram as coisas em ordem. Eu estava deprimido, consciente de que não tinha rumo, mas ignorava como sair dessa situação. Tinha a impressão de ser outra pessoa, um ser intragável, ilusório, ainda que indispensável: era meu único porto seguro.

Ia tomar ar na sacada. Germaine vinha com frequência me fazer companhia. Tentava falar comigo, mas eu não a ouvia. Suas palavras me cansavam, acentuavam meu nervosismo. Eu queria ficar sozinho. Saía. Noite após noite. Semana após semana. O silêncio da cidade me fazia bem. Eu gostava de andar na praça municipal deserta e ao longo de toda a avenida, me sentar num banco e não pensar em nada.

Numa noite sem luar, enquanto eu andava por uma calçada, com meus pensamentos, vi se aproximar uma bicicleta. Seu farol tremeluzia e a correia rangia um gemido agudo. Era o jardineiro de madame Cazenave. Freou bruscamente perto de mim, perdeu o equilíbrio e caiu por cima do guidão, pálido, descomposto. Apontou para alguma coisa atrás dele e, incapaz de articular uma sílaba, montou na bicicleta outra vez, e na pressa, caiu novamente.

— O que está acontecendo? Parece que você está sendo perseguido por um demônio?

Ele se levantou tremendo, subiu novamente na bicicleta e, depois de um esforço sobrenatural, balbuciou:

— Estou indo correndo avisar a polícia... Uma infelicidade está se abatendo sobre os Cazenave.

Foi então que percebi a enorme luz avermelhada se levantar atrás do cemitério israelita.

— Meu Deus! — gritei. E saí correndo.

A casa dos Cazenave estava em chamas. Labaredas gigantescas iluminavam as plantações em volta. Passei pelo cemitério. Quanto mais me aproximava, mais me dava conta da extensão do incêndio. O fogo devorava o térreo e subia para o andar de cima feroz. O carro de Simon queimava à frente da casa, mas eu não via nem ele nem Émilie. A grade estava aberta. Uma parreira crepitava sobre a cerca em meio às chamas. Precisei proteger o rosto com o braço para atravessar o pátio e chegar à fonte. Dois cachorros estavam na entrada, mortos. Era impossível se aproximar da casa que, agora, era apenas um braseiro furioso lançando tentáculos histéricos em todos os sentidos. Quis chamar Simon, mas nenhum som saiu de minha garganta ressecada. Uma mulher estava agachada sob uma árvore. A esposa do jardineiro. O rosto entre as mãos, olhava com um ar distante a casa se desfazendo em fumaça.

— Onde está Simon?

Ela voltou a cabeça na direção do antigo estábulo. Entrei no meio do fogo, desorientado pelas chamas e pelo barulho dos vidros que se quebravam com o calor. Uma fumaça acre cobria a colina como um redemoinho. A calma que reinava no antigo estábulo parecia mais terrível que o desastre atrás de mim. Um corpo estava estendido sobre o gramado, de bruços, os braços abertos. A luz das chamas o mostrava parcialmente. Minhas pernas fraquejaram. Eu me dei conta de que estava sozinho, absolutamente sozinho, e não me senti em condições de enfrentar aquilo assim, sozinho. Esperei um instante, imaginando que a mulher do jardineiro pudesse ter vindo também. Ela não veio. No meio do incêndio, com o corpo inerte sobre o gramado, eu não via mais nada. O corpo não se mexia. Estava quase nu, apenas com um calção. A poça de sangue sobre a qual estava parecia um buraco. Reconheci a calvície: Simon!... Isso era um pesadelo? Eu estava dormindo no meu quarto?... Mas havia uma ferida em meu braço que latejava... Eu estava acordado. O corpo de Simon brilhava com os reflexos do incêndio. Virado para mim, seu rosto parecia de pedra. A luz que nos deixava ver seus olhos não dava esperanças. Estava morto.

Agachei-me na frente do corpo de meu amigo. Completamente perturbado. Não tinha mais consciência de meus gestos e pensamentos. Minha mão foi ao seu encontro por conta própria, como se quisesse acordá-lo...

— Não toque nele! — irrompeu uma voz que surgiu na penumbra.

Émilie estava lá, escondida num canto do estábulo. A palidez de seu rosto tinha algo de fosforescente. Seus olhos irradiavam um fogo tão vasto quanto as chamas às minhas costas. Os cabelos soltos, os pés nus, vestia uma camisola de seda que nos deixava ver seu corpo e apertava contra si o filho Michel, aterrorizado.

— Não toque nele — ela disse de novo, com uma voz de além-túmulo.

Um homem armado com um fuzil surgiu por detrás dela. Era Krimo, o motorista de Simon, um árabe de Orã que trabalhava num restaurante na parte alta da cidade e que meu amigo tinha contratado antes do casamento. Sua sombra desproporcional se distinguiu do estábulo e andou com cautela na minha direção.

— Consegui acertar um deles. Ouvi os gritos.

— O que aconteceu?

— Os *fellagas*. Degolaram Simon e puseram fogo em tudo. Quando cheguei, já tinham partido. Eu os vi no vale, mais embaixo. Atirei. Eles nem revidaram, os safados. Mas ouvi um deles gritar.

Ele parou na minha frente. A luz das chamas acentuava a tristeza em seu rosto.

— Por que Simon? O que ele fez pra eles? — ele se perguntava.

— Vá embora! — gritou Émilie. — Nos deixe em paz, vá embora... Tire ele daqui, Krimo.

Krimo apontou o fuzil para mim.

— Ouviu? Suma daqui.

Assenti com a cabeça e dei meia-volta. Tinha a impressão de que meus pés não tocavam o chão, de que eu deslizava no vazio. Voltei até a casa em chamas, e pelo campo cheguei à cidade. Faróis de automóveis contornavam o cemitério e subiam o caminho da mesquita. Atrás do cortejo, vultos corriam na direção do incêndio; vozes apressadas se misturavam, e a de Émilie se sobrepunha a todas, imensa como o abismo que me engolia.

Simon foi enterrado no cemitério israelita. Toda a cidade quis acompanhar o enterro. Uma multidão se acotovelava em volta de Émilie e seu filho. Ela estava vestida de preto, com um véu sobre o rosto. Era digna como sua dor. A seu lado, os Benyamin de Río e os que vieram de outros lugares rezavam. A mãe de Simon, muito abalada, chorava sentada numa cadeira, surda ao que o marido, um velho caquético e doente, lhe dizia. Algumas fileiras atrás, Fabrice e a esposa estavam de mãos dadas. Jean-Christophe no meio do clã dos Rucillio, com Isabelle, quase imperceptível a seu lado. Fiquei afastado, atrás de todo mundo, como se já estivesse excluído.

Depois do enterro, a multidão se dispersou em silêncio. Krimo pôs Émilie e o filho num pequeno carro emprestado pelo prefeito. Os Rucillio saíam. Jean-Christophe cumprimentou Fabrice primeiro e logo se juntou aos seus. As portas dos carros se fecharam, os motores roncaram. O lugar foi se esvaziando lentamente. Só restou, ao redor do túmulo, um punhado de milicianos e agentes da ordem em uniforme, visivelmente muito comovidos e culpados por terem deixado uma tragédia como essa atingir a cidade. Fabrice me saudou de longe. Com um pequeno gesto. Eu esperava que ele viesse me reconfortar. Ajudou a mulher a entrar no carro e, sem sequer um último olhar, sentou-se ao volante e foi embora. Quando o carro desapareceu na volta de um prédio, me dei conta de que só havia eu entre os mortos.

Émilie mudou-se para Orã.
Mas ela permaneceu em meus pensamentos. Eu sofria por ela. Madame Cazenave não dava mais sinal de vida, e eu podia adivinhar a solidão, a dor de sua viuvez prematura. O que seria dela? Como ela iria se refazer numa cidade tão caótica como Orã, no meio de pessoas que ela não conhecia, onde ninguém era tão atencioso como em Río, onde as relações exigiam interesses específicos, onde era preciso ter um certo cinismo e fazer concessões para ser aceito? Principalmente com a guerra que se intensificava dia a dia, com os atentados indiscriminados, as represálias fulminantes, os raptos, as descobertas macabras de cada manhã, as ruelas infestadas de armadilhas. Eu imaginava que seria muito difícil viver naquela cidade enlouquecida, no coração de uma praça de guerra, com o filho traumatizado e ninguém em quem pudesse confiar.
Na nossa cidade, as coisas não eram mais como antes. Cancelaram o baile da vindima com medo de um atentado. Os

muçulmanos não podiam mais ser vistos nas ruas. Não tinham direito de deixar os vinhedos e as plantações sem autorização. No dia seguinte ao assassinato de Simon, o exército começara uma operação de varredura na região, passando pente-fino no monte Dhar-el-Menjel e na mata em torno. Os helicópteros e os aviões bombardearam os lugares suspeitos. Depois de três dias e três noites de perseguição, os militares voltaram para os quartéis, derrotados e descompostos. A milícia de Jaime Jimenez Sosa realizou na região várias emboscadas que acabaram por dar algum resultado. Na primeira, eles interceptaram um grupo de *fedayins*, os mártires de guerra dos muçulmanos, encarregados de reabastecer os *maquisards*. As mulas foram abatidas, os víveres queimados e os corpos de três *fedayins* crivados de balas foram exibidos nas ruas sobre uma carroça. Dez dias mais tarde, Krimo, que se engajara numa unidade de *harkis*, milícias árabes aliadas aos franceses, surpreendeu onze *maquisards* numa grota e matou todos eles. Inebriado com sua proeza, atraiu para uma armadilha um pequeno grupo de *moudjahidins*, os combatentes rebeldes, matou sete deles e expôs na praça municipal dois feridos que a multidão quase linchou.

Eu não saía mais de casa.

Um período de calmaria se seguiu.

Me pus a pensar em Émilie. Eu sentia muita falta dela. Às vezes a imaginava a meu lado, conversávamos horas a fio. Não saber o que tinha acontecido com ela me torturava. Acabei indo falar com Krimo para ver se ele poderia me ajudar a encontrá-la. Estava disposto a qualquer coisa para revê-la. Krimo me recebeu friamente. Estava numa cadeira de balanço na entrada de seu casebre, com a cartucheira a tiracolo sobre o peito e o fuzil nas pernas.

— Abutre! — disse. — Ela mal acabou de chorar pelo marido e você já quer conquistá-la.

— Eu preciso falar com ela.

— Sobre o quê? Ela foi bem clara naquela noite. Não quer falar com você.

— Isso não é da sua conta.

— É aí que você se engana, rapaz. Émilie é da minha conta. Se você se aproximar dela, vou arrancar todos os seus dentes.

— Ela lhe contou alguma coisa?

— Ela não precisa me contar nada. Eu estava lá quando ela mandou você para o inferno e isso basta.

Não podia esperar nada desse homem.

Durante meses e meses, percorri os bairros de Orã na esperança de encontrar Émilie. Andava sem rumo perto das escolas, no horário da saída. Nunca vi Michel ou sua mãe no meio dos alunos e de seus pais. Rodava pelos mercados, pelas lojas, pelos jardins públicos, pelos bazares, nenhum sinal dela. Quando eu começava a perder as esperanças, um ano inteiro já se passava desde a morte de Simon, passei na frente de uma livraria e a vi lá dentro. Fiquei sem fôlego. Entrei no café do outro lado da rua e, escondido atrás de uma pilastra, esperei. Quando a livraria fechou, Émilie saiu e pegou um bonde. Não tive coragem de subir nele. Era sábado, e roí as unhas o domingo todo, um domingo interminável. Na segunda-feira bem cedo, lá estava eu no café, atrás da mesma pilastra. Émilie chegou por volta das nove horas, num *tailleur* grafite, com um lenço da mesma cor na cabeça. Meu coração ficou apertado. Mil vezes enchi o peito de coragem para ir falar com ela, mil vezes aquela audácia me pareceu indecente e inoportuna.

Não sei quantas vezes perambulei na frente da livraria para vê-la atender um cliente, subir numa banqueta para alcançar um exemplar, lidar com o caixa, arrumar os livros. Não ousava entrar. O simples fato de saber que ela estava bem me enchia de uma felicidade difusa, mas tangível. Eu me contentava em vivê-la à distância. Um pouco como uma miragem, temia fazê-la desaparecer se tentasse me aproximar. Essa situação durou mais de um mês. Eu tinha deixado a farmácia, abandonara Germaine a sua própria sorte, às vezes me esquecia até de lhe telefonar. Passava minhas noites nos mercados pobres e, durante o dia, observava Émilie sentado no fundo do café.

Uma noite, pouco antes de a livraria fechar, como um sonâmbulo, saí do esconderijo, atravessei a rua e me surpreendi empurrando a porta envidraçada da loja.

Não havia ninguém lá dentro. Na penumbra, um silêncio frágil dava às estantes carregadas de livros uma quietude doce. Meu coração batia forte. Eu suava como se tivesse febre. O lustre apagado sobre minha cabeça parecia uma lâmina prestes a cair. A dúvida fulminou meu espírito: o que eu estava fazendo? Por que insistia em reabrir aquela ferida? Eu trincava o maxilar para esmagar a dúvida. Era preciso passar da entrada. Eu não aguentava mais me fazer as mesmas perguntas, ruminar as mesmas angústias. Minha transpiração arranhava minha pele. Eu respirava com força, para expulsar as toxinas que faziam minha alma cheirar mal. Na rua, os transeuntes e os carros se misturavam num balé sem ordem. As buzinas me transpassavam de um lado a outro, afiadas como espadas. A espera se estendia, se estendia... Eu estava me desfazendo. Uma voz murmurou: "Vai..." Sacudi a cabeça para fazê-la calar. A escuridão tinha se espalhado pela loja, sublinhando delicadamente o contorno das estantes que se dispunham conforme as pilhas de livros...

— O que o senhor deseja?...

Ela estava atrás de mim, frágil, como um fantasma. Parecia saída da escuridão, exatamente como na noite da tragédia, inundada por essa mesma noite, com o vestido preto, os cabelos pretos, os olhos pretos que perpetuavam o luto que um ano inteiro não tinha atenuado em nada. Precisei apertar os olhos para distingui-la. Quando ela chegou mais perto de mim, percebia que tinha mudado, que sua beleza de antes tinha se retraído, que agora ela era apenas a sombra de uma época, uma viúva inconsolável que tinha decidido se abandonar, a vida arrancara dela o que ela tinha de melhor. Logo em seguida, tomei consciência de meu erro. Eu não era bem-vindo. Era apenas um dedo na ferida. Sua rigidez, ou antes sua impassibilidade gelada, me desconcertou, e eu percebi que cometia um erro quando queria consertar o que havia destruído com minhas próprias mãos. E, além disso, havia esse "senhor", decisivo, que me desarmava, me atingia, me catapultava para longe, muito longe, que quase me aniquilava, me desprezava. Émilie me odiava. Acredito que ela apenas sobrevivera a tudo aquilo para me odiar. Ela não precisava me dizer. Seu olhar se encarregava disso. Um olhar inexpressivo, que parecia surgir de muito longe e ainda me mantinha à distância, pronto a me expulsar para o fim do mundo se eu tentasse sustentá-lo.

— O que o senhor deseja?...

— Eu? — disse tolamente.

— Quem mais?... O senhor veio na semana passada e na semana retrasada, e quase todos os dias. O senhor está brincando de quê?

Minha garganta se fechou. Era impossível engolir.

— Eu... estava passando... por acaso... Achei que a tinha visto, mas não tinha certeza. Então, vim ver se era você mesma...

— E?...

— Bom, quis... Eu não sei... Quis cumprimentar você... Enfim, saber se você estava bem... Falar com você, sei lá. Mas não tive coragem.

— E alguma vez na vida você teve coragem?...

Ela sentiu que conseguira me atingir. Alguma coisa se moveu no fundo de seus olhos repletos da noite. Como uma estrela cadente que se apaga no instante em que se inflama.

— Então, você consegue falar alguma coisa agora... Houve um tempo em que não conseguia dizer nada... Você queria falar sobre o quê?

Só seus lábios se moviam. Seu rosto, suas mãos entrelaçadas, magras e pálidas, seu corpo inteiro se mantinha imóvel. Não eram nem mesmo palavras. Era apenas um sopro que saía de sua boca, como um sortilégio crescente.

— Acho que escolhi mal o momento.

— Gostaria que não houvesse outro. Mas vamos terminar logo com isso. Você queria falar sobre o quê?

— De nós dois — disse, como se meus pensamentos tivessem decidido se exprimir passando por cima de mim.

Um leve sorriso aflorou em seus lábios.

— De nós dois? Quando exatamente nós fomos dois?

— Eu não sei por onde começar.

— Posso imaginar.

— Você não sabe o quanto me arrependo. Estou tão, tão... Será que um dia você vai me perdoar?

— E de que adiantaria isso?

— Émilie... eu sinto muito.

— São só palavras, Younes. É verdade que houve um tempo em que uma palavra sua teria mudado o meu destino. Mas você não teve coragem de dizer nada... Você precisa entender que agora está tudo acabado.

— O que está acabado, Émilie?

— O que nunca começou.

Eu estava aniquilado. Não conseguia acreditar que ainda podia me manter de pé, com minhas pernas partidas ao meio, com minha cabeça espatifada em mil pedaços. Não ouvia mais meu coração bater nem sentia mais o sangue em minhas veias.

Ela deu um passo. Foi como se ela saísse da parede.

— O que você queria, Younes? Que eu gritasse "milagre!", que desse pulos de alegria?... Por quê? Pensou que eu estava esperando você? Claro que não. Você nem mesmo me deu a chance de sonhar com você. Você cortou os meus sonhos pela raiz... Meu amor por você morreu antes de poder nascer.

Eu estava mudo. Tinha medo de explodir num choro sem fim se tentasse abrir a boca. Eu me dava conta do mal que lhe tinha causado, da confusão que tinha feito em suas esperanças, em seus sonhos de menina, em sua felicidade pura e ingênua, obstinada e legítima, natural e confiante, que, naquela época, dava a seus olhos o brilho de todos os desejos felizes, de todas as belas ilusões.

— Posso lhe fazer uma pergunta, Younes?

Concordei com a cabeça.

— Por quê?... Por quê você me rejeitou?... Se fosse por uma outra mulher, eu teria entendido. Mas você nunca se casou, nunca teve uma mulher a seu lado...

Uma lágrima aproveitou um momento de desatenção e conseguiu rolar sobre meu rosto. Não tive coragem nem forças para fazê-la parar. Nenhum músculo me obedecia.

— ...isso me atormentava dia e noite — ela prosseguiu num tom monocórdio. — Por que você não me queria? O que eu tinha feito de errado? Eu me dizia: "Ele não ama você, é apenas isso. Você não fez nada de errado. Ele não sente nada por você..." Mas eu não conseguia me convencer. Você parecia tão triste, depois do casamento. Foi aí que pensei: Younes está me escondendo alguma coisa...

— ...

— O que você está me escondendo, Younes, esses anos todos? O que você não quer me contar?

O dique se rompeu. Minhas lágrimas corriam como um rio, escorriam pelo meu rosto, inundavam meu queixo e meu pescoço. Eu chorava todos os meus tormentos, os meus remorsos, o meu juramento... Eu chorava como uma penca de crianças de tanto que desejava não parar de chorar.

— Vê? — ela disse. — Você nunca me diz nada.

Quando levantei a cabeça, Émilie tinha ido embora. Como se a parede atrás dela, como se a escuridão que a envolvia a tivesse raptado. Na loja só restara o seu cheiro que flutuava entre os livros e, duas mulheres mais velhas que, de pé, perto das estantes mais ao fundo, me olhavam com compaixão. Enxuguei o rosto e deixei a livraria com o sentimento de que uma névoa que vinha de lugar nenhum estava se sobrepondo à luz do dia que terminava.

18

Eram dezenove horas daquele dia no fim de abril de 1959. O céu se coloria com as chamas do pôr do sol enquanto uma nuvem, órfã, se lamentava sobre a cidade, imóvel, esperando que um vento a levasse junto com ele. Eu estava arrumando as caixas na parte de trás da farmácia e já me aprontava para ir embora. Voltando para a frente, encontrei um jovem em pé na porta. Estava nervoso, o casaco puxado sobre o peito, como se escondesse alguma coisa.

— Venho em paz — murmurou em árabe.

Devia ter dezesseis, dezessete anos. Seu rosto estava tão pálido que se viam claramente os pelos que começavam a nascer sobre seu lábio. Parecia um fugitivo. Magro como um prego, usava calças rasgadas nos joelhos, botinas cobertas de lama e uma echarpe gasta em torno do pescoço cheio de pequenos cortes.

— Você já está fechando, não está?

— O que você quer?

Ele abriu o casaco com um gesto brusco e o fechou novamente: havia uma pistola na sua cintura. A visão da arma me gelou o sangue.

— Foi El-Jabha, da Frente, que me mandou aqui. Feche a porta. Não vai acontecer nada se você fizer o que eu mandar.

— Que história é essa?

— A história do nosso país, doutor.

Tentei argumentar, mas ele puxou a arma e, sem me olhar, mostrou que não teria problema em me matar. Desci a porta de ferro sem tirar os olhos da arma.

— Agora para trás.

Seu medo era tão grande quanto o meu. E, para que o nervosismo não apressasse as coisas, levantei minhas mãos para acalmá-lo.

— Acenda a luz e depois feche as venezianas da janela.

Obedeci. No silêncio da loja, ouvia meu coração bater como um louco.

— Sei que sua mãe está lá em cima. Há mais alguém em casa?

— Estou esperando alguns amigos — menti.

— Vamos esperá-los juntos.

Limpou o nariz com as costas da mão que segurava a arma e, com a cabeça, me mandou subir para o primeiro andar. Quando comecei a subir, ele pressionou o cano da pistola nas minhas costas.

— De novo, não vai acontecer nada se você fizer o que eu mandar.

— Pode guardar a arma. Prometo que...

— Não estou brincando. E não pense que sou muito jovem. Teve gente que não teve tempo nem de se arrepender. Sou o emissário da Frente de Libertação Nacional. Eles acham que você é de confiança. Não os decepcione.

— O que você quer de mim?

— Estamos em guerra.

Ele me empurrou contra a parede, no patamar da escada, e aguçou o ouvido. Os barulhos de louça vindos da cozinha fizeram seus olhos piscarem mais rápido.

— Chame ela.

— Ela é de idade e está doente. É melhor você esconder essa arma.

— Chame ela.

Chamei Germaine. Esperava que ela levasse as mãos à boca ou que gritasse, mas não. Ela reagiu com um sangue-frio que me deixou perplexo. A visão da arma a fez apenas franzir as sobrancelhas.

— Eu o vi sair da mata — ela disse.

— Vim lá da mata, sim — confessou o adolescente com uma ponta de orgulho que parecia definitivo. — Vocês vão os dois para a sala. Se o telefone tocar ou se alguém bater na porta, não atendam. Vocês não têm nada a temer.

Ele nos indicou o sofá com a pistola. Germaine se sentou primeiro e cruzou os braços sobre o ventre. Sua calma me paralisava. Ela tentava não olhar para mim, esperando que eu fizesse o mesmo. O adolescente se agachou à nossa frente e nos olhou como se fôssemos apenas móveis entre os outros. Ele quase não respirava. Não conseguia entender o que ele queria, mas estava aliviado por vê-lo menos nervoso que antes.

A noite mergulhou a sala na escuridão. Com a pistola sobre a coxa e a mão por cima dela, o menino não se mexia. Apenas seus olhos brilhavam no escuro. Eu perguntei se ele queria acender a luz. Não respondeu. Depois de algumas horas, Germaine começou a se mexer. Não estava cansada ou com medo; ela precisava ir ao banheiro e tinha vergonha de pedir isso ao desconhecido. Eu pedi por ela. O menino fez "psiu!".

— O que nós estamos esperando? — perguntei.

Germaine me deu uma cotovelada para que eu ficasse quieto. Um relâmpago iluminou a noite, e depois a cidade desapareceu numa escuridão ainda mais compacta. Eu sentia o suor gelado em minhas costas. Queria desesperadamente descolar a camisa da pele, mas a imobilidade do menino me fez mudar de ideia.

Os barulhos da cidade se tornaram mais esparsos. Um motor roncou ao longe e foi se distanciando. Depois disso, um silêncio ensurdecedor tomou as ruelas e os campos. Por volta da meia--noite, alguma coisa bateu na veneziana da janela. O menino correu para olhar pelas treliças. Virou-se para Germaine e ordenou que ela fosse lá embaixo abrir a porta. Enquanto Germaine descia rapidamente os degraus que levavam à farmácia, ele pôs o cano da pistola na minha cabeça e me obrigou a avançar até a beira da escada.

— Se a senhora gritar, eu mato ele.

— Entendi — Germaine retrucou.

Ela tirou a tranca da porta, e imediatamente uma confusão se armou lá embaixo. Eu quis ver o que se passava, mas o menino estava quase perfurando a minha cabeça com a arma.

Germaine subiu novamente. Eu via vagamente as silhuetas se moverem na escada.

— Acenda a luz, idiota! — rosnou uma voz rouca.

Germaine apertou o interruptor; a lâmpada clareou quatro homens armados tentando desajeitadamente transportar um corpo sobre uma maca. Reconheci Jelloul, o antigo empregado de André. Ele usava uma farda esfarrapada, tinha uma metralhadora sobre o ombro e botas sujas de lama. Empurrou-me para o lado e ajudou os três outros a subirem os degraus e a colocarem a maca no chão da sala. Sem se interessar por nós, pediu aos companheiros para estenderem com cuidado o corpo sobre a mesa de jantar.

— Vocês estão dispensados — ordenou. — Voltem para a unidade. Eu e Laoufi ficamos aqui. Não voltem para nos procurar. No caso de alguma dificuldade, eu me viro.

Dois homens desceram a escada e saíram pela porta. Em silêncio. Eles nos ignoraram completamente. O menino baixou a arma e me empurrou para a sala.

— Obrigado, garoto — disse Jelloul. — Você esteve perfeito. Vá, agora.

— Fico por perto?

— Não, volte para o mesmo lugar.

O menino fez uma continência e também foi embora.

Jelloul piscou o olho para mim.

— Tudo bem?

Não soube o que responder.

— Faça alguma coisa. Vá trancar a porta.

Germaine me implorou com os olhos. Dessa vez ela estava pálida, e seu rosto parecia paralisado. Desci para fechar a porta. Quando voltei, Jelloul tirava um casaco velho ensanguentado do corpo sobre a mesa.

— Se ele morrer, você vai fazer companhia a ele — ameaçou calmamente. — Esse homem vale mais que minha própria vida. Levou um tiro no peito, durante uma emboscada de policiais. Bem longe daqui, fique tranquilo. Você vai tirar essa porcaria de bala que está no peito dele.

— Como? Eu não sou cirurgião.

— Você é doutor, não é?

— Farmacêutico.

— Não interessa. Sua vida depende da dele agora. Eu não vim de tão longe para que ele morra nas minhas mãos.

Germaine segurou meu braço.

— Me deixe auscultá-lo.

— Assim é que se fala — fez Jelloul.

Germaine se curvou sobre o homem, abriu com precaução a camisa ensopada de sangue. A bala havia entrado um pouco acima do mamilo esquerdo, estava imperceptível sob uma camada de sangue ocre, coagulado. O ferimento era grave.

— Ele perdeu muito sangue.

— Não podemos perder tempo — cortou Jelloul. — Laoufi, companheiro, você vai ajudar esta mulher.

E acrescentou, olhando para mim:

— Laoufi é enfermeiro. Desça com ele e pegue o que precisar para operar o capitão. Você tem como desinfetar o ferimento e os instrumentos para retirar a bala?

— Eu cuido disso, disse Germaine... Jonas não entende nada. E, por favor, sem armas em minha sala. Preciso trabalhar em paz... O enfermeiro pode ficar. Mas o senhor e meu filho...

— Era exatamente o que eu pretendia fazer.

Germaine procurava me proteger. Eu sentia que ela movia céus e terras para manter o sangue-frio, e minha presença a incomodava. Eu não estava entendendo nada. Ela nunca havia encostado num bisturi. O que ela tinha na cabeça? E se o homem morresse? Seus olhos secos me expulsavam, queriam, a todo custo, me manter longe dali. Ela tentava me dizer isso silenciosamente, mas eu estava confuso. Ela tinha medo e queria me proteger. Mais tarde confessou que ressuscitaria um cadáver para me salvar.

— Vão para a cozinha comer. Ficarei mais à vontade sem vocês nas minhas costas.

Jelloul concordou com a cabeça. Fomos para a cozinha. Ele abriu a geladeira, tirou uma travessa de batatas cozidas, queijo, carne defumada, frutas, uma garrafa de leite, e pôs tudo na mesa, ao lado da metralhadora.

— Tem pão?

— Ali, no armário.

Pegou uma baguete grande e começou a comê-la, se esparramando na cadeira. Comeu tudo com uma voracidade espantosa, passando da fruta ao queijo, do queijo à batata, da batata à carne, da mesma forma.

— Estou morrendo de fome — disse ele dando um arroto sonoro. — Com você está tudo bem, não é? Parece que você não se importa com a guerra. Fica aí sentado enquanto a gente se arrebenta lá na mata... Quando é que você vai escolher um lado? Um dia vai ter que decidir...

— Eu não gosto de guerra.

— Mas não é uma questão de gostar ou não. Nosso povo está se revoltando. E está cansado de aguentar tudo calado. Mas você, claro, sempre em cima do muro, pode fazer o que quiser. Você fica do lado que melhor lhe convém.

Tirou um canivete do bolso e cortou um pedaço de queijo.

— Você tem encontrado o André?

— Raramente, nesses últimos tempos.
— Me disseram que ele montou uma milícia com o pai.
— É verdade.
— Estou doido para ficar cara a cara com ele... Será que ele já sabe que eu fugi?
— Não sei.
— As pessoas não falaram da minha fuga em Río?
— Eu não sabia.
— Foi um milagre. Cortaram minha cabeça e ela cresceu de novo. Você acredita em destino, Jonas?
— Acho que não.
— Eu, eu acredito. Quando estava sendo transferido para a prisão de Orléansville, um pneu estourou e o carro capotou na estrada. Quando abri os olhos, estava no meio de um arbusto. Me levantei, andei, e como ninguém me disse para parar, continuei. Me belisquei para ter certeza de que não estava sonhando. Você não acha que isso foi um sinal dos céus?

Largou a comida e foi ver como estava a situação na sala, esquecendo de propósito a metralhadora em cima da mesa. Voltou.

— A coisa é séria, mas ele é forte. Vai sair dessa. Precisa sair!... Se não... — não continuou a frase, ficou me estudando antes de mudar o tom. — Eu continuo tendo fé. Quando acabou o confronto com os policiais, não sabia para onde ir com o capitão nos braços. E aí ouvi alguém falar seu nome. Juro que ouvi. Me virei, mas não tinha ninguém. Então, nem tentei entender. Faz duas noites que estamos atravessando os campos. Até os cachorros se calavam quando passávamos. Não é extraordinário?

Afastou a metralhadora com a mão fingindo que estava distraído.

— Várias vezes caí em emboscadas. Não fui atingido nenhuma vez. Depois de um tempo, me tornei um fatalista. Minha hora só vai chegar quando Deus decidir. Não tenho medo nem dos homens nem dos raios... E você, Jonas, do que você tem medo? A revolução está indo bem. Estamos ganhando em todos os frontes, inclusive no estrangeiro. O povo nos apoia e a opinião internacional também. O grande dia não demora muito a chegar. O que você está esperando para se juntar a nós?

— Você vai nos matar?

— Eu não sou um assassino, Jonas. Sou um soldado. Estou disposto a sacrificar minha vida pela minha pátria. O que você tem para oferecer?

— Minha mãe não é médica.

— Eu sei, mas é preciso que alguém faça alguma coisa. Você sabe quem é o capitão? É Sy Rachid, "o incapturável Sy Rachid" de que os jornais falam. Já vi muitos soldados, mas nenhum como ele. Às vezes ficamos encurralados como ratos. E sabe quem aparece de repente e nos tira daquela situação com um estalar de dedos? Não existe ninguém como ele. Não quero que ele morra. A revolução precisa dele.

— Tá certo, mas e se ele morrer o que você vai fazer conosco?

— Miserável! Você só pensa em salvar a própria pele. A guerra mata centenas de homens todos os dias mas você não está nem aí. Eu o mataria como um cachorro se não tivesse prometido deixá-lo vivo se tudo acabar bem... Me diga uma coisa, você não pode me explicar por que não consigo chamar você de Younes?

Ele não tinha gritado nem batido na mesa; me mostrou seu desprezo assim, com palavras. Estava muito cansado para me importar. No entanto, percebi crescer em mim uma raiva tão grande quanto a que tinha sentido por Jean-Christophe.

O enfermeiro bateu na porta da cozinha antes de entrar. Suava em bicas.

— Acho que ela conseguiu.

— Deus seja louvado — fez Jelloul com desenvoltura e abriu os braços para mim. — Vê? Até o destino está do nosso lado.

Ordenou ao enfermeiro que me vigiasse e se apressou em ir ver o homem ferido. O enfermeiro me perguntou se havia alguma coisa para comer. Apontei a geladeira e o armário. Ele mandou que eu ficasse perto da janela e que não bancasse o esperto. Era um rapazinho raquítico, adolescente ainda, com a cara vermelha e barba rala. Usava uma camiseta muito grande, calças cáqui presas à cintura por um cordão de cânhamo e coturnos enormes e grotescos que o faziam parecer o gato de botas. Não se aproximou da geladeira, apenas devorou os restos sobre a mesa.

Jelloul me chamou. O enfermeiro me fez sinal para ir para a sala e me seguiu com o olhar até que eu desaparecesse no corredor. Na sala, Germaine tentava se recuperar, com o peito arfante e inundada de suor. O homem continuava sobre a mesa, com um curativo no torso nu.

Podíamos ouvir sua respiração no silêncio da noite. Jelloul mergulhou uma compressa numa pequena bacia de água e começou a lavar o rosto do homem. Seus gestos demonstravam a imensa admiração que sentia por ele.

— Vamos ficar aqui alguns dias, o tempo necessário para o capitão recuperar as forças — anunciou. — Amanhã, vocês abrem a farmácia como sempre, como se nada tivesse acontecido. A senhora ficará conosco. E você vai atender os clientes. Pode entrar e sair quando quiser. Se eu descobrir que você fez alguma coisa fora do normal, não preciso nem dizer o que vai acontecer, certo?! Estamos pedindo apenas abrigo. Estou lhe dando a chance de servir, nem que seja uma única vez, a causa do seu país. Trate de se comportar à altura.

— Eu tomo conta da farmácia — propôs Germaine.

— Prefiro que seja ele... Estamos de acordo, Jonas?

— O que me garante que vocês não vão nos matar quando forem embora?

— Ah, chega, você não tem jeito, Jonas.

— Eu confio em vocês — interveio Germaine.

Jelloul sorriu. Era o mesmo sorriso que ele tinha me dado na aldeia perdida atrás da colina dos dois marabutos, uma mistura de desdém e piedade. Tirou um pequeno revólver do bolso da calça e o pôs em minha mão.

— Está carregado. Você só precisa apertar o gatilho.

O metal frio arrepiou minhas costas.

Germaine ficou verde. Suas mãos agarraram o vestido com tal força, que achei que fossem rasgá-lo.

— Posso lhe dizer uma coisa, Jonas? Você me dá pena. É preciso ser menos que nada para deixar passar a oportunidade de ter um destino mais grandioso.

Pegou o revólver de volta.

O capitão ferido soltou um gemido e se mexeu. Devia ter a minha idade, talvez alguns anos mais. Era louro, alto, músculos bem desenhados. Uma barba ruiva dissimulava seus traços. Tinha sobrancelhas espessas e um nariz adunco, tão afilado quanto uma lâmina. Havia um corte em sua testa. Mexeu-se de novo, esticou uma perna e tentou virar de lado. Ao fazer isso, gritou de dor e abriu os olhos. Nesse instante, eu o reconheci, apesar dos anos e de todas as transformações: Ouari!... Era Ouari, meu "sócio" de outros tempos, que tinha me ensinado a arte de apanhar pintassilgos, em Jenane Jato. Tinha envelhecido precocemente, mas seu olhar continuava o mesmo: sombrio, metálico, impenetrável. Um olhar que eu não esqueceria jamais.

Ouari estava inconsciente e, ao acordar assim, num sobressalto, não me reconheceu. Quis se defender, agarrou meu pescoço e me puxou violentamente, fazendo um esforço imenso para se levantar.

— Você está num lugar seguro, Sy Rachid — murmurou Jelloul.

Ouari parecia não entender. Encarou o companheiro, levou um certo tempo para reconhecê-lo e continuou a me estrangular. Germaine tentou me ajudar. Jelloul ordenou que ela ficasse quieta e, com uma voz suave, explicou a situação ao capitão. As mãos em meu pescoço permaneciam firmes. Comecei a ficar sem ar, mas esperava que o homem recuperasse logo a razão.

De repente, o capitão me soltou e desabou sobre a mesa. O braço, pendurado do lado de fora, balançou por um instante e depois parou. Meu rosto formigava.

— Para trás — ordenou o enfermeiro que chegara correndo, alertado pelos meus gemidos.

Ele examinou o homem, tomando seu pulso...

— Desmaiou. Temos que colocá-lo numa cama. Ele precisa descansar.

Os três *maquisards* ficaram em nossa casa uns dez dias. Eu continuava a fazer meu trabalho, como se nada estivesse acontecendo. Germaine telefonou para seus familiares em Orã para anunciar que iria para Colomb-Béchar, no deserto, e que ligaria quando voltasse. Temia que algum parente aparecesse de repente para lhe fazer uma visita. Laoufi, o enfermeiro, tinha posto o capitão no meu quarto e permanecia em sua cabeceira dia e noite. Eu dormia no escritório de meu tio, num sofá velho. Jelloul me provocava com frequência. Minha atitude em relação à guerra que nosso povo lutava para conseguir sua independência o indignava e o fazia sofrer. Eu tinha certeza de que ele esperava apenas uma palavra minha para começar uma discussão, e por isso eu ficava calado. Uma noite, eu estava lendo um livro e, mesmo percebendo que eu não queria conversa, ele me disse:

— A vida é como os filmes: há atores que fazem a história acontecer, e há os figurantes que se confundem com o cenário. Eles estão lá, mas ninguém se interessa por eles. Você é um figurante, Jonas. Já disse. Não tenho ódio de você. Tenho pena.

Não respondi e isso o irritou.

— Como alguém pode fingir que não vê quando o mundo está fervilhando ao seu redor? — gritou.

Levantei os olhos e, depois, voltei a ler. Ele arrancou o livro das minhas mãos e o jogou contra a parede.

— Eu estou falando com você.

Peguei o livro no chão e voltei para o sofá. De novo, ele tentou arrancá-lo. Desta vez, segurei seu braço e o empurrei. Surpreso com a minha reação, Jelloul me olhou com um certo espanto e resmungou:

— Você é só um covarde. Você não vê o que está acontecendo? Bombardeiam nossas aldeias com napalm, torturam e matam nossos heróis nas prisões, esquartejam os corpos de nossos soldados, obrigam nossos homens a apodrecer escondidos na mata. Que tipo de imbecil é você, Jonas? Será que não vê que o nosso povo está lutando por você também?

Eu não respondi.

Ele me deu um tapa na cabeça.

— Não encoste em mim — eu disse.

— Nossa! Vou mijar nas calças... Você é um covarde, nada mais que um covarde. Pode fazer cara feia ou ficar com o cu na mão, não faz a menor diferença. Só não sei por que não mato você logo de uma vez.

Larguei o livro, me levantei e o encarei.

— O que você sabe sobre covardia, Jelloul? Quem é mais covarde, um homem com uma arma apontada para a sua cabeça ou aquele que ameaça estourar seus miolos?

Ele me encarou com desprezo.

— Eu não sou covarde, Jelloul. Não sou surdo nem cego, e não sou feito de pedra. Se você quer saber, já não tenho mais nenhum entusiasmo por essa terra. Nem mesmo pelo fuzil que dá àquele que o carrega o direito de tratar as pessoas com escárnio. Não foi a humilhação que levou você a pegar em armas? Agora é a sua vez de humilhar alguém?

Ele tremeu de raiva, conteve-se para não pular no meu pescoço, cuspiu no chão e saiu batendo a porta.

Não veio mais me perturbar. Quando nos cruzávamos no corredor, ele fingia não me ver.

Durante o tempo em que ficou em nossa casa, Jelloul me proibiu de chegar perto do capitão. Quando precisava de alguma coisa, o enfermeiro se encarregava de pegá-la para mim. Eu lhe dizia o lugar onde ficava este ou aquele objeto, e ele ia procurá-lo. Só uma vez, saindo do banho, pude entrever Ouari pela porta aberta. Estava sentado na cama, com uma atadura enrolada no tórax. Ele me virou a cara. Lembrei-me dos anos em Jenane Jato, quando eu acreditava que ele era meu protetor e amigo, a gaiola toda suja de excrementos, os passeios para apanhar pintassilgos na mata atrás da praça do bazar e, depois, o aperto em meu peito revendo o olhar vazio que ele me lançou quando o desgraçado do Daho me torturou com uma serpente. A vontade de lhe dizer quem eu era, que me queimava a língua desde o momento em que o reconheci, esgotou-se em si mesma.

No último dia, os três *maquisards* tomaram um banho, se barbearam, colocaram os uniformes e calçados limpos numa sacola, vestiram minhas roupas e se reuniram na sala. Meu terno era largo demais para o enfermeiro, mas ele não parava de se olhar no espelho, impressionado com sua aparência. Todos os três tentavam disfarçar o nervosismo. Jelloul vestia o terno que eu tinha comprado para o casamento de Simon, e o capitão, o que Germaine me dera uns meses antes. Por volta do meio-dia, depois de ter almoçado, Jelloul ordenou que eu estendesse lençóis brancos na sacada. Quando a noite caiu, acendeu e apagou três vezes a luz da sala que dava para os campos. Quando uma luz piscou no meio da escuridão, atrás dos vinhedos, ele me mandou acompanhar o enfermeiro até a parte de trás da farmácia e lhe dar todos os medicamentos e material de que ele iria precisar. Arrumamos três caixas no porta-malas do carro e subimos para o andar de cima onde o capitão, ainda pálido, andava de um lado para outro no corredor com o ar pensativo.

— Que horas são? — perguntou Jelloul.

— Quinze para as dez — eu disse.

— Está na hora. Você vai nos levar de carro e seguir na direção que eu mandar.

Germaine, que tinha ficado mais afastada, se encolheu e começou a rezar em voz baixa. Ela tremia. O enfermeiro se aproximou e lhe deu um tapinha no ombro.

— Tudo vai acabar bem, senhora. Não se preocupe.

Germaine se encolheu mais ainda.

O capitão e o enfermeiro ocuparam o banco de trás, com as armas a seus pés. Jelloul entrou a meu lado, afrouxando a gravata sem parar. Abri a porta da garagem, que Germaine fechou assim que saímos e rodei com as luzes apagadas até a adega Kraus, em frente ao bar de André. Havia muita gente no bar e do lado de fora. Risos e vozes chegavam até nós. De repente tive medo de que Jelloul quisesse acertar as contas com o antigo patrão. Mas ele se contentou em sorrir com desprezo e, com a cabeça, me indicou a saída de Río. Liguei os faróis e entrei noite adentro.

Pegamos a estrada asfaltada de Lourmel, e, numa bifurcação, antes de chegar à cidade, seguimos por uma estrada de terra para a praia de Turgot. Uma motocicleta nos esperava no fim da estrada. Reconheci o adolescente que tinha entrado na farmácia com o revólver no primeiro dia. Ele deu meia-volta, acelerou rápido e sumiu.

— Vá devagar — ordenou Jelloul. — Não chegue muito perto. Se você perceber que ele está voltando, apague os faróis e volte pelo mesmo caminho.

O garoto na motocicleta não apareceu.

Depois de uns vinte quilômetros o encontramos parado na beira da estrada. Jelloul me disse para estacionar perto dele e desligar o motor. Vultos saíram da mata, armados com fuzis e com mochilas nas costas. Um deles puxava uma mula muito magra. Os homens desceram do carro para se juntarem a eles. Cumprimentaram-se brevemente. O enfermeiro voltou, me mandou ficar sentado ao volante e se apressou em abrir o porta-malas. Carregaram a mula com as caixas de medicamentos e de material. Em seguida, Jelloul fez um gesto para que eu fosse embora. Não me mexi. Eles iam mesmo me deixar ir assim, são e salvo, correndo o risco de que eu os denunciasse na primeira barreira? Eu tentava encontrar o olhar de Jelloul, mas ele já tinha se virado e andava atrás do capitão que não dissera uma só palavra desde a noite em que quase me estrangulara. A mula subiu por uma trilha, alcançou com dificuldade o topo de um rochedo e desapareceu. Atrás dela, os vultos se enfiaram na mata e se ajudaram a vencer a encosta da colina. Desapareceram em seguida. Logo depois, eu só ouvia a brisa nas folhas das árvores.

Minha mão se recusava a pegar a chave e dar a partida. Eu estava certo de que Jelloul se escondera e mirava o fuzil em mim, esperando o ronco do motor para encobrir o tiro.

Precisei de uma hora para reconhecer que eles tinham ido embora de fato.

Meses mais tarde, descobri um envelope sem selo e sem destinatário em minha correspondência. Dentro dele, uma folha arrancada de um caderno de escola com uma lista de medicamentos. Não havia nenhuma outra indicação. Consegui todos eles e coloquei-os numa caixa. Laoufi passou para pegá-los uma semana depois. Eram três horas da manhã quando alguma coisa bateu na veneziana de minha janela. Germaine também tinha ouvido. Encontrei-a no corredor, enrolada no *peignoir*. Não falamos nada. Ela me viu descer para a parte de trás da farmácia. Entreguei a caixa ao enfermeiro, fechei a porta da entrada e subi para meu quarto. Esperava que Germaine viesse reclamar de alguma coisa, mas ela voltou para o quarto e se trancou.

Laoufi voltou cinco vezes para buscar caixas. Acontecia sempre da mesma maneira: um envelope em branco deixado à noite na caixa de correspondência; dentro dele uma lista de medicamentos rabiscada num pedaço de papel, às vezes havia também uma lista de material — seringas, algodão, ataduras, tesouras, estetoscópios, garrotes etc. Alguma coisa lançada contra a janela. O enfermeiro na porta. Germaine no patamar da escada.

Uma noite, recebi um telefonema. Jelloul me pedia para encontrá-lo no lugar em que o tinha deixado com o capitão e o enfermeiro. Ao me ver tirar o carro da garagem, de manhã cedo, Germaine se benzeu. E me dei conta de que não conversávamos mais... Jelloul não estava no lugar marcado. Quando cheguei em casa, ele telefonou pedindo que eu voltasse. Desta vez um homem me esperava lá, com uma mala cheia de dinheiro a seus pés. Ele me disse para esconder o dinheiro até que alguém viesse buscá-lo. A mala ficou em minha casa por quinze dias. Jelloul me telefonou num domingo pedindo que eu levasse o "pacote" para Orã e esperasse, sem sair do carro, em frente a uma pequena marcenaria, atrás da cervejaria Bao. Fiz isso. A marcenaria estava fechada. Um outro homem passou por mim, voltou, aproximou-se e, mostrando a coronha de uma arma escondida pelo paletó, me mandou descer.

— Eu volto daqui a pouco — me disse sentando-se no volante. O carro foi devolvido quinze minutos depois.

Essa vida dupla continuou por todo o verão e pelo outono também.

Na última vez que Laoufi esteve em minha casa, estava mais nervoso que de costume. Vigiava sem parar os vinhedos, jogou rapidamente os medicamentos na mochila que pôs no ombro, e me olhou de um jeito diferente do que eu conhecia. Quis me dizer alguma coisa, mas não conseguiu. Ficou na ponta dos pés e me beijou no alto da testa em sinal de respeito. Seu corpo tremia. Era pouco mais de quatro horas da manhã e o céu começava a clarear. O nascer do dia o atormentava? Laoufi não estava bem, visivelmente perturbado por algum pressentimento. Ele se despediu e se apressou em desaparecer nos vinhedos. Eu o vi sumir na escuridão, afastando as folhas que queriam impedir sua passagem. No céu, a lua parecia uma unha. Um vento hesitante soprava intermitente, antes de se deitar perto do sol.

Sem acender a luz do quarto, me sentei na beira da cama com os sentidos em alerta... Tiros ecoaram no silêncio da noite e todos os cachorros das redondezas se puseram a latir.

De manhã, bateram em minha porta. Era Krimo, o antigo motorista de Simon. Ele estava na calçada, as pernas separadas, as mãos seguravam um fuzil. Seu rosto irradiava uma alegria perversa. Seis homens armados, seus auxiliares, estavam no meio da rua, em volta de um carrinho de mão que carregava um corpo ensanguentado. Era o corpo de Laoufi. Eu o reconheci por seus coturnos grotescos e a mochila aberta sobre o peito.

— Um *fell* — disse Krimo. — O merda de um *fellagas* fedorento. O cheiro dele o traiu.

Avançou um passo.

— Eu fiquei me perguntando o que é que ele fazia na cidade, esse *fell*? Na casa de quem ele estava? De onde ele tinha saído?

Empurraram o carrinho para perto de mim. A cabeça do enfermeiro balançava sobre a roda com uma parte do crânio esmagada. Krimo pegou a mochila e a jogou a meus pés. Os medicamentos se espalharam pela calçada.

— Só há uma farmácia em Río, Jonas, a sua. Na hora, entendi tudo.

Mal terminara de falar, me enfiou a coronha do fuzil na boca. Senti meu rosto quebrando com o grito de Germaine atrás de mim e caí num abismo.

Levaram-me para uma sala imunda, cheia de ratos e baratas. Krimo queria saber quem era o *"fellaga"* e desde quando eu lhe fornecia medicamentos. Eu respondia que não o conhecia. Ele mergulhou minha cabeça numa bacia cheia de merda, me espancou e chicoteou. Eu repetia que não conhecia aquele homem. Krimo me xingava, me chutava, cuspia em mim. Não conseguiu nenhuma informação. Depois me entregou a um homem velho, muito magro, com um rosto comprido acinzentado e olhos penetrantes. O velho me disse que ele me entendia, que na cidade estavam certos de que eu não tinha nada a ver com os "terroristas", que eles tinham me forçado a colaborar com eles. Eu persistia negando tudo. Os interrogatórios se seguiam, uns ardilosos, outros violentos. Krimo esperava a noite para me torturar. Aguentei firme.

De manhã, a porta se abriu para Pepe Rucillio.

Estava acompanhado de um oficial uniformizado.

— Nós não terminamos com ele, senhor Rucillio.

— Vocês estão perdendo tempo, tenente. Trata-se de um triste mal-entendido. Esse rapaz é vítima de uma coincidência infeliz. O coronel também está convencido disso. Pense bem, eu jamais protegeria um fora da lei.

— O problema não é esse.

— Não há nenhum problema, e não haverá — prometeu o patriarca.

Devolveram minhas roupas.

Lá fora, de pé na entrada do que parecia ser um alojamento, Krimo e seus homens me viam escapar por entre seus dedos, desrespeitados, e entenderam que o patriarca de Río Salado tinha defendido minha inocência junto às mais altas autoridades militares e se responsabilizava por mim.

Pepe Rucillio me ajudou a subir em seu carro e fomos saindo. Cumprimentou o soldado de sentinela na saída do quartel e arrancou na direção da estrada.

— Espero que eu não esteja cometendo o maior erro da minha vida — disse ele.

Eu não respondi. Tinha a boca destruída e os olhos tão inchados que mal conseguia mantê-los abertos.

Pepe não disse mais nada. Eu senti que ele vacilava entre a certeza e a dúvida, entre o engajamento a meu favor e a inconsistência dos argumentos que dera ao coronel para me livrar das suspeitas e me pôr em liberdade. Pepe Rucillio era mais que um homem ilustre; era uma lenda viva, uma autoridade moral, um personagem tão grande quanto sua fortuna, mas tinha, a exemplo dos que colocam a honra acima de tudo, a fragilidade de uma peça de porcelana. Controlara tudo com um simples gesto, sua palavra valia mais do que qualquer documento oficial. Homens da sua estatura, cujos nomes acalmavam os espíritos e colocavam um fim nas mais acaloradas disputas, podiam cometer certos excessos e eventuais loucuras que nunca seriam julgados. Mas quando se tratava da palavra empenhada, não havia possibilidade de erro. Se alguma vez sua palavra se mostrasse infundada, eles jamais seriam perdoados. Agora que ele tinha se responsabilizado por mim, se perguntava se tinha agido certo, e isso o atormentava.

Ele me levou para a cidade e me deixou na frente de casa. Não me ajudou a descer.

— Minha reputação está em jogo, Jonas — murmurou entre os dentes. — Se algum dia eu descobrir que você é um traidor, vou me encarregar pessoalmente da sua execução.

Não sei de onde tirei forças para lhe perguntar:

— Jean-Christophe?

— Isabelle!

Balançou a cabeça e acrescentou:

— Eu não nego nada a ela, mas se estiver enganada em relação a você, vai se ver comigo na hora.

Germaine veio me buscar na calçada. Não me censurou pelo que quer que fosse. Estava feliz demais por me receber de volta vivo. Ela se apressou em me preparar um banho e me dar alguma coisa para comer. Depois, cuidou de meus ferimentos e me pôs na cama.

— Foi você quem chamou Isabelle? — perguntei.

— Não... Foi ela que telefonou.

— Ela está em Orã. Como ficou sabendo?

— Em Río se sabe tudo.

— O que você disse para ela?

— Que você não tinha nada a ver com essa história.

— E ela acreditou?

— Não perguntei.

Minhas perguntas a contrariaram. Na verdade, foi a maneira como perguntei. A frieza e a reprovação que percebeu em minha voz transformaram a alegria de me encontrar são e salvo numa decepção difusa que não tardou a se converter em raiva. Ela me olhou com raiva. Foi a primeira vez que me olhou desse jeito. Entendi que os laços que me ligavam a ela acabavam de se desfazer, que a mulher que tinha sido tudo para mim — minha mãe, minha fada madrinha, minha irmã, minha cúmplice, minha confidente e amiga — agora me via como um estranho.

19

O INVERNO DE 1960 foi tão rigoroso que até nossas orações congelavam. Podíamos ouvi-las cair do céu e se espatifarem no solo como granizo. O cinza monótono por toda parte não bastava para confundir nossos pensamentos, e então nuvens carregadas vinham em seu auxílio. Lançavam-se como aves de rapina sobre a terra, impedindo que os raios de sol trouxessem um pouco de luz para nossos espíritos desnorteados. O ar estava cheio de tormentos. As pessoas não se iludiam mais: a guerra era uma vocação do ser humano, e os cemitérios, uma consequência necessária.

Em casa, as coisas estavam cada vez mais difíceis. O silêncio de Germaine me fazia sofrer. Não gostava de vê-la passar por mim sem me olhar, comer ao meu lado sem tirar os olhos do prato, depois arrumar as coisas e voltar para o quarto sem dizer palavra. Eu estava triste, mas ao mesmo tempo não sentia necessidade de me reconciliar com ela. Não tinha forças para isso. Tudo me cansava, me dava asco. Eu não dava ouvidos à razão, não ligava de estar errado. Não queria nada além do canto escuro no fundo do qual não pensava no que tinha feito, no que devia fazer agora, se estava agindo bem ou mal. Eu estava tão amargo como uma raiz de planta. Vivia de cara amarrada e com raiva, embora não soubesse exatamente de quê. Em alguns momentos, a violência obscena de Krimo explodia em minha cabeça e me surpreendia imaginando que eu o torturava barbaramente. Depois esquecia e mergulhava no vazio. Estava tão farto de tudo que um pouco de ar a mais me faria explodir.

Às vezes pensava em meu tio. Ele não me fazia falta. No entanto, sua ausência me lembrava das outras que me amputavam. Tinha a sensação de não ter nada sobre o que me apoiar. Era como se flutuasse em câmera lenta numa bolha sufocante, ou como se fosse eu mesmo a bolha, à mercê do mais insignificante dos gravetos. Precisava reagir. Eu estava desintegrando lentamente. Pensei em meu tio mais uma vez. Sua lembrança suplantava as minhas, seu fantasma afastava as infelicidades que tinham me atingido. Talvez, finalmente, eu começasse a sentir falta dele. Eu estava tão só que não poderia desaparecer, como uma sombra raptada pelas trevas. Esperando que meus ferimentos ficassem menos evidentes, me tranquei no seu escritório e lia apaixonadamente suas cadernetas — uns dez cadernos pequenos repletos de notas, críticas, citações de escritores e filósofos do mundo inteiro. Ele mantinha também um diário que encontrei por acaso, enfiado embaixo de um monte de recortes de jornal no fundo de sua escrivaninha. Ele escrevia sobre a Argélia dos oprimidos, sobre o movimento nacionalista e as aberrações humanas que reduziam a essência da vida a uma vulgar relação de forças, uma lamentável e estúpida vontade de uns dominarem os outros. Meu tio era culto, um erudito, um sábio. Eu me lembrava do seu olhar para mim quando fechava suas cadernetas. Era sublime, brilhava com uma inteligência impressionante. "Eu gostaria que meus textos tivessem alguma serventia para as futuras gerações", ele tinha me dito. "Você ficará para a posteridade", imaginei que ele gostaria de um elogio. Seu rosto se contraiu. "A posteridade nunca deixou a estreiteza dos túmulos mais confortável. Ela só tem o mérito de moderar nosso medo da morte já que não há terapia mais apropriada à nossa finitude inexorável do que a ilusão de uma bela eternidade... Só há uma glória que meu coração anseia: ajudar a construir uma nação esclarecida. É a única posteridade que me faz sonhar."

Quando, da sacada de meu quarto, eu olhava ao longe e não via nada no horizonte, me perguntava se haveria vida depois da guerra.

André Sosa me fez uma visita uma semana depois da intervenção de Pepe Rucillo. Estacionou o carro em frente aos vinhedos e me fez sinal para descer. Fiz que não com a mão. Abriu a porta do carro e pôs uma parte do corpo para fora. Usava um grande casaco bege aberto na altura da barriga e botas de couro que lhe chegavam aos joelhos. Pelo sorriso, compreendi que vinha em paz.

— Vamos dar uma volta nessa máquina?
— Não, obrigado.
— Então vou subir.

Ouvi-o cumprimentar respeitosamente Germaine no vestíbulo e depois abrir a porta de meu quarto. Antes de chegar à sacada, olhou para a cama desfeita, para os livros empilhados na mesinha de cabeceira, se aproximou da lareira sobre a qual ficava o cavalo de madeira que ganhara no dia seguinte à surra que Jean-Christophe me dera na escola. Tudo aquilo parecia ter acontecido numa outra vida.

— Bons velhos tempos aqueles, hein, Jonas?
— O tempo não tem idade, Dédé. Nós é que envelhecemos.
— Você tem razão, mas não seguimos o exemplo do vinho que nós mesmos produzimos: não ficamos melhores com o tempo.

Ele se apoiou na balaustrada a meu lado, e deixou o olhar voar sobre os vinhedos.

— Ninguém na cidade acha que você está realmente metido nessa história de *fellagas*. Krimo vê coisas demais. Eu o encontrei ontem e lhe disse isso.

Ele se virou para mim evitando prestar muita atenção nas manchas roxas que desfiguravam meu rosto.

— Me desculpe por não ter vindo antes.

— Teria mudado alguma coisa?
— Não sei... Venha comigo até Tlemcen! Orã está um perigo com todos esses atentados. Mas preciso espairecer um pouco. Em Río, tudo me perturba.
— Não posso.
— Não ficamos muito tempo. Conheço um restaurante...
— Não insista, Dédé.
Ele balançou a cabeça.
— Tudo bem, mas não acho uma boa ideia. Não é bom ficar ruminando o ódio.
— Não estou ruminando ódio nenhum. Quero ficar sozinho.
— Estou incomodando você?
Eu fiquei olhando para o horizonte para não ter que responder.
— É muito maluco tudo isso que nos aconteceu — suspirou se apoiando de novo na balaustrada. — Quem teria imaginado que nosso país viveria um momento desses?
— Era quase previsível, Dédé. Uma parte da população se arrastava no chão e nós pisávamos em cima dela. Um dia ou outro as pessoas iriam se levantar. Inevitavelmente, perderíamos o controle da situação.
— Você acredita mesmo nisso?
Desta vez fui eu quem o encarou.
— Dédé, até quando vamos continuar a mentir?
Levou a mão fechada à boca e ficou assoprando nela pensando no que eu dissera.
— É verdade, havia coisas erradas, mas daí a começar uma guerra tão violenta, não posso concordar com isso. São milhares de mortos, Jonas. É um pouco demais, você não acha?
— Você está perguntando para mim?
— Estou totalmente perdido e não consigo encontrar um caminho. O que está acontecendo na Argélia ultrapassa todo e qualquer entendimento. E Paris não sabe mais o que fazer. Falam até de autodeterminação. O que é exatamente auto-

determinação? Que apaguemos tudo e que recomecemos de novo? Ou é...

Não teve coragem de terminar a frase. Sua inquietação se transformou em raiva. Seus dedos ficaram brancos, com a força com que ele mantinha a mão fechada como se quisesse estrangular suas obsessões.

— Finalmente, ele entendeu alguma coisa sobre nossa desgraça, esse general de merda — ele disse, referindo-se ao discurso de De Gaulle aos argelinos em 4 de junho de 1958, que tinha entusiasmado as massas e dado um *sursis* às ilusões.

Uma semana depois, em 9 de dezembro de 1960, Río Salado inteiro foi a Aïn Temouchent, onde o general tinha um encontro que o vigário batizara de a "missa da última oração". Os rumores prepararam as pessoas para o pior, mas elas não acreditavam. O medo avançava, tomava posições. Mas elas não queriam ver a gravidade do presente e a fatalidade do amanhã. Eu as ouvia de manhã bem cedo tirar os carros das garagens, saírem uns atrás dos outros, interpelarem-se aos berros, fazerem piadas, falarem bem alto para dominar essa voz cheia de preocupações que as impedia de dormir e que lhes repetia, sem cessar, que os dados, assim como a sorte, estavam lançados. Tentaram rir às gargalhadas, gritar, fingir que ainda tinham algo a dizer, que não estavam prestes a pular do barco, mas via-se que seu entusiasmo não era de verdade, que seu autocontrole era uma mentira, que seus olhares perdidos contradiziam totalmente a segurança que eles alardeavam. Esperavam resguardar os ânimos, manter as aparências, forçar a história a recuperar a razão e fazer um milagre. Esqueciam que a contagem regressiva tinha começado e que não havia mais nada a ser restabelecido. Porque seria necessário ser cego para continuar a ir em frente na noite de todas as utopias, a vigiar uma manhã que já tinha começado a nascer, sobre uma era que eles insistiam em esperar onde ela já não estava mais.

Saí para dar uma volta pelas ruas desertas. Depois fui até os arredores do cemitério israelita ver as ruínas calcinadas do que foi a casa em que tive minha primeira experiência sexual. Um cavalo pastava, perto do antigo estábulo, sem prestar atenção aos descaminhos dos seres humanos. Sentei numa mureta e fiquei lá, até o meio-dia, reinventando a silhueta de madame Cazenave: mas vi apenas o carro de Simon queimando e Émilie, seminua, segurando o filho nos braços.

Os carros voltaram de Aïn Temouchent. Tinham partido em algazarra, pela manhã, acelerando e buzinando, com a bandeira tricolor ao vento. Voltaram de lá como de um enterro, em silêncio, as bandeiras estavam enroladas e as cabeças, baixas. O céu desabou sobre a cidade. Todos os rostos mostravam o luto de uma esperança já há muito condenada, que tínhamos, no entanto, tentado enganar com cortina de fumaça. A Argélia será dos argelinos.

No dia seguinte, na fachada de uma adega, uma mão triunfante traçou, com tinta vermelha, um imenso FLN.

Orã prendia a respiração nessa primavera de 1962. Eu procurava Émilie. Sentia medo por ela. Precisava dela. Eu a amava e queria prová-lo. Estava disposto a enfrentar as tempestades, as maldições e as misérias do mundo inteiro. Não conseguia mais sofrer por ela. Não podia mais estender minha mão e só encontrar sua ausência na ponta de meus dedos. Eu alertava a mim mesmo que ela não queria mais saber de mim, que me diria palavras duras, que jogaria em minha cara todos os meus erros; nada disso me fazia mudar de ideia. Não temia mais quebrar juramentos, esmagar minha alma com minhas próprias mãos; não temia mais ofender os deuses, ou personificar a vergonha até o fim dos tempos. Na livraria, me disseram que Émilie saiu um dia e não tinha dado mais sinal de vida. Eu me lembrava do número do bonde que ela pegara quando a vi pela última vez. Desci em todos os pontos, andei por todas as ruas nas redondezas. Pensei reconhecê-la em cada mulher que cuidava de seus afazeres, em cada silhueta que desaparecia na virada de uma esquina, na porta de uma casa. Perguntava por ela nos mercados, nas delegacias, aos carteiros, e nem por um momento, apesar de voltar com as mãos abanando, pensei que estava perdendo tempo. Mas onde encontrá-la numa cidade em estado de sítio, numa praça de guerra a céu aberto, no meio do caos e da fúria dos homens? A Argélia dos argelinos nascia a fórceps com lágrimas e dores profundas. A Argélia francesa entregava sua alma no derramamento de sangue. E as duas, esgotadas por sete anos de guerra e horror, mesmo no fim da linha, ainda encontravam forças para se destruírem um pouco mais. As barricadas em Argel, em janeiro de 1960, não conseguiram desacelerar a marcha inexorável da história. O golpe dos generais em abril de 1961 só fez lançar os dois povos na violência extrema. Os militares cometiam excessos: atiravam sem distinção sobre civis. Os que se diziam "enganados" pelas manobras de Paris, ou seja, os partidários da ruptura definitiva com a França, pegavam em armas e prometiam recuperar, palmo a palmo, a Argélia que lhe confiscavam. As cidades e os vilarejos mergulhavam no pesadelo dos pesadelos. Atentados respondiam a atentados, represálias a assassinatos, sequestros a ataques aéreos. Azar do europeu que fosse visto com um muçulmano, azar do muçulmano que se relacionasse com um europeu. Linhas de demarcação isolavam as comunidades que, por instinto, se fechavam em si mesmas. Montavam guarda dia e noite sobre suas fronteiras, e não hesitavam em executar o imprudente que por acaso errasse o caminho. Todas as manhãs se encontravam nas ruas corpos esquartejados. Todas as noites, os fantasmas se digladiavam. As pichações sobre os muros pareciam epitáfios. No meio de "Vote sim", "FLN", "Viva a Argélia francesa", se espalharam, sem aviso, as três iniciais do apocalipse: OAS, a Organização Armada Secreta, nascida da agonia do colonialismo, da recusa ao fato consumado, e que iria cavar um pouco mais o nosso vale de lágrimas, até o coração dos infernos.

Émilie tinha desaparecido, mas eu estava determinado a procurá-la onde quer que fosse. Eu a sentia próxima, ao alcance da minha mão. Acreditava com todas as forças que bastaria levantar uma cortina, empurrar uma porta, atravessar uma rua para encontrá-la. Eu parecia um louco. Não via nem as poças de sangue nas calçadas nem os buracos de bala nas paredes. A insegurança das pessoas não me atingia. A hostilidade, o desprezo, às vezes os insultos, me atravessavam de um lado a outro sem diminuir meu passo. Eu só pensava nela e tinha seus olhos como único horizonte. Ela era o destino que eu tinha escolhido para mim. O resto não importava.

Fabrice Scamaroni me encontrou quando eu me aventurava num bairro que fedia a ódio e morte. Parou o carro perto de mim, gritou para que eu entrasse rapidamente e arrancou cantando pneus.

— Você está ficando louco? Esse lugar é perigoso demais...
— Estou procurando Émilie...
— Como você acha que vai encontrá-la se nem sabe onde põe os pés? Esse lugar é pior que um campo minado, homem!

Fabrice não sabia onde estava Émilie. Ela nunca o visitara no jornal. Ele a vira uma vez em Choupot, mas há meses. Prometeu procurá-la também.

Em Choupot, me indicaram um prédio no bulevar Laurent--Guerrero. A zeladora me garantiu que a senhora em questão tinha realmente ocupado o segundo andar antes de se mudar, depois de um assassinato.

— Ela não deixou nenhum endereço para onde enviar a correspondência?
— Não... Se a memória não me falha, acho que ela disse ao motorista da caminhonete da mudança para levá-la para Saint--Hubert.

Bati em todas as portas de Saint-Hubert. Sem sucesso. Onde ela estava? Onde se escondia? A cidade estava de pernas para o ar. O cessar-fogo de 19 de março de 1962 incendiou os últimos bolsões de resistência. Facas enfrentavam metralhadoras; granadas atacavam bombas; balas provocavam uma matança geral. E Émilie fugia enquanto eu andava em meio a fumaça e aos odores dos corpos carbonizados. Estaria morta? Será que no meio de um conflito tinha sido atingida por um tiro? Assassinada no poço de um elevador? Orã não poupava ninguém, matava milhares de pessoas, não importava se eram velhos ou crianças, mulheres ou dementes que vagavam pelas ruas entre suas alucinações. Eu estava lá quando dois carros explodiram na praça Tahtaha e que fizeram uma centena de mortos e dezenas de mutilados entre a população muçulmana de Medina J'dida. Estava lá quando retiraram dezenas de cadáveres franceses das águas poluídas do Petit Lac. Estava lá quando o comando OAS bombardeou a prisão da cidade, para levar os prisioneiros da FLN para a rua e executá-los publicamente diante da população. Estava lá quando sabotadores dinamitaram os depósitos de combustível no porto e a avenida ao longo do mar ficou coberta de uma espessa fumaça negra durante dias. Émilie devia ouvir as mesmas bombas, viver as mesmas revoltas, enfrentar os mesmos medos que eu, então por que nossos caminhos se evitavam, por que acaso, providência, fatalidade, enfim, por que falta de sorte nós não nos encontrávamos, com um esbarrão causal no meio da multidão que se degenerava. Estava furioso porque os dias passavam e queimavam as pistas que me levariam a Émilie, porque ia a todo tipo de lugar, abordava todo tipo de pessoa, atravessava no meio do fogo cruzado, de massacres, sem vislumbrar uma pista, a ponta de uma pista, a ilusão de uma pista que me ajudaria a encontrar Émilie, a acreditar que ela ainda estava neste mundo, enquanto o pânico soprava sobre a comunidade europeia. Nas caixas de correspondência, estranhos pacotes espalhavam o medo entre as famílias. Estávamos em frente à vida e à morte. As primeiras partidas para o exílio se deram numa anarquia indescritível. Os carros cheios de bagagens e choro seguiam para o porto e os aeroportos; outros iam em direção ao Marrocos. Alguns queriam vender seus bens antes de ir embora, e na pressa, lojas, casas, escritórios, carros, usinas eram negociados por um trocado. Às vezes, não havia tempo de esperar compradores, nem mesmo de fechar a mala.

Em Río Salado, as venezianas batiam as asas. As janelas estavam abertas nas casas vazias. Trouxas disformes se amontoavam nas calçadas. Muitos habitantes tinham deixado a cidade. Outros já não sabiam a quem rezar. Um homem velho, com o corpo roído pelo reumatismo, tentava andar na frente de casa. Um rapaz o ajudava, enquanto o resto da família já estava socado num furgão como fumo num cachimbo e esperava pelos dois impacientemente.

— Podiam ao menos me deixar morrer aqui — falava o velho tremendo. — Não posso morrer na minha casa?

Na avenida principal, caminhões, carros, carroças, toda uma história estava fugindo. Na estação, a multidão perdida esperava um trem que demorava. As pessoas corriam de um lado a outro, confusas, os olhos vidrados, como cegos largados no meio do mato, abandonados pelos santos e anjos da guarda. A loucura, o medo, o sofrimento, o naufrágio, a tragédia só tinham um rosto: o deles.

Germaine estava sentada na soleira da porta da farmácia, a cabeça entre as mãos. Nossos vizinhos tinham partido e seus cachorros andavam em círculos atrás das grades.

— O que é que eu devo fazer? — ela perguntou.

— Você fica — eu disse. — Ninguém vai encostar um dedo em você.

Eu a peguei em meus braços. Naquele dia, ela parecia tão pequena que eu a poderia colocar na palma de minha mão. Ela era só sofrimento e confusão, assombro e abatimento, derrota e incerteza. Seus olhos estavam vermelhos pelo choro e pelo medo.

Suas pernas vacilavam sob o peso de mil interrogações. Eu a beijei no rosto cheio de lágrimas, na testa marcada pelas rugas, na cabeça atormentada por pensamentos tristes. Tinha em minhas mãos toda a tristeza do mundo... Eu a levei para o andar de cima e voltei para a rua. Madame Lambert levantava suas mãos para o céu e depois as abaixava, vazias.

— Para onde é que eu vou agora? Para onde? Não tenho nem filhos nem parentes em nenhum lugar da terra.

Implorei para que ela voltasse para casa. Ela não me ouviu e continuou falando sozinha. No fim da rua, os Ravirez corriam para todo lado com as malas sobre os ombros. Na praça da prefeitura, famílias imploravam por ônibus com a bagagem espalhada pelo chão. O prefeito se esforçava para acalmá-los, em vão. Pepe Rucillio, por sua vez, ordenava que eles voltassem para casa e que esperassem as coisas se ajeitarem.

— Aqui é a nossa casa. Não iremos a lugar nenhum.

Ninguém o escutava.

André Sosa estava sozinho no bar, aberto aos quatro ventos. No meio das mesas arrebentadas, do balcão destruído, dos espelhos quebrados. O chão brilhava de cacos de copos e garrafas. Os lustres pendiam miseravelmente sobre a devastação, sem lâmpadas. André jogava sinuca. Não prestou atenção em mim. Não prestava atenção em nada. Esfregava um pedaço de giz na ponta do taco, se apoiava na borda da mesa e mirava uma bola imaginária. Não havia bolas na mesa, e o feltro estava rasgado. André nem ligava. Ele mirava a bola que era o único a ver, e dava uma tacada. Depois se levantava, seguia com o olhar a trajetória invisível da bola e, quando ela entrava na caçapa, agitava o punho vitorioso e ia se posicionar do outro. De tempos em tempos, se aproximava do balcão, fumava o cigarro, o colocava de novo no cinzeiro e retomava a partida.

— Dédé — eu disse —, você não devia ficar aqui.

— Esta é a minha casa — resmungou, batendo na bola.

— Vi fazendas queimando quando voltei agora há pouco de Orã.

— Eu não vou sair daqui. Estou esperando por eles.

— Você sabe muito bem que isso é um absurdo.

— Não vou sair daqui, estou falando.

Continuou a jogar, me dando as costas. O cigarro apagou. Ele acendeu outro, depois outro, até que lançou no chão o maço vazio. O dia estava acabando. A escuridão invadia o bar dissimuladamente. André jogou durante algum tempo antes de largar o taco e ir se sentar perto do balcão. Abraçou os joelhos, se encolhendo todo. Ficou assim um longo tempo, e depois começou a chorar. Chorou todas as lágrimas do mundo, na mesma posição. Depois enxugou o rosto na camisa e se levantou. Saiu para pegar uns galões de gasolina, molhou o balcão, as mesas, as paredes, o chão, riscou um fósforo e deixou as chamas se espalharem pela sala. Eu o peguei pelo braço e o levei para fora. Ele ficou parado, de pé, vendo, alucinado, o bar se desfazendo em fumaça.

Quando o fogo engoliu o telhado, André entrou no carro. Sem uma palavra. Sem olhar para mim. Ligou o motor, soltou o freio e se dirigiu lentamente para a saída da cidade.

Em 4 de julho de 1962, um Peugeot 203 parou na frente da farmácia. Dois homens de roupas e óculos pretos me mandaram segui-los.

— São apenas formalidades — me disse um deles em árabe com um forte sotaque cabila. Germaine estava doente, de cama.

— É uma coisa rápida — prometeu o motorista.

Entrei no banco de trás. O carro fez uma manobra e deu meia-volta. Apoiei a cabeça no encosto do assento. Tinha passado a noite na cabeceira de Germaine. Estava muito cansado.

Río exibia o fim de uma época, esvaziada de sua substância, livre para um novo destino. A bandeira tricolor, que enfeitava a fachada da prefeitura, tinha sido retirada. Na praça, os camponeses de turbantes rodeavam um orador em pé sobre a mureta do chafariz. Ele fazia um discurso em árabe, e eles ouviam solenemente. Raros europeus se esgueiravam pelos muros, incapazes de deixar suas terras, seus cemitérios, suas casas, o café onde faziam e desfaziam suas amizades, seus projetos, enfim, o sentido de pátria sobre o qual repousava sua essência.

Era um belo dia, com um sol grande como a dor dos que partiam, imenso como a alegria dos que chegavam. As cepas dos vinhedos pareciam ondular com os rumores, e as miragens ao longe se tomavam por mar. Em alguns pontos, fazendas ainda queimavam. O silêncio que pesava sobre a estrada dava impressão de se recolher sobre si mesmo. Meus dois acompanhantes estavam calados. Eu só via suas cabeças, as mãos do motorista sobre o volante e um relógio luxuoso no pulso do vizinho. Atravessamos Lourmel como se atravessa um sonho indefinível. Lá também grupos se formavam em torno de tribunos inspirados. Bandeiras verdes e brancas com um crescente e uma estrela vermelhos-sangue confirmavam o nascimento de uma nova república, de uma Argélia devolvida aos seus.

À medida que nos aproximamos de Orã, começaram a aparecer carcaças de carros nos acostamentos da estrada. Algumas estavam carbonizadas, outras pilhadas, com as portas arrancadas e o capô aberto. Trouxas, malas, baús se espalhavam ao redor, abertos, desfeitos, roupas estavam penduradas nos arbustos e objetos abandonados no asfalto. Havia sinais de violência, sangue no chão, para-brisas quebrados a golpes de barras de ferro. Muitas famílias detidas e massacradas no meio da fuga. Outras se salvaram escondidas nos campos e tentavam voltar para a cidade a pé.

Orã estava fervendo. Milhares de crianças corriam pelas ruas, atiravam pedras nos carros que passavam, gritavam bem alto sua própria liberdade. As avenidas transbordavam de gente, uma multidão alegre e orgulhosa. Os prédios vibravam com o grito das mulheres que agitavam seus véus como bandeiras e faziam soar *bendirs* e *derboukas*, pandeiros e tambores, estrondosos com canções patrióticas.

O Peugeot entrou no quartel Magenta onde o exército de libertação nacional, que recentemente entrara na cidade, tinha estabelecido seu estado-maior. O carro estacionou na frente de um edifício. O motorista pediu a uma sentinela para informar o "tenente" sobre a chegada do "anfitrião".

O pátio do acampamento estava repleto de homens de uniforme, velhos em *gandouras* e civis.

— Jonas, meu bom Jonas, estou feliz em rever você!

Jelloul me abriu os braços na entrada do prédio. Era ele, o tenente. Usava um uniforme de paraquedista, um chapéu de palha, óculos pretos, sem divisas. Abraçou-me até quase me sufocar antes de me afastar para me examinar da cabeça aos pés.

— Você emagreceu... O que tem feito?... Pensei muito em você nesses últimos tempos. Você é um homem instruído, colocou-se à disposição quando o país precisou de você, e eu me pergunto se não lhe interessaria colocar seu saber e seus diplomas a serviço de nossa jovem república. Você não é obrigado a me responder agora. Além disso, não fiz você vir aqui para isso. Tenho uma dívida com você e quero quitá-la hoje mesmo porque amanhã será outro dia, e eu quero acordar num mundo novo, lavado de tudo. Como é que eu posso saborear minha liberdade absoluta com os credores no meu pé?

— Você não me deve nada, Jelloul.

— Você é muito educado, mas não quero ficar lhe devendo nada. Eu não esqueci o dia em que você me deu dinheiro e me levou para casa de bicicleta. Talvez isso não tenha sido nada para você. Para mim foi uma revelação: eu acabava de descobrir que o árabe digno e generoso não era uma lenda nem o que os colonos tinham feito dele... Não tenho instrução suficiente para explicar o que se passou pela minha cabeça nesse dia, mas isso mudou a minha vida.

Ele segurou meu braço.

— Venha comigo.

E me levou para um prédio cheio de portas de ferro. Entendi que se tratavam de celas.

Jelloul pôs a chave numa das fechaduras, puxou a tranca exterior e me disse:

— Ele foi o mais feroz militante da OAS, envolvido em muitas ações terroristas. Movi céus e terras para mantê-lo vivo. Vou dá-lo a você. Dessa maneira, pago minha dívida... Ande, abra a porta e diga a ele que está livre, que pode ir embora meter o nariz onde ele quiser, menos aqui. Aqui no *meu* país, ele não tem mais lugar.

Fez uma continência, deu meia-volta e foi para o escritório.

Eu não tinha entendido nada, não sabia do que ele estava falando. Minha mão segurou a maçaneta, empurrou a porta devagar. As dobradiças rangeram. A luz do dia penetrou no interior da cela, deixando escapar um calor como se eu tivesse aberto a porta de um forno. Uma sombra se moveu no canto. Levou a mão aos olhos para se proteger da luz.

— Saia — gritou um guarda que eu não tinha notado.

O prisioneiro se mexeu com dificuldade, apoiou-se contra a parede para se levantar. Não conseguia ficar de pé. Quando avançou para a porta, meu coração disparou. Era Jean-Christophe, Jean-Christophe Lamy, ou o que restava dele, um homem aniquilado, faminto, vencido, tremendo sob a camisa suja, a calça esfarrapada caindo, a braguilha aberta, os sapatos sem cadarços. Uma barba de muitos dias lhe tomava o rosto magro e pálido como uma lâmina de faca. Fedia a urina e suor, e sua boca desaparecia sob uma casca de saliva branca ressecada. Ele me lançou um olhar sombrio, surpreso de me encontrar ali. Levantou o queixo tentando superar toda aquela decadência, mas estava cansado demais. O guarda o agarrou pelo pescoço e o tirou com raiva da cela.

— Largue ele — eu disse.

Jean-Christophe me olhou com despeito por um instante e depois, antes de seguir para a saída do acampamento, disse:

— Eu não pedi nada a você.

E foi embora. Mancando. Enquanto ele se afastava, não pude me impedir de lembrar de tudo que tínhamos vivido juntos, no tempo da inocência, e uma tristeza imensa me invadiu. Eu o via ir embora, as costas curvadas, o passo incerto. Para mim, toda uma vida se apagava sob meus olhos, e me lembrei das histórias que minha mãe me contava, quando eu era criança, e que sempre me pareciam inacabadas. Elas terminavam da mesma maneira que a nossa história termina, com Jean-Christophe arrastando sua sombra, com o som triste de seus passos ao fundo, indo para não se sabe onde.

Andei pelas ruas cheias de alegria, em meio aos cantos e aos gritos, às bandeiras verdes e brancas e à agitação da festa. Amanhã, 5 de julho, a Argélia terá uma certidão de nascimento, uma insígnia e um hino nacional, e milhares de referências para reinventar. Sobre as sacadas, as mulheres explodiam em risos e lágrimas. As crianças dançavam nas praças, subiam nas placas, nos chafarizes, nos postes de iluminação, no teto dos carros, desciam os bulevares como cascatas. Seus gritos se sobrepunham às fanfarras e aos clamores, às sirenes e aos discursos. Eles já eram o amanhã.

Tinha ido para o porto ver os exilados partirem. O cais estava abarrotado de passageiros, bagagens, lenços de adeus. Os barcos esperavam para levantar âncora, indecisos com o sofrimento de quem ia embora. Havia famílias que se procuravam na multidão, crianças que choravam, velhos que dormiam sobre suas trouxas, aterrorizados, rezando, em seu sono, para não acordarem nunca mais. Apoiado na balaustrada que, dava sobre o porto, eu pensava em Émilie que talvez estivesse lá, em algum lugar no meio da multidão desamparada que se acotovelava às portas do desconhecido. Ou talvez ela já tivesse partido, ou estivesse morta, ou, naquele momento, juntasse suas coisas num desses prédios austeros. Fiquei debruçado sobre o porto até tarde da noite, até o nascer do dia, incapaz de admitir que o que nem bem começara de verdade já tinha terminado.

AIX-EN-PROVENCE, HOJE

— SENHOR...

— A aeromoça de rosto angelical me sorriu. Por que ela sorri? Onde estou?... Tinha cochilado. Depois de um momento de hesitação, me dou conta de que estou num avião branco como uma sala de cirurgia, que as nuvens que passam nas janelas não mostram o que está além delas. E tudo volta: *Émilie morreu. Na segunda-feira, no hospital de Aix-en-Provence.* Fabrice Scamaroni me avisou há uma semana.

— Queira, por favor, endireitar o encosto de sua poltrona, senhor. Nós já vamos aterrissar.

A fala amortecida da aeromoça ressoa surdamente em minha cabeça. Que poltrona?... Meu vizinho, um adolescente com a camisa da equipe argelina de futebol, me mostra um botão e me ajuda a endireitar o encosto da poltrona.

— Obrigado — eu disse.

— De nada. O senhor mora em Marselha?

— Não.

— Meu primo está me esperando no aeroporto. Se o senhor quiser, podemos deixá-lo em algum lugar.

— É muito gentil da sua parte, mas não há necessidade. Alguém está me esperando também.

Observo sua cabeça raspada, segundo as determinações da última moda, com um tufo de cabelos apenas em cima da testa, mantido de pé por uma espessa camada de gel.

— O senhor tem medo de avião? — ele perguntou.

— Não, especialmente.

— Meu pai não pode nem ver um avião.
— É mesmo?!
— Verdade, o senhor precisa ver. Nós moramos no nono andar, condomínio Jean-de-la-Fontaine, em Gambetta, em Orã. O senhor sabe onde fica? Aquelas torres gigantes, os fundos dão para o mar. O senhor sabe que, quase sempre, meu pai prefere subir pela escada. Só que é meio velho, tem cinquenta e oito anos.
— Cinquenta e oito anos não é tão velho assim.
— Eu sei, mas para a gente é. A gente chama ele de velho... Quantos anos o senhor tem?
— Eu nasci há tanto tempo que esqueci a idade que tenho.
O avião mergulha nas nuvens. Uma leve turbulência o sacode na descida. Meu jovem vizinho dá um tapinha em minha mão no braço da poltrona.
— Não é nada. É como se agora tivéssemos entrado numa estrada de terra. Os aviões são o meio de transporte mais seguro.
Olho pela janela e vejo as nuvens brancas passarem muito rápido. Depois formam um nevoeiro espesso e, em seguida, se espalham e ficam assim até que o céu azul reaparece. O que vim procurar aqui?... A voz de meu tio supera o barulho dos motores. *Se você quer trazer um traço de eternidade para sua vida e continuar lúcido no meio da loucura, ame... Ame com todas as forças, ame como se você não soubesse fazer mais nada, ame até deixar os reis e os deuses com ciúmes... porque é no amor que toda feiura se descobre bela.* Foram as últimas palavras de meu tio. Ele as tinha me dito em seu leito de morte, em Río Salado. Hoje ainda, mais de meio século depois, sua voz fraca ressoa em mim como uma profecia. *Aquele que desperdiçar a mais bela história de sua vida só terá arrependimentos e todos os suspiros do mundo não poderão consolar sua alma...* É para afirmar ou para afrontar essa verdade que me aventuro tão longe de casa?...

O avião faz a curva em direção à costa e, do nada, a França surge. Meu coração dispara, e é como se alguém apertasse meu pescoço. A emoção é tal que meus dedos querem atravessar o braço da poltrona... Logo, as montanhas me devolvem os raios do sol. Sentinelas eternas, elas velam sobre o rio, sem se impressionar com o mar em fúria lá embaixo. Depois, no fim da curva, Marselha!... Parecia uma virgem se bronzeando ao sol. Estendida em suas colinas, explodindo em luz, o ventre à mostra e os quadris se oferecendo aos quatro ventos, ela finge dormir, falsamente desatenta aos rumores das ondas e àqueles que chegam do interior do país. Marselha, a cidade-lenda, a terra dos titãs convalescentes, onde caem os deuses sem Olimpo, mistura perfeita de horizontes perdidos, múltipla porque inesgotável de generosidade; Marselha, meu último campo de batalha, onde devo entregar as armas, derrotado pela incapacidade de vencer desafios, de merecer a felicidade. Aqui, onde milagres são apenas uma questão de estado de espírito, onde o sol se distingue iluminando as consciências, quando elas se dão ao trabalho de abrir seus porões secretos, tive a dimensão do mal que fiz e pelo qual jamais me perdoei... Há mais de quarenta e cinco anos vim até aqui recuperar o meu destino, remendar seus trapos. Vim tentar juntar seus pedaços, cuidar de suas feridas. Queria me reconciliar com a sorte, que me desprezava porque não a apanhei em pleno voo, porque duvidei dela, porque preferi a prudência quando ela me pedia coragem. Queria implorar uma absolvição difícil em nome do que Deus põe acima de todos os sucessos e de todos os infortúnios: o amor. Eu tinha vindo aqui, perdido, inseguro mas sincero, atrás de uma redenção, a minha a princípio, depois a dos outros, que não deixei de querer bem, apesar do ódio que nos separou. Lembro-me ainda desse mesmo porto e das luzes, que se preparavam para acolher o barco vindo de Orã, da noite que submergia o cais, das sombras sobre as passarelas. Revejo com nitidez o rosto do policial da alfândega com bigodes retorcidos que me pediu para esvaziar os bolsos e levantar as mãos como um suspeito; o outro policial que não apreciava nem um pouco o zelo de seu colega; o motorista de táxi que me levou até o hotel reclamando por eu ter fechado a porta com força; o recepcionista do hotel que me deu um chá de cadeira quase a noite inteira para verificar se ainda havia um quarto livre já que minha reserva não tinha sido confirmada... Era uma noite de março de 1964, com uma ventania e trovões de acordar defuntos. O quarto não tinha aquecimento. Eu estava congelando. E me encolhi debaixo das cobertas. A janela rangia com as rajadas de vento. Sobre a mesa de cabeceira, que uma lâmpada fraca mal iluminava, estava uma pasta de couro. Dentro dela havia uma carta de André Sosa: *"Caro Jonas, como você me pediu, encontrei uma pista de Émilie. Isso levou um tempo, mas estou contente por ter conseguido localizá-la. Para você. Ela trabalha como secretária de um advogado, em Marselha. Tentei falar com ela pelo telefone, mas ela se recusou a falar comigo!!! Não sei por quê. Nós não éramos muito chegados, mas não havia nenhuma razão para mágoas. Talvez ela tenha me confundido com outra pessoa. A guerra nos deixou tão confusos que podemos acreditar que tudo aquilo era apenas uma alucinação coletiva. Mas, bom, deixemos o tempo fazer o seu trabalho. As feridas ainda estão muito vivas para exigir dos que sobreviveram um mínimo de comedimento... Aí está o endereço de Émilie: rua dos Frères-Julien, 143, não é longe da Canebière, a grande avenida central. Muito fácil de encontrar. O prédio fica em frente à cervejaria Le Palmier. É uma cervejaria bem conhecida. É um pouco como um ponto de encontro para os* pieds-noirs. *Você acredita? Só nos chamam de* pieds-noirs *agora. Como se toda nossa vida tivéssemos andado com sapatos engraxados... Quando você estiver em Marselha me avise. Vou ficar feliz de lhe dar um chute no traseiro. Um abraço, Dédé."*

A rua dos Frères-Julien ficava a cinco quarteirões do meu hotel. O táxi rodou por uma boa meia hora antes de me deixar em frente à cervejaria Le Palmier. O motorista precisava ganhar a vida. O lugar fervilhava de gente. Depois das tempestades da véspera, Marselha recuperava o sol como se nunca tivesse chovido. A luz do dia iluminava o rosto das pessoas. No meio de dois prédios mais modernos, o de número 143 era bem antigo, de um verde desbotado, com janelas estreitas escondidas atrás de venezianas fechadas. Vasos de flores tentavam dar alguma graça à banalidade das sacadas... Rua dos Frères-Juliens, número 143, tive um mal pressentimento. O prédio era refratário às luzes do dia, hostil às alegrias da rua. Eu não conseguia imaginar Émilie rindo atrás de janelas tão aflitivas.

Sentei-me dentro da cervejaria para observar quem entrava e saía do prédio em frente. Era um domingo radiante. A chuva tinha limpado as calçadas e o chão brilhava. À minha volta, pessoas sem pressa faziam e desfaziam o mundo num copo de vinho tinto. Todos tinham o sotaque dos bairros argelinos, o rosto ainda queimado pelo sol do Sul. Prolongavam o r como queremos prolongar um prato saboroso. Eles se esforçavam para falar de outros assuntos e de outros lugares, mas invariavelmente voltavam para a Argélia.

— Sabe em que estou pensando agora, Juan? Na omelete que esqueci no fogo quando saí correndo de casa. Acho que minha casa pegou fogo.

— Você está gozando com a minha cara, Roger?

— Claro, estou cansado dessa baboseira toda, de ouvir você falar sem parar no que deixou para trás. Você não tem outro assunto, não?

— Falar de quê? A Argélia é minha vida.

— Então é melhor você morrer logo e me deixar em paz. Quero pensar em outras coisas.

No balcão, três homens alcoolizados, com boinas enfiadas quase até os olhos, brindavam à memória dos quatrocentos tiros que tinham dado em Bab-el-Boued. Eles se acreditavam discretos, mas podiam ser ouvidos lá da rua. Na mesa a meu lado, dois irmãos gêmeos falavam com voz arrastada em meio a garrafas de cerveja vazias e cinzeiros cheios. Com a pele escura e a boca que deixava escapar a saliva enquanto falavam, lembravam os pescadores do porto de Argel, com suas camisetas de marinheiro usadas, o resto de um cigarro apagado no canto da boca e um ar grosseiro, como se fossem cafetões.

— Eu disse que ela era uma aproveitadora. Não tem nada a ver com as moças de lá, que sabem respeitar os homens. E depois, o que é que você vê nela? Parece um *iceberg*! Eu sinto nojo só de imaginar você com ela nos braços. Além disso, ela não é nem capaz de fazer um ensopado...

Bebi três ou quatro xícaras de café sem perder de vista o 143. Em seguida, almocei. E nem sombra de Émilie. Os homens bêbados do balcão tinham ido embora. Os gêmeos também. O zum-zum-zum se acalmava, mas recomeçou com a chegada de um grupo de amigos já meio altos. O garçom quebrou dois copos, derrubou uma garrafa de água num cliente que aproveitou para falar tudo o que ele pensava da cervejaria, dos *pieds-noirs*, de Marselha, da França, da Europa, dos árabes, dos judeus, dos portugueses e de sua própria família, "um bando de egoístas e hipócritas", que não faziam nada para lhe conseguir uma mulher agora que ele ia passar a barreira dos quarenta anos. Deixaram que ele falasse tudo o que tinha vontade antes de pedir que liberasse a mesa.

A luz do dia diminuía; a noite se preparava para descer sobre a cidade.

Eu começava a ficar cansado, quando ela enfim apareceu. Saía do prédio, cabeça descoberta, cabelos em coque. Usava um impermeável de gola evasê e botas que chegavam em seus joelhos. Com as mãos nos bolsos e o passo apressado, poderia ser confundida com uma estudante indo encontrar as amigas para um passeio.

Pus rapidamente um dinheiro sobre a mesa e corri para alcançá-la.

De repente, tive medo. Será que eu tinha o direito de voltar a sua vida? Será que ela tinha me perdoado?

Tentando abafar todas as perguntas que surgiam dentro de mim, gritei:

— Émilie!

Ela parou de repente, como se desse de cara com uma parede invisível. Deve ter reconhecido minha voz porque seus ombros se contraíram e sua nuca se arrepiou sob o coque. Não se virou. Depois de ficar parada, esperando, em vão, a confirmação do que ouvira, retomou o caminho.

— Émilie!

Dessa vez, ela se virou, tão rápido que quase perdeu o equilíbrio. Seus olhos faiscaram em seu rosto pálido. Ela se aprumou, como se engolisse lágrimas... Sorri com um ar idiota, na falta de ideia melhor. O que eu iria dizer? Por onde começar? Estava tão impaciente para encontrá-la que não tinha pensado nisso antes.

Émilie me encarou, se perguntando se eu era de carne e osso.

— Sou eu.

— Sim?...

Seu rosto era um pedaço de bronze, um espelho cego. Eu não conseguia acreditar que ela pudesse me receber com tal frieza.

— Procurei você por todos os lugares.

— Por quê?

A pergunta me pegou de surpresa. Perdi a concentração. Como ela podia me fazer aquela pergunta? Será que ela não estava entendendo? Meu entusiasmo vacilou como um boxeador que escuta o gongo no meio do ringue. Eu estava atordoado, abatido, sem ação.

— Como assim, por quê?... Estou aqui por sua causa.

— Nós já dissemos tudo o que tínhamos a dizer em Orã.

Apenas os lábios se moveram em seu rosto.

— Em Orã, as coisas eram diferentes.

— Em Orã ou em Marselha, tudo é igual.

— Você bem sabe que não é verdade, Émilie. A guerra acabou, a vida continua.

— Para você, talvez.

Eu suava.

— Eu pensava que...

— Pensou errado — ela me interrompeu.

Ela congelava meus pensamentos, minhas palavras, minha alma.

Seu olhar me mantinha sob mira, pronto para me atingir.

— Émilie... Me diga o que preciso fazer, mas eu imploro, não me olhe assim. Eu daria tudo para...

— Não se pode dar o que não se tem. E você não pode me dar o que não tem. E, além do mais, não me serviria de nada. Não se muda o mundo. No que me diz respeito, ele me tomou muito mais do que poderá me devolver.

— Eu sinto muito.

— São apenas palavras. Acho que já lhe disse isso.

Meu sofrimento era tão grande que me tomava por inteiro, não deixando lugar nem para a raiva nem para o desprezo.

Contra todas as expectativas, a escuridão de seu olhar se atenuou e seu rosto se tornou um pouco mais suave. Ela me encarou longamente, como se voltasse no passado para me encontrar. Finalmente aproximou-se de mim. Seu perfume me invadiu. Pegou meu rosto com as mãos, como minha mãe fazia antes de me dar um beijo na testa. Émilie não me beijou.

Nem na testa nem no rosto. Contentou-se em me olhar. Seu hálito me enredava e se misturava com o meu. Como eu gostaria que ela segurasse meu rosto até o Juízo Final.

— Não é culpa de ninguém, Younes. Você não me deve nada. O mundo é assim, só isso. E ele não me seduz mais.

Ela virou as costas e continuou seu caminho.

Fiquei plantado ali na calçada, completamente aturdido, e a vi sair de minha vida como uma alma estreita demais para se acomodar a meu corpo.

Era a última vez que a via.

Na mesma noite, peguei o navio de volta à Argélia e nunca mais, até o dia de hoje, tinha posto os pés na França.

Eu lhe escrevi cartas e lhe mandei cartões de natal... Ela nunca me respondeu nenhum deles. Eu pensei que ela tivesse mudado de endereço, que tivesse ido embora dali, para longe, o mais longe possível de qualquer lembrança, e que talvez fosse melhor assim. É verdade que senti muita falta dela, sonhei com o que poderíamos ter construído juntos, com as feridas que teríamos curado, com as infelicidades que teríamos enfrentado, com os velhos demônios que teríamos exorcizado. Émilie não queria salvação, não queria virar a página, superar a dor. Os poucos instantes que ela me concedeu, nessa rua devastada pelo sol, tinham sido suficientes para que eu compreendesse que há portas que, quando se fecham, escondem abismos que nem mesmo a luz do próprio Deus poderia alcançar... Eu tinha sofrido muito por causa de Émilie. Tinha sofrido com sua mágoa, sua renúncia, sua decisão de se afastar de tudo e todos. Depois tentei esquecê-la, esperando assim amenizar o mal que estava em nós. Eu precisava de um motivo, precisava admitir o que meu coração não queria ver. A vida é um trem que não para em nenhuma estação. Ou o pegamos em movimento ou apenas o vemos passar na plataforma, e não há nada pior do que uma estação fantasma. Fui feliz? Acho que sim. Conheci alegrias, momentos inesquecíveis, até amei e sonhei como um menino deslumbrado. No entanto, sempre achei que faltava uma peça nesse quebra-cabeças, que alguma coisa não respondia ao meu chamado, que uma ausência me mutilava. Eu apenas pairava ao redor da felicidade.

O avião pousa lentamente na pista e, em seguida, acelera com o rugido das turbinas. O jovem a meu lado me mostra alguma coisa além da fachada envidraçada do aeroporto onde, como pássaros gigantescos, outros aviões esperam para decolar. Uma voz no alto-falante nos informa a temperatura e a hora local, nos agradece por termos escolhido aquela companhia aérea, antes de recomendar veementemente que ficássemos sentados, com os cintos apertados, até a parada total da aeronave.

O jovem me ajuda a carregar a pequena mala que trago comigo até a entrada dos guichês da imigração. Uma vez cumpridas as formalidades, ele me mostra a saída e pede desculpas por me deixar sozinho agora, e vai na direção das esteiras de bagagem.

A porta de vidro dá para o hall externo. Pessoas fazem plantão atrás da linha amarela, impacientes para reconhecer um rosto familiar no fluxo de passageiros que desembarcam. Uma menininha se solta das mãos do pai e se joga nos braços da avó que usa uma *djellaba*. Um homem vai ao encontro de uma mulher, e os dois se beijam no rosto, mas seus olhos estão pegando fogo.

Outro homem de uns cinquenta anos se manteve um pouco afastado, com um cartaz nas mãos onde se lia: Río Salado. Por um segundo, acreditei ver um fantasma. Era igual a Simon. Barrigudo e atarracado, careca e com as pernas tortas. E seus olhos, meu Deus!, que me encaravam, que me adivinhavam.

Como ele pôde me reconhecer no meio de toda aquela gente já que nunca tínhamos nos visto? Ele me sorri, se adianta e estende a mão forte e peluda, idêntica à de seu pai.

— Michel?...

— Eu mesmo, senhor Jonas. Prazer em conhecê-lo. Fez boa viagem?

— Dormi a viagem inteira.

— O senhor tem bagagens?

— Só esta mala.

— Ótimo. Meu carro está no estacionamento — e me convida a segui-lo.

As estradas se multiplicam vertiginosamente à nossa frente. Michel dirige rápido, o olhar fixo. Não tenho coragem de encará-lo, contento-me em discretamente observar o seu perfil. Como ele se parece com Simon, meu amigo, seu pai. Sinto um aperto no coração, uma lembrança fugaz me atravessa. Preciso respirar fundo para me livrar do veneno que invade meu peito. Concentro-me na estrada que passa a toda velocidade, no ziguezague brilhante dos carros, nas placas por cima de nós: Salon-de-Provence, à direita; Marselha, próxima saída à direita; Vitrolles, à esquerda...

— Imagino que o senhor esteja com fome, não? Conheço um lugar bem simpático...

— Não é preciso, já comi no avião.

— Reservei um quarto para o senhor no hotel 4 Dauphins, perto da rua Mirabeau. O senhor tem sorte, vai fazer sol a semana toda.

— Só vou ficar dois dias aqui.

— O senhor está sendo muito esperado. Acho que dois dias não serão suficientes.

— Tenho que voltar para Rio. É o casamento do meu neto... Gostaria de ter vindo antes, de ter assistido ao enterro, mas conseguir um visto em Argel é uma coisa de louco. Precisei pedir ajuda a um amigo influente...

O carro entrou numa fortaleza de vidro surgida de lugar nenhum.

É a estação Aix-TGV, me explica Michel.

— Não estou vendo a cidade.

— É uma estação nova, fora da cidade. Está operando há apenas cinco ou seis anos. A cidade fica a quinze minutos daqui... O senhor já veio a Aix?

— Não... Na verdade, vim apenas uma vez a França. Fui a Marselha, em março de 1964. Cheguei numa noite e fui embora na noite seguinte.

— Uma visita relâmpago?!

— Pode-se dizer que sim.

— O senhor foi expulso?

— Rejeitado.

Michel olhou para mim, com as sobrancelhas franzidas.

— Ah, é uma longa história — eu disse para mudar de assunto.

Atravessamos uma área comercial, repleta de supermercados e shoppings centers e estacionamentos abarrotados de carros. Imensos letreiros em néon guiam a multidão. Um engarrafamento fecha o cruzamento.

— A nossa sociedade de consumo — diz Michel. — As pessoas compram cada vez mais o tempo todo. Um horror. Minha mulher e eu vamos ao shopping a cada quinze dias. Se não podemos ir, ficamos mal-humorados e brigamos por qualquer coisa.

— A cada época, os seus males.

— É isso mesmo. A cada época, os seus males.

Chegamos em Aix-en-Provence com uns vinte minutos de atraso por causa de um acidente na altura da Ponte do Arco.

O tempo é bom, e as pessoas deixam suas casas para tomar o centro da cidade. As calçadas formigam de transeuntes, o cenário é de festa. A Rotunda, o grande chafariz, despeja feixes de água no coração de uma praça circular, com seus leões de pedra de plantão ao redor. Um japonês tira fotos de sua companheira, perdido em meio aos carros. Um parquinho reúne crianças em torno de alguns brinquedos; meninos presos a tiras elásticas são lançados no ar sob o olhar preocupado dos pais. Os terraços inundados de sol estão apinhados de gente, nem uma mesa livre. Os garçons correm para todos os lados, com as bandejas equilibradas na palma da mão. Michel dá a vez a um micro-ônibus ecológico entupido de turistas e pega lentamente a rua Mirabeau, e um pouco mais para cima, na altura de uma fonte secular, entra na rua do 4 de setembro. Meu hotel fica perto de um chafariz enfeitado por quatro golfinhos assustados. Uma jovem loura nos atende na recepção, me faz preencher e assinar um formulário antes de me orientar sobre o quarto com teto inclinado no terceiro andar. Um mensageiro nos conduz até lá, a Michel e a mim, pousa minha mala sobre a mesa, abre a janela, verifica se tudo está no lugar e desaparece, me desejando uma estada agradável.

— Vou deixar o senhor descansar — diz Michel. — Venho buscá-lo daqui a duas horas.

— Eu gostaria de ir ao cemitério.

— Pensei em ir amanhã. Estão esperando pelo senhor em minha casa hoje.

— Quero ir ao cemitério agora, enquanto ainda é dia. Faço questão.

— Está certo. Vou ligar lá para casa e pedir para adiar o nosso encontro em uma hora.

— Obrigado. Não preciso de banho e menos ainda de repouso. Vamos agora mesmo, se não for inconveniente para você.

— Tenho um probleminha para resolver antes. Não vai demorar. Em uma hora está bom para o senhor?
— Ótimo. Estarei lá embaixo, na recepção.
Michel pega o celular e vai embora fechando a porta.
Volta para me buscar meia hora mais tarde, e já me encontra esperando-o em pé, na entrada do hotel. Entro a seu lado no carro. Ele pergunta se consegui descansar um pouco. Respondo que estiquei as pernas e que isso tinha me dado fôlego novo. Descemos a rua Mirabeau, barulhenta à sombra de suas árvores.
— O que vocês estão comemorando hoje? — perguntei.
— A vida, senhor Jonas. Aix comemora a vida todos os dias.
— É sempre animado assim por aqui?
— Quase sempre.
— É uma sorte viver nesta cidade.
— Por nada do mundo iria para outro lugar. Aix é uma cidade magnífica. Minha mãe dizia que o sol aqui quase a consolava pela perda de Río Salado.
O cemitério Saint-Pierre, onde repousa, entre outros heróis e mártires, Paul Cézanne, está deserto. Um memorial nacional em pedra, dedicado aos franceses da Argélia e aos repatriados de além-mar, me recebe na entrada. "O verdadeiro túmulo dos mortos é o coração dos vivos", lê-se em cima. Aleias asfaltadas cortam gramados velados por capelas. Fotos sobre os túmulos lembram aqueles que não estão mais aqui: a mãe, o esposo, o irmão que partiu cedo demais. As sepulturas estão enfeitadas com flores. O mármore cintilante ameniza as reverberações do dia, enche o silêncio com uma quietude campestre. Michel me guia através das aleias bem desenhadas. Os pedregulhos rangem sob seus pés. O sofrimento o alcança. Para em frente a um túmulo em granito preto que inúmeras coroas enfeitam. Como epitáfio se pode ler:

Émilie Benyamin, nascida Cazenave. 1931-2008.

Simplesmente.

— Imagino que o senhor queira ficar sozinho por alguns instantes — diz Michel.

— Por favor.

— Vou dar uma volta.

— Obrigado.

Michel balança a cabeça, o rosto contraído. Seu pesar é enorme. Ele se afasta com a cabeça baixa e as mãos entrelaçadas nas costas. Quando ele desaparece atrás de uma série de capelas de pedra, me abaixo na frente do túmulo de Émilie, junto meus dedos na altura dos lábios e recito um verso do Corão. Não é um gesto tipicamente sunita, mas eu o faço assim mesmo. Nós somos uns e outros aos olhos dos imames e dos papas, mas somos apenas Um aos olhos do Senhor. Recito a Al-Fatiha, o primeiro capítulo do livro sagrado, e depois duas passagens da sura Ya Sin...

Em seguida, pego no bolso do casaco um saquinho de algodão, puxo o cordão para abri-lo, e com meus dedos que tremem retiro pétalas de rosa secas que jogo sobre a sepultura. É a poeira de uma flor colhida há quase setenta anos. Os restos daquela rosa que escondi no livro de Émilie enquanto Germaine lhe aplicava a injeção na parte de trás da farmácia em Río Salado.

Ponho o saquinho vazio no bolso novamente e me levanto. Minhas pernas vacilam. Preciso me apoiar contra a lápide para retomar as forças. Agora os pedregulhos rangem sob meus pés. Minha cabeça está cheia do som de passos, pedaços de vozes e imagens brilhantes... Émilie sentada no portão da farmácia, com a capuz do casaco na cabeça, enrolando nos dedos da mão os cordões de suas botas. *Eu a teria facilmente tomado por um anjo caído do céu.* Émilie folheava distraída um livro de capa dura. *O que você está lendo? Um livro ilustrado sobre Guadalupe. O que é Guadalupe? Um arquipélago francês no Caribe...* Émilie no dia seguinte ao seu noivado, suplicando na farmácia. *Diga que sim e eu desmancho tudo...* As aleias oscilam à minha frente. Não me sinto bem. Tento andar mais rápido, mas não consigo. Como num sonho, minhas pernas se recusam a me levar, se prendem no chão...

Um velho está parado na entrada do cemitério, exibindo um uniforme coberto de medalhas de guerra. Apoiado numa bengala, cabeça raspada, o rosto enrugado, ele me vê andar na sua direção. Não se afasta para me deixar passar, espera que eu chegue perto e diz:

— Os franceses foram embora. Os judeus e os ciganos também. Vocês estão sozinhos junto com os seus. Então, por que vocês estão se matando?

Não entendi a que ele se referia, nem por que me falava naquele tom. Seu rosto não me dizia nada. No entanto, seus olhos eram familiares. De repente, um raio atravessou meu espírito e iluminou minha memória... Krimo!... É Krimo, o colaborador *harki*, que tinha me jurado de morte em Río. No instante em que o reconheço, sinto uma dor intensa no maxilar, a mesma que uma vez me derrubou quando ele deu uma coronhada de fuzil no rosto.

— Você está me reconhecendo? Estou vendo na sua cara que você me reconheceu agora.

Eu o afastei suavemente para seguir meu caminho.

— Por que vocês continuam com os massacres, com os atentados? Vocês não queriam a independência? Vocês a têm agora. Não queriam decidir sozinhos o seu destino? Podem decidir. Então por que a guerra civil? Por que essas matas infestadas de muçulmanos? Por que esses militares que querem dar seu show? Essa é a prova de que vocês só são bons para destruir e matar.

— Por favor... vim aqui rezar num túmulo, não quero ficar remexendo o passado.

— Nossa, que comovente.

— O que você quer, Krimo?

— Nada... Só olhar para você de perto. Quando Michel nos avisou que o nosso encontro seria uma hora mais tarde, foi como se tivessem adiado o próprio Juízo Final.

— Não sei do que você está falando.

— Não me admira, Younes. E alguma vez na vida você entendeu alguma coisa?

— Você já está me cansando, Krimo. Você é cansativo como a morte, se quer saber o que acho. Não estou aqui por sua causa.

— Mas eu estou. Vim de Alicante especialmente para lhe dizer que não esqueci nada, nem perdoei.

— É por isso que você tirou esse velho uniforme e todas essas medalhas do baú onde apodreciam?

— Isso mesmo.

— Não sou o bom Deus, e não sou a república. Não tenho méritos para reconhecer os seus, nem dores que cheguem aos pés das suas... Sou só um sobrevivente que ignora por que saiu sem um arranhão quando não era melhor do que aqueles que ficaram pelo chão... Se isso consola você, fizemos o mesmo papel nessa guerra. Nós *traímos* nossos mártires, vocês *traíram* seus ancestrais e foram traídos também.

— Eu não traí ninguém.

— Seu infeliz! Você não sabe que, de uma maneira ou de outra, todo sobrevivente de uma guerra é um traidor?

Krimo faz menção de recomeçar sua ladainha, a boca retorcida pela raiva. Michel volta e ele se detém. Depois de me encarar com desprezo e rancor sai do meu caminho e me deixa voltar para o carro estacionado um pouco mais abaixo, perto de algumas barracas de comida.

— Você vem conosco, Krimo? — pergunta Michel me abrindo a porta.

— Não... Vou pegar um táxi.

Michel não insistiu.

— Sinto muito por Krimo — disse Michel dando a partida no automóvel.

— Não faz mal. Será que vou ter essa mesma recepção no lugar aonde estamos indo?

— Vamos para minha casa. Talvez você se surpreenda, mas há apenas algumas horas Krimo estava impaciente para rever o senhor. Não parecia que ele o esperava para acertar diferenças do passado. Chegou ontem da Espanha. Brincou a noite toda falando dos anos em Río. Não sei o que deu nele.

— Vai passar, e para mim também.

— Isso seria o certo. Minha mãe dizia que as pessoas sensatas acabam obrigatoriamente se reconciliando.

— Émilie disse isso?

— Disse, por quê?

Não respondi.

— Quantos filhos o senhor tem?

— Dois... um rapaz e uma moça.

— E netos?

— Cinco... O caçula que vai se casar na próxima semana foi campeão argelino de mergulho submarino por quatro anos seguidos. Mas meu orgulho e minha esperança é Norah, minha neta. Com vinte e cinco anos ela trabalha numa das mais importantes editoras do país.

Michel acelera. Pegamos a estrada de Avignon até um sinal. Uma placa indica Chemin-Brunet e Michel segue nessa direção. É uma estrada cheia de curvas, ladeada por muros baixos atrás dos quais se abrigam belas casas e prédios graciosos protegidos por grades. O bairro é calmo, cheio de flores, luminoso. Não há nenhuma criança nas ruas. Apenas algumas pessoas mais velhas esperam pacientemente o ônibus, à sombra de trepadeiras.

A casa dos Benyamin fica no meio de um bosque, no alto de uma colina. É uma casa elegante, pintada de branco, cercada por um muro de pedras coberto de limo. Michel aciona o controle remoto e a grade se abre automaticamente. Ao fundo três homens velhos estão sentados ao ar livre.

Michel estaciona o carro e ponho os pés no chão. O gramado afunda sob meus sapatos. Dois dos três velhos se levantam. Nós nos olhamos em silêncio. Reconheço o maior, um varapau, curvado e careca. Mas não lembro seu nome. Não éramos muito próximos em Río Salado. Éramos apenas vizinhos, que se davam bom dia na rua e se ignoravam logo em seguida. O pai dele era chefe da estação da cidade. A seu lado, um homem de uns setenta anos bem conservado, o queixo levantado e a testa proeminente. É Bruno, o jovem policial que adorava fazer a ronda da praça enrolando o cordão do apito em volta do dedo. Estou surpreso por vê-lo ali. Tinha ouvido falar que ele morrera num atentado da OAS. Ele se aproxima de mim, me estende a mão esquerda. Tem uma prótese no braço direito.

— Jonas... Que alegria rever você!

— Eu também estou muito feliz por ver você de novo, Bruno.

O varapau me cumprimenta. Sua mão aperta a minha frouxamente. Está um tanto incomodado. Imagino que todos nós estamos. No carro, eu estava esperando por reencontros efusivos, com abraços e risadas e tapas nas costas. Pensei que os abraçaria bem forte e depois os afastaria para olhá-los de alto a baixo. Pensei que encontraria meus amigos e que, numa brincadeira qualquer, voltássemos a ser meninos e superássemos tudo o que nos assombra à noite, há anos, guardando apenas as boas recordações. Agora que estamos juntos, ao alcance uns dos outros, cheios de lembranças e vida, com o coração batendo forte e os olhos marejados, um mal-estar obscuro suaviza nossos ímpetos e ficamos paralisados, iguais a meninos que se encontram pela primeira vez e que não sabem como começar a conversar.

— Você não se lembra de mim, Jonas? — pergunta o varapau.

— Seu nome está na ponta da língua... Você morava no número 6, atrás da casa de madame Lambert. Ainda posso ver você escalando o muro para ir roubar fruta do pomar dela.

— Não era um pomar, era só uma figueira.

— Era um pomar. Ainda moro no número 13 e ainda vejo madame Lambert correndo atrás dos danadinhos que infestam suas árvores frutíferas...

— Veja só! Em minhas lembranças, só havia uma grande figueira.

— Gustave — gritei estalando os dedos. — Agora veio. Gustave Cusset, o preguiçoso juramentado da classe. Sempre bancando o espertinho.

Gustave dá uma gargalhada e me abraça com força.

— E eu? — pergunta o terceiro velho sem deixar a mesa. — Você não está me reconhecendo? Nunca roubei nenhum pomar e, na sala de aula eu prestava tanta atenção quanto um mosquito.

Ele, ao contrário, estava muito envelhecido. André J. Sosa, o fanfarrão de Río que gastava dinheiro tanto quanto seu pai gastava o chicote nas costas dos trabalhadores. Está enorme, obeso, com uma barriga que lhe cai sobre os joelhos e que um par de suspensórios tem dificuldades de segurar. A cabeça careca, cheia de manchas senis, o rosto indecifrável em meio às rugas, ele sorri abertamente.

— Dédé!

— É, Dédé — disse. — Praticamente imortal.

E empurra a cadeira de rodas até mim.

— Eu posso andar — faz questão de dizer —, mas estou muito pesado.

Nós nos abraçamos. As lágrimas começaram a correr e não fizemos nada para impedi-las. Choramos, rimos e nos abraçamos.

A noite nos surpreendeu em volta da mesa rindo às gargalhadas e nos provocando. Krimo chegara havia uma hora e não me olhava mais de cara feia. Tinha desabafado no cemitério e, sentado à minha frente, parecia constrangido, com remorsos pelo que nos disséramos. Talvez tivesse guardado no peito, durante todos esses anos, um grito que nunca teve a oportunidade de dar. De qualquer maneira, tem o ar apaziguado de alguém que acaba de acertar as contas consigo mesmo. Ele hesitou longamente antes de levantar os olhos para mim. Em seguida, pôs-se a nos escutar falar de Río, dos bailes da estação, das vindimas, das festas e das bebedeiras, de Pepe Rucillio e suas extravagâncias, dos acampamentos ao luar... Nem uma só vez um acontecimento ou lembrança infeliz surgiu entre nós.

Martine, a esposa de Michel, uma mulher alegre e robusta de Aoulef, meio moura, meio bretã, fez uma *bouillabaisse* magnífica. O molho era suculento e o peixe se desmanchava na boca.

— Você ainda não bebe? — perguntou-me André.

— Nenhuma gota.

— Não sabe o que está perdendo.

— Se fosse só isso, Dédé.

Ele se serve e engole a bebida de uma vez só.

— É verdade que Río não produz mais vinho?

— É verdade.

— Caramba! Que desperdício. Eu juro que, de vez em quando, ainda sinto na boca o toque miraculoso daquele vinho leve da nossa casa, daquele bendito alicante d'El Maleh, que nos dava vontade de nos embriagar até trocarmos as pernas.

— A reforma agrária destruiu todos os vinhedos da região.

— O que é que plantaram no lugar? — indignou-se Gustave. — Batatas?

André afasta a garrafa que estava entre nós para me ter só para ele.

— E Jelloul? Que aconteceu com ele? Sei que era capitão no exército argelino e que comandou um setor militar no Saara. Mas, já há alguns anos, não sei dele.

— Aposentou-se como coronel no começo dos anos de 1990. Nunca morou em Río. Tinha uma casa em Orã onde queria viver até o fim de seus dias. Depois veio o terrorismo e Jelloul foi assassinado na frente de casa, levou um tiro, parado na porta.

André leva um susto.

— Jelloul está morto?

— Está.

— Assassinado por um terrorista?

— Foi, um emir do GIA, o Grupo Islâmico Argelino. E veja só, Dédé, era seu sobrinho!

— O assassino de Jelloul era seu sobrinho?

— Isso mesmo!

— Meu Deus! Que ironia do destino!

Fabrice Scamaroni juntou-se a nós somente à noite. Por causa de uma greve de ferroviários. Os abraços recomeçaram. Entre Fabrice e eu os laços nunca se romperam. Jornalista e escritor de sucesso, eu o via regularmente na tevê. Voltou várias vezes à Argélia a trabalho e aproveitava cada reportagem para dar um pulo em Río Salado. Ficava em minha casa. Em todas as suas visitas, de manhã cedo, chovesse ou fizesse sol, eu ia com ele ao cemitério cristão visitar o túmulo de seu pai. Sua mãe morreu durante os anos de 1970, no naufrágio de um barco de turismo na costa da Sardenha.

As garrafas de vinho agora cobrem a mesa. Ressuscitamos os mortos, brindamos a sua memória, falamos sobre o paradeiro dos vivos, por que um escolheu morar na Argentina, por que outro preferiu o Marrocos?... André está bêbado como um gambá, mas aguenta firme. Bruno e Gustave não param de ir ao banheiro.

Eu olho ao redor.

Faltou alguém. Jean-Christophe Lamy.

Sei que está vivo e que dirigia com Isabelle uma empresa na Côte d'Azur. Por que será que não tinha vindo? Nice fica a menos de duas horas de Aix. André veio de Bastia, Bruno, de Perpignan, Krimo, da Espanha, Fabrice, de Paris, Gustave, de Saône-et-Loire... Será que ele ainda está zangado comigo? Mas o que foi que eu fiz? Depois de tanto tempo, nada... Eu não tinha feito nada. Eu o amava como a um irmão, e como um irmão chorei por ele no dia em que foi embora, levando nossa amizade junto.

— Volte para a terra, Jonas! — Bruno me sacode.

— Hã?!

— Em que você está pensando? Estou falando com você a cinco minutos.

— Me desculpe. O que você estava falando?

— Da nossa terra. Somos órfãos de nosso país.

— E eu, órfão de meus amigos. Não sei quem de nós perdeu mais. De qualquer modo, tudo é muito ruim.

— Eu acho que foi mais fácil para você, Jonas.

— É a vida — disse André filosofando. — O que lhe dão com uma das mãos lhe tiram com a outra. Por Deus!, por que tivemos que perder alguma coisa?... Mas Bruno tem razão. Não é a mesma coisa. Não, não é a mesma coisa, perder os amigos e perder a pátria. Meu corpo todo dói só de pensar nisso. Aqui toda vez que usamos a palavra saudade, sabemos que, no fundo, acima de todas as outras, sentimos saudade é da Argélia.

Respira fundo, seus olhos brilham na luz da luminária.

— A Argélia está grudada em minha pele — confessa. — Às vezes, ela me corrói como o sangue de Nesso, às vezes me envolve como um perfume delicado. Tento me afastar dela e não consigo. Como posso esquecê-la? Quis colocar uma pedra nas minhas lembranças, seguir em frente, recomeçar do zero. Foi em vão. Não sou um gato, só tenho uma vida, e minha vida ficou lá, na minha terra... Tentei me concentrar em todos os horrores que vivemos lá para vomitá-la, mas de nada adiantou. O sol, as praias, as ruas, a comida, as boas e velhas bebedeiras e os dias felizes superam minha raiva e eu me pego sorrindo quando queria gritar. Nunca esqueci Río, Jonas. Nenhum dia sequer, nenhum instante. Me lembro de cada palmo de nossa colina, de cada piada nos cafés, e das palhaçadas de Simon, que fingem que ele não está morto, como se Simon não quisesse que sua morte trágica e o fim dos nossos sonhos coincidissem. Eu juro que isso também eu tentei esquecer. Quis, mais que tudo no mundo, extrair uma a uma de minhas lembranças com um pé de cabra, como se fossem um dente podre. Viajei muito, fui à América Latina, à Ásia, para me afastar e me reinventar em outro lugar. Quis provar para mim mesmo que havia outros países, que uma pátria se reconstrói como uma nova família. Mentira. Bastava parar um segundo para que aquela terra, minha terra, entrasse de novo em mim. Eu me virava e percebia que aquela terra estava lá, que substituía minha sombra.

— Se ao menos a gente tivesse ido embora por vontade própria — se queixa Gustave, a dois dedos do coma alcoólico.

— Mas nos forçaram a abandonar tudo e partir em desespero,

com as malas carregadas de fantasmas e de dores. Nos tiraram tudo, inclusive nossa alma. Não nos deixaram nada, nada de nada, nem mesmo os olhos para chorar. Não foi justo, Jonas. Nem todo mundo ali era colono, nem todo mundo brandia um chicote e calçava botas. Não tínhamos nem mesmo botas em alguns lugares. Tínhamos pobres também, nossos bairros pobres, nossos deixados-a-sua-própria-sorte e nossos homens de boa vontade, nossos pequenos artesãos, menores ainda que os de vocês, e fazíamos frequentemente as mesmas orações. Por que puseram a todos nós no mesmo saco? Por que nos fizeram vestir a carapuça de senhores feudais? Por que nos fizeram crer que éramos estrangeiros na terra onde nossos pais nasceram, nossos avós, nossos bisavós e nossos tataravós, que éramos os usurpadores de um país que construímos com as mãos e irrigamos com o suor do rosto e sangue das veias?... Enquanto não tivermos uma resposta, essa ferida não vai cicatrizar.

A reviravolta da conversa me incomodou. Krimo engole um copo atrás do outro. Tenho medo de que ele traga a discussão de há pouco para a mesa.

— Sabe, Jonas? — ele diz de repente depois de não ter falado nada desde sua chegada. — Eu queria muito que a Argélia saísse dessa.

— Ela vai conseguir — diz Fabrice. — A Argélia é um eldorado inexplorado. Só precisa de presença de espírito. Por enquanto, ela se procura, às vezes lá onde ela não está. Na verdade, está perdendo dentes. Mas é ainda uma criança, e outros dentes vão crescer.

Bruno me pega pela mão, a aperta muito forte.

— Tenho vontade de voltar para Río, nem que seja apenas por um dia e uma noite.

— E por que não volta — diz André. — Há todos os dias um voo para Orã ou para Tlemcen. Em menos de hora e meia, você vai estar até o pescoço na merda.

Nós gargalhamos alto a ponto de sermos ouvidos pela vizinhança.

— Sério — diz Bruno.

— Sério o quê? — eu digo. — Dédé tem razão. Você pega um avião e em menos de duas horas está em casa. Por um dia ou para sempre. Río não mudou muito. É verdade que há uma certa melancolia no ar agora, as flores murcharam, não há mais adegas e poucos vinhedos, mas as pessoas são formidáveis e amáveis. Se você se hospedar na minha casa, será obrigado a ir às dos outros e uma eternidade não será suficiente.

Michel me leva de volta para o hotel pouco depois da meia-noite, sobe comigo até o quarto e, lá, me dá uma caixa de metal trancada com um minúsculo cadeado.

— Minha mãe me pediu para lhe entregar isso, logo depois de sua morte. Se o senhor não tivesse vindo, eu teria que dar um pulo em Río.

Pego a caixa, contemplo os velhos desenhos desbotados na tampa. É uma caixa de doces antiga, com gravuras de cenas da vida nos castelos, nobres nos jardins, príncipes flertando com belas jovens perto de um chafariz. Verifiquei o peso, não parecia conter muita coisa.

— Passo para pegar o senhor amanhã às dez horas. Vamos almoçar na casa da sobrinha de André Sosa, em Manosque.

— Às dez horas, Michel. E obrigado.

— De nada. Boa noite.

Ele vai embora.

Sento-me na beira da cama, com a caixa entre as mãos. Qual será o *postscriptum* de Émilie? Que gesto é esse, vindo de além-túmulo? Eu ainda posso vê-la, rua dos Frères-Julien, em Marselha, naquele dia quente de março de 1964. Vejo seu olhar frio, seu rosto de bronze, seus lábios pálidos que cortaram minhas últimas chances de retomar o tempo perdido. Minha mão treme. Percebo o metal frio em meus ossos. Preciso abri-la. Caixa de Pandora ou caixa de música, que importância tem? Aos oitenta anos, nosso futuro já ficou para trás. À frente, só há passado.

Abro o cadeado e levanto a tampa da caixa: cartas!... Só há cartas dentro dela. Cartas amareladas pelo tempo, onduladas pela umidade, outras que foram amassadas e depois esticadas na tentativa de fazê-las voltar ao seu aspecto original. Reconhecia minha letra nos envelopes, os selos de meu país... Entendi enfim por que Émilie não respondia minhas cartas. Elas nunca foram abertas, nem elas nem os cartões de Natal.

Viro o conteúdo da caixa sobre a cama, examino um a um os envelopes na esperança de encontrar uma carta dela... Há uma, recente, ainda firme ao toque, sem selo e sem endereço, apenas com meu nome escrito e um pedaço de fita adesiva na aba.

Não tenho coragem de abrir.

Amanhã, talvez...

Almoçamos na casa da sobrinha de André, em Manosque. Lá também, voltamos às nossas velhas piadas, mas começamos a ficar cansados. Um outro *pied-noir* vem nos saudar. Quando ouvi sua voz, pensei que fosse Jean-Christophe Lamy, e isso me deu nova dose de ânimo, que me abandonou em seguida quando percebi que não era ele. O desconhecido nos fez companhia por pelo menos uma hora antes de ir embora. Ao longo das histórias de que ele não entendia nem o começo nem o fim, percebeu que apesar de ter nascido em Lamoricière, perto de Tlemcen, estava forçando uma intimidade, perturbando uma ordem na qual ele era estrangeiro... Bruno e Krimo vão embora primeiro, para Perpignan de início onde Krimo ficará hospedado na casa de seu companheiro antes de atravessar a fronteira espanhola. Por volta das quatro horas, largamos André na casa de sua sobrinha e acompanhamos Fabrice à estação Aix-TGV.

— Você realmente tem que voltar amanhã? — perguntou Fabrice. — Hélène ficaria tão contente em rever você. Paris fica apenas a três horas daqui. E você pode pegar o avião em Orly. Eu moro perto do aeroporto.

— Uma outra vez, Fabrice. Dê um abraço em Hélène por mim. Ela ainda está escrevendo?

— Já se aposentou há um bom tempo.

O trem chega, magnificamente monstruoso. Na plataforma, Fabrice me abraça uma última vez e entra no vagão. O trem desliza lentamente nos trilhos. Eu procuro meu amigo atrás dos grandes vidros e o vejo ainda em pé, fazendo uma continência para mim. Depois, o trem o leva embora.

De volta a Aix, Gustave nos convida para ir ao Deux Garçons. Depois do jantar, andamos pela rua Mirabeau em silêncio. O tempo está agradável e os terraços dos cafés ainda estão cheios de gente. Jovens fazem fila em frente a cinemas. Um músico descabelado afina o violino, sentado no chão no meio da praça, com um cachorro enrodilhado ao lado.

Em frente a meu hotel, dois pedestres discutem com um motorista, que encerra o assunto entrando de novo no carro e fechando a porta com violência.

Meus companheiros me deixam na recepção e se vão, prometendo me pegar no dia seguinte, às sete horas, para me levar ao aeroporto.

Tomo um banho quente e vou para cama.

Na mesa de cabeceira, a caixa de Émilie, tão imóvel quanto uma urna funerária. Minha mão sozinha abre o cadeado, mas me espera para levantar a tampa.

Não consigo fechar os olhos. Tento não pensar em nada. Abraço o travesseiro, viro para o lado direito, depois para o lado esquerdo, fico de costas. Estou triste. Não quero ficar sozinho no escuro. E também não tenho nada a me dizer que realmente valha a pena. Preciso me cercar de gente, dividir minhas frustrações, inventar bodes expiatórios. É sempre assim: quando não encontramos soluções para a infelicidade, procuramos um culpado. Minha infelicidade é imprecisa. Estou sofrendo, e ao mesmo tempo não sei por quê. Émilie? Jean-Christophe? A idade? A carta que me espera na caixa?... Por que Jean-Christophe não veio? Será que a raiva é mais atenciosa que o bom senso?...

Pela janela aberta sobre o céu azulado onde a Lua parece um medalhão, me preparo para ver passar, em câmera lenta, meus erros e minhas alegrias, e rostos familiares. Eu os ouço chegar como uma tempestade. Que escolha posso fazer? Que atitude tomar? Dou voltas em torno de um abismo, como um equilibrista na corda bamba, como alguém na beira de um vulcão prestes a entrar em ebulição. Estou às portas da memória, desses infinitos filmes ainda sem edição que nos arquivam, dessas gavetas obscuras onde estão guardados os heróis comuns que fomos, os mitos que não soubemos encarar, enfim, os atores e os figurantes que somos, tomada a tomada, geniais e grotescos, belos e monstruosos, mergulhados em nossas pequenas covardias, nossas proezas, nossos juramentos e nossas renúncias, em nossas bravuras e nossas negações, nossas certezas e nossas dúvidas. Em resumo, em nossas ilusões indomáveis... O que guardar desses filmes em desordem? O que jogar fora? Se só houvesse um instante de nossa vida para levar para a grande viagem, qual deles escolher? Em detrimento de quê e de quem? E, acima de tudo, como se reconhecer no meio de tantas sombras, de tantos fantasmas, de tantos titãs?... Quem somos nós de verdade? O que fomos ou o que teríamos preferido ser? O mal que causamos ou o que sofremos? Os encontros que perdemos ou os encontros casuais que mudaram o nosso destino? Os trilhos que nos preservaram da vaidade ou os fogos da rampa que nos serviram de pira? Nós somos tudo isso ao mesmo tempo, tudo o que foi nossa vida, com seus altos e baixos, suas proezas e suas vicissitudes. Somos também o conjunto dos fantasmas que nos assombram... somos muitos personagens num só, tão convincentes nos diferentes papéis que assumimos que é impossível saber qual deles somos realmente, em qual nos transformamos, qual nos sobreviverá.

Presto atenção nos sons de outros tempos. Não estou mais sozinho. Sussurros dão voltas no meio das lembranças fragmentadas, parecidos com estilhaços em torno de uma explosão. Frases criptografadas, incitações mutiladas, risos e choros misturados, indissociáveis... Ouço Isabelle tocar piano — Chopin —, vejo seus dedos longos deslizarem pelo teclado com uma leveza rara, procuro seu rosto que imagino tenso pela concentração. A imagem se recusa a vir, prende-se às teclas do piano enquanto outras notas explodem em minha cabeça num balé de fogos de artifício... Meu cachorro surge atrás do monte, com seu olhar melancólico. Estendo a mão para acariciá-lo, um gesto absurdo mas que aceito. Minha mão desliza sobre a coberta como se fosse sobre seu pelo. Deixo essa lembrança tomar conta da minha respiração e da minha insônia, me tomar por inteiro. Vejo nossa casa no fim do caminho prestes a sumir... Sou um eterno menino... Não voltamos à infância, nunca saímos dela. Eu, velho? O que é um velho senão uma criança que já fez muitos anos e ganhou barriga?... Minha mãe desce do monte, com seus pés cheios da poeira de milhares de constelações. Mamãe, minha mãe. A mãe é uma presença que nem a erosão do tempo nem as falhas da memória podem apagar. Tenho a prova disso todos os dias feitos por Deus, todas as noites quando me encolho na cama. Sei que ela está lá, que ela sempre esteve perto de mim por todos esses anos, em todas as orações inacabadas, em todas as promessas não cumpridas, em todas as ausências insuportáveis e em todas as dores perdidas... Ao longe, agachado sobre um monte de cascalho, com um chapéu de palha enfiado até as orelhas, meu pai olha a brisa enlaçar os caules esguios... Depois, tudo se precipita: o fogo destruindo o campo, a carruagem do alcaide e a carroça que nos levou lá onde meu cachorro não tinha mais lugar... Jenane Jato... O barbeiro cantor, Perna-de-pau, El Moro, Ouari e seus pintassilgos... Germaine me abrindo os braços sob o olhar enternecido de meu tio... Depois Río, ainda Río, sempre Río... Fecho os olhos, para pôr fim em algo, parar uma história mil vezes contada e mil vezes inventada... Quero ver!... Nossas pálpebras se transformam em portas secretas. Fechadas, elas nos contam; abertas, dão sobre nós mesmos. Somos os reféns de nossas lembranças. Nossos olhos não nos pertencem mais... Procuro Émilie no filme em partes de minha cabeça. Ela não está em lugar nenhum. É impossível voltar ao cemitério juntar a poeira da rosa; é impossível voltar ao número 143, da rua dos Frères-Julien, adquirir um status de pessoas sensatas, pessoas que acabam obrigatoriamente se reconciliando. Eu caminho em meio a multidão que inunda o porto de Orã no verão de 1962. Vejo famílias desorientadas sobre o cais, amontoadas sobre as poucas bagagens que conseguiram salvar, crianças cansadas dormindo no chão, o barco que se prepara para levar os desenraizados para o exílio. Por mais que eu passe de um rosto a um grito, de um abraço a um lenço de adeus, nenhum traço de Émilie... E eu, nisso tudo? Sou só um olhar que corre, corre, corre através dos brancos da ausência e da nudez dos silêncios...

O que fazer de minha noite?

A quem me confiar?

Na realidade, não quero fazer nada de minha noite nem me confiar a ninguém... Há uma verdade que nos vinga de todas as outras: há um fim para tudo, e nenhuma infelicidade é eterna.

Tomo minha coragem com as duas mãos, abro a caixa e depois a carta. Está datada de uma semana antes da morte de Émilie. Respiro fundo e leio:

Caro Younes,

Eu esperei por você no dia seguinte ao nosso encontro em Marselha. No mesmo lugar. E esperei por você no outro dia, e nos dias que seguiram. Você não voltou. Maktub, como dizem em nossa terra. Um nada basta para tudo, para o que é bom e o que não é. É preciso saber aceitar. Com o tempo, ficamos sábios. Lamento. Talvez seja por isso que não tive coragem de abrir suas cartas. Há silêncios que não devemos perturbar. Como a água parada, eles acalmam nossa alma.

Me perdoe como perdoei você.

De lá de onde estou agora, perto de Simon e de meus queridos desaparecidos, terei sempre um pensamento para você.

Émilie.

Foi como se, de repente, todas as estrelas do céu fossem uma só, como se a noite, toda a noite, acabasse de entrar em meu quarto para velar por mim. Sei que, daqui para frente, onde quer que eu vá, dormirei em paz.

O aeroporto de Marignane estava tranquilo. Não há muita gente e as filas em frente aos guichês de *check-in* avançam rapidamente. A ala reservada à Air Algérie está quase deserta. Alguns homens — sacoleiros ou contrabandistas, saídos da miséria e do instinto de sobrevivência — negociam o excedente de bagagem usando todos os estratagemas. A cena não impressiona o funcionário do guichê. Atrás deles, velhos aposentados esperam pacientemente sua vez, com os carrinhos abarrotados.

— O senhor tem bagagem? — me pergunta a funcionária do guichê.

— Só esta mala.

— O senhor quer despachá-la?

— Não, assim não fico esperando no desembarque.

— O senhor tem razão — ela disse me devolvendo o passaporte. — Aqui está seu cartão de embarque. Portão 14, às 9h15.

O relógio indica 8h22. Convido Gustave e Michel para tomar uma xícara de café. Sentamos. Gustave tenta encontrar um assunto interessante, sem sucesso. Terminamos o café em silêncio, com os olhos no vazio. Penso em Jean-Christophe Lamy. Ontem, estava a ponto de perguntar a Fabrice por que ele não tinha vindo. Mas minha boca se fechou e deixei para lá. Soube por André que Jean-Christophe estivera no enterro de Émilie, que Isabelle, que o acompanhava, estava muito bem, e que os dois sabiam que eu viria a Aix... Estou triste por causa dele.

O alto-falante anuncia o embarque imediato do voo AH1069 com destino a Orã. É o meu. Gustave me dá um abraço demorado. Michel beija o meu rosto, me diz alguma coisa que já não lembro. Agradeço a hospitalidade e os vejo ir embora.

Não vou para a sala de embarque.

Peço um segundo café.

Espero...

Minha intuição me diz que algo vai acontecer, que é preciso ter paciência e ficar sentado na cadeira em que estou.

Última chamada para os passageiros do voo AH1069 com destino a Orã, uma voz de mulher insiste no alto-falante. Última chamada para os passageiros do voo AH1069.

Minha xícara de café está vazia. Minha cabeça está vazia. Estou todo vazio. E essa intuição que me diz para ficar sentado e esperar... Os minutos se sucedem sobre meus ombros como paquidermes. Tenho dores nas costas, dores nos joelhos, dor na barriga. A voz no alto-falante entra em minha cabeça e ressoa em minhas têmporas com raiva. Desta vez, é a mim que pedem para se apresentar imediatamente no embarque, no portão 14. Senhor Mahieddine Younes queria, por gentileza, se apresentar imediatamente para o embarque no portão 14. Senhor Mahieddine Younes queria, por gentileza, se apresentar imediatamente para o embarque no portão 14. Essa é a última chamada.

Minha intuição envelheceu, digo a mim mesmo. De pé, meu velho, não há nada mais a esperar. Apresse-se se você não quer perder o avião. Seu neto vai se casar daqui a três dias.

Pego a mala e me dirijo para o portão de embarque. Mal chego à entrada do portão 14, e uma voz me chama não sei de onde.

— Jonas!

É Jean-Christophe.

Lá está ele, atrás da linha amarela, fechado em seu sobretudo, a cabeça branca, os ombros caídos, tão velho quanto o mundo.

— Eu já estava desistindo — disse dando meia-volta.

— Fiz de tudo para não vir.

— Essa é a prova de que você continua o mesmo cabeça-dura de sempre. Mas já passamos da idade desses pequenos orgulhos, não é? Estamos à margem do tempo. Restam poucos prazeres agora e não há alegria maior que rever um rosto que perdemos de vista há quarenta e cinco anos.

Nós nos abraçamos longamente. Colados por um ímã extraordinário. Como dois rios que correm em direções contrárias, carregando todas as emoções da terra, e que, depois de ter contornado montes e vales, se fundem de repente numa mesma torrente. Ouço o roçar de nossas roupas e de nossos corpos. O tempo para. Estamos sós no mundo. Nós nos abraçamos forte, como em outros tempos segurávamos nossos sonhos contra o peito, certos de que eles nos escapariam à menor desatenção. Nossos corpos velhos, carcomidos até o osso, se misturam e se sustentam um ao outro. Éramos apenas dois fios elétricos desencapados ameaçando um curto-circuito, dois velhos meninos subitamente abandonados um aos cuidados do outro e que choravam sem se conter na frente de desconhecidos.

Senhor Mahieddine Younes, por favor, se apresente imediatamente para o embarque, no portão 14, nos perturba a voz feminina no alto-falante.

— Onde você estava? — eu disse enquanto o empurrava para olhá-lo melhor.

— Estou aqui, é o que importa.

— Concordo com você.

De novo, nos abraçamos.

— Eu estou muito contente.

— Eu também, Jonas.

— Você estava aqui esses dois dias?

— Não, estava em Nice. Fabrice me ligou para me xingar. E depois Dédé. Eu disse que não viria. Hoje de manhã Isabelle me pôs para fora às cinco horas. Dirigi como um condenado. Na minha idade.

— Como ela está?

— Exatamente como você a conheceu. Indestrutível e incorrigível... E você?

— Eu não me queixo.

— Você está em forma... Você viu Dédé? Ele está muito doente. Viajou só por sua causa... Deu tudo certo com o encontro?

— Rimos um bocado e depois choramos.

— Posso imaginar.

Senhor Mahieddine Younes, por favor, se apresente imediatamente para o embarque, no portão 14.

— E Río, como está Río?

— Você tem que ver por si mesmo.

— Já me perdoaram?

— E você, já nos perdoou?

— Estou muito velho, Jonas. Não tenho mais condições de odiar ninguém. A menorzinha das raivas acaba comigo.

— Sabe?... Moro na mesma casa em frente aos vinhedos. Agora vivo sozinho. Estou viúvo há mais de dez anos, tenho um filho casado em Tamanrasset e uma filha professora na universidade Concordia em Montreal. Lugar é o que não falta lá em casa. Você pode escolher o quarto que quiser. Estão todos disponíveis. O cavalo de madeira que você me deu depois daquela surra por causa de Isabelle ainda está lá onde você o viu da última vez, sobre a lareira.

Um funcionário da Air Algérie um pouco confuso se aproxima de mim.

— O senhor está indo para Orã?

— Sim.

— O senhor é Mahieddine Younes?

— Sou eu.

— Por favor, estamos apenas esperando pelo senhor para decolar.

Jean-Christophe pisca o olho para mim.

— *Tabqua ala khir*, Jonas. Vá em paz.

Ele me abraça novamente. Sinto seu corpo tremer. Ficamos assim ainda uma eternidade — para desespero do funcionário da companhia aérea. Jean-Christophe me solta primeiro. Com a garganta apertada e os olhos vermelhos, ele me diz com uma voz fraca.

— Vá, corra.

— Vou esperar você — disse.

— Eu vou, prometo.

Ele sorri.

Eu me apresso para recuperar o atraso, com o empregado da Air Algérie à minha frente para me abrir caminho. Passo pela segurança, pelo controle de passaporte. No momento em que estou pronto para entrar, levanto a cabeça uma última vez para ver o que deixo atrás de mim e lá estão todos eles, os mortos e os vivos, de pé atrás do vidro, me dando adeus.

Coordenação editorial
Izabel Aleixo

Produção editorial
Mariana Elia

Revisão
Ana Kronemberger

Projeto gráfico
Priscila Cardoso

Diagramação
Filigrana

Este livro foi impresso em julho de 2011, pela EGB, Editora Gráfica Bernardi. A fonte usada no miolo é Dante 12,5/15,5. O papel do miolo é Polén soft 70g/m², e o da capa é cartão 250g/m².